Einleitung

Ich stand am Münchener Flughafen und kämpfte damit, nicht in Tränen auszubrechen.
Ein halbes Jahr lang würde ich Steven nun nicht mehr sehen. Er flog zu einem Auslandspraktikum nach Peking. Gestern Abend hatte er mir noch gut zugesprochen. Ein halbes Jahr sei auch keine Ewigkeit und, dass er in Gedanken auch immer bei mir sein würde. Seine Schwester hatte er darauf angesetzt, gut auf mich aufzupassen.
Es war ja auch nicht so, dass ich es ihm nicht gönnen würde. Der Oberste des Chinesischen Hexenreiches hatte Steven zu sich eingeladen. Das war eine große Ehre für ihn. Käthe hatte dann alles Weitere in die Wege geleitet. Nun dauerte es nicht mehr lange, dann würde er in dieses Flugzeug steigen.

„Nora, jetzt schau nicht so traurig. Wir haben doch gestern alles besprochen. Ich werde dir jeden Tag eine E-Mail schreiben. Versprochen!", sagte Steven zu mir und streichelte über mein Gesicht. Als seine Hand meine Wangen berührte, konnte ich meine Tränen nicht mehr zurückhalten.
„Ja, ich weiß was wir besprochen haben. Ich kann es aber nicht einfach so abstellen. Die Tränen kommen von ganz allein. Ich bin und bleib einfach eine Heulsuse. Außerdem werde ich dich sehr vermissen, Steven", schaffte ich gerade noch ihm zu sagen. Denn dann kam nur noch ein Schluchzen aus mir heraus. „Nora, mach es mir doch nicht

so schwer", flüsterte er mir zu und wollte mich gerade umarmen, als wir unterbrochen wurden.
„Achtung, bitte beachten Sie folgende Durchsage: Alle Passagiere des Fluges CA2508 nach Peking werden gebeten, sich zum Gate 8 zu begeben", dröhnte es durch die Lautsprecher des Terminals.
Steven nahm mich noch einmal schnell in seine Arme und küsste mich.
„Ich muss los, Nora. Du hörst von mir, sobald ich angekommen bin. Ich liebe dich, das weißt du doch. Daran wird sich nichts ändern. Auch nicht, wenn wir für einige Zeit tausende Kilometer getrennt sein werden. Pass auf dich auf", sagte er noch. Dann küsste er mich ein letztes Mal und verabschiedete sich noch kurz von seiner Familie.

Herr und Frau Summers, sowie seine Schwester Jade waren ebenfalls gekommen, um ihn zu verabschieden.
Er drehte sich noch einmal um und winkte uns allen zu. Mir warf er noch einen letzten Kuss zu und ging dann durch die Sicherheitskontrolle.
Ich schaute ihm traurig hinterher und dabei liefen mir immer noch Tränen über mein Gesicht. Weg! Jetzt war er weg!
Was sollte ich nur so lange ohne ihn machen?
Wir waren nun schon fast ein halbes Jahr zusammen. Seitdem damals alles passiert war, gab es keinen einzigen Tag, an dem wir uns nicht gesehen oder gehört hatten. Er war mein Leben geworden und ohne ihn konnte ich es mir nicht mehr vorstellen.

„Sollen wir fahren Nora?", fragte mich Jade.

„Können wir noch einen kurzen Augenblick warten? Ich möchte sehen, wie das Flugzeug abhebt", antwortete ich ihr und ging dabei schon zu den großen Fenstern, von wo aus man die Startbahn sehen konnte.
„Von mir aus", sagte sie nur und schlich mir hinterher.

Jade schaute nicht nach draußen. Die ganze Zeit schielte sie mich komisch von der Seite an. Ich versuchte, mich nicht ablenken zu lassen und wartete auf das Flugzeug, in dem mein Steven saß.
„Das muss es sein Jade, schau doch", rief ich und winkte dem Flugzeug aufgeregt hinterher.
„Bis bald Brüderchen. Mach's gut", schrie Jade so laut, als ob er sie hören könnte. Dabei sprang sie auf und ab und winkte hektisch hin und her.
„So übertreiben musst du es nun auch wieder nicht", meckerte ich sie etwas an, denn mir war bewusst, dass sie es extra machte, um mich zu ärgern. Sie wusste genau, dass es mir und Steven nicht gerade leicht viel, uns für so lange Zeit zu trennen. Deswegen fand ich ihr Gehabe von eben etwas unpassend.
„Entschuldigung, es sollte nur ein kleiner Spaß sein, aber wenn du keinen Spaß verstehst, kann ich das auch nicht ändern", sagte Jade schnippisch und drehte sich einfach um.
Sie war ziemlich eingeschnappt, aber dafür konnte ich doch nichts. In letzter Zeit war Jade manchmal etwas schwierig gewesen. Immer wenn Steven und ich etwas allein unternahmen, wollte sie unbedingt mitkommen. Wenn Steven das dann mal verneinte, war sie sehr eifersüchtig. Sie freute sich auch schon darauf, dass er für

einige Zeit weg war, dann könnte sie mehr mit mir unternehmen, hatte sie zugegeben.

Nur, merkte sie nicht, wie ich darunter litt, dass Steven für eine so lange Zeit nicht mehr bei mir war? Mein Herz tat mir so weh. Es sehnte sich jetzt schon nach ihm. Wie sollte ich das nur ein halbes Jahr lang aushalten? Gab es dagegen vielleicht ein Mittel? Vielleicht einen Zauberspruch gegen Liebeskummer oder etwas Ähnliches. Das musste ich meine Tante Peggy später einmal fragen.

„Können wir jetzt endlich gehen? Meine Eltern warten bestimmt schon draußen", fragte Jade mich und war wieder normal.

„Ja gut, ich komme", sagte ich und wollte gerade gehen, als es plötzlich in meinem Kopf anfing zu dröhnen. Dieses Gefühl hatte ich schon lange nicht mehr verspürt. Was war DAS jetzt?

Es tat so weh, dass ich mich erst einmal hinsetzten musste.

„Was ist los Nora? Was hast du?", wollte Jade wissen. Doch ich konnte ihr nicht antworten.

Mittlerweile bekam ich richtige Schmerzen und ganz, ganz leise konnte ich eine Stimme in meinem Kopf hören.

„Jetzt hast du keinen mehr, der auf dich aufpasst. Jetzt ist die kleine Nora ganz allein", sagte die Stimme, immer und immer wieder.

Die Überraschung

Steven war mittlerweile seit drei Monaten in China. Die Hälfte hatten wir damit schon einmal herum bekommen. Wie versprochen, rief er mich jeden Abend an oder schrieb mir eine Mail.
Ich vermisste ihn immer noch schrecklich und es war gut zu wissen, dass wir jeden Abend unser kleines Treffen hatten. Letztens hatte er mir eine kleine Kamera für meinen Laptop geschickt, so konnten wir über den Computer telefonieren und uns dabei sehen. Das war toll!
Es waren ja nur noch drei Monate, die würden wir jetzt auch noch schaffen.

„Nora, hast du schon gepackt?", fragte meine Patentante Peggy, als sie in mein Zimmer kam.
„Ja, ich bin schon lange fertig, aber eigentlich habe ich gar keine Lust", antwortete ich ihr.
„Ach, Nora, ich weiß ja, warum, aber sieh das doch einmal von einer anderen Seite. Du fährst mit deinen Freundinnen eine ganze Woche auf Klassenfahrt. Das wird bestimmt sehr lustig. Heute Abend redest du noch einmal mit Steven und, dass du abgelenkt wirst, ist doch auch mal ganz gut", erwiderte sie mir.
Peggy hatte ja Recht. Es würde mit den anderen bestimmt lustig werden. Das hatte Jade auch schon gesagt. Sie freute sich nämlich schon seit bestimmt zwei Wochen auf die große Fahrt. Nur ich konnte mich irgendwie nicht so wirklich darüber freuen. Dort, wo wir hinfuhren, gab es kein Internet und Handys waren auf der Klassenfahrt

verboten. Das bedeutete für mich eine Woche ohne Steven. Heute Abend war unser letzter Abend für genau sieben Tage.
Warum musste die Fahrt auch von Montag bis Montag gehen? Früher auf meiner anderen Schule, da gingen die Fahrten immer nur bis Freitag.
„Ach, Peggy, ich vermisse ihn so sehr und das abendliche Telefonat mit ihm, da freue ich mich doch immer so. Wie soll ich das nur aushalten?", fragte ich sie und bekam dabei ein paar Tränen in die Augen.
Peggy kam zu mir und wir setzten uns zusammen auf mein kleines, rotes Sofa.
„Liebes, jetzt hör mal. Es wird noch viel schöner als sonst sein, wenn du ihn erst nach einer Woche wieder sprichst. Freu dich einfach darauf und beruhige dich wieder. Wisch deine Tränen ab. Jade kommt dich gleich abholen und du kennst sie doch. Wenn sie sieht, dass du so ein Gesicht ziehst, dann wird sie dich gleich wieder damit aufziehen", sagte Peggy und nahm mich dabei in ihre Arme.
„Ich habe dich lieb Nora und wünsche dir eine schöne Klassenfahrt. Genieße sie einfach. Versprich es mir!", sagte sie und drückte mich noch einmal fest an sich.
„Ich habe dich auch sehr lieb Peggy und danke, dass du mich aufmunterst. Ich werde mich jetzt fertig machen und komme dann herunter. Kann Edgar mir bitte schon mal den Koffer nach unten tragen?", fragt ich meine Tante und stand auf.
Peggy nickte nur kurz und verließ mein Zimmer.
Sie hatte so eine liebevolle Art an sich. Immer wenn sie mit mir über meine Probleme sprach, dann ging es mir danach jedes Mal besser.

Ich nahm meinen Rucksack aus dem Schrank und verstaute schnell Stevens Foto darin. Dann legte ich noch meine Kette um und den Ring, den er mir vor seiner Fahrt geschenkt hatte. Es war ein toller, silberner Ring, in etwa ein Zentimeter breit und mit eingravierten Symbolen. Steven hatte den gleichen. Nur meinen hatte er für mich mit drei kleinen, roten Steinen verzieren lassen. So passte er perfekt zu meiner Kette. Schließlich leuchtete sie immer mal wieder rot, wenn Steven in meiner Nähe war.

Peggy hatte sich, als sie unsere Ringe gesehen hatte, schon Sorgen gemacht.

Sie hatte Angst, dass Steven und ich plötzlich heiraten könnten. Immer wieder erklärte sie mir, dass es für so etwas viel zu früh sei und wir erst einmal unser Leben genießen sollten. Was sie immer gleich hatte? Wir liebten uns halt und es war sehr schön mit ihm, aber ans Heiraten dachten wir noch lange nicht. Außerdem war Steven mein erster richtiger Freund, ich wollte einfach nur mit ihm zusammen sein und unsere Liebe genießen, mehr nicht.

Wir waren jetzt gute neun Monate zusammen, inklusive der drei Monate, die wir uns nicht gesehen hatten. Das war für mich schon eine sehr lange Zeit. Steven hatte ja schon einmal eine lange Beziehung, mit Rose. Ich hätte gerne gewusst, ob er mit ihr den nächsten Schritt getan hatte. Leider sprach er darüber nicht mit mir. Ich wollte nämlich noch damit warten. Außer Kuscheln war bei uns noch nichts weiter passiert. Außerdem hatte ich keine Lust, mir immer Peggy´s gute Ratschläge anzuhören, deswegen allein wollte ich schon noch warten. Warten darauf, dass wir beide dazu bereit waren und nicht, weil wir es mussten. Steven hatte damit kein Problem, sagte er immer

wieder zu mir. Er würde es verstehen und, weil er mich wirklich liebte, meine Endscheidung akzeptieren.
Ich sollte mir einfach nicht zu viele Gedanken darüber machen. Eines Tages wären wir beide bereit dazu und es würde sicherlich sehr schön werden. Steven war mein Traummann und ich war so glücklich mit ihm.
Als ich so in diesen schönen Gedanken schwelgte, bekam ich plötzlich wieder diese rasenden Kopfschmerzen. In letzter Zeit kamen sie immer öfter, und zwar immer dann, wenn ich an ihn dachte. Manchmal sprach auch diese Stimme wieder mit mir, wie damals am Flughafen. Aber weiter passierte nichts. Die Schmerzen gingen wieder so schnell, wie sie gekommen waren.
Ich konnte mir das nicht erklären. Die Stimme kannte ich nicht und außer, dass sie mir drohte, passierte weiter auch nichts.
Steven hatte ich auch nichts darüber erzählt. Er würde sich sofort wieder Sorgen machen und schließlich sollte er sich auf sein Praktikum konzentrieren. Jade würde sich auch wieder nur darüber lustig machen und mir weismachen wollen, dass das von meinem Liebeskummer herkam. Also das Beste war, damit allein klar zu kommen. Irgendwann würden diese Kopfschmerzen auch wieder verschwinden. Spätestens, wenn Steven endlich wieder bei mir war. Da war ich mir ganz sicher.
Mit meinen gepacktem Rucksack machte ich mich auf den Weg nach unten. Als ich unten ankam, klingelte es schon an der Tür. Edgar öffnete und kaum war die Tür nur einen Spalt geöffnet, kam Jade auch schon Freude strahlend auf mich zu.

„Hallo Edgar. Hallo Peggy. Hallo Nora. Ich freu mich schon so und bin total aufgeregt. Bist du fertig?", fragte sie mich und hampelte vor mir herum.

Ich musste grinsen. Jade sah so lustig aus, mit ihren kurzen, stacheligen Haaren, die sie vor einer Weile rot gefärbt hatte. Sie trug einen blauen Jeans-Rock und einen roten Rollkragenpulli dazu. Ihr Schal hatte dasselbe Muster, wie ihre gestreifte Strumpfhose. Dazu trug sie noch passende rote Stiefel.

„Hallo Jade, gut siehst du aus. Hast du noch etwas vor heute? Ich wäre fertig, von mir aus können wir sofort los", antwortete ich ihr. Edgar reichte mir meine Jacke.

„Ich wollte dir nur meine neuen Sachen zeigen. Habe ich mir gestern gekauft, extra für morgen. Ich finde das voll cool", erklärte sie mir.

„Du siehst echt süß damit aus. Ich musste gerade nur etwas schmunzeln, weil du mich irgendwie an einen Hampelmann erinnert hast. Das ist aber jetzt nicht böse gemeint oder so", sagte ich zu Jade.

„Ist schon in Ordnung. Ich gebe ja zu, dass ich etwas nervös bin. Ich freue mich halt so. Außerdem habe ich erfahren, dass da, wo wir hinfahren, auch eine Gruppe von einem Jungen-Internat hinfährt. Deswegen musste ich mich komplett neu einkleiden. Wer weiß, vielleicht treffe ich ja da meinen Traummann", sagte sie und grinste über das ganze Gesicht.

So, so. Jade hatte sich extra neu eingekleidet, um ihren Traummann zu treffen? Das würde vielleicht doch noch lustig werden. Ich wusste gar nicht, dass sie so scharf darauf war, einen Freund zu finden.

„Du möchtest also deinen Traummann finden. Wie soll er denn aussehen?", wollte ich von ihr wissen.
„Das weiß ich erst, wenn ich ihn sehe. Vorher mache ich mir darüber noch keine Gedanken. Oder sollte ich? Bevor ich es noch vergesse: Kim hat mich gefragt, ob wir alle zusammen auf ein Zimmer gehen sollen. Frau Buschhütten hat ihr gesagt, dass es dort auch Dreibettzimmer gibt. Was meinst du dazu? Sollen wir?", fragte Jade.
Ich überlegte kurz. Seitdem das mit Rose passiert war, hatte sich Kim sehr verändert. Sie hatte sich ziemlich oft bei uns allen entschuldigt und war mittlerweile sogar irgendwie eine Freundin geworden.
„Von mir aus können wir das ruhig machen, aber wenn wir ein Zweibettzimmer bekommen sollten, dann gehen wir allein", antwortete ich ihr und zog mir dabei meine Jacke an.
„OK, dann lass uns jetzt. Dein Steven ruft ja schließlich gleich an, das dürfen wir auf keinen Fall verpassen", neckte sie mich und nahm sich meinen Rucksack.
Edgar brachte schon mal meinen Koffer zum Auto und Jade folgte ihm. „Tschüss Peggy!", rief sie noch und war auch schon wieder verschwunden.
Peggy winkte ihr nur kurz zu und kam dann noch einmal zu mir, um sich zu verabschieden.
Sie nahm mich in den Arm und drückte mich fest an sich.
„Das wird bestimmt toll, Nora. Hab dort eine schöne Zeit. Du wirst sehen, sie vergeht wie im Flug und dann bist du auch schon wieder zu Hause", sagte sie und drückte mich noch einmal.
„Ich freue mich ja auch. Jade´s Laune ist irgendwie ansteckend. Bis bald, Peggy. Vielleicht schreibe ich dir

eine Karte aus Marquardtstein", sagte ich noch kurz und folgte Jade zum Auto.
Unsere diesjährige Klassenfahrt ging nämlich nach Marquardtstein. Irgendwie witzig, dass diese Stadt genauso hieß wie ich. Peggy meinte schon, dass es ja dort vielleicht irgendwelche Vorfahren von mir geben könnte oder so, aber das war nur Spaß um mich aufzumuntern. Es war eben nur ein Zufall. Diese Fahrt war schließlich schon geplant, bevor ich auf das Internat gekommen war, also hatte es nichts mit mir zu tun. Nur, falls es dort ein Museum geben sollte, würde ich vielleicht doch einmal nachforschen, woher der Name genau kam. Das interessierte mich ja irgendwie doch schon etwas.

Edgar hatte meinen Koffer schon in Jades kleinem Käfer verstaut. Jade saß bereits im Wagen. Ich öffnete die Tür und setzte mich zu ihr.
Jade fuhr direkt los. Ich drehte mich noch einmal um und sah noch, wie Edgar und Peggy uns zuwinkten, dann bogen wir ab.
Das Wetter war ziemlich kalt geworden und die Bäume hatten schon lange ihre Blätter verloren.
Bald würde es bestimmt schneien, es sah irgendwie danach aus.
Die Fahrt dauerte nicht lange und schon waren wir am Haus von Jades Eltern angekommen.
Jade parkte das Auto direkt vor der Tür und kaum hatte sie den Motor ausgemacht, da riss jemand meine Tür auf.
Ich erschrak und sah nur eine Hand mit einem Telefon.
Megan, Jades Mutter, bückte sich zu mir ins Auto und

sagte: „Er ist schon dran. Schnell Nora, Steven ist hier am Telefon."
Kaum hatte ich seinen Namen gehört, da riss ich ihr auch schon den Hörer aus der Hand.
„Hallo Steven, ich bin's", sagte ich und stieg schnell aus dem Käfer.
Ich ging mit dem Telefon ins Haus, bis nach oben in sein Zimmer und machte die Tür hinter mir zu. Hier konnte ich in Ruhe mit ihm reden, ohne dass uns jemand zuhörte.

„Steven, wie geht es dir?", fragte ich ihn.
„Mir geht es ganz gut. Außer natürlich, dass ich dich sehr vermisse", antwortete er und als er das sagte, wurde es mir gleich warm ums Herz. Es war so schön, so etwas aus seinem Mund zu hören.
„Ich vermisse dich auch. So sehr, dass ich mich gar nicht richtig auf die Klassenfahrt morgen freuen kann. Wir sind doch ganze sieben Tage weg, in denen ich nicht mit dir sprechen kann, weil es verboten ist, ein Handy mitzunehmen. Internet gibt es angeblich auch nicht. Das ist doch voll altmodisch, oder? Ich kann mir das gar nicht vorstellen, dass es noch einen Ort geben soll, wo es kein Internet gibt. Was glaubst du?", fragte ich ihn.
Steven musste etwas lachen. Es war einfach schön, sein Lachen zu hören. Leider konnte ich sein schönes Lächeln dabei nicht sehen.
„Ich glaube eher, dass sie es nur nicht wollen, dass ihr ins Internet geht. Das es eine Stadt geben soll, wo es überhaupt kein Internet gibt, das kann ich mir auch nicht vorstellen. Im Übrigen habe ich noch eine Überraschung. Ich glaube, dann bist du nicht mehr so traurig, dass wir

uns die nächsten Tage nicht sprechen können", sagte Steven zu mir.
Ich wurde auf einmal sehr aufgeregt. Was hatte Steven wohl für eine Überraschung für mich.
„Was ist es denn?", wollte ich wissen.
„Was hättest du denn am liebsten?", fragte er mich zurück.
Was war das denn für eine Frage? Am liebsten würde ich ihn bei mir haben, was sonst?
„Dich!", sagte ich nur und war gespannt auf seine Antwort. Doch bevor er etwas sagen konnte, klopfte es an der Tür.
„Warte mal Steven. Es hat gerade an der Tür geklopft. Ich schaue kurz, wer es ist", erklärte ich ihm kurz und ging mit dem Hörer am Ohr zur Tür.
Wer musste mich denn jetzt stören? Es wussten doch alle, dass ich mit Steven telefonierte und dass wir nicht so viel Zeit hatten, weil so ein Ferngespräch auch nicht gerade günstig war. Mittlerweile hatten wir beide schon ein Vermögen vertelefoniert.
Ich machte genervt die Tür auf und traute meinen Augen nicht.
Da stand er, „Steven!"
Immer noch mit dem Telefon in meiner Hand, sprang ich ihm an den Hals.
Vor Freude begann ich zu jubeln und mir liefen sogar ein paar Freudentränen über meine Wangen. Jade und auch seine Eltern standen hinter ihm und lächelten mich freudig an.
„Ihr habt es doch gewusst, oder?", fragte ich sie und drückte mich noch fester an Steven.

„Wir haben das schon seit einer Woche gewusst, aber Steven wollte dich überraschen. Wir durften dir nichts sagen", erklärte mir Megan. Dann nahm sie die beiden anderen mit sich und sagte noch: „Lassen wir die zwei allein."
Alle drei gingen nun wieder die Treppe nach unten.
„Du Schuft. Du hast mich hintergangen. Aber das ist das Tollste, was du je für mich gemacht hast", konnte ich gerade noch sagen, bevor seine Lippen meine berührten.

Das Verschwinden

Wir lagen zusammen auf seinem Bett und Steven hielt mich in seinen Armen. Ich kuschelte mich an ihn. Es war so schön wieder bei ihm zu sein. So schön, dass ich schon wieder Angst davor hatte, dass es bald wieder vorbei sein könnte.
„Steven", sagte ich leise und schaute ihn an.
Ohne etwas zu sagen, drehte er sich zu mir um und streichelte über mein Gesicht.
„Wie kommt es, dass du schon wieder zurück bist? Oder ist das nur ein Kurzbesuch?", fragte ich ihn.
Er schaute mir tief in die Augen und sagte zu mir: „Morgen früh, wenn du fährst, dann werde ich mich auch wieder auf den Weg machen. Ich wollte dich damit überraschen, weil Jade mir erzählt hat, dass du so traurig bist, dass wir uns nun eine Woche nicht sprechen können. Ich hoffe, dass ich dich damit etwas entschädigen konnte."
„Ich freue mich sehr, dass du da bist. Aber ist das nicht anstrengend, zwei so lange Flüge so kurz hintereinander?", wollte ich von ihm wissen.
„Ich bin nicht geflogen. Ich bin mit einem Teleporter hierher gekommen", erklärte Steven mir und stand auf. Er holte vom Tisch eine Art Frisbee-Scheibe und hielt sie mir hin.
„Was ist das?", fragte ich. Das Teil sah irgendwie komisch aus. Es war rund, wie eine Frisbee, anscheinend aus einer Art Kunststoff, hatte aber sechs, kleine, runde Murmeln aus Metall an der Unterseite. Damit konnte man es wohl besser hinstellen.

„Das ist der Teleporter. Du stellst dich einfach darauf und sagst den Ort, an den du möchtest und schon bringt er dich dort hin. Es ist ganz einfach. Möchtest du es einmal ausprobieren?", fragte Steven mich und stellte das Teil vor mir auf den Boden.

„Ich weiß nicht, Steven. Nachher läuft etwas schief und ich komme nicht mehr zurück", erwiderte ich ihm und blieb demonstrativ auf dem Bett sitzen.

„Ach, komm schon Nora. Stell dich nicht so an. Ich habe hier noch einen Teleporter. Den habe ich extra für dich mitgebracht. Wenn du willst, dann können wir es zusammen machen", sagte Steven und stellte sich auf einen der beiden Teleporter.

Ich schaute ihn beleidigt an. Mit seinem Teleporter hatte er die ganze romantische Stimmung kaputt gemacht. Ich würde lieber mit ihm zusammen die Zeit, die uns noch blieb, ausnutzen, bevor er wieder nach Peking musste.

„Ich will aber nicht", beharrte ich und verschränkte die Arme vor meiner Brust.

Steven schaute mich bittend an und meinte nur: „Wenn du nicht mit mir zusammen teleportieren möchtest, dann frage ich eben Rose", versuchte er mich zu necken.

Steven wusste genau, dass er mich mit Rose gut aufziehen konnte, aber dieses Mal würde ich hart bleiben.

„Dann mache es doch. Ich möchte es nun mal nicht", erwiderte ich und blieb stur bei meiner Meinung.

„OK, du wolltest es ja so. Teleporter, bring mich zu Rose", sagte er und kaum hatte Steven es ausgesprochen, da war er auch schon verschwunden.

„Nein", schrie ich und sprang vom Bett.

Warum hatte er das gemacht? Er wollte mich nur ärgern, das wusste ich, aber hatte er auch darüber nachgedacht, was er da tat? Ich glaubte nicht.
Rose war, seitdem das mir ihrer Mutter passiert war, verschwunden. Keiner wusste genau, wo sie sich aufhielt. Nur Steven, der Idiot, musste auf so eine blöde Idee kommen.
Ich lief aufgeregt hin und her und wartete, dass er zurückkam.
Es vergingen viele lange Minuten in denen ich mein Herz schlagen hören konnte. So leise war es in diesem Zimmer. Hoffnungsvoll schaute ich auf die Uhr, aber er kam nicht zurück. Was sollte ich nur machen?
Sollte ich ihm vielleicht nachgehen?
Ich nahm den zweiten Teleporter und legte ihn auf den Boden. Dann stellte ich mich darauf. Sollte ich es wirklich wagen? Ein wenig Angst hatte ich schon. Nicht vor Rose, aber davor, was mich erwarten könnte.
„Teleporter, bringe mich …", fing ich an. Doch bevor ich zu Ende sprechen konnte, hörte ich hinter mir ein Geräusch. Stevens Teleporter knallte auf einmal auf den Boden. Ohne ihn!
Wo war er? Um Himmelswillen, wo war Steven? War ihm etwa was passiert?
Ich nahm schnell seinen Teleporter an mich und sah einen Zettel mit meinem Namen. Jemand hatte eine Nachricht für mich daran befestigt.
Ich machte ihn vorsichtig ab und begann zu lesen:

Nora, es tut mir leid, aber ich werde nicht mehr zu dir zurückkommen. Ich werde hier bei Rose bleiben.

Ich wünsche dir alles Gute.

Steven

Es war ein Schock für mich. Kaum hatte ich diese Zeilen gelesen, fing mein Herz an zu bluten. Meine Augen füllten sich mit Tränen und diese liefen unaufhörlich über mein Gesicht.
Mein Kopf begann wieder zu schmerzen und dieser stechende Schmerz nahm einfach überhand.
Ich konnte diese Stimme wieder hören, die immer und immer wieder das Gleiche zu mir sagte: „Nora, du hast verloren. Er gehört zu mir!"
Vor lauter Schmerzen begann ich zu schreien und sackte auf dem Boden zusammen.
Plötzlich kam jemand ins Zimmer und half mir hoch. Es war Jade.
„Mensch Nora, was ist denn los mir dir? Wo ist mein Bruder?", fragte sie mich, aber ich konnte ihr nicht antworten. Die Schmerzen in meinem Kopf und in meinem Herzen waren einfach zu stark. Ich konnte ihr nur den Brief geben und legte mich dann auf sein Bett. Sein Geruch war noch überall. An mir, an seinem Bett, einfach überall. Es machte mich kaputt!
„Nein, Nora, das kann ich mir nicht vorstellen. Steven verlässt dich nicht. Er hat uns die ganze Woche so mit dieser Überraschung genervt und konnte es kaum

abwarten, dich wiederzusehen", rief Jade voller Entsetzten und nahm mich in den Arm.
Ich war wie gelähmt und konnte nichts sagen. Was war nur mit Steven passiert? Ich konnte auch nicht glauben, dass er mich so einfach verlässt. Vor allem nicht so. Vor wenigen Minuten hatte er mich noch in seinen Armen gehalten und mich geküsst. Steven hatte mir gesagt, wie sehr er mich liebt. Dann beendet man das doch nicht so einfach, oder? Nein, das glaubte ich nicht. Steven war etwas passiert und ich war mir sicher, dass es etwas mit Rose zu tun hatte.
Ich musste etwas unternehmen, aber was? Sollte ich diesen Teleporter nehmen und ihm nachreisen?
Jade hatte mich immer noch in ihren Armen und streichelte mir leicht über den Rücken. „Nora komm, wir gehen hinunter und erzählen es meinen Eltern", sagte sie zu mir.
„Nein", flüsterte ich und drehte mich zu ihr um, so dass sie mir in mein verheultes Gesicht schauen musste.
„Es ist nicht Steven, es ist Rose", erklärte ich ihr und erzählte ihr, was sich gerade ereignet hatte. Jade schaute mich entsetzt an und sprang auf. „Dann müssen wir meinen Eltern und dem Hexenrat sagen, dass Rose wieder aufgetaucht ist", rief sie und rannte zur Tür.
„Nein", schrie ich und hielt sie gerade noch zurück. „Ich will es keinem sagen. Das ist eine Sache zwischen mir und Rose. Steven ist mein Freund und ich lasse ihn mir nicht wegnehmen. Ich werde jetzt den Teleporter benutzen. Wenn du mit möchtest, dann kannst du den anderen nehmen. Steven hat ihn mir vorhin gegeben. Oder du bleibst hier und ich mache es halt allein. Das ist deine Entscheidung, aber ich gehe auf jeden Fall", sagte ich

ganz bestimmend. Für mich stand fest, dass ich Steven nicht so leicht aufgeben würde. Ich musste ihm helfen. „Und die Klassenfahrt? Ich habe mich schon so darauf gefreut", fragte mich Jade. „Du musst wissen, was dir wichtiger ist", erwiderte ich nur und stellte mich schon einmal auf dieses Frisbee-Teil.
„Ich lass dich auf gar keinen Fall allein gehen, aber warte noch kurz. Ich hole noch zur Sicherheit meinen Zauberstab. Du hast deinen bestimmt nicht dabei, oder?", sagte Jade noch und ging hinüber in ihr Zimmer.
Was sollte ich auch mit meinem Zauberstab? Das alles hier war ja nicht geplant gewesen und auf der Klassenfahrt sollten wir keinen mitnehmen. Ein bisschen ärgerte ich mich jetzt darüber, dass ich immer auf alles hören musste, was man mir sagte. Vielleicht hätte ich auch einfach mal das machen sollen, was meiner Meinung nach nicht den Regeln entsprach. Das wäre in diesem Moment von Vorteil gewesen.
Kurze Zeit später kam Jade zurück ins Zimmer. Sie legte den Teleporter direkt neben meinen und stellte sich ebenfalls darauf. Ich nahm ihre Hand und erklärte ihr kurz, wie es funktionierte.
Wir holten noch einmal tief Luft und sagten dann gemeinsam: „Teleporter, bring uns zu Rose!"

Kaum hatten wir es ausgesprochen, da fing alles an sich zu drehen. Alles bewegte sich. Das ganze Zimmer drehte sich wie wild um uns, immer schneller und schneller. So schnell, dass man kurze Zeit später nichts mehr erkennen konnte. Nur Jade war noch neben mir zu sehen. Sie hielt immer noch meine Hand und schaute mich voller Angst an. Ich hatte auch Angst. Angst davor, was nun passieren könnte. Angst davor, wo wir landen würden und Angst davor, dass ich ihn zusammen mit Rose vorfinden könnte. War er dann noch mein Steven? Liebte er mich noch genauso, wie er es sagte? Oder gehörte er nun wirklich zu ihr? Hatte sie ihn in ihrer Hand? So viele Fragen drehten sich in meinem Kopf. So sehr, dass mir etwas schwindelig davon wurde.

Nach kurzer Zeit wurde alles schwarz, tief schwarz. Man konnte die eigene Hand vor Augen nicht mehr erkennen. Alles drehte sich immer noch. So fühlte es sich jedenfalls an. Jade hielt meine Hand noch fest, nur sehen konnte ich sie nicht.

Doch plötzlich war alles vorbei. So, als ob nichts geschehen sei. Jade und ich standen immer noch nebeneinander in Stevens Zimmer auf den Teleportern und schauten uns verwundert an.

Was war geschehen? Warum klappte es nicht?

„Ich glaube es hat nicht funktioniert, Nora?", sagte Jade zu mir und stieg von dem Gerät.

„Das sehe ich selbst", meckerte ich sofort los. Eigentlich wollte ich sie nicht so anmachen, aber es ärgerte mich so sehr, dass ich nicht wusste, warum es nicht funktionierte. Dann kam noch die Scheißangst dazu. Was sollte ich nur machen?

„Ich muss nach Hause, Peggy fragen und du erzählst es deinen Eltern. Ich möchte dann, dass du zu mir kommst, sobald du es ihnen erzählt hast. Dann sehen wir weiter", sagte ich noch zu ihr und verließ das Zimmer.

Ohne etwas Weiteres zu sagen, schnappte ich mir meine Jacke und machte mich auf den Weg nach Hause.

Ich lief und lief, immer weiter und weiter. An nichts anderes konnte ich mehr denken, nur noch an ihn. Ich vergaß sogar meinen Besen zu rufen. Mit ihm wäre es viel leichter gewesen nach Hause zu kommen, aber ich wollte laufen. Ich musste unbedingt meinen Kopf frei bekommen. Mir musste unbedingt etwas einfallen.
Meine Augen füllten sich wieder mit Tränen und ich war einfach nicht in der Lage sie zu kontrollieren. Sie liefen mir einfach unaufhörlich über mein Gesicht. Mein Herz schmerzte sehr. So sehr, dass ich richtige Beklemmungen bekam.
In meinem Kopf begann es zu dröhnen und ich konnte plötzlich ihre Stimme wieder hören. Rose´s Stimme!
„Du wirst ihn nie mehr wieder sehen. Nie mehr! Verstehst du Nora? Steven gehört zu mir, für immer und ewig. Er ist mein Freund und er liebt nur mich. Versuch uns ja nicht zu finden, das wirst du sowieso nicht schaffen", fauchte Rose.
Und plötzlich konnte ich ihre Gestalt verschwommen vor meinen Augen sehen.
Vor Schreck blieb ich stehen. Sie sah nicht mehr so aus, wie ich sie in meinen Erinnerungen hatte, sondern sehr viel finsterer. Ihre blonden Haare waren mittlerweile schwarz und ihr Gesicht um Jahre gealtert. Was war nur mit ihr geschehen? War sie so von Eifersucht zerfressen, dass sie sich der schwarzen Magie zugewandt hatte, so wie einst ihre Mutter? Die hatte sich auch in kürzester Zeit sehr verändert.

Meine rechte Hand wurde plötzlich warm und als ich sie anschaute, sah ich den Ring, den Steven mir geschenkt hatte. Die drei Steine in ihm veränderten in gewissen Abständen immer wieder ihre Farbe. Ursprünglich waren sie rot, passend zu meiner Kette. Dann wurden sie lila und immer dunkler, bis ins tiefe Schwarz hinein. Erst dann wurden sie wieder heller, die Farbe ging ins Blau, dann ins Grün und bis hin zum hellsten Orange.
„Was soll das?", fragte ich und wunderte mich, dass ich plötzlich eine Antwort bekam.
„Wie, was soll das? Was soll die doofe Frage? Und warum kannst du mich hören? Das kann doch gar nicht sein", schrie Rose und dabei konnte ich sie sehen, wie sie mit ihren Armen wild herumfuchtelte.
Hatte mir wirklich gerade Rose auf meine Frage geantwortet? Konnte sie mich hören? Warum? Lag es vielleicht an dem Ring?
Ich musste es herausfinden.
„Rose! Du kannst mich hören?", fragte ich sie.
Ich brauchte gar nicht lange zu warten. Sie antwortete sofort.
„Ja, verdammt. So eine Scheiße! Das darf nicht sein", fluchte sie.
Sie war etwas verunsichert, genauso wie ich, aber ich musste die Situation jetzt ausnutzen.
„Rose! Was soll das? Lass Steven gehen. Das ist eine Sache zwischen uns beiden. Wenn du etwas gegen mich hast, dann komm zu mir und wir klären das", sagte ich zu ihr und hoffte, dass sie darauf eingehen würde.

„Nein! Steven bleibt bei mir und um dich kümmere ich mich direkt jetzt", schrie Rose und kaum hatte sie diese Worte ausgesprochen, hatte ich wieder diesen stechenden Schmerz in meinem Kopf. Er wurde immer schlimmer und schlimmer. Es tat so weh!
„*Nora dedisce. Oblivisce iniuriam!*", hörte ich sie noch sagen. Dann schloss ich meine Augen und sank zu Boden.

Das Buch

„Mensch Nora, wach auf. Warum liegst du hier auf dem kalten Boden?", hörte ich eine mir bekannte Stimme sagen und öffnete langsam meine Augen.
Vor mir standen meine Tante Peggy und Jade und schauten besorgt zu mir hinunter.
„Jade? Peggy? Was ist los? Warum schaut ihr mich so an?", wollte ich wissen und stand dabei vorsichtig auf.
Wir drei standen mitten auf der Straße, nicht weit von Peggy´s Haus entfernt.
„Du fragst uns, warum wir dich so ansehen? Du lagst doch hier mitten auf der Straße. Ist dir was passiert? Jade kam schon vor einer Stunde und wollte zu dir. Sie erzählte mir, dass du lange vor ihr gegangen bist und eigentlich längst zu Hause sein müsstest. Ich fing an, mir Sorgen zu machen und deswegen haben wir dich gesucht und hier liegend gefunden", antwortete mir Peggy.
Ich war nach Hause gegangen? Was wollte ich da? Ich wollte doch bei Jade übernachten, um morgen mit ihr zusammen auf die Klassenfahrt zu fahren. Ich wusste ehrlich nicht mehr, warum ich auf dem Weg nach Hause war.
Peggy schaute mich wieder besorgt an. Sie behandelte mich manchmal immer noch wie ein kleines Kind.
Ich wollte nicht, dass sie sich immer Sorgen meinetwegen macht, deswegen beschloss ich, ihr etwas vorzuschwindeln.
„Ich hatte zu Hause etwas vergessen und wollte deswegen noch einmal schnell zurück. Ich bin dann wohl über meine

eigenen Füße gestolpert und auf meinen Kopf gefallen", log ich sie an.

Dabei schaute ich Jade an. Sie wusste sofort, dass ich nicht die Wahrheit sagte, das konnte ich ihr ansehen. Wusste sie mehr? Bestimmt, aber sie sagte nichts. Sobald Peggy nicht mehr in unserer Nähe sein würde, würde ich sie sofort fragen.

„Mensch Nora, manchmal bist du aber auch wirklich schusselig. Warum rufst du denn nicht deinen Besen? Das geht doch schneller und anscheinend ist es auch viel sicherer für dich. Jade hat mir gar nicht erzählt, warum du noch einmal nach Hause wolltest. Manchmal weiß ich echt nicht, was du im Kopf hast", erwiderte Peggy und lächelte wieder.

„Du weißt doch Peggy, ich möchte lieber so normal wie möglich leben, auch wenn ich nun schon etwas länger eine Hexe bin", erklärte ich ihr und versuchte ebenfalls etwas zu lächeln, aber das Lächeln kam ein wenig verkrampft heraus.

„Ich weiß Nora. Du bist zu lange unter normalen Menschen aufgewachsen. Ich versteh dich schon, wenn du sagst, du möchtest normal leben. Mir würde es bestimmt genauso ergehen. Nur solltest du akzeptieren was du bist", predigte sie mal wieder.

Ich konnte es nicht mehr hören. Peggy erzählte das immer und immer wieder: „Du bist jetzt eine Hexe, eine wirklich gute sogar. Du musst das akzeptieren. Je eher du das machst, um so einfacher wird dann alles für dich usw." Ich wusste gar nicht, was sie immer hatte. Mir ging es doch gut. In der Schule lief es super, auch wenn ich hier andere Fächer als früher in Hamburg hatte.

Ansonsten fühlte ich mich ganz gut. Also was wollte Peggy immer?

„Ja, Kinder, dann ab nach Hause. Was hattest du denn vergessen, Nora?", fragte mich Peggy und lief neben mir her.
Oh nein, das war genau die Frage, die ich nicht hören wollte. Ich musste mir schnell etwas einfallen lassen. Aber so, dass es nicht auffiel, dass ich lügen würde.
„Nora wollte mir nur etwas zum Anziehen ausleihen. Du weißt doch, das tolle rote Kleid, dass ich ihr mal geschenkt habe. Ich wollte es unbedingt zur Klassenfahrt mitnehmen, falls ich da einen tollen Typen kennenlerne. Verstehst du?", antwortete Jade schnell und rettete mich so vor einer erneuten Lüge.
Peggy fing an zu lachen. „Ihr immer mit euren Jungen", sagte sie und ging lachend weiter. Doch plötzlich blieb sie abrupt stehen. „Oh nein, ich habe noch meinen Kuchen im Ofen und Edgar ist gerade nicht da. Ich lauf schon mal vor", rief sie noch und eilte los. Nach kurzer Zeit war sie schon nicht mehr zu sehen.

„Nora, kannst du mir bitte erklären, was mit dir passiert ist. Du siehst irgendwie sehr verwirrt aus, ganz anders als vorhin. Da wolltest du unbedingt noch auf die Suche nach Steven und Rose gehen und jetzt schlenderst du hier gemütlich neben mir her. Das ist doch nicht normal! Und warum hast du deine Tante angelogen. Du wolltest sie doch um Hilfe bitten.
Also, was ist los und sage mir bitte die Wahrheit?", sagte Jade energisch.

Ich schaute sie etwas verwirrt an. Ich wollte auf die Suche nach Steven und Rose gehen?
Was erzählte Jade mir da plötzlich? Steven war doch in Peking zu einem Seminar.
Und Rose? Was wollte ich von der? Seid damals, als das mit ihr und Damian in unsere Klasse passiert war, so lange hatte ich sie nicht mehr gesehen und Steven erst recht nicht.
„Ganz ehrlich, Jade. Ich verstehe deine Frage nicht ganz. Peggy habe ich nur angelogen, weil sie sich doch immer Sorgen meinetwegen macht. Und weil ihr mich auf dem Boden liegend gefunden habt, dachte ich, es wäre besser, sie erst einmal zu beruhigen. Ich weiß doch selber nicht, warum ich da so lag. Nur, dass ich die ganze Zeit diese fürchterlichen Kopfschmerzen hatte", erwiderte ich ihr.
„Du hattest wieder diese Kopfschmerzen? Hast du dabei auch wieder die Stimme gehört?", fragte Jade mich. Doch ich konnte sie nur verwundert ansehen.
„Welche Stimme?", erwiderte ich kurz.
„Mensch Nora, tust du nur so oder bist du wirklich so verwirrt? Ich helfe dir mal auf die Sprünge."
„*Memoria*", sagte sie und legte dabei ihre Hände an meine Schläfen.
Wir schauten uns beide an, aber nichts passierte.
„Was soll das, Jade? Willst du mich verhexen?", muffelte ich sie an und riss die Hände herunter.
Jade starrte mich ganz erschrocken an.
„Nora, man hat dich verhext", sagte sie.
„Ha, ha, sehr witzig Jade. Das hast DU doch gerade getan. Aber ich kann mich trotzdem nicht daran erinnern, warum ich auf einmal auf dem Boden lag", meckerte ich.

„Das meine ich doch. Du bist von jemand anderem verhext worden. Ich nehme mal stark an, dass es Rose war. Sie will unbedingt verhindern, dass wir Steven finden. Deswegen hat auch mein Zauber gerade nicht funktioniert. Sie hat bestimmt einen Vergessens-Zauber angewandt und der hält normalerweise zwölf Stunden an. So habe ich das auf jeden Fall in der Schule gelernt", erklärte Jade mir.

Was sagte sie da? Ich wurde verhext? Konnte das sein? Jade war wirklich eine sehr begabte Hexe und eigentlich funktionierten bei ihr alle Sprüche. Warum dieser nicht, noch dazu so ein einfacher?
Ich blieb kurz stehen und wandte mich Jade zu.
„Meinst du wirklich? Kann das sein? Ich möchte, dass du mir alles erzählst, was heute passiert ist. Wirklich alles. Ich kann mich zwar nicht selbst daran erinnern, aber dass du darüber Bescheid weißt, ist schon einmal sehr gut."
„Okay, ich erzähle dir alles", erwiderte mir Jade und wir machten uns auf den Weg zurück zu unserem Haus.
Den ganzen Weg lang erzählte Jade mir, was sich alles in dem Haus ihrer Eltern zugetragen hatte. Dass Steven dort war, um mich zu überraschen. Die Sache mit den Teleportern und Steven's plötzlichen Verschwinden. Selber konnte ich mich zwar an die ganzen Geschehnisse nicht erinnern, aber ich glaubte Jade's Worten.
Die ganze Zeit, die wir uns nun kannten, hatte sie mich noch nie belogen und schon gar nicht, wenn es um ihren Bruder ging.

Mittlerweile waren wir in meinem Zimmer und kramten in meiner Zauberkiste herum. Vielleicht konnten wir hier irgendetwas finden, was den Zauber, der mich umgab, auflöste.

„Nora, sollen wir nicht lieber mal Peggy fragen? Sie weiß bestimmt, was man dagegen tun kann", fragte mich Jade.

„Nein, Jade, das will ich nicht. Wenn sie weiß, dass Rose wieder aufgetaucht ist, sie Steven festhält und mich dazu noch verhext hat, dann können wir die Klassenfahrt vergessen. Peggy wird mich nicht fahren lassen. Sie wird dann bestimmt den Hexenrat zusammenrufen und alles würde offiziell ablaufen. Dann haben wir keine Möglichkeiten mehr, es selbst zu regeln. Das ist aber eine Sache rein zwischen Rose und mir. Ich möchte das selber und allein klären", erwiderte ich ihr nur und holte dabei ein altes Buch aus der Truhe.

„Und ich helfe dir dabei. Ich lass dich auf gar keinen Fall das alles allein machen. Geht das klar?", fragte mich Jade.

Ich nickte ihr nur zu und setzte mich mit dem Buch in der Hand auf mein Bett.

Jade setzte sich neben mich: „Was ist das für ein Buch?"

„Das Buch hat mir vor einiger Zeit die Weise geschenkt. Es ist das alte Hexenbuch meiner Mutter. Ich habe es mir aber noch nie richtig angesehen. Irgendwie hatte ich immer etwas Angst davor, weil ich nicht genau wusste, wie es mich beeinflussen würde", erwiderte ich Jade.

„Dich beeinflussen? Wie meinst du das?", wollte sie wissen.

„Wie soll ich es dir erklären? Schau mal Jade. Ich habe erst vor nicht einmal einem Jahr erfahren, dass meine Mutter eine Hexe war. Für mich war sie immer eine normale Frau und ich hatte meine eigene Vorstellung von ihr. Wenn ich das Buch lese, dann werde ich vielleicht

Details über Serafina und ihr Leben erfahren, die ich so noch nicht kannte. Und ich habe Angst, dass es mich erschreckt und das Bild, das ich von meiner Mutter habe zerstört", versuchte ich ihr zu erklären und wurde dabei ziemlich traurig.

Jade nahm mich in den Arm und drückte mich. „Ich glaub ich weiß, was du meinst. Obwohl ich ja schon sehr neugierig bin, was so alles darin steht. Über deine Mutter hört man immer nur Gutes. Sie soll eine sehr liebenswürdige Frau gewesen sein", versuchte Jade mich ein wenig zu beruhigen.

„Ja, ich weiß es. Deswegen habe ich es auch rausgeholt. Es ist an der Zeit, sich der Wahrheit zu stellen", sagte ich und öffnete dabei das Zauberbuch.

Am Anfang waren viele Fotos von ihr und meinem Vater zu sehen. Es gab sogar welche, aus der Zeit, wo sie schwanger war und Baby-Fotos von mir. Sie sah sehr glücklich und zufrieden aus. Wie sie mich in ihren Armen an sich gedrückt festhielt und wie mein Vater sie dabei ansah. Die Liebe zwischen den beiden schien überwältigend zu sein.

Tränen kullerten über meine Wangen. Es machte mich so traurig, weil ich wusste, dass ihr gemeinsames Glück nicht sehr lange anhielt.

Ich sah zu Jade hinüber und sie sah, dass ich weinte.

„Ich lass mir mein Glück nicht nehmen und schon gar nicht von Rose. Ihre Mutter hat es bei meinen Eltern geschafft, aber sie schafft es nicht bei mir", sagte ich energisch und schlug vor Wut das Buch zu.

„Ich glaube nicht, dass wir darin etwas Passendes finden werden!", sagte ich noch und legte es zur Seite.

Doch plötzlich bewegte sich das Buch. Ganz langsam hob es von meinem Bett ab und glitt zurück in meinen Schoß.
Es öffnete sich langsam.
Blatt für Blatt.
Immer eine Seite weiter.
Bis es schließlich auf Seite 666 geöffnet blieb.
Ich konnte vor Verwunderung kein Wort sagen, sogar Jade war ganz still. Sie schaute mich nur fragend an.
Ein bisschen mulmig war mir schon zu Mute. An meinem ganzen Körper bekam ich plötzlich eine Gänsehaut.
Was war das?
Hatte Rose wieder ihre Finger im Spiel? Und warum musste das Buch ausgerechnet genau auf dieser Seite stehen bleiben? Die 666 war doch die Zahl des Teufels.
Jade war die Erste, die etwas sagen konnte: „Nora? Was steht auf dieser Seite?"
Ich konnte ihr die Frage gar nicht so spontan beantworten, ich hatte mich noch nicht getraut nachzusehen.
Nur langsam schaute ich nach unten und begann zu lesen, was auf diesen Seiten stand:

Halte das Böse von dir fern!

Patiri qui phaulius apuella relegare!

Rezept für den Zaubertrank:

1 Otternase
6 Flügel einer Stubenfliege
2 Froschaugen
1 Bund Petersilie
1 Bund Schnittlauch
6 Spinnenbeine

Gib alles zusammen in einen großen Topf und koche es eine Stunde lang. Der Trank muss heiß getrunken werden!
Die Wirkung hält sieben Tage an!
Bevor man den Trank zu sich nimmt, spricht man die magischen Worte:

Patiri qui phaulius a puella relegare

So hält man ich das Böse vom Hals!

„Hier steht ein Rezept für einen Zaubertrank. Der Trank soll einem das Böse vom Hals halten", antwortete ich Jade auf ihre Frage und las ihr die Seite noch einmal laut vor.
„Sollen wir den Trank brauen? Es wird schon irgendeinen Sinn haben, weshalb genau diese Seite aufgeschlagen wurde. Ich meine, nach dem, was dir heute widerfahren ist, soll es vielleicht ein Zeichen sein oder jemand möchte

dir helfen", meinte Jade und nahm das Buch an sich, um selber noch einmal ein Auge darauf zu werfen.

„Damit Peggy nichts merkt, können wir das auch gerne bei mir machen. Wir haben die Zutaten bestimmt in unserem Keller. Falls etwas fehlt, besorgen wir es noch schnell im Zauberladen im Dorf. Sollen wir, Nora?", fragte sie mich und packte das Buch zur Seite.

Kaum hatte sie das Buch zur Seite gelegt, begann es schon wieder sich zu bewegen. Es schwebte langsam nach oben und landete wieder auf meinem Schoß. Die Seiten öffneten sich und wie von Geisterhand blieb es wieder auf der Seite 666 offen liegen.

„Scheiße, ist das unheimlich, so langsam bekomme ich doch etwas Angst", rief Jade und sprang auf.

„Ist es wieder dieselbe Seite wie vorhin?", wollte sie wissen und hampelte dabei vor mir herum. Man konnte ihr ansehen, dass auch sie immer nervöser wurde.

Ich schaute mir die Seite noch einmal an, aber dieses Mal stand dort etwas ganz anderes. Es war aber dieselbe Seite. Unten standen die Zahlen: 666.

In großen Buchstaben stand dort nun geschrieben:

Nora du musst nach Marquardtstein. Schnell! Löse das Geheimnis, dann findest du auch deinen Freund!

Mehr war dort nicht geschrieben.

Ich schlug das Buch zu und dann wieder auf. Ich blätterte so lange, bis ich wieder auf derselben Seite war, aber dieses Mal waren die Seiten leer. Es stand dort nichts mehr geschrieben.

Wieder klappte ich das Buch zu und wieder auf. Ich wiederholte die Prozedur ein paar Mal, aber die Seiten blieben leer.

„Ich versteh das nicht Jade. Schau es dir an, die Seiten sind wieder leer, obwohl da gerade noch etwas stand", schrie ich und war richtig wütend, weil ich mir das alles nicht erklären konnte.

Was sollte ich nur machen?

Wieder geriet mein Leben aus den Fugen. Wo es doch in den letzten Monaten so schön und harmonisch zugegangen war.

Ich musste nach Marquardtstein und das Geheimnis lösen. Nur so konnte ich meinen Steven wieder finden.

Klassenfahrt

Es war Montag und sechs Uhr in der Frühe. Jade und ich saßen ganz hinten im Bus. Unsere Koffer und Besen hatten wir bereits verstaut. Wenige Minuten später ging es dann los. In der Sitzreihe vor uns saßen Kim Spieker und Michaela Stahlschmidt, die wir alle nur Ela nannten.

Kim hatte sich, seitdem Rose nicht mehr bei uns war, sehr verändert. Ich würde sagen, sie war sogar ziemlich nett geworden. Sie gab sich wirklich viel Mühe.

Mit ihrer Gabe, dass sie in die Zukunft sehen konnte, prahlte sich schon lange nicht mehr herum und die anderen Schüler nutzen sie deshalb auch nicht mehr aus, so wie einst Rose. Man respektierte Kim und sie war auf dem besten Wege, eine Freundin von Jade und mir zu werden.

Ela war auch eine liebeswerte Person. Sie hatte wie ich rote, lange Haare, aber keine Locken. Ihr Gesicht war voller Sommersprossen. Sie war etwas kleiner, als wir anderen Mädchen, deswegen wirkte sie auf manche auch etwas jünger. Sie war bei allen sehr beliebt, nur ihre Körperfülle lies manche ein schlechtes Wort über sie sagen. Das kränkte sie immer sehr, aber auch mit Hilfe von Zaubersprüchen oder Zaubertränken schaffte sie nicht, ihre vielen Pfunde los zu werden. Also akzeptierte sie sich, so wie sie war.

„Nora. Hier probier mal. Das schmeckt wirklich gut", flüsterte Jade und hielt mir dabei eine kleine Flasche hin.
„Was ist das und warum flüsterst du?", fragte ich sie.

„Ich flüstere, weil man doch keinen Alkohol mitnehmen darf. Jetzt probier doch schon", antwortete Jade und hielt mir dabei wieder das kleine Fläschchen hin.
Es war ein kleines, grünes Fläschchen. Langsam öffnete ich den Verschluss.
Ich hielt es mir unter die Nase, um etwas daran zu riechen. Es roch wirklich nicht schlecht, schön süßlich. Jade schaute mich die ganze Zeit aufgeregt an und konnte es nicht abwarten.
„Warum bist du so nervös?", fragte ich.
„Ich möchte nur wissen, was du davon hältst. Ich habe das selber gemacht. Jetzt bitte trink doch. Ich vergifte dich auch nicht. Versprochen!", forderte mich Jade auf.
„Ja gut, ich probier es ja schon, aber wenn mir schlecht wird und ich mich übergeben muss, dann machst du es weg", neckte ich sie. Dann nahm ich das kleine Fläschchen, setzte es an meine Lippen und trank es mit einem Schluck aus.

Kaum hatte ich das Zeug in meinem Körper, da wurde es mir auf einmal heiß. Überall bekam ich Schweißperlen und aus meinen Körperöffnungen kam weißer Rauch. Das ganze dauerte vielleicht nur ein paar Sekunden, aber mir kam es ziemlich lange vor. Hoffentlich bemerkte es niemand.
Jetzt wusste ich auch, warum Jade sich nach ganz hinten setzen wollte, weiter vorne hätte das jeder mitbekommen.
„Jade, was ist das für ein Zeug? Es war lecker, aber mir wurde auf einmal total heiß."
„Wenn ich dir die Wahrheit sage, bist du dann böse auf mich?", wollte sie wissen.

Ich schaute sie erschrocken an. „Jade, was war das?", forderte ich sie auf und dieses mal etwas energischer.
„Ich habe gestern Abend, als du schon geschlafen hast, den Zaubertrank gebraut, der in deinem Buch …", fing Jade an zu erzählen, doch ich unterbrach sie.
„Und den habe ich gerade getrunken oder was?"
Jade antwortete nur ein leises „ja" und schaute beschämt nach unten.
„Manchmal weiß ich echt nicht, was du dir dabei denkst. Wie kannst du nur so etwas machen? Überleg doch mal! Wir wissen gar nicht genau, was es mit diesem Buch auf sich hat und ob das wahr ist, was alles darin steht. Und du braust das einfach alles zusammen und lässt es mich dann auch noch heimlich trinken. Jade! Ich bin echt enttäuscht von dir", schimpfte ich.
Ich war so sauer auf sie und wusste wirklich nicht, was ich davon halten sollte.
Der Trank war lecker und außer, dass mir gerade tierisch heiß geworden war, ging es mir gut.
Jade schaute mich traurig an und legte ihre Hand auf meine Schulter.
„Es tut mir wirklich leid Nora, aber ich muss dir noch etwas sagen. Ich habe das Buch mitgenommen, weil ich glaube, dass es uns helfen kann. Bevor du jetzt etwas dazu sagst, höre mir erst einmal zu. OK?", fragte sie.
Ich nickte ihr nur zu und war gespannt darauf, was Jade mir zu sagen hatte.
„Erst einmal tut es mir wirklich leid, dass ich dich ausgetrickst habe. Ich habe mir gestern das Buch noch einmal genauer angesehen und dabei ist mir etwas aufgefallen: Wenn du nicht in der Nähe bist, dann sind die

Seiten alle weiß, ausgenommen die mit Fotos von deinen Eltern. Wirklich alle! Ich bin dann noch mal kurz zu meinen Eltern gegangen und habe sie gefragt, ob sie wüssten, ob deine Mutter früher ein Zauberbuch hatte, aber das verneinten sie. Mein Vater fragte genauer nach und dann habe ich ihm von deinem Buch erzählt. Meine Mutter meinte, dass es gut sein kann, dass deine Mutter mit dir über dieses Buch in Kontakt treten will. Sie möchte dir bestimmt helfen. Deswegen habe ich das alles gemacht. Ich wusste genau, dass du den Trank niemals freiwillig gebraut oder sogar getrunken hättest, weil du nicht daran glaubst und noch Zweifel hast. Ich glaube daran Nora! Es ist deine Mutter, sie will dich beschützen!"
Ich konnte nichts dazu sagen. Die ganze Zeit schaute ich sie nur sprachlos an.
Was sagte sie da? Meine Mutter würde versuchen mit mir über das Buch in Kontakt zu treten? Sie war doch schon lange tot. Würde das überhaupt funktionieren? Eigentlich sollte mich hier nichts mehr wundern. Alles was man normal nicht für möglich hielt, war hier normal. Also, warum sollte das jetzt nicht auch gehen?
Ich musste es nur einfach glauben, alles hatte hier irgendwie einen Sinn, also wahrscheinlich auch das.

„Nora? Sag doch was! Bist du mir jetzt noch böse?", fragte mich Jade.
Ich schüttelte meinen Kopf und antwortete ihr: „Ich weiß nicht, was ich dazu sagen soll. Glaubt deine Mutter wirklich, dass es meine Mutter ist, die mir mit diesem Buch etwas sagen will?"

Doch Jade konnte mir nicht mehr antworten, weil Kim und Ela sich zu uns umdrehten und uns ansprachen.

„Na, was habt ihr denn hier für Geheimnisse?", fragte uns Ela.

„Nichts weiter", antwortete Jade und packte sofort das kleine Fläschchen weg.

„Ich habe gesehen, dass ihr beide heimlich eure Besen eingepackt habt. Wir sollten die doch nicht mitnehmen. Also was soll das?", fragte Ela ziemlich neugierig.

„Echt? Durften wir die Besen nicht mitnehmen? Das habe ich nicht mitbekommen. Du Nora?", fragte Jade scheinheilig und tat so, als ob sie das nun zum ersten Mal hörte.

Ich schüttelte meinen Kopf und sagte nur: „Nicht, dass ich wüsste, das habe ich auch nicht mitbekommen."

Kim und Ela wussten genau, dass wir beide logen, aber sie sagten dazu nichts weiter.

Nachdem ich diese persönliche Nachricht an mich in dem Buch gelesen hatte, beschloss ich, lieber meinen Besen Violetta mit zu dieser Fahrt zu nehmen und Jade nahm noch ihren Zauberstab mit. Man konnte ja nicht wissen, auf was für ein Geheimnis Jade und ich dort stoßen würden.

Die weitere Busfahrt verlief ohne weitere Vorkommnisse. Jade las die ganze Zeit einen Fantasy-Roman.

Das fand ich persönlich schon sehr lustig, schließlich war unser Leben schon Fantasy genug.

Kim und Ela unterhielten sich die ganze Fahrt über Jungen und ich schaute die meiste Zeit gedankenverloren aus dem Fenster.

Hier war weit und breit nichts zu sehen. Keine Häuser, keine Menschen, noch nicht einmal ein paar Tiere konnte ich sehen.

Wir fuhren doch nach Marquardtstein und so viel ich noch wusste, lag dieser Ort irgendwie in Süden Bayerns. Nur hier war nichts, rein gar nichts. Menschenleere und voll die Einöde. Sollte nicht bald mal wieder etwas mehr Leben kommen?

„Jade, du sag mal, wir fahren doch nach Marquardtstein. Das ist doch das Marquardtstein in Bayern, oder?", fragte ich sie.

Jade schaute mich genervt an. Ich hatte sie wohl gerade bei einer spannenden Stelle in ihrem Buch gestört.

„Hast du eigentlich gar nicht aufgepasst, als Frau Buschhütten uns in der Schule erzählt hat, wohin die Reise geht?", antwortete sie.

„Ich weiß nicht so genau. Ich bin immer davon ausgegangen, dass es dieser Ort in Bayern ist", sagte ich nur.

„OK, dann erkläre ich es dir. Ich habe jetzt sowieso keine Lust mehr zu lesen", erwiderte Jade und legte ihren Roman zur Seite.

„Wir fahren natürlich nicht zu diesem Ort in Bayern. Das würde vielleicht eine normale Klasse tun, aber du weißt ja, wir sind hier alle nicht normal. Also ist das auch keine normale Klassenfahrt.

Marquardtstein, so heißt die alte Burg, in der wir wohnen werden. Das Gebäude soll riesig groß sein. Mit einem eigenen, kleinen Städtchen herum, in der früher die Bauern und Schmiede gewohnt haben. Es soll dort sehr schön sein. Ich bin jedenfalls schon echt gespannt", erklärte mir Jade.

„Ach so, dann habe ich das die ganze Zeit ganz und gar falsch verstanden. Ich habe mich schon gewundert, weil man da draußen überhaupt nichts sieht. Dann wird diese Burg wohl in der tiefsten Einöde stehen. Das wird bestimmt sehr lustig", erwiderte ich ihr mit einem ironischen Unterton.

„Sind wir denn noch in der Parallelwelt?", wollte ich noch wissen.

„Ehrlich gesagt, weiß ich das gar nicht. Ich weiß nur, dass mit uns dort noch eine weitere Klasse wohnen wird. Die kommen von einem Jungen-Internat", freute sich Jade und rieb sich dabei schon die Hände. „Hoffentlich sind da ein paar Schnuckelchen dabei", sagte sie noch und fing an in ihre Hände zu klatschen.

Was die immer hatte. Jade wollte unbedingt auch einen Freund haben, aber bei den Jungen auf unserer Schule hatte sie leider noch nicht den passenden gefunden. Jetzt mussten wohl diese männlichen Wesen daran glauben. Sie taten mir jetzt schon leid. Wenn Jade sich etwas in den Kopf setzte, dann war es ihr auch nicht mehr auszureden. Ich war schon sehr gespannt darauf.

Gelangweilt schaute ich weiter aus dem Fenster und Jade wandte sich wieder ihrem Buch zu.

Plötzlich sah ich draußen zwei Personen, die Hand in Hand durch das hohe Gras liefen. Sie schauten sich verliebt an. Muss das schön sein, so verliebt zusammen zu sein. Leider konnte ich mich immer noch nicht daran erinnern, dass Steven noch vor kurzem bei mir war. Es kam mir so lange her vor, als er mich in seinen Armen gehalten hatte. Wenn Jade es mir nicht erzählt hätte, dann wäre da gar keine Erinnerung von unserem letzten Treffen.

Dafür hasste ich Rose noch mehr als zuvor. Bisher tat sie mir eigentlich nur leid, weil Steven sie für mich verlassen hatte, aber nun kamen da ganz andere Gefühle in mir hoch. Diese Gefühle hatte ich noch nie, noch nicht einmal gegen Rose´s Mutter Esmeralda und die wollte mir schließlich etwas antun. Aber bei Rose war das anders. Sie wollte meinen Freund und meine Liebe zerstören und das bedeutete Krieg.

Ich schaute noch einmal auf die Wiese, an der wir gerade vorbeifuhren und suchte nach dem Pärchen, aber es war nicht mehr zu sehen.

Ich drehte mich um, vielleicht waren wir schon an ihnen vorbei gefahren, aber da waren sie auch nicht zu sehen. Nichts war hier, rein gar nichts.

„Was ist Nora?", wollte Jade wissen.

„Ach, eigentlich nichts, aber ich habe da gerade so ein Pärchen gesehen", antwortete ich ihr.

„Was für ein Pärchen?", fragte Jade und drehte sich ebenfalls um, um aus dem Fenster sehen zu können.

„Da waren gerade zwei Verliebte. Sie sind Hand in Hand über diese Wiese gelaufen. Das Mädchen hatte lange, blonde Haare und ein weißes Kleid an. Der Junge hatte ebenfalls lange Haare, trug sie aber in einem Zopf zusammen gebunden. Irgendwie trugen die beiden seltsame Kleidung, so altmodisch", erzählte ich.

„Und was ist mit denen? Wo sind sie jetzt?", fragte Jade weiter.

„Das weiß ich nicht. Auf einmal habe ich sie nicht mehr gesehen. Komisch, oder?"

„Wieso komisch? Die haben sich bestimmt knutschend in das hohe Gras gelegt, damit sie keiner, so wie du gerade, beobachten kann", erwiderte Jade nur und grinste mich dabei hämisch an.

„Ha, ha. Ich habe sie nicht beobachtet. Aber ist ja auch egal. Ich glaube, wir sind gleich da. Der Bus wird schon langsamer", sagte ich und schaute nach vorne, um etwas erspähen zu können.

Jade fing schon an ihre Sachen zusammen zu packen.

Unsere Lehrerin Frau Buschhütten stand auf und wandte sich zu uns.

„Mädchen, wir sind gleich da. Ich möchte euch vorher noch etwas sagen. In der Burg Marquardt ist das Hexen und Zaubern strengstens verboten. Wir haben hier Regeln und ich möchte, dass ihr euch daran haltet. Es gehen immer zwei Mädchen zusammen auf ein Zimmer. Männerbesuch auf den Zimmern ist verboten. Morgens um 7.30 Uhr gibt es im großen Speisesaal für alle Frühstück. Um 13.00 Uhr gibt es Mittagessen, 15.30 Uhr Kuchen und um 19.00 Uhr Abendbrot. Der Speisesaal ist ganz unten im Untergeschoss und leicht zu finden. Denkt bitte daran, dass hier auch eine andere Gruppe Ferien macht und nehmt gegenseitig Rücksicht.

Habe ich noch etwas vergessen? Ach ja, erwische ich jemanden, der sich nicht an die Regeln hält, der wird erstens sofort nach Hause geschickt und zweitens, bekommt er eine Strafe aufgebrummt. Welche? Das wird

die entsprechende Person dann noch früh genug erfahren. Ach, noch etwas. Von 22.00 Uhr an ist absolute Nachtruhe, dann wird auch nicht mehr auf den Fluren herumgelaufen und in den Zimmern wird sich nur noch in Zimmerlautstärke aufgehalten. Ist alles klar?", fragte sie energisch und wir alle antworteten zusammen mit einem lauten „Ja, Frau Buschhütten!"
Der Bus hielt an und wir durften aussteigen.
Endlich da!
Jetzt würde es nicht mehr lange dauern, bis ich das Geheimnis lüften könnte.

Die Burg Marquardtstein

Wir standen alle vor der Burg und trauten unseren Augen nicht. Sie sah einfach gigantisch aus. Der Bus hielt direkt vor dem Eingang und Angestellte halfen uns, unsere Koffer in die Burg zu tragen.

Weiter weg konnte ich viele kleine Häuser erkennen, auch kleine Geschäfte waren zu sehen. Ich kam mir vor, als ob ich viele Jahre zurück versetzt worden wäre, bis hin ins Mittelalter.

Ich schaute mir die vielen alten Fenster an. Es waren bestimmt hunderte. Die Leute, die die alle putzen müssten, taten mir wirklich leid.

Bei einem Fenster blieb mein Blick hängen. Der Vorhang bewegte sich leicht und man konnte eine Person dahinter stehen sehen. Das Gesicht kam mir bekannt vor, nur dieses Mal schien es traurig.

Ich war mir sicher, dass es das Mädchen war, das ich eben noch auf der Wiese gesehen hatte. Ihre langen blonden Haare hingen lieblos herunter und sie weinte.

Wie konnte sie nur so schnell hierher gekommen sein? Ich war mir jetzt hundertprozentig sicher, dass es dasselbe Mädchen war.

Jade stieß mich an und holte mich damit aus meinen Gedanken.

„Mensch Nora, das ist ja voll krass hier", sagte sie und stieg eine der fünf Stufen zum Eingang nach oben.

Ich schaute noch einmal zum Fenster hoch, bevor ich ihr antwortete, um nach dem traurigen Mädchen zu sehen, aber es war schon wieder verschwunden.

„Ich weiß noch nicht, ob es mir hier gefällt, Jade. Ich möchte erst einmal, dass meine Erinnerungen an letzte Nacht wiederkommen, das ist mir im Moment wichtiger", sagte ich nur und ging mit ihr zusammen in die Burg.
Im inneren war eine große Empfangshalle mit einem großen Schreibtisch in der Mitte. Dort saß ein großer, dicker Mann. Er hatte einen großen Buckel und auf der Nase eine dicke Warze. Er erinnerte mich an diese Gestalten, die mir damals in der Unterwelt begegnet sind. Viele Haare hatte er auch nicht mehr, aber die paar, die er noch hatte, hingen lang und strähnig herunter.
„Der sieht ja echt freundlich aus", flüsterte ich Jade ironisch zu und bemerkte, dass der Mann auch anderen aus unserer Klasse aufgefallen war. Viele Mädchen mussten sich das Lachen verkneifen und fingen an zu kichern.
Frau Buschhütten nahm mehrere Zimmerschlüssel entgegen und drehte sich dann zu uns.

„Ich werde euch jetzt eure Schlüssel geben. Ihr Mädchen wohnt alle im zweiten Stock. Wir haben jetzt genau 10.30 Uhr. Bis um 13.00 Uhr zum Essen, habt ihr Zeit für euch, um eure Sachen auszupacken und euch hier ein wenig umzusehen. Wir sehen uns dann alle im Speisesaal wieder. Kim und Ela, hier ist euer Schlüssel. Das Zimmer ist im zweiten Stock. Ihr könnt schon mal hochgehen. Nora und Jade, hier ist der zu eurem Zimmer", rief sie und hielt mir den Schlüssel vor die Nase.
Ich nahm den Schlüssel entgegen und suchte Jade. Wo war sie? Gerade stand sie doch noch neben mir.

Es waren auf einmal so viele Leute hier, ich musste mich erst einmal durch die Massen von Menschen hindurch wühlen.

Ich hatte gar nicht mitbekommen, dass kurze Zeit nach uns, der Bus mit der anderen Klasse angekommen war. Die Eingangshalle war mittlerweile brechend voll.

Suchend blickte ich mich um. Wo war Jade nur? Konnte sie nicht einmal einfach bei mir bleiben und abwarten? Nein, das konnte sie nicht, aber so war Jade nun einmal.

„Kann ich dir suchen helfen?", sprach mich plötzlich ein sehr gutaussehender Junge an.

„Was? Eh? Nein! Ich suche nur meine Freundin", stotterte ich. Warum war ich auf einmal so nervös?

Der Junge schien sehr nett und zwinkerte mir zu. Er sah wirklich gut aus. Sehr sportlich, gut gebaut, kurze blonde Haare, blaue Augen und ein tolles Lächeln.

„Ich bin Christopher von Falkenberg, aber du darfst gerne Chris zu mir sagen", sagte er und reichte mir dabei seine Hand.

„Ich bin Nora Marquardt", antwortete ich und nahm seine Hand entgegen. Doch als sich unsere Hände berührten, bemerkte ich, dass ich etwas Rot wurde. Dieser Chris machte mich irgendwie nervös. Hoffentlich bemerkte er das nicht. Er zwinkerte mir noch einmal zu und meinte dann: „Ich freue mich schon darauf, dich näher kennen zu lernen Nora."

Doch plötzlich sprangen ihn zwei weitere Jungen von hinten an.

„Wer ist das denn Chris? Eine neue Eroberung? Das ging ja schnell", sagte einer von ihnen und lächelte mir zu.

„Mensch Andrew, lass den Unsinn. Darf ich dir Nora vorstellen?", antwortete er ihm.
„Hallo Nora, ich bin Andrew Weber und der kleine dicke hier, das ist Felix Petersen", stellte sich der eine bei mir vor.
„Mensch Andrew, hör auf damit mich immer DICK zu nennen", sagte der andere und wandte sich dann mir zu.
„Hallo, ich bin Felix", sagte er noch und nickte mir zu.
Ich grinste nur und nickte ebenfalls. Plötzlich stand Jade hinter mir und sprach mich an.
„Nora, möchtest du mir nicht die Jungen vorstellen?", fragte sie und stellte sich erst einmal in Pose.
Jade war bereit, sie wollte sich unbedingt einen Jungen auf dieser Klassenfahrt angeln.
Ich schaute etwas genervt und stellte ihr die Jungen vor: „Das sind Christopher von Falkenberg, kurz Chris, Andrew Weber und Felix Petersen."
„Hallo, ich bin Jade Summers, Noras beste Freundin", stellte sie sich vor und lächelte alle verschmitzt an.
„Hallo Jade", sagten alle und verabschiedeten sich daraufhin von uns, da ihre Namen aufgerufen wurden. Sie mussten sich nun von ihrem Lehrer die Schlüssel für ihre Zimmer abholen.
Chris drehte sich noch einmal zu mir um und zwinkerte mir zu. Jade winkte ihm daraufhin aufgeregt zurück.
„Oh, Mann, der Chris ist ja total süß. Ich glaube der findet mich gut. Hast du das gerade gesehen, er hat mir zugezwinkert?", sagte Jade zu mir und grinste dabei über beide Ohren.
Dass das Zwinkern eigentlich mir galt und nicht Jade, behielt ich für mich. Ich wollte sie nicht verletzen und mir

war es auch eigentlich egal. Steven war mein Freund und andere Jungen interessierten mich nicht.

„Lass uns in unser Zimmer gehen, auspacken", bat ich Jade und ging hinüber zur Treppe.

Jade folgte mir und konnte dabei gar nicht mehr aufhören zu grinsen.

„Fühlt sich das so an, wenn man sich beim ersten Blick in jemanden verliebt, Nora?"

„Wie meinst du das?", wollte ich wissen.

„Als er mich mit seinen tollen blauen Augen angesehen hat, da wurde mir ganz warm ums Herz und in meinem Bauch fing es an zu kribbeln", antwortete Jade mir.

„Und das Gefühl hattest du bei Chris?", fragte ich sie und dabei gingen wir die Treppe immer höher, bis in den zweiten Stock.

„Bei wem denn sonst? Bei dem dicken Felix etwa? Oder hast du dir mal Andrew genauer angesehen? Der hat Segelohren. Dumbo lässt grüßen. Nee, die sind nichts für mich. Nur Chris sieht sooo gut aus, genau mein Geschmack. Was für eine Zimmernummer haben wir eigentlich?", fragte sie noch und schaute mich dabei fragend an.

Jade war auf dem besten Weg sich in einen Jungen zu verlieben, der meiner Meinung nach, überhaupt kein Interesse an ihr hatte. Sonst hätte er nicht die ganze Zeit versucht mit mir zu flirten. Ich hoffte, dass das gut für sie ausging.

Schlüssel, Schlüssel, wo hatte ich den noch mal? Ach ja, ich hatte ihn in meine linke Hosentasche gesteckt.

Langsam holte ich ihn heraus und schaute nach der Nummer.
Ich erschrak und schaute Jade entsetzt an.
„Was ist Nora? Hast du einen Geist gesehen oder was ist los?", fragte sie.
Ich zeigte ihr den Schlüsselanhänger auf der unsere Zimmernummer stand: 666!
Jade schaute ebenfalls etwas angespannt, sagte dann aber: „Das ist bestimmt nur ein Zufall, Nora. Gib mir den Schlüssel. Wie der Zufall es will, stehen wir genau vor der Tür. Ich schließe jetzt auf."
Jade hatte Recht, das erste Zimmer hier oben hatte die Nummer 666 und war genau über der Empfangshalle. Irgendwie kam mir etwas komisch vor, aber ich wusste nicht genau was es war. Jade öffnete langsam die Tür und ging ins Zimmer. Ich folgte ihr.
Das Zimmer war sehr groß. Zwei große Himmelbetten standen rechts und links vom Fenster. In der linken Ecke waren zwei große Ledersessel und ein Tisch. In der anderen standen noch eine große Truhe und ein riesiger Kleiderschrank. Alle Möbel waren aus Holz und wohl sehr alt. Sie sahen richtig antik aus.
„Ist das nicht toll hier, Nora? Ich möchte das Bett hier nehmen, ist das OK?", fragte mich Jade und warf sich dabei auf das linke Bett.
„Ist mir egal welches Bett ich bekomme. Wenn du das möchtest, dann nehme ich dieses hier. Da habe ich es auch nicht so weit zum Kleiderschrank", sagte ich nur und öffnete dabei den großen Schrank. Ich wunderte mich etwas, weil meine ganzen Sachen schon alle eingeräumt waren. Sogar mein Besen stand neben meinem Bett.

„Na, super", meckerte Jade, „warum sind deine Sachen schon ausgepackt und meine nicht? Mein Koffer ist noch fest verschlossen."
„Vielleicht haben sie ihn nur nicht aufbekommen", erwiderte ich ihr und setzte mich auf das Bett.
Man, war das aber weich, ob ich darin überhaupt schlafen konnte?
„Ja, kann auch sein", sagte Jade und fing dabei an ihren Koffer auszupacken.
„Hier ist übrigens dein Buch und einen der Teleporter habe ich auch mitgenommen", rief sie und warf die beiden Sachen auf mein Bett.
Das Buch begann sofort wieder zu schweben und landete wieder auf meinem Schoß. Langsam öffneten sich die Seiten und wie auch die beiden Male zuvor, blieb es auf der Seite 666 stehen.
„Was steht darin, Nora?", wollte Jade sofort wissen und ich begann zu lesen.
Viel stand dort nicht, nur wenige Sätze. Diese waren wieder direkt an mich gerichtet.

Nora!

Du musst den Weg finden!

Suche den Weg nach dem Verlies!

Gabriela wird dich führen!

Finde den Weg!

Deck das Geheimnis auf!

Ich las mir diese Sätze ein paar Mal durch und zeigte sie schließlich Jade.

„Wer ist denn Gabriela?", fragte sie mich, aber diese Frage konnte ich ihr nicht beantworten.

Ein Mädchen mit diesem Namen hatten wir nicht in unserer Klasse. Vielleicht war es ein Mädchen von hier, vielleicht arbeitete sie hier in der Burg.

Ich schloss das Buch und legte es unter mein Kissen, damit es keiner so schnell finden konnte und es vor neugierigen Blicken sicher war.

„Das ist richtig aufregend, oder? Gut, dass ich es mitgenommen habe. Das wird bestimmt noch richtig spannend hier oder was meinst du, Nora?", fragte mich Jade.

„Ich weiß nicht so genau, Jade. Irgendwie ist mir seitdem wir hier sind unheimlich zu Mute. Das kann ich dir leider nicht genau erklären, aber ich habe das komische Gefühl, als ob hier mal etwas Schreckliches passiert ist", antwortete ich ihr.

„Echt? Wie meinst du das?", wollte sie wissen und setzte sich neben mich auf mein Bett.

„Ich habe dir doch vorhin im Bus erzählt, dass ich auf der Wiese ein verliebtes Pärchen gesehen habe und als wir hier angekommen waren, habe ich genau das Mädchen von der Wiese aus einem dieser Fenster schauen sehen. Sie hat geweint und sah wirklich traurig aus. Ich bin mir da echt hundertprozentig sicher, dass es dasselbe Mädchen war, deswegen brauchst du mich jetzt nicht so komisch anzuschauen. Ich weiß selbst, dass es komisch klingt, weil das Mädchen bestimmt nicht eher hier sein konnte, als wir in unserm Bus. Aber es war wirklich das Mädchen. Außerdem ist mir noch etwas aufgefallen. Ich bin mir sicher, dass es aus unserem Zimmerfenster geschaut hat.

Das ist das Fenster, das ich vom Hof aus gesehen habe", erklärte ich ihr, doch Jade schaute mich die ganze Zeit nur ungläubig an.

„Meinst du, das hat etwas mit dieser Prophezeiung aus deinem Buch zu tun?", fragte sie noch und stand wieder auf.

„Ich weiß es nicht, aber mich würde sehr interessieren, was das für ein Mädchen ist. Irgendetwas stimmt da nicht, da bin ich mir sicher", gab ich zur Antwort und ging zum Fenster.

Draußen auf dem Hof standen die drei Jungen von gerade und unterhielten sich.

Andrew zeichnete immer wieder Herzen in die Luft und neckte Chris damit. Felix tat so, als ob sein Herz laut schlagen würde und tanzte hin und her.

Das waren schon irgendwie komische Vögel, die drei. Ich musste lächeln, als ich sie eine Zeit lang beobachtete. Andrew war der erste, der mich zufällig am Fenster entdeckte und sofort Chris darauf aufmerksam machte. Dieser drehte sich schnell um und grinste mich an. Ich musste ebenfalls grinsen und daraufhin zwinkerte er mir wieder verschmitzt zu.

Jade wollte sofort wissen, was denn da unten los war und drängelte sich an mir vorbei.

„Oh, da ist Chris", rief sie und winkte ihm aufgeregt zu.

„Sollen wir zu ihnen hinunter gehen? Ein bisschen Zeit bis zum Essen haben wir doch noch", fragte sie mich und schaute dabei immer noch verliebt aus dem Fenster.

„Du kannst gerne zu ihnen hinuntergehen. Ich möchte lieber sehen, ob ich etwas über diese Gabriela in Erfahrung bringen kann", sagte ich und ging zur Tür.

„OK, ich gehe dann zu den Jungen. Treffen wir uns dann beim Essen?", fragte sie noch und folgte mir aus dem Zimmer.

„Ja, halte mir aber einen Platz neben dir frei, falls du eher da sein solltest", bat ich sie und verschloss die Tür. Jade eilte nach unten und war auch schon verschwunden. Man hatte die es eilig zu den drei Jungen zu kommen.

Ich würde nun erst einmal hinuntergehen und mich über diese Gabriela informieren. Vielleicht kannte sie hier ja jemand!

Ich steckte mir den Zimmerschlüssel in die Hosentasche und ging die Treppe nach unten.

Wer wusste wohl etwas über diese Gabriela?

Gabriela

Der hässliche Mann saß immer noch an seinem Schreibtisch in der Empfangshalle und überprüfte irgendwelche Unterlagen.
Es schien mir so, als ob er hier schon länger arbeiten würde, bestimmt kannte er sich gut hier aus.
Ich ging langsam auf ihn zu und blieb vor seinem Schreibtisch stehen.
„Endschuldigen Sie, darf ich Sie kurz stören?", fragte ich ihn. Der Mann schaute nur kurz nach oben, senkte dann aber seinen Blick sofort wieder.
„Was kann ich für Sie tun, Fräulein?", sagte er und sortierte dabei seine Unterlagen weiter.
„Arbeitet hier ein Mädchen, das Gabriela heißt?", wollte ich wissen.
Der Mann schaute noch einmal hoch und musterte mich von oben bis unten, dann sagte er schließlich: „Tut mir leid, ein Mädchen mit so einem Namen arbeitet hier nicht. Ich habe jetzt aber auch keine Zeit mehr für weitere Fragen. Auf Wiedersehen, Fräulein."
Warum wollte er mich so schnell loswerden? Es war doch nur eine Frage. So leicht wollte ich mich aber nicht abwimmeln lassen.
„Haben Sie denn den Namen hier schon einmal gehört?", fragte ich ihn ganz höflich.
„Mädchen, ich habe wirklich keine Zeit mich mit dir zu unterhalten. Ich muss hier arbeiten", antwortete der Mann mürrisch.

„Nur diese eine Frage, dann können Sie sofort wieder weiterarbeiten. Bitte, es ist wichtig für mich", bat ich ihn.
„Na gut, aber dann lässt du mich in Ruhe arbeiten", sagte er kurz und räusperte sich. Ich nickte ihm zustimmend zu und wartete aufgeregt auf seine Antwort.
„Hier gab es mal ein Mädchen, das Gabriela hieß. Das ist aber schon lange her. Vor ca. 150 Jahren wohnte sie mit ihren Eltern hier in der Burg. Man erzählt sich, dass die gesamte Familie durch ein Feuer umgekommen sei und das Feuer soll Gabriela aus Liebeskummer gelegt haben, um sich selbst umzubringen. Das sind aber alles nur Gerüchte", erzählte er mir.
„Oh nein, das ist ja schrecklich. Auf so eine Geschichte war ich jetzt nicht gefasst, aber danke, dass Sie es mir erzählt haben", erwiderte ich ihm und verabschiedete mich schnell.
Ich musste an die frische Luft. Vor der Tür blieb ich stehen und sah dort Jade mit den drei Jungen stehen. Als Chris mich sah, fingen seine Augen sofort an zu leuchten und er kam grinsend auf mich zu.
„Ich dachte schon, du kommst nicht mehr. Jade meinte, dass du etwas anderes vor hast", sagte er und strahlte mich an.
„Ja, ich wollte eigentlich etwas anderes machen bis zum Essen, aber das habe ich schon erledigt", erwiderte ich nur und musste an Gabriela denken.
Hatte sie sich wirklich aus Liebeskummer das Leben genommen? Ich musste unbedingt noch mehr über dieses Mädchen herausfinden.

Jade und die anderen beiden Jungen kamen ebenfalls zu uns und Jade stellte sich sofort ganz nah neben Chris.
„Na, was erzählt ihr euch denn?", fragte sie uns und schaute Chris dabei verliebt an.
Nur leider erwiderte Chris ihren Blick nicht. Die ganze Zeit hatte er nur Augen für mich. Ich fühlte mich ja wirklich sehr geschmeichelt, aber hier lief einiges schief und hoffentlich nicht aus dem Ruder.
„Sollen wir zum Essen gehen? Wir haben gleich 13.00 Uhr", fragte Andrew und Felix mischte sich ebenfalls ein.
„Ich habe auch schon voll Hunger", sagte der kleine Dicke.
„Du hast auch immer Hunger", konterte Andrew und Felix schaute beleidigt weg.
„Dürfen wir eigentlich zusammen essen oder sind unsere Klassen getrennt?", fragte Jade.
„Unsere Klassen sind getrennt, aber wir können uns ja nach dem Essen wieder treffen. Ich würde mich freuen", antwortete Chris ihr und zwinkerte mir dabei zu.
„Oh ja, sehr gerne oder Nora? Wir haben doch nichts Bestimmtes vor", rief Jade hocherfreut.
„Jade, ich weiß nicht. Frau Buschhütten wird uns bestimmt noch etwas zu sagen haben. Lass uns doch erst einmal abwarten, dann können wir immer noch sehen. Außerdem sind wir gerade erst angekommen, wir werden uns bestimmt noch öfter über den Weg laufen", sagte ich nur, drehte mich um und ging zurück in die Empfangshalle.
„Warte Nora, warum so schnell?", rief Jade und hielt mich am Arm fest.

„Du weißt doch genau, dass ich total auf Chris stehe. Hast du das noch nicht mitbekommen? Warum sagst du so etwas? Gönnst du mir das etwas nicht? Er hat mich gefragt, ob wir uns wieder sehen und du muffelst hier herum. Echt toll!", meckerte sie mich an.

„Mensch Jade, ich weiß jetzt ehrlich nicht was eigentlich dein Problem ist, aber ich möchte nicht, dass du so mit mir redest. Ich habe nur das gesagt, was ich meine. Wir sind nun gerade erst angekommen und ich habe, weiß Gott, andere Sachen im Kopf, als dein Liebesleben. Außerdem wissen wir nicht, ob Frau Buschhütten noch etwas anderes mit uns vorhat", versuchte ich so freundlich wie möglich ihr zu erklären. Ich musste mich aber echt beherrschen, nicht auch etwas lauter zu werden.

Jade schluckte, ich hatte wohl genau ins Schwarze getroffen. „Tut mir leid, Nora. Ich wollte dich nicht anmeckern. Du hast ja Recht, ich weiß auch nicht, was mit mir los ist. Aber Chris macht mich völlig wuschelig", sagte sie noch und nahm mich dabei in den Arm.

„Du bist doch meine beste Freundin und daran wird sich auch nichts ändern", sagte Jade noch und drückte mich fest an sich.

Ich hoffte wirklich, dass sie Recht behielt, aber mein Gefühl sagte etwas andres. Würde unsere Freundschaft ihre Verliebtheit überstehen?

Als ich so über Jade und mich nachdachte, bemerkte ich, dass jemand die Treppe nach unten kam.

Es war das Mädchen mit den langen blonden Haaren von der Wiese. Der Junge war auch bei ihr. Hand in Hand kamen sie beide die Treppe nach unten. Sie sahen dabei sehr glücklich aus.

„Jade, dreh dich schnell um", flüsterte ich und löste mich aus ihrer Umarmung. Sie drehte sich, ohne etwas zu sagen, langsam um und schaute hinüber zur Treppe.

„Was ist da denn? Ich sehe nichts", sagte sie und schaute mich fragend an.

Ich schaute nur kurz zu ihr und wollte ihr gerade die beiden auf der Treppe zeigen, doch als ich mich wieder der Treppe schaute, waren sie nicht mehr zu sehen.

„Da war gerade das Mädchen von der Wiese und der Junge war auch bei ihr", versuchte ich ihr zu erklären, doch Jade verdrehte nur die Augen.

„Nora, da war nichts oder siehst du schon Gespenster? Lass uns jetzt zum Essen gehen, ich habe Hunger", erwiderte sie nur und ging hinüber zur Treppe, um nach unten zu gehen.

Keiner war mehr zu sehen, niemand war hier. Sogar der Mann, der vorhin noch am Schreibtisch gesessen hatte, war nicht mehr da.

Sah ich wirklich Gespenster? Vielleicht war das Mädchen von der Wiese diese Gabriela, die vor 150 Jahren hier gelebt hatte. Sie war sicherlich schon lange tot und spukte hier vielleicht noch als Geist herum. Ich musste einfach mehr darüber in Erfahrung bringen. Nur Jade würde ich lieber nichts darüber sagen, sie war so sehr mit ihrer Verliebtheit beschäftigt, dass sie sich dafür sowieso nicht richtig interessieren würde.

Eine Zeit lang stand ich noch in der großen Empfangshalle und schaute mich um. Eigentlich hatte ich keinen Hunger. Ich beschloss, nicht zum Essen zu gehen, lieber würde ich es ausnutzen, ganz allein hier zu sein. Niemand würde mich stören, denn alle waren im großen Speisesaal eine Etage tiefer.

Ich ging zu dem Schreibtisch zurück, an dem vorhin noch der alte Mann gesessen hatte und nahm mir einen Prospekt von dieser Gegend aus einem Steller auf dem Tisch. Er war mir vorhin schon ins Auge gefallen, als ich mich mit dem Mann unterhalten hatte.

Als ich den Prospekt öffnen wollte, fiel mir auf, dass es eine Karte von dieser Burg war, mit allen Etagen und Zimmern darauf.

Schnell breitete ich ihn vor mir auf dem Boden aus und schaute mir die Details genauer an.

Hier unten waren nur die Empfangshalle, die Küche und eine Bibliothek. Das hörte sich schon mal interessant an. Vielleicht konnte ich mich in der Bibliothek umsehen. Im Untergeschoss war nur der große Speisesaal und ein Aufenthaltsraum abgebildet. In den zwei oberen Etagen waren die Schlafzimmer. Der Dachboden war hier gar nicht eingezeichnet. Irgendwie kam es mir in diesem Prospekt alles viel kleiner vor, als es von außen wirkte. Bestimmt hatte man einige Zimmer weg gelassen, weil man sie nicht mehr benötigte oder, weil man vielleicht etwas vor der Öffentlichkeit zu verbergen hatte.

Meine Güte, jetzt fing ich auch schon an, an irgendwelche Phantasien zu glauben. Im normalsten Fall würde mich das auch gar nichts angehen und auch nicht wirklich interessieren, aber in diesem realen Fall, musste ich mir über alles meine Gedanken machen. Es ging um Steven, um meine Liebe und irgendwie hatte diese Gabriela etwas damit zu tun. Ich verstand immer noch nicht, wie ich einfach zu dieser Klassenfahrt fahren konnte, mit dem

Wissen, das ihm etwas passiert war. Es war grauenvoll und ich hasse mich dafür, aber ich hatte diesen Weg zu gehen. Ich musste ihn gehen, das wusste ich, ganz tief in mir.

Ich beschloss, mich erst einmal in der Bibliothek umzusehen.
Schnell faltete ich die Karte zusammen, steckte sie mir in die Hosentasche und ging schnurstracks in Richtung Bibliothek. Sie war gar nicht schwer zu finden, die Tür befand sich genau rechts, unterhalb der Treppe.
Ich drehte mich noch einmal vorsichtig um, ob mich jemand beobachtete, aber hier war niemand.
Langsam drückte ich die Türklinke nach unten. Es war nicht abgeschlossen und ich öffnete die Tür.
Schnell huschte ich hinein und verschloss hinter mir die Tür wieder.
Hier war es ziemlich dunkel, die Vorhänge waren zugezogen, obwohl draußen herrliches Wetter war. Trotzdem konnte man alles noch genau erkennen.
Der ganze Raum war voller Regale mit Büchern. Er glich eher einer Bücherei. Alle Regale waren nebeneinander aufgereiht und die Bücher sehr übersichtlich sortiert.
Ich ging durch die Reihen und schaute mich erst einmal um. Wonach suchte ich überhaupt?
Es gab hier alte Jahrbücher, alte Bibeln, Bücher über die Burg und noch viel mehr. Womit sollte ich anfangen? Es waren einfach viel zu viele Bücher. Wenn ich doch wenigstens eine kleine Ahnung hätte, das würde mir schon helfen.
Nach einiger Zeit hörte ich ein leises Schluchzen. Es war noch jemand hier, ich war nicht allein.

Langsam ging ich in die Richtung, aus der ich das Schluchzen hörte und schaute vorsichtig durch ein Regal. Hinten in der Ecke stand ein alter Schreibtisch mit einer kleinen Lampe darauf und einem großen Lesesessel. Der Sessel hatte eine sehr hohe Lehne, deswegen konnte ich leider niemanden erkennen. Ich war mir aber sicher, dass dort jemand saß.
Vorsichtig schob ich ein paar Bücher beiseite, um besser sehen zu können, aber es half nichts.
Ich musste noch näher an diesen Sessel ran, aber wie?
Frau Buschhütten hatte gesagt, dass das Zaubern hier strengstens verboten wäre. Würde es auffallen, wenn ich es wenigstens einmal versuchen würde? Außer mir und dieser Person da hinten im Sessel, war ja sonst niemand hier.
Mittlerweile war ich mir sehr sicher, dass diese Gabriela ein Geist war. Niemand außer mir hatte sie bisher gesehen oder gehört, das musste einen Grund haben.
Sie war es bestimmt, die in diesem Sessel saß.
Auf einmal war sie da und dann auch schon wieder verschwunden, das war doch auch nicht normal. Sie MUSSTE also ein Geist sein. Nur, warum erschien sie immer mir? Wollte sie mir etwas mitteilen?
Ich wusste nicht so wirklich, wie ich mich verhalten sollte. Sollte ich mich einfach zeigen und sie ansprechen? Sie wusste doch bestimmt schon, dass ich hier war oder nicht? Eine Weile stand ich noch hinter diesem Bücherregal und überlegte mir was ich machen sollte. Bis sie plötzlich ganz nah an mir vorbei ging. Ich traute mich nicht zu atmen und hielt fest die Luft an. Sie stand nun mit dem Rücken genau vor mir und versteckte ein kleines rotes Buch in einem

anderen. Dann stellte sie es wieder zurück in das Regal und war urplötzlich verschwunden.

Meine Güte, was war das? Ich musste erst einmal nach Luft schnappen. Das Ganze kam mir so lang vor, obwohl es in Wirklichkeit nur einen kurzen Moment lang dauerte. Ich hatte Recht, das blonde Mädchen war ein Geist. Nur ein Geist konnte so einfach vor meinen Augen verschwinden.

Sie hatte hier etwas versteckt, genau in diesem Regal.

Ich nahm einige Bücher aus diesem Regal und schlug sie auf. Man waren die alle staubig, die hatte hier anscheinend schon lange niemand mehr gelesen. Nach einer Weile und mehreren dicken alten Büchern, wurde ich fündig.

Ich öffnete ein großes Buch, das mit echtem Leder umwickelt war.

In der Mitte des Buches waren viele Seiten herausgeschnitten, so dass dadurch ein kleines Fach entstand. In diesem Fach lag ein kleines rotes Buch, auf dem

MEIN TAGEBUCH

stand.

Ich nahm es vorsichtig heraus und stellte das andere Buch schnell wieder in das Regal zurück.

Der Geist des Mädchens hatte mich direkt zu diesem Buch geführt, also wollte er auch, dass ich es lese.

Ich nahm das Buch und ging zu dem kleinen Schreibtisch hinüber, wo gerade noch der Geist gesessen hatte und machte mir die kleine Lampe an.

Der Schreibtisch war ebenfalls voller Staub. Wurde dieser Raum wohl noch benutzt?

Ich legte das kleine rote Buch auf den Tisch, öffnete es vorsichtig und begann zu lesen.

Tagebuch von Gabriela Marquardt

stand in großen Buchstaben auf der ersten Seite.
Ich hatte also Recht, das blonde Mädchen war Gabriela und sie hieß genauso wie ich, Marquardt. Hatte das etwas zu bedeuten?
Wie viel Zeit blieb mir eigentlich noch, bevor man mich suchte?
Ach, eigentlich war mir das jetzt auch egal. Ich musste unbedingt wissen, was in diesem Buch stand.
Ich machte es mir in diesem Sessel so gemütlich wie möglich und begann den ersten Eintrag zu lesen.

28.05.1855
Robert hat mir heute einen Heiratsantrag gemacht und ich habe natürlich Ja gesagt. Er kommt heute zu mit. Ich möchte ihn meinen Eltern vorstellen. Hoffentlich mögen sie ihn!

Das Tagebuch

Ich schaute auf die Uhr, es war nach eins. Das Mittagessen war bestimmt schon zu Ende. Suchte man mich vielleicht bereits? Machte Jade sich vielleicht Sorgen oder hatte sie nur diesen Jungen im Kopf?
Ich wollte noch nicht zu den anderen gehen, ich wollte noch ein wenig hier bleiben und Gabrielas Tagebuch lesen, also machte ich es mir weiter so gemütlich wie möglich und las weiter.

30.05.1855
Meine Eltern sind begeistert von Robert. Dass mein Herr Vater unserer Hochzeit zugestimmt hat, macht mich sehr glücklich. Warum ist Rachel nur so abweisend zu Robert?

Rachel? Wer war Rachel? Interessiert las ich weiter.

05.06.1855
Heute ist mein Verlobungsring verschwunden. Wir haben überall nach ihm gesucht, konnten ihn aber nicht finden. Sogar Rachel hat mitgeholfen. Ich bin so traurig, es war doch ein Geschenk von Robert.

06.06.1855
Habe Streit mit Rachel. Sie ist immer so gemein zu mir. Warum tut sie mir das an? Robert sagt, das sei normal unter Schwestern und das sich das wieder geben wird. Hoffentlich, ich liebe sie doch.

Rachel war also Gabrielas Schwester?
Ich war sehr gespannt, wie es weiter ging und las den nächsten Eintrag.

08.06.1855
Habe die beiden erwischt. Robert und Rachel! Wie konnten sie mir das nur antun? Ich will nicht mehr leben, es zerreißt mir das Herz.

Oh nein, was war da nur passiert? Hatte Robert Gabriela mit ihrer eigenen Schwester betrogen? Nach so einer kurzen Zeit? Er hatte ihr doch erst noch vor ein paar Tagen einen Heiratsantrag gemacht. Warum sollte er das tun, wenn er eigentlich Rachel wollte? Irgendetwas stimmte da doch nicht.

15.06.1855
Robert hat mir blaue Rosen mitgebracht. Sie sind wunderschön! Ich wusste gar nicht, das es solche Rosen überhaupt gibt. Er liest mir

im Moment jeden Wunsch von den Augen ab. Nach seiner Verwechslung mit Rachel hat er mir geschworen, dass es niemals wieder passieren wird.

Nach seiner Verwechselung mit Rachel? Was meinte Gabriela damit? War Rachel vielleicht ihre Zwillingsschwester?
Ich hoffte noch mehr in ihrem Buch zu erfahren und fuhr fort:

18.06.1855
In zwei Wochen ist schon unsere Vermählung. Rachel wird meine Brautjungfer sein und heute bringt die Schneiderin mein Kleid.

20.06.1855
Das Kleid ist hinüber. Irgendjemand hat Rotwein darauf verschüttet. Hoffentlich schaffen wir es noch ein neues bis dahin schneidern zu lassen.

30.06.1855
Ich bin krank, habe schon seit Tagen nichts mehr gegessen. In drei Tagen ist die Hochzeit. Was passiert wohl noch alles? Ich will doch nur mit Robert glücklich sein.

02.07.1855

Rachel hat mir gesagt, dass sie Robert liebt und es nicht mit ansehen kann, dass er mich Morgen heiratet. Sie wird nicht meine Brautjungfer sein können und deswegen aus unserem Leben für immer verschwinden. Dann ist sie gegangen, für immer! Was soll ich nur ohne meinen Zwilling an meiner Seite machen?

03.07.1855

Es ist so weit, gleich sehe ich Robert wieder und werde seine Gemahlin, für immer und ewig.

Das war Gabriela's letzter Eintrag. Die weiteren Seiten in diesem Buch waren leer. Warum hatte sie nicht mehr geschrieben? Wie war ihre Hochzeit? Was war mit Rachel? Wurden Gabriela und Robert glücklich?
Irgendetwas störte mich an dieser Geschichte. Der hässliche Mann, in der Empfangshalle, erzählte mir doch, dass Gabriela Feuer gelegt und sich damit angeblich aus Liebeskummer selbst das Leben genommen hatte. Aber mit ihren Einträgen stimmte das gar nicht überein.
Sie hatte ihren Freund und ihre Schwester erwischt, aber deswegen brachte sie sich ja nicht um. Was war daran verkehrt? Ich musste es unbedingt herausfinden, diese Geschichte machte mich sehr neugierig.

Ich machte die kleine Lampe aus und steckte mir das Tagebuch unter meinen Pullover, damit man es nicht gleich sehen konnte.
Den Sessel schob ich ebenfalls wieder an seinen Platz zurück und machte mich auf den Weg zur Tür.
Langsam öffnete ich sie einen kleinen Schlitz und schaute vorsichtig heraus. Da war niemand, schnell huschte ich hindurch und verschloss die Tür wieder.
Nun war ich wieder in der Empfangshalle und wunderte mich, dass hier immer noch niemand war. Wo waren die alle? Beim Essen bestimmt nicht mehr, das war schon lange zu Ende. Ich schaute noch einmal auf meine Uhr und glaubte meinen Augen nicht.
„Was, schon halb vier?", rief ich. Wo war die Zeit geblieben? War ich so lange in dieser Bibliothek? Ich musste nach oben, Jade kam ohne mich doch gar nicht in unser Zimmer, ich hatte den Schlüssel. Sie war bestimmt schon wütend auf mich.
Oben angekommen war Jade jedoch nicht zusehen. Schnell öffnete ich die Tür und ging hinein. Wo waren die alle? Musste ich mir Sorgen machen?
Eher nicht, sie machten bestimmt einen Ausflug, um die Burg besser kennen zu lernen und ich war selbst daran schuld, dass ich jetzt hier allein herumhockte. Ich holte Gabrielas Tagebuch hervor und legte es zu meinem Buch unter das Kopfkissen.

Was sollte ich nun so ganz allein hier machen?
Ich legte mich kurz auf das Bett und schloss meine Augen.
So konnte ich alles noch einmal Revue passieren lassen.
Was war alles passiert? Es war wirklich merkwürdig!

So langsam kamen auch meine Erinnerungen wieder. Der Zauber, den Rose bei mir angewandt hatte, verlor langsam seine Wirkung.

Es dauerte nicht lange, da konnte ich mich wieder an alles erinnern. Steven!
An sein Lächeln, als er mich überraschte, an seine Lippen, als er mich zärtlich küsste und an seine Wärme, als er mich in seinen Armen hielt. Nur leider konnte ich mich auch daran erinnern, wie Rose ihn mir genommen hatte und wie sie mich verzauberte, damit ich alles vergaß.
„Ich habe es aber nicht vergessen, Rose. Nie werde ich ihn vergessen. Hast du mich verstanden?", schrie ich, als plötzlich Jade herein kam.
„Warum schreist du denn so und wo warst du die ganze Zeit? Ich hatte dir extra einen Platz freigehalten und für dich gelogen", fragte sie mich und kam zu mir ans Bett.
Langsam setze ich mich wieder auf und schaute ihr ins Gesicht.
„Du hast für mich gelogen?", fragte ich nach.
„Ja, Frau Buschhütten hatte mich gefragt, wo du währst und ich habe ihr gesagt, dass es dir nicht gut geht und du hier oben im Bett liegst. Aber wie ich sehe, habe ich ja gar nicht so Unrecht gehabt. Hast du wirklich was?", wollte sie noch wissen.
Sollte ich Jade die Wahrheit sagen? Ich wusste es nicht, und behielt es erst einmal für mich. Vielleicht würde ich es ihr später sagen, wenn ich noch mehr in Erfahrung gebracht hatte.

„Ich hatte einfach keinen Hunger, außerdem sind meine Erinnerungen wieder gekommen und ich wollte nicht, dass es beim Essen passiert", log ich.
„Ach, so, ja gut, aber das nächste Mal, sag es mir vorher, OK?", bat Jade mich.
„Das werde ich machen, aber was habt ihr denn nach dem Essen gemacht? So lange ward ihr doch nicht im Speisesaal, oder?", wollte ich noch wissen.
„Nein, wir waren mit Frau Buschhütten in der Bibliothek und haben uns da mal umgesehen. Sie hat gesagt, dass wir da ruhig reingehen dürften um uns Bücher auszuleihen. Da gibt es Massen von Büchern, genau das richtige für dich. Soll ich es dir mal zeigen?", erzählte sie mir.
Ich schaute sie etwas verwirrt an. Wo waren sie? In der Bibliothek? Aber da war ich doch auch, und zwar ganze dreieinhalb Stunden und außer mir und diesem Geist, war da bestimmt keiner.
Ich wollte unbedingt wissen, ob wir von derselben Bibliothek sprachen.
„Ja, zeig sie mir, ich bin schon sehr gespannt", erwiderte ich und sprang vom Bett.
„Ja, dann komm. Chris und Andrew sind bestimmt auch noch da. Chris liest nämlich genauso gerne Bücher wie du", sagte Steven´s kleine Schwester noch und hielt mir dabei die Tür auf.
„Nora, du brauchst die Tür nicht abschließen. Schau, ich zeig es dir", sagte sie und zeigte mit ihren Fingern auf das Schloss. „Sechs, sechs, sechs", sagte sie und das Schloss verriegelte sich von allein.
„Wir sollen hier doch nicht hexen. Hast du das schon vergessen?", flüsterte ich leise, damit es keiner mitbekam.

„Ach, das machen doch alle hier und außerdem fällt es doch auch gar nicht auf", erwiderte sie nur und ging die Treppe herunter.
Ich musste mich richtig beeilen um ihr zu folgen.
„Hey, warum denn so eilig?", wollte ich wissen, doch Jade schaute mich nur schnippisch an.
Was hatte sie denn jetzt schon wieder? Hatte ich etwas Falsches gesagt? Ich wusste echt nicht, was im Moment mit ihr los war. Lag es nur daran, dass sie sich verliebt hatte? Das konnte es doch nicht sein, oder doch? Jedenfalls war sie anstrengend.

Als wir unten angekommen waren, gingen wir nicht den Weg, den ich meinte. Jade schritt geradewegs auf die Tür zu, die in meinem Prospekt eigentlich in die Küche führen sollte und öffnete sie. Dann drehte sie sich um und blökte mich an: „Hier ist die Bibliothek. Ich habe keinen Bock, sie mir noch einmal anzusehen."
Dann ging sie wieder und ließ mich allein stehen.
Meine Güte, was hatte sie für Stimmungsschwankungen. Hatte sie etwa auch noch ihre Tage bekommen? Warum war sie auf einmal wieder so muffelig zu mir?
Eigentlich wollte ich ihr noch etwas sagen, aber sie war nicht mehr zu sehen.
Ich drehte mich um und ging in diese andere Bibliothek. Sie sah völlig anders aus als die, in der ich vorhin noch war. Diese hier, war viel moderner und heller. Offene, große Fenster, helle Lampen, sehr moderne Regale und kein Staub. Hier war alles ziemlich sauber.
Viele kleine Lesesessel standen in den Ecken und an jedem Regal, damit man in Ruhe lesen konnte.

Viele Mädchen aus meiner Klasse waren hier und lasen bereits in den Büchern. Sie waren darin so vertieft, dass sie gar nicht aufschauten, wenn jemand an ihnen vorbei lief.
Nur ganz hinten in der Ecke winkte mich Chris zu sich. Ich ging langsam und leise, damit ich niemanden störte, zu ihm hinüber und setzte mich neben ihn.
„Hallo Nora, ich habe dich schon vermisst. Geht es dir besser? Jade hat uns erzählt, das es dir nicht so gut geht", fragte er mich ganz leise.
„Ja, mir geht es schon besser. Was liest du gerade?", wollte ich von ihm wissen.
Chris schlug schnell das Buch zu und wollte es vor mir verstecken, aber ich konnte den Titel des Buches noch erkennen.

Geister, Realität oder Fiktion?

stand auf dem Buch. Warum las er ausgerechnet dieses? Hatte er vielleicht auch, seitdem er hier war, Erscheinungen so wie ich?
Ich musste es wissen!

Schwarz-weiß

„Sollen wir nach draußen gehen?", fragte mich Chris und stand auf. Er legte das Buch in eines der Regale zurück.
Dann nahm er mich wie selbstverständlich an die Hand und zog mich mit sich. Dabei lächelte er und ging voraus.
Ich war so überrascht, dass ich gar nichts dazu sagen konnte, geschweige denn anders reagieren. Ich ließ es einfach geschehen und hielt seine Hand.
Chris ging mit mir bis draußen vor die Tür und vor der Eingangshalle ließ er meine Hand auf einmal wieder los.
„Nora, ich muss dir etwas sagen", fing er an zu erzählen.
„Ja?", sagte ich nur und wartete auf das, was gleich kommen würde.
Hoffentlich nicht das woran ich gerade dachte.
„Nora, ich weiß gar nicht, wie ich anfangen soll, ohne dass du nachher denkst, dass ich sie nicht mehr alle hätte", fing er an zu erzählen.
„Warum sollte ich das denken?", fragte ich und war schon gespannt darauf, was Chris mir zu sagen hatte.
„Na ja, wir kennen uns ja nun noch nicht sehr lange, aber ich habe bei dir das Gefühl, das ich dir vertrauen kann. Ich weiß auch nicht, aber ich fühle mich irgendwie zu dir hingezogen. Wenn du in meiner Nähe bist, dann geht die Sonne für mich auf", sagte er und mir blieb fast die Spucke im Halse stecken.
Was war das gerade? Machte mir Chris so eben eine Liebeserklärung?
Doch bevor ich etwas dazu sagen konnte, erzählte er schon weiter.

„Du findest jetzt bestimmt, das ich sie nicht mehr alle beisammen habe, oder? Aber Nora, ich habe mich wirklich in dich verliebt und ich hoffe, dass du mich auch ein wenig magst. Mehr verlange ich ja gar nicht, nur das wir uns vielleicht etwas näher kennenlernen. Ist das ein Problem für dich?", wollte er wissen und schaute mich dabei die ganze Zeit an.

„Chris, tut mir leid, aber ich fühle mich jetzt wirklich etwas überrumpelt. Wir haben uns doch heute zum ersten Mal gesehen und da sprichst du schon von Liebe? Ich weiß echt nicht, was ich dazu sagen soll", fing ich an, aber Chris unterbrach mich.

„Das soll jetzt auch gar nichts heißen oder so. Ich wollte dir nur sagen, wie ich empfinde, damit keine Missverständnisse entstehen können und entschuldige, dass ich dich soeben unterbrochen habe", sagte er noch und ließ mich wieder zu Wort kommen.

„OK Chris, erst einmal danke, das du so ehrlich warst, aber ich muss dir auch etwas sagen. Ich finde dich ebenfalls sehr nett und du siehst auch wirklich gut aus, aber ich habe bereits einen Freund", erwiderte ich ihm.

Chris schaute mich traurig an und drehte leicht seinen Kopf dabei zur Seite. „Das habe ich mir schon irgendwie gedacht. So ein tolles Mädchen, wie du, kann doch nicht allein sein. Schade!", flüsterte er leise und wollte gerade gehen, als Jade uns plötzlich entgegen kam.

Als sie uns zusammen erblickte, fingen ihre Augen sofort an böse zu funkeln und sie schrie uns an.

„Ihr Verräter. Nora, DU bist das Letzte, auf so eine Freundin kann ich verzichten. *Assultus*", schrie sie und richtete ihren Zauberstab auf uns.

Ich konnte gerade noch ausweichen und Chris mit mir nach unten ziehen, sonst hätte Jade uns voll getroffen.
„Bist du bescheuert, Jade? Hast du sie nicht mehr alle auf dem Zaun. Was soll das? Steck das Teil weg. Warum greifst du uns an? Ich habe dir doch nichts getan", schrie ich und war immer noch total entsetzt.
„Du hast mir meinen Freund weggenommen. Ich liebe Chris, er ist für mich", schrie sie zurück und wollte gerade ihren Zauberstab das zweite Mal zücken.
Doch sie änderte plötzlich ihre Meinung, drehte sich einfach um und rannte davon.
Ich kniete immer noch neben Chris auf dem Boden.
„Ich versteh das nicht. Was ist nur mit Jade los?", fragte ich mich und dabei kamen mir ein paar Tränen in die Augen.
Chris nahm mich in seinen Arm und komischerweise, fühlte es sich sehr schön an. Ich fühlte mich richtig wohl in seiner Nähe. Er schaute mir dabei tief in die Augen. Irgendetwas hatte er an sich, was mich faszinierte, nur was war es?
Er beugte sich vor und wollte mich küssen, doch bevor sich unsere Lippen trafen, drehte ich meinen Kopf zur Seite.
„Nein, Chris, lass das bitte", bat ich ihn und er ließ von mir ab.
„Ich kann und möchte nicht darauf eingehen. Versteh das doch. Ich mache mir Sorgen wegen Jade. Was ist nur mit ihr los? So ist sie sonst nie, es kann doch nicht wegen ihrer Verliebtheit sein. Was meinst du?", fragte ich Chris, der immer noch etwas beleidigt neben mir kniete.

„Ich kenne deine Freundin leider nicht so gut, aber ich habe ihr heute Mittag schon gesagt, das sie nicht mein Fall ist und dass ich dich besser finde", antwortete er mir.

„Das hast du ihr gesagt? Das war aber nicht sehr taktvoll von dir. Sie hat mir das gar nicht erzählt, komisch", sagte ich nur und stand dabei auf.

Auf einmal wurde es alles so verschwommen, alles verlor seine Farbe. Erst wurde die Wiese grau, dann die Blumen, bis hin zu den Bäumen. Der Grauschleier zog sich weiter über die ganze Burg, sogar die Sonne ergraute. Vor Schreck nahm ich Chris´ Hand, ohne ihn dabei anzusehen. Was war das nur? Das ganze hier glich nun eher einem Schwarzweiß-Film. Ich schaute an mir herunter und dann hinüber zu Chris. Wir waren noch in Farbe, genauso wie vorher. Ich schaute ihn entsetzt an.

„Chris, siehst du das auch?", fragte ich ihn. „Was soll ich sehen?", antwortete er und schaute mich fragend an. „Du siehst es also nicht. Warum auch? Denn immer passiert mir so ein Kackdreck. Kann es nicht einmal normal zugehen? Nein! Nein! Nein!", schrie ich und fing an dabei herumzutoben. Ich war so aufgebracht, dass alle meine Gefühle einfach heraus mussten.

Chris kam zu mir hinüber und nahm mich in seinen Arm. „Nora, beruhige dich. Was ist denn los? Sag es mir doch bitte", bat er mich und schaute mich fragend an.

„Es ist alles schwarz-weiß und die Sache mit Jade und das Steven weg ist und Rose und dann du. Das alles macht mich verrückt und…", schluchzte ich und fing an zu weinen.

Chris drückte mich fest an sich und versuchte mich zu beruhigen.

„Jetzt mal ganz langsam. Atme einmal tief ein und wieder aus und dann wieder von vorne. Sonst versteh ich nur die Hälfte", sagte er und streichelte mir dabei über mein Haar. Ich weiß auch nicht, wie mir geschah, aber bei Chris hatte ich das Gefühl, dass er der Richtige war, dem ich die ganze Sache anvertrauen konnte. Ich atmete einmal tief ein und aus und begann ihm vom Anfang an zu erzählen.

Von mir und Steven, wie sehr ich ihn liebte und wie er zu mir gekommen war, um mich zu überraschen. Die ganze Sache mit den Teleportern und von Rose, die sich Steven geholt hatte. Dass er seitdem verschwunden war und mir das alte Buch meiner verstorbenen Mutter gesagt hatte, ich müsse nach Marquardtstein gehen, um ein Geheimnis aufzudecken. Erst dann würde ich Steven wieder sehen. Dann erzählte ich Chris noch, von den komische Dingen, die mit mir passierten, seitdem ich hier war. Dass Jade so komisch wurde und mir Geister erschienen.
Alles sprudelte einfach so aus mir heraus und ich fühlte mich richtig erleichtert, als ich Chris dieses erzählte.
Chris hörte sich alles an. Dann streichelte er mir plötzlich über meine Wange, dabei kam er mir immer näher und näher und dann küsste er mich.
Er drückte dabei seinen warmen Körper an meinem.
„Vorsichtig drückte ich ihn von mir weg. „Chris, bitte nicht", bat ich ihn, doch er hörte nicht auf.
Ich wusste gar nicht, wie ich reagieren sollte, denn irgendetwas in mir, wollte es auch. Es war wie verhext!

„Nora, ich liebe dich", hörte ich plötzlich eine Stimme in meinem Kopf. Es war SEINE Stimme.

Steven!

Ich löste mich schnell von Chris und stieß ihn weg. „Nein, ich kann nicht", sagte ich nur und wollte gerade gehen, als er mich an meinem Arm festhielt.

„Bitte Nora, geh nicht", bat er mich und ließ mich wieder los.

„Es tut mir wirklich leid, ich weiß auch nicht was über mich gekommen ist. Normalerweise bin ich nicht so, ich bin eher der schüchterne Typ", entschuldigte Chris sich bei mir und ich musste ein wenig grinsen.

Ich drehte mich wieder zu ihm um und lächelte ihn an.

„So, so, du willst schüchtern sein. Dass ich nicht lache", antwortete ich und schaute ihn dabei an.

Irgendetwas war anders zwischen uns. Ich fühlte mich zu ihm hingezogen, doch mein Herz rief nach einem anderen.

„Nora, das was du mir gerade alles erzählt hast, ist mir auch passiert. Ich wollte es dir auch schon erzählen, weil ich großes Vertrauen zu dir habe. Meine Gefühle für dich nehmen immer mehr überhand. Ich versuche mich schon zurückzuhalten, weil das eigentlich gar nicht meine Art ist, aber ich kann nicht anders. Du bist für mich wie ein Magnet", quasselte er drauflos.

„Warte mal eben. Was hast du da gerade gesagt? Das, was ich dir soeben erzählt habe, das hast du auch erlebt? Was genau meintest du damit?", wollte ich von ihm wissen.

Chris nahm wieder meine Hand und fing an sie zu streicheln, doch ich zog sie weg.

„Seitdem ich hier bin, hat sich einiges verändert. Andrew und Felix reden auf einmal nicht mehr mit mir. Sie haben sich sehr verändert. Dann sehe ich ständig einen Jungen in meinem Zimmer, der plötzlich immer wieder verschwindet. Ich habe schon gedacht, dass ich anfange zu spinnen, doch dann ist mir etwas aufgefallen", sagte er.

„Was ist dir aufgefallen?", wollte ich wissen und unterbrach ihn. Ich war auf einmal so aufgeregt. Was hatte Chris bemerkt?

„Das möchte ich dir ja gerade erzählen. Andrew und Felix sind mit mir auf einem Zimmer und als wir unsere Koffer nach oben gebracht hatten, fing Andrew direkt an zu zaubern. Er hat noch nie auf Verbote gehört. Außerdem war er der Meinung, dass man es in unserem Zimmer sowieso nicht mitbekommen würde. Felix machte es ihm nach. Eigentlich nichts Schlimmes, sie haben nur ihre Koffer damit ausgepackt. Nur je öfter sie gezaubert haben, um so aggressiver wurden sie. Sie haben mich zum Schluss nur noch angeschrien und deswegen bin ich dann auch allein in diese Bücherei gegangen, um etwas Ruhe vor ihnen zu haben", erzählte er weiter.

„Das ist mir bei Jade auch schon aufgefallen. Sie hat unsere Tür mit einem Zauber verschlossen und nicht mit dem Schlüssel und kurze Zeit später zickte sie wieder herum. Kann das daran liegen, dass die drei sich nicht an die Regeln, die hier gelten, gehalten haben?", fragte ich ihn.

„Ich weiß es nicht Nora, jedenfalls freut es mich, dass ich nicht der einzige bin, dem das passiert", erwiderte er nur und wieder wollte er mich in seine Arme nehmen.

„Chris, NEIN! Warum hörst du nicht damit auf? Ich habe dir doch gerade von Steven erzählt. Ich liebe ihn wirklich, nur ihn und daran wird sich auch nichts ändern. Lass uns beide doch gute Freunde sein. Darüber würde ich mich sehr freuen. Meinst du das würde irgendwie gehen?", fragte ich ihn.

„Ich werde es versuchen Nora. Ich muss meine Gefühle für dich unter Kontrolle bekommen", antwortete er und reichte mir seine Hand.

„Freunde!", sagte er nur und lächelte dabei.

„Freunde!", erwiderte ich und hoffte wirklich, dass es funktionieren würde.

„Nun lass uns aber mal überlegen, was wir machen können. Warum siehst du auf einmal alles in schwarz-weiß und ich nicht? Lass uns doch mal dein altes Buch befragen, vielleicht kann es uns helfen", sagte er und wollte schon vorgehen.

„Chris warte mal, du musst mir aber eine Sache versprechen. Wir sagen niemanden etwas und bitte, bitte zaubere nicht. Nicht dass du nachher auch noch wie die anderen wirst. Wenn es wirklich daran liegen sollte, dann können wir so am besten vorbeugen. OK?", bat ich ihn.

„Ja, ist gut, aber du musst mir auch einen Gefallen tun", sagte er und zwinkerte mir zu. „Was denn?", wollte ich wissen. „Bitte sei mir nicht böse, wenn ich dir mal wieder zu nahe kommen sollte. Ich mag dich einfach. Ist das ein Problem für dich?", fragte er und grinste mich verlegen an.

„Ich werde mir Mühe geben. Nein, jetzt aber ehrlich, ich bin dir nicht böse, ich mag dich doch auch, sehr gerne sogar. Aber mach dir jetzt keine falschen Hoffnungen, mein Herz gehört schon jemand anderem", erwiderte ich Chris und hoffte, dass ich ihn damit nicht zu sehr verletzten würde.

„Nein, Nora, ist schon in Ordnung. Wir sind Freunde und mehr nicht, das habe ich verstanden. Jetzt lass uns aber mal schnell in dein Zimmer gehen und das Buch holen", sagte er noch und zog mich mit sich.

Wir rannten dann zusammen, Hand in Hand, die lange Treppe nach oben bis zu meinem Zimmer. Hier war niemand zu sehen. Auch auf den Fluren war keine Menschenseele.

Chris und ich schauten uns fragend an. Uns war unten auch schon aufgefallen, dass nirgends jemand zu sehen war. Die Empfangshalle war ebenfalls leer. Wo waren die anderen alle?

Irgendwie hatte ich auf einmal ein ganz komisches Gefühl. Schnell eilte ich zu meinem Bett und schaute unter mein Kissen. Gabriela´s Tagebuch und mein Buch waren nicht mehr da. Wo waren die Bücher?

Hektisch durchwühlte ich mein ganzes Bett. Ich riss alles auseinander, sogar die Matratze holte ich aus dem Rahmen.

„Mein Buch ist weg. So ein Mist!", fing ich an zu schimpfen. Chris kam zu mir und bückte sich unter das Bett. Er hatte etwas in seiner Hand.

„Ist das dein Buch?", fragte er mich und reichte mir ein dickes altes Buch.

Oh ja, das war mein Buch. Vor Freude sprang ich ihm um den Hals und sofort drückte er mich fest an sich.

Tief schaute er mir in die Augen und in meinem ganzen Körper fing es an zu kribbeln.

In meinem Kopf hörte ich auf einmal wieder eine Stimme. Dieses Mal war es eine andere, aber eine mir sehr bekannte Stimme.

„Ja, verlieb dich in diesen Jungen. Vergiss Steven, er gehört sowieso zu mir", hörte ich Rose sagen, immer und immer wieder.
Dann küsste Chris mich und ich ließ es einfach geschehen!

Die Liebe erwacht

Chris hielt mich in seinen Armen und drückte mich fest an sich. Weswegen wir eigentlich hier waren, das hatten wir vergessen.
„Für dich würde ich alles tun, für dich würde ich sogar sterben. So sehr liebe ich dich, meine Gabriela", sagte Chris plötzlich.
Ich löste mich etwas aus seiner Umarmung und schaute ihn irritiert an. „Wie hast du mich gerade genannt? Gabriela?", fragte ich ihn sehr verwundert. Woher kannte er diesen Namen, ich hatte ihn die ganze Zeit nicht erwähnt? Ich hatte ihm lediglich von dem Geist des Mädchens erzählt.
Chris schaute einen Moment ebenfalls etwas verwirrt drein, sagte dann aber zu mir: „Ich habe dich nicht Gabriela genannt. Du musst dich verhört haben. Ich sagte, ich liebe dich, Nora. Aber nicht Gabriela. Ich kenne überhaupt keine Gabriela. Wer ist das denn?", wollte er wissen und nahm mich dabei wieder in seinen Arm.
Ich fühlte mich wohl in seinen starken Armen. Es war so schön mit ihm, so wunderschön!
„Doch, ich bin mir absolut sicher, dass du mich gerade Gabriela genannt hast", sagte ich. Dann küsste ich ihn. Ich hatte auf einmal dieses starke Bedürfnis ihn zu küssen und auch er erwiderte meinen Kuss. „Nora, endlich!", flüsterte Chris noch und wir versanken zusammen in einem langen leidenschaftlichen Kuss, bis ich schließlich starke Kopfschmerzen bekam.

Die Schmerzen wurden so stark, dass ich mich kurz hinknien musste und zusammenkauerte.
Ich bekam ein heftiges Stechen in meinem Kopf und mein Herz begann zu rasen. „Nora, vergiss mich nicht. Ich bitte dich, vergiss mich nicht, sonst bin ich verloren", hörte ich wieder eine Stimme zu mir sagen. Es war Steven!
Ich schüttelte meinen Kopf immer und immer wieder. Nein, niemals würde ich ihn vergessen, ich liebte ihn doch. Aber warum fühlte ich mich so zu Chris hingezogen? Wir kannten uns doch erst ein paar Stunden und mir kam es so vor, als ob wir uns schon ewig kannten. Ich verstand mich plötzlich selber nicht mehr. Was war mit mir los?
Chris half mir mit seinen starken Armen auf und trug mich zum Bett.
„Soll ich dir eine Tablette bringen?", fragte er besorgt.
„Nein, ist schon gut. Das geht gleich wieder von allein weg, aber danke", erwiderte ich nur und schloss kurz meine Augen.
Dann schlief ich ein und fing an zu träumen. Oder war ich doch noch wach?

Ich saß auf einer großen Wiese und pflückte einen Strauß Blumen. Von hinten hörte ich leise Schritte kommen, aber ich drehte mich nicht um, denn ich wusste, wer es war. Gleich würde er mich in seine starken Arme nehmen und mich küssen. Doch ich musste ihn einfach sehen. Langsam drehte ich mich um und sah ihn auf mich zukommen. Er winkte mir zu und strahlte dabei über das ganze Gesicht! Wie toll er aussah, mein absoluter Traummann. Er trug ein kariertes Hemd, dazu eine Jeans, Hosenträger. Er war so

bekleidet, wie es Mitte des 19. Jahrhunderts für einen Gentleman gang und gebe war. In seiner Hand hielt er etwas. Ein Geschenk! Nur sein Gesicht, das konnte ich nicht richtig erkennen!
Endlich war er bei mir und setzte sich zu mir auf die schöne Wiese. Er nahm mich kurz in seinen Arm und küsste mich, dann hielt er mir das kleine Geschenk hin und kniete sich vor mich. „Mach es auf, meine Liebste", bat er mich und ohne etwas zu sagen, öffnete ich das kleine Geschenk.
In ihm war eine kleine Schatulle. Er nahm sie mir kurz aus der Hand und öffnete sie für mich. Ein kleiner goldener Ring mit einem Stein funkelte mir entgegen.
„Meine Liebste, du bist die Frau meines Lebens, ohne dich kann ich mir mein Leben nicht mehr vorstellen. Ich frage dich hiermit, möchtest du meine Frau werden?", fragte er mich und nahm dabei meine Hand. Langsam strich er mir den Ring über meinen Finger und schaute mir tief in die Augen.
Ich war so glücklich, dass ich vor Freude meine Tränen nicht zurückhalten konnte. „Ja, ja, ja, ich will dich heiraten. Ich liebe dich", antwortete ich und sah dabei in Chris´ freudiges Gesicht.

Vor Schreck sprang ich sofort vom Bett und schnappte nach Luft. Was war das? Ich musste richtig eingeschlafen sein. Das war nur ein Traum!
Verwirrt schaute ich mich erst einmal im Zimmer um.
Es war schon richtig dunkel draußen geworden, doch Jade lag nicht in ihrem Bett. Sie war immer noch nicht da, aber wo war sie nur? Dafür lag Chris bei mir im Bett und

schlief tief und fest. Er trug dabei nur eine Hose und sein Oberkörper war nackt.
Hektisch überlegte ich, ob ich etwas verpasst hatte. Doch als ich an mir herunterschaute, trug ich, Gott sei Dank, noch alle meine Sachen.
Chris sah wirklich sehr gut aus, als ich ihn so betrachtete. Bestimmt machte er ziemlich viel Sport, denn sein Oberkörper bestand fast nur aus Muskeln. Wirklich sehr sexy! Bei diesem Gedanken musste ich innerlich grinsen. Eigentlich war er schon ein richtiges Schnuckelchen und genau mein Typ, aber ich liebte einen anderen, das durfte ich nicht vergessen. Ohne mich wäre Steven verloren und ich könnte nicht ohne in leben. Er war mein Leben, für ihn würde ich alles machen!

Ich nahm mein dickes Buch, das vor mir auf der Kommode lag und setzte mich damit auf Jades Bett.
Vielleicht hatte es einen Rat für mich. Ich schlug die Seite 666 auf und staunte nicht schlecht.
Auf dieser Seite war ein Foto von mir und Chris. Unser Hochzeitsfoto. Ich trug ein langes, sehr altmodisches Kleid und strahlte dabei über das ganze Gesicht. Ich sah so glücklich aus und auch Chris lächelte in die Kamera.
Vor Schreck klappte ich das Buch wieder zu. Was bedeutete das? Ich heirate doch nicht Chris, ich wollte meinen Steven wiederhaben. Warum konnte ich nicht einfach ein ganz normales glückliches Leben führen, so wie viele andere in meinem Alter auch? Warum musste es bei mir immer so kompliziert sein? Langsam hasste ich es eine Hexe zu sein, ich wollte das nicht mehr, ich wollte nur mein Leben zurück, und zwar das mit Steven, Jade

und meiner Patentante Peggy. Ganz ohne die Scheiß Hexerei. Nur das ging leider nicht mehr, ich musste etwas unternehmen, um das alles hier zu beenden. Nur was?

Vor Wut fing ich an zu heulen und ein paar meiner Tränen tropften dabei auf mein Buch.
Dabei fing irgendwo auf der Burg eine Uhr an ganz laut zu schlagen. Eins, zwei, drei, genau drei Schläge. Ich schaute auf den Wecker, der neben Jades Bett stand. Es war drei Uhr morgens. Ein kalter Windstoß zog durch das Zimmer und die Vorhänge bewegten sich. Irgendwie wurde es hier unheimlich.
Draußen fauchte eine Katze und ich konnte ein leises Schluchzen hören.
Sollte ich Chris lieber aufwecken? Doch bevor ich etwas machen konnte, öffnete sich mein Buch, das ich immer noch auf meinem Schoß liegen hatte, wieder wie von Geisterhand.
Seite für Seite, bis es auf der Seite 666 geöffnet liegen blieb.
Ich atmete noch einmal tief ein und begann zu lesen:

Suche Gabriela!
Rette sie, bevor es zu spät ist!
Suche sie jetzt sofort, und zwar schnell!
Nora, du musst dich beeilen!
Geh!

Kaum hatte ich es gelesen, verschloss das Buch sich wieder und schwebte zur Kommode zurück.

„OK, ich suche dich Gabriela, damit das alles hier bald ein Ende hat", sagte ich entschlossen zu mir selbst und stand auf.

Doch bevor ich dem Schluchzen folgte, musste ich noch einmal hinüber zu meinem Bett gehen, in dem Chris noch immer tief und fest schlief. Ich streichelte ihm über sein Haar und drückte ihm ein Kuss auf die Wange. „Schlaf schön, mein Liebster. Ich bin nicht lange weg", sagte ich zu ihm und wunderte mich im selben Moment, was ich da gerade zu ihm gesagt hatte.

Jetzt fing ich auch schon an zu spinnen oder ich war auf dem besten Wege, mich Hals über Kopf in ihn zu verlieben.

Das durfte aber nicht sein, denn kaum hatte ich diesen Gedanken, hörte ich auch schon wieder Stevens Stimme in meinem Kopf. „Nora, vergiss mich nicht", sagte er immer wieder und wieder.

„Nein, ich vergesse dich nicht, das verspreche ich dir. Ich werde dich finden und aus Rose´s Händen befreien", rief ich und öffnete die Tür meines Zimmers.

Das Schluchzen war vom Flur aus besser zu hören. Es kam von unten. Langsam stieg ich die Treppe hinunter und gab mir Mühe, keine lauten Schritte zu machen. Doch plötzlich fingen die Treppenstufen bei jedem Schritt an zu quietschen.

Das war merkwürdig, denn vorher hatten sie das noch nicht getan und ich war einige Male hier hoch und wieder heruntergelaufen. Irgendwie kam es mir hier sowieso verändert vor. Es standen viel mehr Möbel herum und alte Tonkrüge standen in den Ecken.

Was war hier los?
Plötzlich kam mir eine Frau entgegen und strahlte mich an. Es war Frau Buschhütten, aber sie sah ebenfalls verändert aus. Sie trug ein langes Nachthemd und einen Morgenmantel darüber. Auf ihrem Kopf trug sie eine Schlafhaube und in ihrer Hand hielt sie einen Kerzenleuchter. Sie kam genau auf mich zu und sprach mich an. „Na, mein Kind. Kannst du auch nicht schlafen? Morgen wird der schönste Tag in deinem Leben sein. Es ist alles vorbereitet. Geh doch hoch in dein Gemach und lege dich etwas hin, damit du für morgen ausgeruht bist", sagte sie zu mir.
Was wollte sie von mir? Hörte sie denn gar nicht das Schluchzen, das immer lauter wurde, je tiefer ich ging? Doch dann kam mir eine Idee, ich musste meine Lehrerin schnell loswerden.
„Ich wollte nur etwas trinken, dann geh ich wieder hoch und lege mich hin", antwortete ich ihr und ging einfach weiter ohne auf eine Reaktion von ihr zu warten.
„Gut mein Schatz, schlaf schön, bis morgen", sagte sie noch und ging weiter nach oben.
Warum sagte sie SCHATZ zu mir? Alles war hier anders. Unten an der Treppe stand ein großer Spiegel, beim Vorbeigehen schaute ich kurz hinein.
Alles normal, das war ich. Meine langen roten Locken hatte ich offen und ich trug noch immer dieselben Klamotten, die ich mir für die Klassenfahrt am gestrigen Morgen angezogen hatte. Eine Jeans, eine türkisfarbene Tunika und Stevens Kette. An meinem Finger trug ich auch immer noch seinen Ring, den er mir kurz vor seiner

Abreise geschenkt hatte. Alles war normal, aber auch irgendwie nicht!

Ich ging weiter. Woher kam bloß das Schluchzen?
Es führte mich wieder in den Raum unterhalb der Treppe.
Die kleine Bibliothek, in der ich Gabriela´s Tagebuch gefunden hatte.
Ich öffnete die Tür und ging sofort bis zum anderen Ende des Raumes, in der der kleine Tisch mit der Lampe stand.
Nur hier war nichts, kein Geist, keine Gabriela.
Das Schluchzen konnte ich aber immer noch hören, es kam genau von hier, da war ich mir sicher.
Ich schaute mich um.
Hinter jedem Regal sah ich nach, aber ich konnte nichts finden.
„Gabriela, wo bist du? Zeig dich oder gib mir ein Zeichen", rief ich aber bekam keine Antwort. Doch plötzlich stand Jade neben mir.
„Na, Schwesterchen, bist du schon aufgeregt?" fragte sie mich und ohne eine Antwort abzuwarten, sprach sie einfach weiter.
„Du wirst morgen Robert nicht heiraten, sondern ich werde es tun. Du wirst für immer verschwinden und niemand wird dich vermissen, weil sie alle denken werden, dass ich du bin", sprach sie weiter und öffnete dabei eine Bodenklappe, die sich unten im Boden befand.
Sie war gut unter dem schweren Teppich versteckt gewesen.
„Was soll das? Was hast du vor?", fragte ich sie. Doch bevor ich reagieren konnte, stieß sie mich in das Loch.

Über mir sah ich noch, wie die Öffnung sich wieder verschloss.
Erst konnte ich sie noch laut lachen hören, doch dann würde es plötzlich ganz still.
Auf so etwas war ich nicht gefasst gewesen. Wo kam Jade so schnell her und warum sagte sie Schwester zu mir?

Das Schluchzen konnte ich immer noch hören, doch langsam wurde es ein Jammern und dann ein Weinen. Ich kramte in meiner Hosentasche und holte ein Feuerzeug heraus.
Wie gut, dass ich es eigentlich immer bei mir trug, man konnte ja nie wissen, wozu man es einmal gebrauchen konnte.
Hier unten war es kalt und feucht und mein Herz bekam ziemliche Sehnsucht.
Ich suchte jede Ecke ab und nach einiger Zeit konnte ich schemenhaft ein paar Umrisse erkennen. Dort in der hintersten Ecke lag etwas auf dem Boden. Langsam tastete ich mich vor und kniete mich hin um es besser erkennen zu können.
Ich hielt das Feuerzeug genau darüber und erschrak.
Hier lagen Knochen, ganz viele Knochen und zudem ein paar alte Kleidungsstücke. Auch ein altes Foto konnte ich erkennen, ich nahm es aus einer der knochigen Hände und musste dabei etwas würgen.
Doch Gott sei Dank musste ich mich nicht übergeben.

Auf dem Foto war ein Mann zu sehen, ein ziemlich gut aussehender sogar. Es war genau der Mann, den ich schon einmal auf der Blumenwiese mit Gabriela gesehen hatte, da war ich mir sicher.

Hatte ich hier Gabriela´s einsames Grab gefunden?

Ihre eigene Zwillingsschwester hatte sie hier lebendig begraben und sie einfach sterben lassen. Das Einzige, was Gabriela noch von ihrem Liebsten geblieben war, war dieses Foto.

Es waren also die Knochen von Gabriela, die hier lagen.

Diesen Teil des Geheimnisses hatte ich also schon gelöst.

Nur, wie kam ich jetzt selber hier wieder heraus, ohne einsam und verlassen zu sterben?

1855

Ich schaute auf meine Armbanduhr, es war schon halb sechs am Morgen. Wie lange saß ich hier nun schon fest? Wenn ich nicht schnell hier herauskam, dann würde Rachel Gabriela´s Robert heiraten oder besser gesagt, Jade würde meinen Chris heiraten. Es kam mir in den Sinn, dass sich unsere Schicksale verknüpften.
Wir mussten es für sie noch einmal durchleben und das Unrecht aufklären. Hoffentlich würde das alles auch so funktionieren, wie sich das Gabriela´s Geist vorstellte.
Sollte ich es vielleicht wagen zu hexen?
Was wäre, wenn ich mich dann auch so wie die anderen verändern würde? Würde es mir dann so ergehen wie Jade und das Böse würde über mich kommen? Keiner außer mir kannte doch das Geheimnis. Nein, lieber nicht, es musste auch ohne Zauberei gehen.
Ich stand auf und tastete die Wände und den Boden ab. Vielleicht konnte man hier irgendetwas finden, vielleicht gab es doch einen Ausweg. Gabriela hatte das vor ihrem Tod bestimmt auch schon versucht und trotzdem nichts erreicht. Aber ich musste es wenigstens versuchen, schließlich war es ja schon viele Jahre her und vielleicht hatte sich hier ja auch etwas verändert.

Nach einer Weile musste ich aber zugeben, dass es verlorene Mühe war. Denn hier gab es nichts und die Klappe, oben an der Decke, war zu hoch. Ohne zu hexen, würde ich da von allein nie hochkommen.

Ich setzte mich neben die Überreste von Gabriela. Irgendwie wollte ich sie hier nicht allein lassen. Es ekelte mich auch komischerweise überhaupt nicht, neben den Überresten einer Toten zu sitzen.
„Wenn ich hier herauskommen sollte, dann werde ich dich später holen und dich anständig begraben lassen. Das verspreche ich dir", sagte ich zu ihr und legte ihr das Foto zurück in die Hand.
„Das ist sehr nett von dir Nora. Ich habe gewusst, dass du mich finden würdest. Jetzt musst du nur noch verhindern, dass meine böse Zwillingsschwester meinen Robert heiratet", hörte ich eine Stimme zu mir sagen und im gleichen Moment erschien ein helles Licht am anderen Ende des Verlieses.
Aus dem Licht schwebte eine Person auf mich zu. Nein, es war keine Person, es war ein Geist, ich konnte etwas durch ihn hindurchsehen. Es war das blonde Mädchen von der Wiese, es war Gabriela!
„Ich werde dir helfen, Nora. Aber du wirst mir jetzt zuerst helfen", sagte sie und kam näher.
Immer näher und näher, dann trat sie in meinen Körper und verschwand.
Als sie das tat, hatte ich plötzlich ganz komische Dinge in meinem Kopf. Ich konnte mich an Sachen erinnern, die ich eigentlich gar nicht erlebt hatte. Wie ich mit meiner Zwillingsschwester aufgewachsen war. Wie sie immer schon neidisch auf mich war, dafür, dass es mich gab. Ich konnte mich auch daran erinnern, wie ich Robert kennen lernte und wie sehr ich ihn liebte. Das zerriss mir fast das Herz. Ich drehte mich zu meinen Überresten um, nahm das Foto an mich und steckte es in meine Hosentasche.

Im nächsten Moment öffnete sich über mir die Klappe und ein Seil wurde heruntergelassen. Ein Mädchen mit roten langen lockigen Haaren und ein Junge kamen heruntergeklettert. Sie hatten eine große Tasche bei sich und liefen ohne mich zu beachten, genau an mir vorbei. Sahen sie mich denn nicht?
Sie nahmen meine Überreste und packten sie in ihre Tasche.
„Ich lasse Gabriela auf keinen Fall hier unten Steven, wir müssen sie neben Robert begraben", hörte ich sie sagen.
Was sagte sie da? Ich war doch gar nicht tot, ich war doch hier. Schnell kletterte ich an dem Seil nach oben. Heute war doch meine Hochzeit und ich durfte nicht zu spät kommen.

Die Hochzeit

Ich rannte die lange Treppe nach oben und wollte in mein Zimmer. An nichts anderes konnte ich mehr denken, nur noch an meine Hochzeit, die gleich stattfinden würde. Hoffentlich hatte Mutter an alles gedacht.
War der Pfarrer schon da? Hatte Vater genug zum Essen besorgen lassen? Würde Rachel auch da sein? Ich hatte meine Schwester schon seit gestern nicht mehr gesehen, als sie mir sagte, dass sie Robert liebte und es deswegen nicht ertragen könnte, mit anzusehen zu müssen, dass wir beide heirateten.
Doch bevor ich die Tür zu meinem Zimmer öffnete, hörte ich zwei Stimmen. Es war jemand in meinem Zimmer.
Ich konnte Mutter erkennen. Langsam öffnete ich die Tür, aber nur einen Spalt und schaute vorsichtig durch die kleine Öffnung. Hoffentlich sah man mich nicht.
Ich konnte meine Mutter sehen und jemand von hinten, der mein Brautkleid anprobierte. Mutter steckte alles richtig fest und befestigte auch noch den Schleier in ihrem Haar. Was sollte das? Warum zog jemand anderes mein Kleid an? So viel Zeit hatten wir doch gar nicht mehr, wir würden uns sowieso beeilen müssen, damit ich noch rechtzeitig fertig würde. Ich wollte gerade durch die Tür treten, als sie sich umdrehte.
Das war ja ich, oder besser gesagt, es war mein Zwilling! Wenn ich es aber nicht selbst am besten wüsste, dass ich es nicht sein konnte, die da stand, dann würde man uns nicht auseinanderhalten können. Konnte nicht einmal unsere Mutter mich und Rachel auseinander halten?

„Gabriela, du siehst so toll aus. Vater und ich, wir sind sehr stolz auf dich. Robert wird der glücklichste Mann der Welt sein, mit dir an seiner Seite. Nur zu schade, dass deine Schwester nicht hier ist, aber sei nicht traurig, sie wird sich schon wieder beruhigen", hörte ich meine Mutter zu ihr sagen. Das zerriss mir fast das Herz. Sie glaubte wirklich, dass ich es sei, die da gerade bei ihr war.
„Ach, Mutter, ich bin mir sicher, dass Rachel nicht kommen wird. Sie hat mir gestern gesagt, dass sie Robert liebt und deswegen nicht auf meine Hochzeit kommt. Sie ist eifersüchtig und kann es nicht ertragen, dass ich glücklich bin", antwortete Rachel ihr. Als sie das sagte, hatte sie dabei ein gemeines Grinsen im Gesicht und ihre Augen funkelten böse. Mutter bekam es nicht mit, sie fing nur an zu seufzen.
„Rachel liebt den Mann ihrer Schwester. Das arme Mädchen, genau den Mann, den sie nie bekommen kann. Ich hoffe nur, dass sie darüber hinwegkommen wird. Ich lasse dich jetzt kurz allein, Gabriela. Dein Vater wird dich gleich abholen und zum Altar führen. Bis gleich, meine geliebte Tochter", sagte sie noch und kam direkt auf die Tür zu.
Oh nein, wo sollte ich nur hin?
Ich rannte schnell hinüber zu einer der großen Vasen und versteckte mich dahinter. Ich hatte es gerade noch geschafft, denn da kam meine Mutter schon aus meinem Zimmer. Sie schaute sich nicht weiter um, als sie die Treppe nach unten ging.
Was sollte ich nun machen?
Sollte ich in mein Zimmer gehen und Rachel gegenübertreten? In meinem Kopf waren auf einmal so

viele Fragen. Warum war ich in einem Keller eingesperrt? Wie war ich dahin gekommen? Wer waren das hübsche, rothaarige Mädchen mit den Locken und der Junge? Was wollten sie da unten? Ich konnte mich nicht mehr erinnern, nur an ihre Gesichter. Sie kamen mir so bekannt vor. Warum war meine Schwester in meinem Zimmer? Und warum trug sie mein Kleid und tat so, als sei sie ich? Ich bemerkte, wie ich anfing zu hyperventilieren.

Jetzt nicht aufregen Gabriela, alles wird gut. Du gehst jetzt in dein Zimmer und sprichst mit deiner Schwester und alles wird sich aufklären. Dann wirst du die schönste Hochzeit feiern, die je hier gefeiert wurde, sagte ich zu mir selbst auf den Weg in mein Zimmer.

Vor der Tür atmete ich noch einmal tief ein und öffnete vorsichtig die Tür. Da stand sie und schaute aus dem Fenster. Sie sprach mit sich selbst, so, dass ich es hören konnte.

„Gleich werde ich den tollsten Mann der Welt heiraten und niemand wird mich daran hindern können, noch nicht einmal meine Schwester. Niemand wird jemals erfahren, dass ich es bin, Rachel. Alle werden denken, dass ich Gabriela sei und niemand wird sie jemals finden. Sie wird einsam und allein in ihrem Grabe sterben.

Warum musste sie auch immer die Bessere von uns sein? Alle liebten immer nur sie. Alle, einfach alle, unsere Eltern, unsere Angestellten und sogar Robert hatte sich für sie entschieden. Aber einmal durfte ich ihn küssen. Er hat es noch nicht einmal bemerkt, dass ich nicht die Richtige war. Das hat mich auf diese Idee gebracht. Gabriela musste verschwinden. Dann heiratet Robert mich und alles wird gut. Und nun ist es endlich so weit. Gleich wird er nur mir, Rachel, das Jawort geben", sprach sie zu sich selbst und mir blieb dabei fast das Herz stehen.

Was musste ich da gerade mit anhören? Meine eigene Schwester hatte mich zum sterben in diesen Keller eingeschlossen, um an meiner Stelle den Mann, den wir liebten, zu heiraten. Das durfte nicht geschehen!
„Rachel! Warum tust du das?", schrie ich sie an, ich konnte mich nicht mehr beherrschen. Erschrocken drehte sie sich um und warf mir einen bösen Blick entgegen.
„Was machst du hier? Das kann nicht sein. Wie bist du da wieder herausgekommen?", schrie sie zurück und kam auf mich zu. „Rachel, ich bitte dich. Nimm doch wieder Vernunft an. Ich bin doch deine Schwester!", sagte ich noch, aber da legte sie schon ihre beiden Hände um meinen Hals.
„Du musst weg. Du musst einfach weg. Dann ist alles gut", sagte sie immer wieder und wieder und drückte dabei immer fester ihre Hände um meine Kehle.
Ich versuchte Rachel von mir wegzudrücken, aber so leicht war das nicht. Mit beiden Händen riss ich ihr den Schleier vom Kopf, da ließ sie mich sofort los und schrie: „Nein! Nicht! Du ruinierst mir meine Hochzeit nicht. Ich hasse dich Gabriela. Ich hasse dich schon mein ganzes Leben lang."
Dann stürmte sie wieder auf mich zu. Ich wollte wegrennen und ihr ausweichen, aber da rammte sie mich schon mit voller Wucht. Der Stoß war so stark, dass ich mein Gleichgewicht nicht mehr halten konnte. Hinter mir hörte ich nur noch Scheiben klirren.
Dann kam schon der harte Aufprall.

Blutüberströmt lag ich unter dem Fenster, bewegen konnte ich mich nicht mehr. Ich hörte nur noch Rachel fieses Lachen und sah, wie sie über mir am Fenster stand und nach unten blickte.

„Nein, nein, nein", schrie ich und wachte schweißgebadet auf. Ich lag in meinem Bett und die Uhr schlug genau Mitternacht.
Was war los? Meine Güte, was war das für ein Traum.
Ich schaute mich um. Da lag Jade in ihrem Bett und schlief.
Hatte ich das wirklich alles nur geträumt oder war es wirklich passiert? Es fühlte sich so real an. Jedenfalls war nun nichts mehr schwarz-weiß.
Ich musste Jade wecken und sie fragen!
Langsam schlich ich zu ihrem Bett hinüber. Sie schlief wirklich tief und fest. Ich berührte ihren Arm und bewegte ihn langsam hin und her, dabei flüsterte ich leise ihren Namen: „Jade, Jade! Wach bitte auf, ich muss dich etwas fragen."
Sie fing an, sich etwas zu regen und drehte sich zu mir. „Was ist los, Nora? Ist etwas passiert?", fragte sie mich und musste dabei kräftig gähnen.
„Welcher Tag ist heute und was haben wir den ganzen Tag gemacht?", wollte ich von ihr wissen und war sehr gespannt darauf, was sie mir zu sagen hatte.
Jade schaute mich etwas säuerlich an. War sie immer noch böse auf mich?
„Mensch Nora, wie viel Uhr haben wir überhaupt? Warum machst du mich wach und fragst mich so einen Blödsinn?", fragte sie und setzte sich dabei aufrecht hin.

„Jetzt sag mal ehrlich. Was ist mit dir los, Nora? Irgendwie bist du seit Tagen so komisch", sagte sie und schaute mich dabei fragend an.

Komisch? Ich wäre schon seit Tagen komisch? So lange waren wir doch noch gar nicht hier.

„Jade, ich weiß auch nicht. Irgendwie geht es mir nicht gut. Ich habe so viele Sachen im Kopf und mittlerweile weiß ich wirklich nicht mehr, ob die real sind oder nicht. Du musst mir helfen", bat ich sie und setzte mich ebenfalls auf ihr Bett.

„Gut, ich weiß zwar nicht so genau, wovon du redest, aber ich beantworte dir deine wirren Fragen. Wir haben mittlerweile Donnerstag, da es ja schon nach zwölf Uhr ist. Es war der schönste Tag in meinem Leben, weil ich mit Felix zusammengekommen bin", fing sie an zu erzählen. „Mit Felix? Nicht mit Chris?", unterbrach ich sie und entschuldigte mich sofort, sie sollte weiter reden.

„Ja, mit Felix. Er ist total süß. Zwar etwas pummelig, aber das gefällt mir ja so an ihm. Chris läuft ja ständig hinter dir her, wie so ein Magnet. Ob das Steven gefallen wird? Ich glaube eher nicht, aber das musst du ganz allein wissen. Ich finde, dass ihr etwas zu viel Zeit miteinander verbringt", erzählte sie weiter. „Zu viel Zeit? Was machen wir denn zusammen?", fragte ich noch einmal dazwischen.

„Eigentlich nichts, ihr habt nur die Zeit zusammen verbracht und er ist dir immer hinterhergelaufen mit seinem Hundeblick", antwortete Jade.

„Haben wir uns auch mal geküsst oder Händchen gehalten?", wollte ich noch wissen.

„Nein, das hättest du mir doch wohl erzählt. Warum fragst du mich das? Das müsstest du doch am besten wissen. Nur

irgendwie verstehe ich deine ganze Fragerei nicht ganz. Was ist los mit dir? Ich möchte jetzt, dass du es mir erzählst, und zwar alles, von Anfang an und die Wahrheit bitte", sagte Jade, stand dabei auf und machte das Licht an.
Ich wusste wirklich nicht mehr, was ich noch glauben sollte. Jade war plötzlich mit Felix zusammen und es waren seit unserer Ankunft schon drei komplette Tage vergangen. Nur konnte ich mich daran gar nicht erinnern. Was passierte hier mit mir? Ich musste es loswerden, ich musste es Jade erzählen, ich brauchte jemanden, dem ich alles anvertrauen konnte und Jade war schließlich meine beste Freundin.
„Gut, ich werde dir alles erzählen, aber halte mich nicht für verrückt oder so", sagte ich und holte mir dabei mein Buch aus dem Regal.
Ich legte es neben mich auf das Bett und fing an, Jade alles zu erzählen. Dabei hoffte ich, dass ich nicht die Hälfte vergessen würde.
Ich erzählte ihr, wie sehr sie in Chris verliebt war und wie sie sich auf einmal veränderte. Das sie mich sogar angegriffen hatte. Ich erzählte ihr auch von den Geistern, die mir immer wieder erschienen waren und ihre Geschichte, die damals im Jahr 1855 mit ihnen passiert war. Das sich die eine Schwester, für die andere bei der Hochzeit ausgegeben hatte und sie ihre eigene Schwester in einem Kerker lebendig begraben hatte. Dass mir dann mein Buch gesagt hatte, ich sollte einen von diesen Geistern suchen.
Ich erzählte ihr auch, dass ich mich immer mehr und mehr zu Chris hingezogen fühlte und ich ihn sogar geküsst

hatte, obwohl ich das eigentlich gar nicht wollte. Dabei hatte ich auch Steven's Stimme gehört, der mir sagte, dass ich ihn nicht vergessen sollte. Zum Schluss erzählte ich ihr noch von meinem Alptraum, den ich gerade hatte, indem Rachel ihre eigene Schwester aus dem Fenster stieß und so ermordete.
Als ich Jade alles erzählt hatte, ging es mir wirklich besser. Endlich hatte ich mir alles von der Seele geredet. Nur glaubte sie mir das auch? Die ganze Zeit schaute sie mich etwas irritiert an.
„Was sagst du dazu?", fragte ich sie nervös.
„Mach dein Buch auf Nora. Bitte", forderte Jade mich auf. Dann wurde sie hektisch und lauter: „Sofort!"
Ich schaute sie mit großen Augen an und konnte gar nichts sagen. Was wusste sie? Ich gehorchte sofort, öffnete das Buch und schlug die Seite 666 auf.

Du hast es geschafft, Nora. Du hast Gabriela gefunden.

Finde das zweite Geheimnis, dann findest du auch deine Liebe wieder!

Es stand da in großen Buchstaben und ich wusste, dass ich nicht geträumt hatte. Es war alles wahr! Ich hatte Gabriela gefunden, es war kein Traum. Sie war in mir oder ich war ein Teil von ihr. So genau wusste ich das nicht!
Ich hatte ihr Schicksal geändert, aber gestorben war sie trotzdem.

Was würde jetzt noch passieren? Es gab noch ein Geheimnis! Konnte Jade mir dieses Mal helfen? Wusste sie etwas? Ich musste es in Erfahrung bringen!

Die Truhe

Woher wusstest du, dass etwas im Buch stehen könnte, Jade?", fragte ich sie und war wirklich sehr gespannt darauf, was sie mir zu sagen hatte. Manchmal wurde ich wirklich nicht schlau aus ihr, aber dafür überraschte sie mich immer wieder.

„Eigentlich wusste ich es nicht, aber so lange wie ich dich nun schon kenne Nora, weiß ich immer, dass du die Wahrheit sagst. Wenn du mir erzählst, dass ich so komisch geworden bin, dass dir plötzlich Geister erscheinen und dass dein Buch auf einmal mit dir kommuniziert, dann muss da etwas dran sein. Nur frage ich mich langsam, warum das immer nur dir passiert? Du scheinst das Unglück wie einen Magneten anzuziehen! Warum sollte das hier auch eine ganz normale Klassenfahrt werden, wenn wir Nora Marquardt dabei haben?", erwiderte sie, lächelte aber dabei.

„So habe ich dich gern, Jade. Bitte bleib so!", sagte ich und nahm sie dabei in meine Arme.

„Ich werde mir Mühe geben, aber nun lass uns das zweite Geheimnis aufdecken. Ich möchte schließlich bald mal meinen großen Bruder wiederhaben, auch wenn das heißt, dass ich mir ständig eure Liebesbekenntnisse anhören muss. Außerdem kann ich jetzt sowieso nicht mehr einschlafen", neckte sie mich und stieß mir dabei leicht mit ihren Ellenbogen in die Seite.

„OK, ich würde sagen, dass wir noch einmal hinuntergehen und in der alten Bibliothek nachsehen. Das ist die unter der Treppe. Ich werde sie dir zeigen.

Vielleicht können wir da noch mehr herausfinden. Dort ist sicher auch das meiste passiert", erklärte ich ihr.

Jade nickte nur und wir beide machten uns ganz leise auf den Weg nach unten. Dabei erzählte ich Jade jede einzelne Kleinigkeit, die mir noch einfiel. Ich wollte, dass sie über alles Bescheid wusste. Jetzt, wo sie endlich wieder normal war.

„Wie war das eigentlich mit dir und Chris? Kann er gut küssen?", fragte Jade mich ganz unerwartet und im ersten Moment wusste ich nicht, wie ich darauf antworten sollte. Ich musste wirklich eine Zeit lang überlegen. Wenn ich so richtig darüber nachdachte, konnte ich mich nicht wirklich mehr daran erinnern. Dieses Gefühl, es war aus meinem Kopf gelöscht und ehrlich gesagt, empfand ich nichts mehr für ihn. Gut, er war nett und sah auch wirklich gut aus, aber mein Herz hatte nur Sehnsucht nach dem einen, der mir gehörte.

Eigentlich konnte ich mir das nur so erklären, dass es irgendein Zauber sein musste. Entweder kam er von Rose, weil sie wollte, dass ich Steven vergesse oder er kam von Gabriela, weil sie wollte, dass ich so fühlte wie sie damals. Ich hoffte nur, dass Chris ebenfalls verzaubert wurde und dass er nicht zu enttäuscht sein würde, wenn ich das nächste Mal wieder auf ihn traf.

Ich versuchte Jade meine Gefühle zu erklären, aber sie grinste nur die ganze Zeit und schüttelte ihren Kopf.

„Du und die Männer, darüber schreibe ich mal ein Buch", sagte sie und grinste immer noch.

„Hier lang, Jade", flüsterte ich und zog sie mit mir. Wir waren nun unten an der Treppe angekommen und ich zeigte ihr die Tür zu der alten Bibliothek.
Die Tür war wieder nicht verschlossen und ließ sich ohne Probleme öffnen.
„Die Tür ist mir noch nie aufgefallen. Komisch", sagte Jade und folgte mir.
Innen war es diesmal heller als sonst. Die Vorhänge waren offen, es lag kein Staub mehr auf den Büchern, alles war sauber.
„Das ist ja seltsam. Das letzte Mal als ich hier war, da war alles staubig und dunkel", sagte ich laut und lief zu der Stelle, an der der Teppich auf dem Boden lag. Und unter dem der Kerker verborgen war.
Ich riss den Teppich hoch, doch darunter war nichts zu sehen. Keine Klappe, kein Schloss, einfach nichts.
Aber der Boden sah so aus, als hätte man ihn irgendwann erneuert.
„Was suchst du da Nora?", wollte Jade wissen.
„Hier war der Kerker, in den du mich gestoßen hast", erwiderte ich ihr und legte den Teppich wieder ordentlich an seinen Platz zurück.
„Ach, so! Ich entschuldige mich hiermit bei dir, obwohl ich mich daran überhaupt nicht erinnern kann. Ich kann mich noch nicht einmal an diesen Raum erinnern. Irgendwie voll krass, aber trotzdem, sorry Nora", erwiderte sie und schaute mich dabei entschuldigend an.
„Du brauchst dich nicht bei mir zu entschuldigen. Eigentlich warst du es ja auch gar nicht, wie wir jetzt wissen, aber du hast Recht. Das alles hier ist mal wieder

VOLL KRASS", antwortete ich nur und wir beide fingen laut an zu lachen.
Doch wir wurden jäh unterbrochen, als wir plötzlich jemanden hörten.
„Würden die Damen bitte leise sein. Das hier ist eine Bibliothek und ich möchte gerne lesen", hörten wir jemanden zu uns sagen.
Jade und ich drehten uns gleichzeitig in die Richtung, aus der die Stimme kam, und sahen ihn, den Geist.

Rachel oder Gabriela! Wer von den beiden es war, das konnte ich nicht erkennen.
Sie saß am großen Schreibtisch und hatte das kleine rote Tagebuch in ihrer Hand.
Jade machte ein sehr überraschendes Gesicht, sie hatte den Geist vorher noch nie gesehen und schaute mich fragend an.
„Was sollen wir jetzt machen? Sollen wir mit ihr sprechen?", flüsterte sie mir zu.
Ich schüttelte aber erstmal den Kopf und flüsterte zurück: „Nein, noch nicht. Ich will nur kurz etwas nachsehen. Bleib du so lange hier stehen. Ich bin gleich wieder da."
Dann ließ ich Jade allein und ging um das Regal herum.
Ich wollte unbedingt nachsehen, ob es das Versteck noch gab, in dem ich das Tagebuch gefunden hatte.
Ich suchte das ganze Regal nach dem dicken Buch ab, in dem das Tagebuch versteckt war, aber ich konnte es nicht finden.
Wer von den beiden war das jetzt? Der Gute oder der böse Geist? Wie konnte ich es am besten herausfinden?

Leise hörte ich eine Stimme hinter mir, die mir etwas ins Ohr flüsterte.

„Lass dich von ihr nicht täuschen", sagte sie immer wieder. Ich drehte mich sofort um, aber da stand niemand. Schnell ging ich zu Jade zurück, die immer noch wie angewurzelt dastand und den Geist beim Lesen beobachtete.

„Was hast du so lange gemacht?", fragte sie mich so leise, so dass ich sie fast nicht verstanden hätte.

„Ich wollte nur etwas nachsehen", erwiderte ich ihr.

„Und was machen wir jetzt? Sollen wir sie ansprechen?", fragte Jade noch und starrte dabei immer noch auf den Geist.

„OK, ich spreche sie an", sagte ich und ging zu dem Tisch hinüber. Ich stellte mich genau daneben, so dass mich der Geist sehen konnte.

„Entschuldigen sie Fräulein. Was lesen Sie da eigentlich so Interessantes?", fragte ich sie.

Der Geist schaute mir direkt ins Gesicht.

Irgendetwas war komisch an ihr. Sie sah nicht mehr so schön aus wie bei unserer letzten Begegnung. Vor ihrem wunderschönen Gesicht war irgendwie ein grauer Schleier, der eine fiese Grimasse zeigte und ihre Augen schimmerten leicht rot.

„Ich weiß nicht, warum ich Ihnen das erzählen sollte? Es geht Sie schließlich nichts an, aber ich will mal nicht so sein. Ich habe gerade in meinem Tagebuch gelesen und wollte mich noch einmal an meine schöne Hochzeit erinnern. Ich habe nämlich vor ein paar Tagen den wunderbarsten Mann der ganzen Welt geheiratet und wir beide sind zusammen unheimlich glücklich", erzählte der Geist mir.

„Oh, ehrlich? Das ist ja schön, ich gratuliere Ihnen. Wo ist Ihr Mann denn jetzt? Wenn er so wunderbar ist, dann würde ich ihn gerne einmal kennen lernen", antwortete ich ihr und war sehr gespannt, was sie mir wohl dazu erzählte.

Jade sagte die ganze Zeit kein Wort. Sie stand nur da und schaute zu uns herüber.

Der Geist schaute mich an und mir war so, als würden ihre Augen kurz wie Feuer flackern. Doch kurze Zeit später war alles wieder normal.

„Tut mir leid, aber er ist vor ein paar Tagen verreist. Ich weiß nicht genau, wann er wieder zurück sein wird. Er macht eine längere Geschäftsreise", sagte sie und las weiter.

„Dann will ich Sie nicht weiter stören. Auf Wiedersehen und viel Glück in Ihrer Ehe", sagte ich noch und ging zurück zu Jade. Der Geist beachtete mich nicht und kurze Zeit später war er wieder gänzlich verschwunden.

„Mensch Nora, was war das denn? Ich bin immer noch nervös. Das war ja ein echter Geist und man konnte sich mit ihm unterhalten. Echt Wahnsinn! Meine Knie sind immer noch weich. Irgendwie hatte ich Schiss. Sie sah so merkwürdig aus. Was meinst du? Sag doch endlich etwas", löcherte Jade mich und schaute mich aufgeregt an.

„Ich empfand sie auch unheimlich. Ihre Augen schimmerten leicht rot und ihr Gesicht glich einer Fratze. Es war unheimlich, auch wenn sie so sehr freundlich und reserviert mir gegenüber war", antwortete ich. Doch Jade schaute mich blöd an.

„Das habe ich jetzt nicht gesehen. Keine Fratze und auch keine roten Augen. Ich konnte nur durch sie hindurchsehen. Wie soll ich sagen? Sie war so transparent", schilderte sie und stand mir mit offenem Mund gegenüber.

„Was ist? Warum schaust du auf einmal so blöde?", fragte ich sie. Doch Jade zeigte nur mit ihrem Finger auf mich, ich sollte mich anscheinend umdrehen. Dabei sagte sie kein Wort.

Ich drehte mich langsam um und sah oben an der Decke etwas Weißes schimmern. Es flog aufgeregt hin und her.

„Was ist das nur?", fragte ich mich und ging darauf zu.

„Nein, Nora, nicht!", schrie Jade hinter mir, aber ich war einfach zu neugierig. Mit ausgestreckter Hand versuchte ich dieses Dings zu berühren, aber es gelang mir nicht. Sobald ich ihm näher kam, wich es mir aus.

Es flog zur Tür und dann wieder zu uns und wieder zur Tür und zurück.

„Es will, dass wir ihm folgen. Komm Jade, wir gehen mit", forderte ich sie auf. Doch Jade schaute mich misstrauisch an.

„Ich weiß nicht Nora. Bist du dir sicher? Wir können doch nicht einfach hinter diesem Dings herlaufen. Wir wissen doch noch gar nicht, was es ist", meckerte Jade.

„Ich weiß, aber ich bin neugierig und außerdem ist hier alles irgendwie komisch, also ist es auch egal", sagte ich nur und folgte diesem Ding.

„Warte! Ich komm mit", rief Jade und folgte mir.

Der weiße Schleier flog direkt durch die Tür.

Langsam öffnete ich die Tür und schaute mich draußen um. Hier war immer noch alles dunkel und niemand war zu sehen.

Ich gab Jade ein Zeichen und wir verließen die Bibliothek.

„Wo ist das Ding?", flüsterte Jade mir ins Ohr.

Doch da sahen wir es schon. Es flog langsam die große Treppe nach oben und wir folgten ihm.

Gott sei Dank schliefen die anderen alle noch. Ich wollte nicht, dass sonst noch jemand mitbekam, dass es hier spukte.

Als wir oben in unserer Etage ankamen, flog dieses Ding direkt durch unsere Tür, hinein in unser Zimmer.

Was wollte es da nur?

Jade stand erschrocken da und fragte mich: „Was will es bei uns?"

„Das weiß ich nicht, aber wenn wir nicht hineingehen, dann erfahren wir es nie", sagte ich und öffnete die Tür.

Als die Tür aufging, kam schon Kim Spieker schreiend auf uns zugestürmt.

„Endlich seid ihr da. Wo ward ihr denn?", fragte sie uns und schien sehr aufgeregt zu sein. Sie hatte Tränen in ihren Augen.

„Was ist denn passiert, Kim? Setzt dich doch erst mal", sagte ich zu ihr und zeigte dabei auf die Sessel, die im Zimmer standen.

Jade schaute zu mir und flüsterte: „Das Ding ist nicht hier oder siehst du es?"

Ich schüttete nur meinen Kopf und setzte mich neben Kim.

Die war immer noch total fertig und heulte nun richtig. Jade reichte ihr ein Taschentuch und sagte ihr, sie solle sich erst einmal beruhigen.
Kim putze sich ihre Nase und räusperte sich.
„Mir geht es schon besser. Ich weiß nur nicht, wie ich es euch sagen soll. Ihr denkt bestimmt ich spinne", sagte sie und dabei liefen ihr immer noch Tränen über die Wangen.
Ich nahm ihre Hand und sagte schließlich: „Ganz ehrlich Kim, wir denken bestimmt nicht, dass du spinnst, du kannst es uns ruhig sagen. Was ist denn los?"
„Hört zu, ich erzähle es euch. Ich hatte wieder eine Vision. Sie handelte von Rose und von Steven", fing sie an zu erzählen und schaute mich dabei ernst an.
Als ich ihre Namen hörte, stockte mir der Atem und mein Herz fing an schneller zu schlagen. Sogar Jade machte große Augen und setzte sich nun zu uns.
„Bitte erzähl weiter Kim", bat ich sie und das tat sie dann auch.
„Ich habe in meiner Vision gesehen, wie Rose mit Steven hier in diesem Zimmer war. Dann sind sie in diese Truhe dort hinten geklettert. Ich habe das Ela erzählt und sie kam auf die Idee, dass wir doch einfach einmal nachsehen sollten. Wir sind dann in euer Zimmer geschlichen und Ela hat die Truhe geöffnet. Dann ist sie hineingeklettert und dann... und dann...", konnte Kim gerade noch sagen, bevor sie wieder einen Heulanfall bekam.
„Was dann?", schrie Jade sie an.
Kim erschrak, weil Jade sie so angefahren hatte. Doch dann antwortete sie ihr: „Sie ist verschwunden. Die Truhe ist leer und Ela ist weg. Was soll ich denn jetzt machen?

Ich kann doch nicht zu Frau Buschhütten gehen und ihr davon erzählen."

Ohne Kim zu antworten, stand ich auf und ging zur Truhe. Sie hatte Steven gesehen? Er soll hier gewesen sei? Warum das? Wie sollte er hierher gekommen sein? Das konnte doch gar nicht sein. Außerdem konnte Kim in die Zukunft sehen, das hatte Rose damals doch immer ausgenutzt. Sollte das heißen, dass er hierher kommen würde?

In meinem Kopf dröhnte es, wieder so viele unbeantwortete Fragen. Eine musste ich aber sofort beantwortet haben:

Was war mit dieser Truhe? Ich öffnete sie und stieg hinein. Kim und Jade schrien noch hinter mir her, dass ich es lassen sollte, aber ich hörte nicht auf sie.

Als ich darin war, schloss ich den Deckel hinter mir und machte mich ganz klein.

Dann war es dunkel.

Fauler Zauber

Es war eng und ich bekam kaum Luft. Hier roch es moderig und immer noch war es dunkel. Wo war ich eigentlich? Immer noch in meinem Zimmer?
Ich klopfte von innen an den Deckel der Truhe und plötzlich wurde der Deckel geöffnet. Ich erschrak.
Meine Augen mussten sich erst mal wieder an das helle Licht gewöhnen, bevor ich etwas erkennen konnte.
„Mensch Nora, was soll der Scheiß? Du hast mir und Kim so was von Angst gemacht. Warum kletterst du einfach in das Ding, wenn Kim dir gerade noch erzählt hat, dass Ela darin verschwunden ist? Ich will dich nicht auch noch suchen müssen. Das ist doch alles Scheiße. Verdammt!", meckerte Jade.
Ich schaute die beiden verwirrt an, wie sie vor mir standen. Ich war immer noch in meinem Zimmer und saß in der Truhe.
„Tut mir leid, aber ich musste es einfach ausprobieren. Wie hat Ela das denn gemacht? Ist sie einfach hineingeklettert? Und ich möchte noch etwas wissen Kim. Woher wusstest du eigentlich in deiner Vision, dass du unser Zimmer gesehen hast und dass es diese Truhe hier war?", fragte ich sie.
„Mit der Truhe war ich mir gar nicht so sicher. Jade hatte zwar beim Essen mal erwähnt, wie euer Zimmer aussieht, doch gewusst habe ich es nicht. Ich habe eure Zimmernummer in meiner Vision gesehen, die 666. Deswegen sind wir hier hineingeschlichen. Ela ist dann genau wie du hinein geklettert, Deckel zu und weg.

Erklären kann ich es mir auch nicht, Nora, echt nicht", sagte sie und ließ ihren Kopf hängen.
Ich stieg aus der Truhe und war kurz davor durchzudrehen. Immer wieder lief ich im Zimmer auf und ab, raufte mir meine Haare, sagte aber kein einziges Wort.
Die anderen beiden schauten mich dabei sprachlos an.
Vor Wut, weil ich nicht mehr wusste, was ich nun eigentlich machen sollte, warf ich mich auf mein Bett und fing fürchterlich an zu heulen.
Mein Kopf brummte und mein Herz raste wie verrückt.
Ich war auf einmal furchtbar traurig. Ich vermisste Steven, ich vermisste Peggy und ich wollte einfach nur nach Hause. Was sollte ich nur machen?
Würde ich meinen Freund jemals wiedersehen?
Jade setzte sich neben mich und streichelte mir vorsichtig über den Rücken.
„Nora, was ist auf einmal los mit dir? Bitte beruhige dich doch", sagte sie. Doch ich wollte mich nicht beruhigen.
Wütend sprang ich auf und fing an zu schreien, die Tränen liefen mir dabei immer noch unaufhörlich über meine Wangen: „Ich kann nicht mehr. Ich will nicht mehr. Ich hasse das alles hier. Ich will nach Hause, einfach nur nach Hause. Keine Geister, keine Geheimnisse, keine schwebenden Bücher. Ich will das nicht. Ich will zu Steven."
Daraufhin hockte ich mich auf den Boden und ließ meinen Tränen freien Lauf.

Jade und Kim fingen an, über mich zu sprechen und hockten sich neben mich.

„Jetzt hat sie einen Nervenzusammenbruch. Was sollen wir nur machen?", fragte Kim.
„Ich weiß es nicht, lassen wir sie sich erst einmal ausheulen. Es ist schwer für sie, das kann ich schon verstehen. Mein Bruder ist verschwunden und hier in diesem Haus passieren seltsame Dinge. Komm, wir helfen Nora, sich auf das Bett zu legen, dann erzähle ich dir alles", hörte ich noch und dann halfen mir beide auf die Beine und begleiteten mich zu meinem Bett.
Ich legte mich darauf und Kim holte eine Decke und deckte mich zu.
„Nora, ich werde jetzt mit Kim kurz rausgehen und dann erzähle ich ihr alles, wenn es dir nichts ausmacht. Bleib du bitte hier und versuche ein bisschen zu schlafen, dann geht es dir bestimmt etwas besser", flüsterte Jade mir ins Ohr und streichelte sogar meine Wange.
Ich sagte nichts, aber ich nickte ihr kurz zu. Schlafen, das war wirklich eine gute Idee.
Kurze Zeit später hörte ich noch wie die Tür ins Schloss fiel und dann war es totenstill.

Alles war dunkel, nur am Ende schien ein helles Licht, das immer näher kam.
Was war das?
Es wurde immer heller und heller, bis es den ganzen Raum erhellte.
Wo war ich? Das war nicht mein Zimmer und ich lag auch nicht in meinem Bett.
Das hier war ein komplett leerer Raum, die Wände waren weiß. Nur an einer Wand hing ein großer Spiegel.

Ich ging langsam zum Spiegel und sah hinein. Doch anstatt mein Spiegelbild zu sehen, sah ich etwas ganz anderes.

Ich sah eine Höhle, die ziemlich dunkel und unheimlich aussah. Überall hingen Spinngewebe von der Decke.

Was war das nur?

Ich legte meine Hände auf den Spiegel, aber es passierte nichts. Ich hatte die Hoffnung, dass die Bilder verschwinden würden und ich mich endlich sehen könnte, aber dem war nicht so.

Plötzlich erschienen im Spiegel zwei Personen, ich konnte ihre Umrisse sehen, aber sie waren noch zu weit weg, um sie besser erkennen zu können.

Sie kamen langsam näher und ich traute meinen Augen nicht.

Es waren Ela und Steven. Wie kamen sie dorthin?

Mein Herz schlug schneller, als ich ihn sah.

In meinem ganzen Körper fing es an zu kribbeln und ich hatte wieder diese Schmetterlinge in meinem Bauch. Er fehlte mir so!

Meine Augen füllten sich mit Tränen, ich konnte sie nicht zurückhalten.

Was konnte ich machen? Nichts! Ich konnte sie nur beobachten.

Steven hielt Ela am Arm und wollte sie anscheinend wegschicken, sie sollte schnell verschwinden. Jedenfalls interpretierte ich so seine Gesten.

Aber Ela wollte nicht, sie zog ihn am Ärmel. Steven sollte sie begleiten, aber er tat es nicht. Warum nicht?

Ich fing an zu schreien: „Warum kommst du nicht? Komm zu mir zurück. Bitte!"

Dabei hämmerte ich immer wieder gegen den Spiegel.
Ela ging aber nicht, sie blieb neben Steven stehen und versuchte ihn wohl zu überreden, sie zu begleiten.
Doch er schüttelte den Kopf.
Auf einmal wurde es dunkel und Wind brauste auf. Sogar hier bei mir, auf der anderen Seite des Spiegels, wurde es kalt.
Da war noch jemand! Er stand ziemlich weit hinter Steven und kam langsam immer näher.
Man konnte die Person nicht erkennen, dafür war es zu dunkel, doch ich sah glühend rote Augen.
Böse Augen!
Steven schubste Ela weg, sie sollte rennen. Doch sie blieb wie angewurzelt stehen. Was passierte jetzt?
Ich konnte nichts machen! Immer wieder hämmerte ich gegen den Spiegel, als ich erkannte, wer diese Person eigentlich war.
Rose!
„Lauf Ela, lauf", schrie ich, doch sie hörte mich nicht.
Rose hob ihre Hand. Überall erhellten Blitze die Höhle und Ela brach blutend zusammen.
Rose lachte hämisch und nahm Steven in ihre Arme, dann küsste sie ihn.

„Nein", schrie ich und wachte schweißgebadet auf.
Ich lag immer noch auf meinem Bett. Jade war nicht da. Wo war sie? Doch da fiel es mir wieder ein. Sie und Kim wollten mich ein wenig schlafen lassen. Ich war völlig durcheinander. War das gerade ein Traum oder war es Realität.

Ich fasste mir ins Gesicht, meine Tränen waren echt und auch mein Herz raste immer noch. Oh, mein Gott, Steven. Er war immer noch bei ihr und sie hatten sich geküsst. Was hatte Rose nur mit Ela gemacht? Konnte Steven ihr denn nicht helfen? Wie konnte er nur dabei zusehen?
Ich musste es unbedingt Jade erzählen.
Schnell sprang ich auf und ging zur Tür.
Ich öffnete sie schwungvoll und stand schon mitten auf dem Gang.
Wie sah das denn hier aus? Überall waren Kerzen aufgestellt. Sie führten den ganzen Korridor entlang bis zum anderen Ende. Auch so war das alles hier wieder ganz anders. Ich war mir sicher, dass der Korridor eigentlich nicht so lang war und dass dort am Ende vorher keine Wendeltreppe nach oben führte.
War ich wirklich richtig hier oder war ich wieder im 19. Jahrhundert gefangen, in dem Gabriela und Rachel lebten? Träumte ich vielleicht immer noch? Ich war so durcheinander.

Mein Buch sagte mir, ich sollte das zweite Geheimnis aufdecken, aber eigentlich war mir da gar nicht nach. Ich wollte unbedingt Jade finden. Ich musste ihr von Steven erzählen.
Trotzdem beschloss ich, dem Weg mit den Kerzen zu folgen.
Ich ging den langen Korridor bis zum Ende, dann die Wendeltreppe nach oben. Diese führte mich auf einen Spitzboden, der komplett aus Holz bestand. Auch hier oben waren hunderte von Kerzen, die in der Mitte zu einem Herz aufgestellt waren.

War das für mich?
Ich bezweifelte wirklich, dass das hier für mich sein sollte? Wer sollte das auch für mich machen?
Mein Freund war schließlich nicht bei mir. Er hatte mich verlassen, er hatte mich allein gelassen.
Wieder liefen mir Tränen über meine Wangen und alles vor meinen Augen verschwamm.
„Meine Liebste. Das ist alles hier für dich mein Herz", sagte plötzlich jemand, aber er meinte nicht mich.

Neben mir stand noch jemand! Gabriela? Rachel? Wer von beiden war es?
Gabriela konnte es nicht sein, sie lag unten in diesem Verlies. Es musste Rachel sein und vor ihr stand … Chris? Was wollte er denn hier? War er es wirklich? Was war hier los? Ich konnte mich noch daran erinnern, dass der Geist von Gabriela wollte, dass ich so fühlte wie sie und dass ich für Chris Gefühle entwickelte, die eigentlich nicht von mir waren. Also war er auch verzaubert und dachte nun, er wäre Gabriela´s Mann. Nein, Rachel´s Mann, Gabriela war doch tot. Doch wusste Chris das?

Anders konnte ich mir das nicht erklären. Beide beachteten mich nicht. Für sie war ich Luft.
Chris nahm Rachel in seine Arme und drückte sie fest an sich. Doch hinter ihrem Rücken hatte er ein Messer in seiner Hand.
„Du elende Hexe, du sollst dafür büßen, dass du mir das Liebste in meinem Leben genommen hast. Wie konntest du nur deine eigene Schwester töten?", schrie er und wollte ihr das Messer in den Rücken rammen.

Doch es geschah ganz anders.

Rachel konnte blitzschnell zur Seite springen, ihre Augen glühten auf und Chris schaffte es nicht mehr, seinen Schwung abzubremsen. Mit aller Wucht stach er sich sein eigenes Messer in den Bauch.
„Oh nein, Chris!", schrie ich und konnte ihn gerade noch auffangen, bevor er zusammensackte.

Dabei kippten einige Kerzen um und der Holzboden fing Feuer.
Ich schaute mich nach Rachel um, doch die war nirgends mehr zu sehen.
Auch fand ich nichts, womit ich schnell das Feuer hätte löschen können. Chris war zu schwer, ich konnte ihn nicht tragen.
Ich musste Violetta, meinen Besen, rufen!
„*Virga Violetta perveni nunc*", rief ich und streckte dabei meine Arme aus.
Es dauerte keine Sekunde, da war sie bei mir.
„Violetta, schaffst du es, uns beide hier heraus zu bringen?", fragte ich sie.
„Ja, Nora, das schaffe ich", sagte sie mir in Gedanken und glitt dabei so unter Chris, dass ich es schaffte, uns beide festzuhalten.
„Schnell Violetta. Los!", befahl ich und Violetta hob ab.
Sie schaffte es wirklich, uns schnell vor dem Feuer zu retten, das hinter uns schon ein weites Ausmaß genommen hatte, Balken krachten brennend von der Decke zu Boden.

Violetta raste schnell den Korridor entlang, so schnell war sie noch bisher nie geflogen. Es kam mir vor, als ob sie die Schallmauer durchbrach.

Vor meinem Zimmer stoppte sie ihren Flug und ließ uns hinunter. Chris legte ich vorsichtig auf den Boden, dabei staunte ich nicht schlecht. Der Korridor hatte sich wieder verändert. Er war wieder wie vorher. Die Kerzen waren verschwunden, er war nur noch halb so lang und endete an einer massiven Wand. Die Wendeltreppe war auch nicht mehr zu sehen, sogar das Feuer war verschwunden.
Was war das für eine Zauberei?
Nur eins war Wirklichkeit. Chris lag immer noch blutend vor mir auf den Boden.
Ich kniete mich neben ihn und sah mir vorsichtig die Wunde an. Sie schien tief zu sein!
„*Cura ac fultura*", sagte ich und streichelte dabei seine Stirn.
Innerlich musste ich etwas grinsen. Dieser Zauber erinnerte mich daran, wie ich Esmeralda ausgetrickst hatte. Sie hatte mich damals mit diesem Zauber geheilt, weil sie dachte ich wäre ihre Liebe Stuart.

Kurze Zeit später schon öffnete Chris seine Augen.
„Nora? Was machst du hier? Was ist passiert? Warum liege ich hier auf dem Boden?", fragte er mich und setze sich dabei auf.
Doch ohne auf seine Fragen zu antworten, half ich ihm aufzustehen und vergewisserte mich erst einmal, ob es ihm wirklich wieder besser ging.

Ich zog sein T-Shirt hoch, um mir selbst ein Bild darüber zu machen, ob mein Zauber gewirkt hatte.

„Was ist das denn für eine Anmache?", fragte er und grinste mich an. Anscheinend konnte er sich an nichts mehr erinnern.

„Ich bin so froh, dass es dir wieder gut geht Chris und den Rest erzähle ich dir in meinem Zimmer", erwiderte ich und öffnete die Tür.

Ich nahm Violetta und bat ihn hinein. Dann setzte ich mich auf mein Bett und signalisierte ihm, dass er sich ruhig zu mir setzten durfte.

Er zögerte erst etwas. Chris dachte bestimmt etwas anderes, aber da war er auf dem falschen Dampfer. Er setzte sich zu mir und nun endlich hatte ich die Gelegenheit, ihm zu erzählen, was bis jetzt mit uns beiden geschehen war.

Erkenntnisse

Chris hörte sich alles genau an, sagte aber erst einmal gar nichts dazu. Er starrte mich die ganze Zeit nur an.
Ich erzählte ihm alles was passiert war, auch von meinen Traum, den ich hatte, und den vielen Kerzen denen ich gefolgt war.
Dann nahm er mich plötzlich in seine Arme und gab mir einen Kuss.
Ich wollte ihn wegdrücken, aber da löste er sich schon wieder von mir.
„Was soll das, Chris?", fragte ich ihn und hätte ihm am liebsten eine gescheuert.
„Tut mir leid, Nora. Ich kann mich an das, was du mir gerade alles erzählt hast, nicht erinnern, an wirklich nichts. Nur an meine Gefühle für dich und glaube mir, die sind echt. Außerdem wollte ich mich nur bei dir bedanken, dass du mich gerettet hast", versuchte er sich zu entschuldigen und kam mir dabei schon wieder näher.
„Nein", sagte ich nur und stand dabei auf.
„Ich möchte das nicht. Ich finde dich wirklich sehr nett, Chris. Du siehst auch wirklich sehr gut aus und wenn ich ehrlich bin, dann würdest du mir auch gefallen, aber mein Herz gehört schon lange jemand anderem und …", sagte ich noch, bevor ich wieder anfing zu heulen.
Chris stand auf und kam zu mir.
„Nora, ich versteh dich. Sei mir bitte nicht böse. Ich versuche mich zurückzuhalten. Ich muss einsehen, dass wir nur Freunde sind, auch wenn ich für dich viel mehr

empfinde, aber bitte weine jetzt nicht", erwiderte er und nahm mich dabei in seinen Arm.

Zum ersten Mal hatte ich das Gefühl, das er es wirklich ernst meinte. Er musste akzeptieren, das ich nie seine Freundin werden würde, auch wenn es ihm schwer fiel.

Ich hatte ihn wirklich gern und es tat gut, von ihm getröstet zu werden.

Als er mich so in den Armen hielt, kamen plötzlich Kim und Jade herein.

Jade schaute sofort misstrauisch zu uns beiden herüber.

„Störe ich euch?", fragte sie schnippisch und gleichzeitig sah ich ihr an, dass es ihr schon wieder leid tat, weil sie so plump reagierte.

„Was ist passiert, Nora? Du weinst ja und wie seht ihr beide denn aus? Du bist ja voller Blut. Wir haben gedacht, du schläfst. Wir wollten nur kurz nach dir sehen. Ich versteh das nicht. Wir waren doch nur kurz weg", brabbelte sie los.

Ich löste mich von Chris, stand auf und lief etwas im Zimmer auf und ab.

„Jade, ich versteh das alles auch nicht. Ich glaube auch, dass ich geschlafen habe, aber ich hatte so einen merkwürdigen Traum. Ich habe von Steven geträumt und von Ela. Ihr ist etwas Schreckliches passiert. Rose kam auch in meinem Traum vor. Dann bin ich plötzlich aufgewacht, glaube ich zumindest. Ich wollte zu dir und dir von meinem Traum erzählen, aber der Korridor hatte sich auf einmal verändert. Er war viel länger, viele Kerzen waren aufgestellt. Ich bin dann den vielen Kerzen gefolgt, den ganzen Korridor entlang, bis zu einer Wendeltreppe. Diese führte in das Dachgeschoss, das ebenfalls voll mit

Kerzen gestellt war. Dort standen plötzlich Chris und Rachel. Chris hatte ein Messer und wollte Rachel umbringen, aber irgendwie ist es anders gekommen. Es ging auch alles viel zu schnell und plötzlich hatte Chris das Messer im Bauch. Der Dachstuhl fing Feuer, Rachel war plötzlich weg, Chris lag blutend in meinem Arm und ich wusste mir keinen anderen Ausweg, als Violetta zu rufen. Sie hat uns dann gerettet. Doch als wir wieder hier waren, war alles wieder wie vorher. Kein Feuer, keine Kerzen, der Korridor wieder ganz normal, nur Chris blutende Wunde blieb. Ich habe ihn dann geheilt, ihn in unser Zimmer gebracht und ihm alles erklärt. Er kann sich an nichts mehr erinnern, genau so wie du. Ich drehe hier echt bald durch. Ich weiß nicht mehr, was nun echt ist und was nicht. Sind wir hier jetzt alle normal oder ist schon wieder irgendein Geist in uns? Schlafe ich, oder bin ich wach? Ich halte das wirklich nicht mehr aus", schrie ich und stampfte wütend mit beiden Beinen auf den Boden.

„Nora, ich bin jetzt echt sprachlos. Wie gut, dass wir Violetta und Talita doch heimlich mitgenommen haben. Jetzt stell dir mal vor, dein Besen wäre nicht hier gewesen. Wie hätte er dich finden sollen, falls du in einer anderen Zeit gefangen gewesen wärest? Ich nehme nämlich stark an, dass du einen Zeitsprung gemacht hast. Ich weiß zwar nicht wie, aber Kim und ich haben vorhin unten in der Bibliothek etwas gefunden", sagte Jade und zeigte mir ein dünnes Heft.
„Was ist das?", wollte ich von ihr wissen, „und in welcher Bibliothek wart ihr?"

„In der großen, nicht in der wir beide waren. Setz dich aber bitte. Ich muss dir etwas zeigen", bat Jade mich und wir setzten uns alle vier in die Sofaecke des Zimmers.
Dann legte Jade das Heft vor uns auf den Tisch und schlug es auf. Dort waren die Grundrisse von dieser Burg und jedes einzelne Zimmer eingezeichnet.
Viele Zimmer gab es jetzt hier gar nicht mehr, die meisten waren zugemauert.
„Und wir haben noch etwas", sagte Kim und legte ein weiteres Buch auf den Tisch.
„Was ist das?", fragte ich nach und wollte es gerade nehmen, aber da hatte es Jade schon in ihrer Hand.
„Es steht alles über die Familie Marquardt darin, es ist eine Art Stammbuch. Ich lese dir mal etwas vor", sagte sie und begann zu lesen.

Petersen Marquardt:
Reicher Landwirt, sehr netter Herr, zuvorkommend, großzügig, im gehören mehrere Plantagen.

Theresia Marquardt:
Gemahlin des Petersen Marquardt. Kommt aus einem armen Hause, sehr liebe Frau, kann keine Kinder bekommen. Nach mehreren Fehlgeburten nehmen sie und ihr Mann die Zwillingsmädchen Gabriela und Rachel zu sich auf.

Gabriela Marquardt:
Sehr liebenswertes Mädchen, die Jüngere der beiden Zwillinge, etwas naiv, schüchtern, hilfsbereit, sehr hübsch.

Rachel Marquardt:
Die Ältere der beiden Zwillinge, ebenfalls sehr hübsches Mädchen, macht ihren Eltern aber nur Ärger, sehr böses Wesen.

Robert Adler:
Gabriela's Verlobter, netter junger Mann aus gutem Hause.

Dann blätterte Jade einige Seiten vor und las weiter.

„Hier ist noch ein Eintrag, der per Hand eingetragen wurde. Das andere, was da noch steht, ist eigentlich unwichtig, aber hier steht noch:

15.07.1855
Ich habe herausgefunden, dass meine Gattin gar nicht meine Frau ist. Rachel hat ihre eigene Schwester umgebracht, um mich zu heiraten. Meine Gemahlin kann ich nicht finden. Oh, Gabriela, wie konnte ich nur so blind sein. Du fehlst mir so! Ich werde dir folgen und zu dir

kommen, aber vorher wird sie dafür büßen müssen.

„Und Kim hat dann noch so einen Prospekt unten in so einem Aufsteller gefunden, wo stand, dass im Jahre 1855 ein Flügel der Burg fast komplett abgebrannt ist. Dabei sei die komplette Familie Marquardt ums Leben gekommen. Petersen, Theresia, Gabriela und ihr Mann Robert, aber von Rachel stand da nichts. Erst Anfang des 20. Jahrhunderts wurde die Burg renoviert, doch der Flügel wurde nie wieder aufgebaut", erzählte Jade und grinste voller Stolz, weil sie so viel herausgefunden hatte.

Ich stand auf und lief im Zimmer auf und ab. Meine Gedanken überschlugen sich. Das passte alles zusammen. Das musste das Geheimnis sein.

Euphorisch nahm ich Chris in den Arm und drückte ihn, er stand nun einmal genau neben mir.

Jade schaute sofort genauer hin, sagte aber nichts. Chris hingegen strahlte über das ganze Gesicht.

„Jade", rief ich, „Wir haben das Geheimnis gelöst."

„Ach ja? Echt? Komplett? Versteh ich jetzt nicht", sagte sie nur und schaute fragend in die Runde.

Kim starrte auch verwundert und Chris grinste immer noch und konnte seine Augen nicht von mir lassen. Hoffentlich hatte er meinen überschwänglichen Ausrutscher von gerade nicht wieder falsch interpretiert.

„Das ist doch ganz klar. Jetzt passt mal auf.

Im Tagebuch stand, dass Rachel eigentlich nicht auf Gabrielas Hochzeit erscheinen wollte, da sie auch in Robert verliebt war und es nicht mit ansehen konnte, dass

er ihre Schwester heiratete. Dann ist sie gegangen und alle dachten, sie wäre weg. Doch in Wirklichkeit hatte sie einen bösen Plan. Sie lockte ihre eigene Schwester in die Falle, schubste sie in diesen Kerker und ließ sie dort sterben. Dann nahm sie ihren Platz ein und heiratete an ihrer Stelle Robert.
Der aber fand es heraus, wie wir jetzt wissen, und wollte sich an Rachel rächen. Bei dem Versuch sind sie dann wohl alle ums Leben gekommen. Robert hat sich selbst umgebracht, dabei ist dann der Brand ausgebrochen, der wohl auch Rachel erfasst hat, sonst würde das ja nicht in diesem Buch stehen. Das muss Rachel gewesen sein, weil Gabriela immer noch in diesem Kerker liegt. Konntet ihr mir folgen?
Woher hattet ihr das Buch überhaupt? Wem gehörte es?", fragte ich die drei, die mich alle erstaunt anschauen.
„Was ist? Warum sagt ihr nichts?", wollte ich wissen, weil keiner von ihnen etwas zu meiner Theorie sagte, geschweige denn mir auf meine Fragen antwortete.

Jade war die erste, die sich langsam hin und her bewegte.
„Dreh dich um Nora, aber langsam", flüsterte sie.
Ich tat, was sie sagte, und drehte mich um.

Mein Buch schwebte wieder einmal auf mich zu und blieb direkt vor mir schwebend in der Luft stehen. Die Seiten öffneten sich wie von Geisterhand und blieben auf der Seite 666 offen stehen.
„Was steht darin?", fragte Jade, sie war schon gar nicht mehr so überrascht.

Nur Chris und Kim hingegen machten ihren Mund vor Staunen nicht mehr zu.
„Das ist schon öfter passiert. Ihr braucht euch keine Sorgen zu machen", sagte ich zu den beiden, um sie etwas zu beruhigen. Anscheinend hatten sie so etwas noch nie gesehen.
Dann begann ich laut zu lesen.

Du hast es geschafft, mein Kind. Du hast es endlich geschafft, das Geheimnis unserer Vorfahren aufzudecken und als Dank wurde mir gestattet, dir zu helfen.

Kaum hatte ich die Seite zu Ende gelesen, erschien vor mir eine Person. Sie war erst kaum zu erkennen. Doch nach einiger Zeit wurde sie immer sichtbarer. Sie hielt mein Buch fest in ihren Händen und schaute mir liebevoll in die Augen.
Diese Augen, kamen mir so bekannt vor.

Sie schlug das Buch zusammen und ließ es zu dem Regel hinüberschweben. Dann kam sie einen Schritt auf mich zu und nahm mich in ihre Arme.
„Mein liebes Kind", sagte sie und drückte mich fest an sich.
„Mutter?", fragte ich und zitterte am ganzen Körper.
„Ja", hörte ich sie nur flüstern. Es war tatsächlich meine Mutter Serafina. Dann fingen wir beide an zu weinen.
Wir drückten uns gegenseitig und sie küsste mich.
Doch dann löste sie sich wieder von mir, sie wollte mir anscheinend etwas sagen.

Jade und die anderen beiden sagten die ganze Zeit kein einziges Wort. Sie standen nur sprachlos da und beobachteten uns.

„Ich habe nicht viel Zeit, ich muss gleich wieder zurück. Ich will dir aber noch erklären, was das alles auf sich hat. Oh, bist du groß geworden und so ein hübsches Mädchen bist du. Wir sind so stolz auf dich, Nora", sagte sie und strahlte mich an, dann wurde ihre Miene aber ernster. „Dein Freund wird in der Schattenwelt festgehalten. Das ist das Reich der Toten. Dort sind die Seelen gefangen, die zu ihren Lebzeiten nichts Gutes vollbracht haben. Es ist normalerweise unmöglich, dorthin zu kommen, aber für dich werde ich die Regeln brechen. Ich werde gleich das Tor zu dieser Welt für dich öffnen. Dann bist du auf dich allein gestellt, aber ich weiß, dass du ihn finden wirst. Du bist eine starke Hexe und ihr liebt euch", erzählte meine Mutter noch und wurde auf einmal unruhig.
„Oh, Nora, es war so schön dich wieder zu sehen, aber ich muss mich beeilen, sie rufen schon nach mir."
„Wer ruft dich?", wollte ich von Serafina wissen.
„Unsere Familie. Ich darf nicht so lange in dieser Welt verweilen, sonst löse ich mich auf und kann nicht mehr zurück. Danke noch einmal, dass du Gabriela gefunden hast. Das war deine Prüfung, ohne die hätte ich dir jetzt nicht helfen können. Hole sie aber bitte noch aus ihrem Grab, damit sie endlich Ruhe finden kann. Und bei deinen Freunden entschuldigen wir uns natürlich auch, weil wir sie damit hineingezogen haben. Wenn ihr diese Burg wieder verlasst, dann werdet ihr euch nur noch an eine tolle Klassenfahrt erinnern, das versprechen wir euch",

sagte sie noch und fing an, wieder transparenter zu werden.
„Ich muss gehen, mein Kind. Ich öffne dir jetzt das Tor zur Schattenwelt. Dein Vater und ich, wir lieben dich. Lebe wohl und werde glücklich mit deinem Freund. Er ist der Richtige", sagte sie noch, dann war sie verschwunden.

Die Truhe hinter uns öffnete sich und ein helles Licht trat hervor.
Ich konnte nichts sagen. Ich war von dem, was gerade passiert war, total überfordert. Meine Mutter war mir erschienen. Sie hatte die ganze Zeit mit mir über dieses Buch gesprochen. So wie Jade es vermutet hatte. Sie kannte Steven und wünscht mir viel Glück mit ihm.
Bei diesem Gedanken an ihn überkamen mich wieder so viele Gefühle. Ich musste ihn finden. Diese Gefühle machten mich stark.

Erst Chris holte mich aus meinen Gedanken.
„Willst du da echt hineingehen?", fragte er mich. „Ja", sagte ich bestimmend und ging zur Truhe hinüber.
„Warte Nora", bat mich Jade und ich hielt einen Moment lang inne.
„Wäre es nicht besser, wenn jemand von uns mitkommt? Du hast uns doch von Ela erzählt, dass ihr in deinem Traum etwas Schlimmes widerfahren ist. Ich würde es besser finden, wenn du das nicht allein machen würdest. Und um auf deine Frage von gerade noch einzugehen: Das Buch, das wir gefunden haben, das lag versteckt hinter anderen Büchern. Nur, wem es gehörte, das weiß ich nicht", sagte Jade zu mir.

„Nein, ich werde auf jeden Fall allein gehen, ich komme allein klar", antwortete ich.
„Ich werde dich begleiten, Nora. Das ist viel zu gefährlich für ein junges Mädchen", unterbrach uns Chris und reichte mir seine Hand.
„Nein, das möchte ich nicht. Ich möchte, dass ihr hier bleibt und auf mich wartet. Ich brauche hier doch jemanden, der mir den Rücken frei hält, falls man mich sucht", erwiderte ich und stand schon mit einem Bein in der Truhe.
„Ich werde mitkommen", entschied Kim plötzlich, „ich möchte dir helfen und außerdem muss ich noch ein Wörtchen mit meiner ehemaligen besten Freundin sprechen. Schau mich jetzt nicht so an, Nora, ich werde mich nicht davon abbringen lassen. Ich werde mitkommen."
Ich schaute ihr in die Augen und sah ihrem entschlossenem Blick an, dass sie es wirklich ernst meinte. Es würde mir nicht gelingen, es ihr auszureden, also willigte ich ein.
„Jade, bleib du bitte hier und warte auf uns. Du bist diejenige, die über alles hier Bescheid weiß. Versprich mir, dass du hier bleibst", sagte ich noch und kletterte nun komplett hinein. Kim stand ebenfalls schon in der Truhe.
Jade nickte uns zu und als wir uns in die Hocke setzten, verschloss sie langsam die Truhe.
„Komm ja nicht ohne meinen Bruder zurück", sagte sie noch.
„Das werde ich nicht. Versprochen", erwiderte ich.

„Ich habe dich lieb, Nora. Sei vorsichtig, ich möchte nicht, dass du auch noch verschwindest", bat sie mich noch und verschloss dann langsam die Truhe.

„Ich hab dich auch lieb, Jade", dachte ich und wartete mit Kim auf das, was nun passieren würde.

Die andere Welt

„Nora, was meinst du? Sollen wir die Truhe langsam wieder aufmachen? Wir sitzen nun schon ewig hier", fragte mich Kim.
Sie hatte ja Recht, es war schon einige Zeit vergangen.
Sollten wir uns wirklich trauen diese Truhe zu öffnen?
Was würde dort draußen bloß auf uns warten?
Ein wenig Angst hatte ich schon. Aber wenn ich an Steven dachte, bemerkte ich, wie mir das Adrenalin durch den Körper schoss.
„OK, lass uns die Truhe öffnen", antwortete ich ihr und hob dabei vorsichtig den Deckel.

Hier war es nebelig, man konnte kaum seine eigene Hand vor Augen erkennen.
Die Gegend hier konnte man nur erahnen.
Wo waren wir? War das die Schattenwelt?
Jedenfalls war das nicht mehr unser Zimmer!
„Dann wollen wir mal. Bleib bitte in meiner Nähe", sagte Kim und kletterte aus der Truhe. Ich folgte ihr.
Es war sehr schwer in ihrer Nähe zu bleiben, so schlecht war die Sicht.
„Darf ich deine Hand nehmen?", fragte ich und griff automatisch schon nach ihrer Hand.
Kim antwortete mir nicht, sie ließ es aber zu.
So musste man keine Angst mehr haben, sich aus den Augen zu verlieren.
Langsam gingen wir nebeneinander durch diese nebelige Landschaft.

„Darf ich dich etwas fragen, Kim?", flüsterte ich, denn laut sprechen wollte ich nicht. Es war so unheimlich hier und wenn man sich normal unterhielt, kam es einem schon ziemlich laut vor.
„Ja, klar", antworte sie.
„Mit deinen Visionen, Kim, wie war das noch mal? Werden die Ereignisse noch geschehen oder siehst du das Vergangene?", wollte ich wissen.
„Das sind alles Zukunftsvisionen, aber die müssen sich nicht verwirklichen. Manchmal verändert sich auch die Vision", erklärte mir Kim.
„Und wie war das mit Steven und Rose? Heißt das, dass sie in unsere Welt zurückkommen werden?", fragte ich noch und war schon sehr gespannt, was Kim dazu zu sagen hatte.
„Ich weiß es nicht, Nora. Ela und ich wollten auch eigentlich nur wissen, was die Truhe damit zu tun hatte. Und dann war Ela plötzlich verschwunden. Das Tor zu dieser anderen Welt muss für eine gewisse Zeit schon offen gewesen sein", sagte sie und machte eine kleine Pause.
„Warum bleibst du stehen?", wollte ich wissen.
Kim drückte ihre Fingerspitzen an ihre Schläfen und kniff dabei angestrengt ihre Augen zu.
„Was ist los mit dir, Kim?", fragte ich und sah sie besorgt an.
Was hatte sie nur?
So etwas hatte ich noch nie an ihr gesehen. Hatte sie vielleicht gerade wieder eine ihrer Visionen?

„Kim? Kann ich dir vielleicht irgendwie helfen?", fragte ich vorsichtig nach und wollte sie am Arm berühren, aber sie wies mich ab. Sie wollte es nicht, also ließ ich sie in Ruhe.

Kim hockte sich auf den Boden und fing an vor sich her zu summen.
Was sie nur auf einmal hatte. Musste ich mir Sorgen machen? Ich wollte ihr ja helfen, aber sie wollte es nicht, also konnte sie mir nicht böse sein.
Als sie da so hockte, schaute ich mich ein wenig in der Gegend um. Es war immer noch nebelig, aber in der weiten Ferne konnte man viele kleine, rote Lichter erkennen.
Was war das nur? Waren das Augen?
Ich hoffte es nicht, denn ansonsten beobachtete uns jemand.
Nach einer kurzen Weile stand Kim wieder auf, schüttelte kurz ihren Kopf und streckte sich.
„So, ich bin wieder fit, wir können weiter", sagte sie und grinste mich an.
„Was hattest du gerade? Geht es dir gut?", fragte ich sie.
„Ach, das war nur eine Vision, das ist dann immer so. Ich muss mich dann darauf konzentrieren, deswegen sieht das immer so angestrengt aus", erklärte Kim mir.
„Und?", fragte ich.
„Was und?", antwortete sie.
„Was hast du gesehen?", wollte ich wissen.
Warum musste man ihr alles aus der Nase ziehen? Ich fand das ziemlich anstrengend.

„So spannend war das nicht. Ich weiß auch eigentlich nicht genau, was ich da gesehen habe", erwiderte sie.
„Würdest du es mir trotzdem vielleicht erzählen? Ich würde es gerne wissen. Vielleicht hilft es uns", sagte ich nur und war etwas genervt. Warum machte sie daraus so ein Geheimnis?
„Wenn du es unbedingt wissen möchtest, dann erzähle ich es dir. Ich habe eine Höhle gesehen, sie ist ungefähr drei Tagesmärsche von hier entfernt. Ansonsten habe ich nichts gesehen", erzählte Kim.
„Die Höhle, wie sah die aus? Versuche sie bitte zu beschreiben", sagte ich nervös.
War das die Höhle, die ich in meinem Traum gesehen hatte, mit Steven und Ela?
Ich liebte ihn so und mein Herz sehnte sich nach ihm. Ich wollte ihn endlich wieder in meinen Armen halten, ihn spüren, ihn küssen. Wie lange musste ich es noch ohne ihn aushalten? Würde er überhaupt zu mir zurückkommen? Oder wollte er bei Rose bleiben?
Eigentlich konnte ich mir das nicht vorstellen, aber vielleicht hatte Rose ihn in ihrer Hand oder er wurde von ihr verhext.

„Die Höhle sah aus, wie eine ganz normale Höhle. Dreckig und voller Spinnengewebe", antwortete mir Kim und riss mich damit aus meinen Gedanken.
„Voller Spinnengewebe, sagst du? Das hört sich gut an, ich glaube, das wird die Höhle sein, die ich in meinem Traum gesehen habe", bemerkte ich.
„Die, in der Ela etwas passiert ist?", fragte Kim.

„Ja, die meine ich. Hast du auch gesehen wie wir dahin kommen?", wollte ich wissen.

„Das habe ich", sagte sie schließlich und nahm dabei meine Hand.

Wir wollten gerade losgehen, da bemerkte ich eine weitere Hand an meiner Schulter.

Erschrocken drehte ich mich um und sah in die Augen von ... Chris.

„Chris? Was willst du denn hier? Wie bist du hierher gekommen? Du solltest doch bei Jade bleiben", fragte ich ihn und funkelte ihn böse an.

Mich regte es auf, dass er mir hinterhergelaufen kam. Was sollte das nur? Konnte er mich nicht einfach in Ruhe lassen?

„Tut mir leid, Nora, aber es musste sein. Jade war damit einverstanden. Wäre es möglich, kurz allein mit dir zu sprechen?", flüsterte er mir zu und sah misstrauisch zu Kim hinüber.

Was sollte das?

Sollte sie nicht wissen, warum er eigentlich hier war?

Sie hatte es Gott sei Dank nicht mitbekommen, was er gerade zu mir sagte. Sie schaute ihn nur verwundert an.

„Was will er hier?", fragte sie mich schließlich, aber ich zuckte nur mit meinen Schultern.

„Er wollte mich nur nicht allein gehen lassen", antwortete ich und ließ dabei Kim´s Hand wieder los.

„Macht es dir etwas aus, wenn ich kurz mit ihm spreche, Kim?"

„Nein, ist schon in Ordnung. Ich warte hier auf dich", erwiderte sie und zog sich etwas zurück.

Ich zog Chris am Arm und ging mit ihm ein Stückchen zur Seite. Weit konnten wir nicht gehen, ansonsten würden wir Kim wohl nicht mehr wiederfinden.

„Was möchtest du mir denn sagen?", fragte ich ihn und sah ihn dabei in seine Augen.

Sie waren voller Sorge. Sorgte er sich um mich?

„Jade war gerade kurz in Kim´s Zimmer und sie hat dort etwas gefunden", fing Chris an zu erzählen.
„Was hat sie gefunden?", fragte ich.
„Den Zauberstab von Rose. Ich habe ihn mitgebracht. Hier hast du ihn, aber zeige ihn Kim nicht", bat er mich und gab ihn mir.
„Was hat das jetzt zu bedeuten?", wollte ich wissen.
„Das wissen wir nicht. Jade hatte so ein komisches Gefühl, als sie ihn fand. Sie hat dann gesagt, dass es besser wäre, wenn ich euch nachgehe. Sie würde dann oben Wache halten. Gott sei Dank war das Tor zu dieser Welt noch geöffnet, sonst wärest du jetzt mir ihr allein. Ich soll dir von Jade noch ausrichten, dass du Kim nicht vertrauen sollst", flüsterte er mir zu und hielt dabei meine Hand.
„Ich könnte es nicht ertragen, wenn dir etwas passieren würde, Nora", sagte er und nahm mich in seine Arme.
Ich wusste erst gar nicht, was ich dazu sagen sollte.
War Kim immer noch Rose´s Verbündete? Wollte sie mich hier vielleicht in eine Falle locken?
Dass Chris mich nicht belügen würde, das wusste ich. Ich spürte, dass er die Wahrheit sagte und dass er sich wirklich Sorgen um mich machte. Nur täuschte ich mich wirklich so sehr in Kim?

Waren ihre Visionen, die sie hatte, vielleicht doch nur gelogen? Hatte sie Steven wirklich zusammen mit Rose gesehen?
Ich wusste wirklich nicht, was ich davon halten sollte.
Ich nahm den Zauberstab und steckte ihn gut weg, so dass man ihn nicht sehen konnte.
„Jade hat mir übrigens noch etwas für dich mitgegeben", sagte Chris und nahm dabei seinen Rucksack von den Schultern.
„Ich habe den Teleporter mit. Damit du, wenn du Steven gefunden hast, auch schnell wieder mit ihm zurückkommen kannst", erklärte er weiter.
„Das ist ja super. Das könnte nur ein bisschen eng für uns alle werden", erwiderte ich.
„Wir wissen doch gar nicht, ob wir es alle zurückschaffen", sagte er nur und schaute mich dabei eindringlich an.
„Chris, an so etwas darfst du nicht denken. Natürlich schaffen wir es alle zurück", rief ich ziemlich erschrocken.
„Vielleicht möchte ich gar nicht zurück", erwiderte er kurz.
„Was meinst du damit? Wie kannst du so etwas sagen?"
„Du liebst einen anderen. Für mich bist du unerreichbar. Ich würde lieber sterben, als ohne dich zu sein", sagte er.
„Chris, nein, was erzählst du da? Du bist doch mein Freund und so etwas möchte ich nicht noch einmal von dir hören. Hast du mich verstanden?", schrie ich ihn an und boxte ihn dabei etwas gegen den Oberarm.
Dann wurde unsere Unterhaltung abrupt unterbrochen.
Viele kleine Fledermäuse griffen uns plötzlich an. Sie flogen direkt auf uns zu und versuchten uns zu beißen.

Zum Glück erwischten sie nicht mehr als unsere Kleidung.
Ich holte schnell Rose´s Zauberstab aus meiner Hose.

„*Assultus!*", schrie ich und richtete dabei den Zauberstab auf die fliegenden Angreifer.
Viele von ihnen fielen vom Himmel, doch der Rest unternahm einen weiteren Angriff.
„*Assultus maximus!*", rief ich ein weiteres Mal und viele kleine Blitze erhellten dabei den Himmel.
Nach ein paar Sekunden war alles vorbei. Alle Fledermäuse lagen tot auf dem Boden.
Der Nebel löste sich etwas auf und Kim kam auf uns zu.
„Was war das denn?", fragte sie mich und sah den Zauberstab, den ich immer noch fest in meiner Hand hielt.
„Woher hast du den?", schrie sie und sah mich dabei böse an.
„Ich möchte lieber wissen, woher du ihn hast. Das ist doch der Zauberstab von Rose oder etwa nicht", konterte ich.
Doch Kim hatte keine Zeit mehr mir zu antworten.
Jetzt, wo der Nebel nicht mehr so dicht war, konnten wir sehen, was die roten Lichter waren, die wir vorhin von weitem gesehen hatten.
Es waren tatsächlich Augen und mittlerweile waren wir von mehreren unheimlichen Kreaturen umzingelt, denen sie gehörten.
Diese Viecher bestanden nur aus Knochen, Muskeln und hatten eine Art Gummihaut. Jedenfalls sahen sie so aus.
Sie fletschten ihre messerscharfen Zähne und streiften die ganze Zeit um uns herum.

„Chris! Kim! Stellt euch hinter mich. Rücken an Rücken und behaltet diese Viecher im Auge", befahl ich und hielt dabei den Zauberstab auf sie gerichtet.
„Ich hoffe, dass wir das hier überleben", sagte Kim.
„Natürlich überleben wir das. Denkst du, ich lasse mich von so etwas aufhalten", erwiderte ich.

Ich wollte diese Dinger auch nicht töten, lieber wollte ich versuchen, sie zu verscheuchen.
„*Cessim*", befahl ich und richtete dabei den Zauberstab auf die Kreaturen.
Ein heller Lichtstrahl kam heraus und scheuchte dabei die Viecher zur Seite.
Genau so etwas hatte ich vor. Immer wieder richtete ich den Strahl in ihre Richtung und die Kreaturen wichen uns aus.
„Los, folgt mir", sagte ich so leise ich konnte und dabei gingen wir langsam weiter.
Chris und Kim folgten mir ohne etwas zu sagen und so leise wie möglich. So schnell wie es ging, liefen wir weiter und wir hatten Glück.
Denn diese Kreaturen folgten uns nicht mehr.

Was waren das nur für Viecher?
Hoffentlich gab es nicht noch schlimmere. Wenigstens hatten wir bei diesen leichtes Spiel.
Wir drei mussten einfach zusammenhalten, schon allein wegen Steven und Ela. Ich machte mir solche Sorgen ihretwegen.
Und nun brachten mich Chris und Kim auch noch durcheinander. Was sollte ich nur glauben?

In den letzten Tagen, ach was sag ich, in den letzten Stunden war so viel passiert. Ich konnte das alles noch gar nicht richtig realisieren.

Alles kreiste in meinem Kopf herum. Gabriela, die von ihrer eigenen Schwester hinterhältig ermordet wurde, nur weil die beiden denselben Mann liebten.

Warum hatte man das damals nicht eher bemerkt? Konnte sich Rachel so verändern?

Die arme Gabriela, kein Wunder, dass ihr Geist keine Ruhe fand.

Was würde mit Rose und mir passieren? Wir liebten auch beide denselben Mann. Sie würde mir am liebsten auch etwas antun, nur um mich von ihm fern zu halten, das wusste ich. Nur ich, war ich auch bereit dazu?

Ich könnte das nicht, ganz bestimmt nicht. Schon allein der Gedanke war mir zuwider.

Was sollte ich dann tun? Versuchen mit ihr zu reden? Da hatte ich keine Chance, das würde nicht funktionieren. Aber ich musste eine Lösung finden, ich musste zu ihm. Ich musste unsere Liebe retten und ihn zu mir zurückholen.

Meinen Steven!

Mein Herz wurde immer schwerer und trauriger, je mehr ich an ihn dachte. Es war so schlimm für mich und jetzt, gerade jetzt, hatte ich das Gefühl, dass mich meine eigene Freundin hinterging.

War Kim überhaupt meine Freundin? Die Sache mit dem Zauberstab war schließlich noch nicht geklärt.

Ich musste es herausfinden, schnell!

Verraten und belogen

Wir gingen schon eine ganze Weile nebeneinander her und sagten kein Wort.
Der Nebel hatte sich mittlerweile aufgelöst und man konnte sich hier gut orientieren.
Wir waren inmitten eines großen Feldes, würde ich sagen. Ganz weit voraus, man müsste bestimmt noch eine ganze Zeit weiter marschieren, um dort hinzugelangen, sah ich den Anfang eines Waldes. Viele dichte Bäume konnte man schon erkennen.
Kim ging immer ein Schritt voraus. Wusste sie, wo es lang ging? Ich musste mit ihr sprechen, jetzt sofort, und zwar ganz direkt.
„Kim, warte mal, ich muss mit dir reden", bat ich sie und blieb stehen. Chris stand neben mir.
Kim blieb ebenfalls stehen, drehte sich zu uns um, schaute uns an, sagte aber kein Wort.
Ich musste es einfach loswerden. Um den heißen Brei herum reden, das wollte ich auch nicht, also fragte ich sie: „Hintergehst du mich, Kim? Willst du mich in eine Falle locken und Rose überlassen?"
Als ich das zu ihr sagte, stockte mir etwas der Atem.
Kim sah mich entsetzt an, ihre Augen funkelten etwas. Sie schluckte ein paar Mal, fing dann aber an zu reden.
„Was soll die blöde Frage denn jetzt? Ich habe Rose schon lange nicht mehr gesehen, genau wie du", antwortete sie mir schnippisch.
„Ich möchte mich nicht mit dir streiten, Kim. Ich möchte nur die Wahrheit wissen. Warum war Rose´s Zauberstab in

deinem Zimmer und warum habe ich so ein komisches Gefühl, was deine Visionen betrifft?", fragte ich sie und war mir mittlerweile sicher, dass sie etwas vor mir verheimlichte. Ihre ganz Art, wie sie dastand, wie sie sich bewegte und wie sie auf meine Fragen reagierte, bestätigte meine Vermutung immer mehr.
Was war mit ihr los?

Wir standen immer noch auf dem großen Feld und Kim fing an sich wieder ihre Schläfen festzuhalten.
Langsam ging sie in die Hocke und verzog angestrengt ihr Gesicht.
Was war los mit ihr? Bekam sie noch eine Vision?
„Kann ich dir helfen?", fragte ich und wollte sie vorsichtig berühren. Doch da hob sie schon den Kopf und starrte mich böse an.
Ihr Gesicht glich einer hässlichen Fratze. Sie hatte eine Hakennase, Warzen und nur noch einen Zahn.
„Oh, mein Gott, Kim. Wie siehst du aus?", rief ich voller Entsetzen und ging einen Schritt zurück.
Chris war ebenfalls erschrocken, er nahm mich vorsichtig in seinen Arm und hielt mich fest.
Kim stand langsam auf und fasste sich ins Gesicht. Immer wieder tastete sie alles ab und bekam dabei Tränen in die Augen.
„*Venustas!*", rief sie immer wieder, aber nichts passierte.
„*Venustas*", flüsterte ich ebenfalls, aber ganz leise. Ich wusste ja nicht, ob sie es wollte, dass ich ihr helfe, aber auch bei meinen Worten geschah nichts.

Kim fing nun bitterlich an zu weinen und schrie: „Das ist alles deine Schuld. Warum musstest du auch zu uns kommen? Deinetwegen sehe ich jetzt so aus!"
Ich war entsetzt. Warum sollte ich daran schuld sein, dass Kim jetzt aussah, wie eine alte, schrumpelige Hexe?
„Ich verstehe nicht ganz, was du meinst", antwortete ich ihr, doch nun fing sie fürchterlich an zu schreien.
„Du immer mit deinem netten Gehabe. So ein schüchternes liebes Mädchen, alle haben dich gerne, alle lieben dich. Oh, Kim, ich weiß nicht, was du meinst, und dabei hält Chris sie auch noch so liebevoll in seinem Arm. Ich dachte du liebst nur den einen! Den einen, der einer anderen gehörte! Wegen dieser ganzen Scheiße sitzen wir nun hier und deshalb sehe ich jetzt so aus, und das ist deine Schuld. Nur deine, ganz allein", tobte sie.
„Jetzt hör aber auf, Kim. Nora hat bestimmt keine Schuld. Es wird schon einen Grund haben, warum du jetzt so aussiehst, aber nicht das was du uns hier erzählst", mischte sich nun auch Chris ein und hielt mich dabei immer noch in seinem Arm.
So langsam wurde ich sauer. Was sollte das? Warum giftete Kim mich plötzlich so an, vorher tat sie noch so besorgt und hilfsbereit.
Ich bat Chris mich loszulassen und ging direkt auf Kim zu.
„Was ist das Problem? Wenn du mit mir eins hast, dann lösen wir das jetzt. Wie, ist mir egal", meckerte ich und sah ihr direkt in die Augen.

Eine Zeit lang starrten wir uns böse an, bis Kim als erstes nachgab und zu Boden schaute.

„Es tut mir leid, Nora. Ich wollte dich nicht anschreien, es hat jetzt sowieso keinen Sinn mehr. Ich werde dir jetzt die Wahrheit sagen", flüsterte sie.
Dann schaute sie wieder zu mir und hatte Tränen in ihren Augen.
„Es ist alles eine Lüge gewesen. Meine ganze Vision ist eine Lüge, es war alles ein riesig großer Zauber, der dich töten sollte. Aber die Geister haben nicht so mitgespielt, wie sie sollten. Anscheinend kann man sie nicht manipulieren", fing Kim an zu erzählen.

Was wollte Kim mir damit sagen? Ich verstand nicht.
„Rose hat mich dazu gezwungen. Sie hat meine Eltern entführt und wenn ich ihr nicht helfe, dann wird sie ihnen etwas antun. Sie wollte dich hierher locken um dich vor seinen Augen zu töten und Nora glaube mir, das wird sie auch tun. Sie ist viel mächtiger, als einst ihre Mutter Esmeralda. Du kannst sie nicht besiegen und sie hat Steven in ihrer Hand. Wenn sie es so will, wirst du Steven nie wieder sehen", beendete sie ihre Geschichte und trat zur Seite.
Ich sah Chris an und dann wieder zu Kim hinüber.
Ich verstand es immer noch nicht! Was war eine Lüge?

Die Geistergeschichte war eine Lüge, meine Mutter war eine Lüge, alles war eine Lüge!
„Mensch Nora, jetzt schau nicht so blöd. Ich erkläre es dir gerne noch einmal ausführlich, falls du es immer noch nicht verstanden hast. Gabriela und Rachel gab es wirklich und auch die Geschichte, wie sie passiert ist, ist wahr. Rachel hat ihre Schwester wegen eines Mannes getötet.

Eigentlich solltest du auch so sterben, aber warum du da wieder herausgekommen bist, ist mir ein Rätsel. Ich habe auch nicht verstanden, warum Chris auf einmal so eine große Rolle gespielt hat. Der war eigentlich gar nicht eingeplant. Jedenfalls warst du nicht tot zu bekommen, deswegen hat mich Rose nun mit diesem Gesicht bestraft", erzählte Kim weiter.

In meinem Kopf fing es an zu arbeiten, es ratterte und ratterte und so langsam begriff ich.
Rose wollte mich mit Kim´s Hilfe in eine Falle locken. Es war auch alles gut geplant gewesen, aber Rose wussten ja nicht, dass mir meine Mutter geholfen hatte und auch der Geist von Gabriela auf meiner Seite war. Sie wollten nicht, dass so etwas noch einmal passierte, also musste ich mich irgendwie in Chris verlieben, um mit Gabriela verbunden zu sein und so hatten sie mir schließlich irgendwie immer helfen können. Wahnsinn!
Ohne Gabriela und meine Mutter, würde ich nun nicht leben.
Wie konnte ich mich nur so in Kim täuschen? Und was war mit Ela?
„Was habt ihr mit Ela gemacht?", wollte ich noch von Kim wissen.
„Tja, ich musste das Tor zu dieser Welt ausprobieren und da kam mir die Dicke gerade Recht", antwortete Kim und schaute arrogant zu uns herüber.
„Du hast mir aber immer noch nicht meine Frage beantwortet, Kim. Was habt ihr mit Ela gemacht", schrie ich und hatte schon zur Vorsicht meine Hand am

Zauberstab, um schneller reagieren zu können, falls Kim doch in die Offensive gehen würde.
Doch sie fing an zu lachen und das Lachen wurde immer lauter und lauter.
„Du hast es doch selbst gesehen, also, warum fragst du noch? Du bist so dumm, Nora Marquardt, so unheimlich dumm und naiv. Was glaubst du eigentlich? Dass es nur Gutes in der Welt gibt?", lachte sie und schaute zum Himmel.
„Du wirst hier sowieso nicht mehr lebend rauskommen und du, Chris, bist auch noch so blöd und kommst ihr hinterher. Für dich tut es mir irgendwie leid, denn du bist ein richtiges Schnuckelchen. Vielleicht hat Rose noch eine Verwendung für dich, falls ihr Steven mal nicht kann. Immer noch besser, als dich bei Nora zu lassen", giftete Kim mit ihrem Hexengesicht.
„Rede nicht so über sie. Sie ist das …", fing er an zu erzählen. Doch plötzlich konnte er nichts mehr sagen. Chris bekam seinen Mund nicht mehr auf, seine Lippen verschwanden. Er bekam Panik, hockte sich auf den Boden und versuchte seinen nicht mehr vorhandenen Mund zu ertasten. Auch ich wusste im ersten Moment nicht, was ich machen sollte.

„*Linqua retro adipisce*", sagte ich und hielt dabei seinen Kopf zwischen meinen Händen.
Ich konzentrierte mich sehr stark auf ihn und nach ein paar Sekunden sah sein Gesicht wieder normal aus.
Chris holte stark Luft und musste sich erst einmal hinsetzten. Er war völlig fertig.

„Was war das? Kim, warst du das?", schrie ich und drehte mich zu ihr um, aber von ihr war weit und breit nichts mehr zu sehen.
Wo war sie?
Schnell wandte ich mich zu Chris und hockte mich neben ihn.
„Alles wieder in Ordnung mit dir?" fragte ich und streichelte ihm leicht über seine Schulter.
Er nickte und sagte: „Das war bestimmt nur ein Ablenkungsmanöver. Wir sollten nicht mitbekommen, dass sie verschwindet. Von jetzt an sind wir auf uns allein gestellt."
„Ich glaube, das waren wir auch schon vorher. Wenn ich so über das Ganze nachdenke, können wir froh sein, dass sie weg ist. Sie hätte uns mit Sicherheit nicht auf den richtigen Weg gebracht", erwiderte ich und half Chris wieder aufzustehen.
Doch im selben Moment bekam ich wieder diesen stechenden Schmerz in meiner Brust, wie ich ihn schon in meinem ersten Abenteuer erlebt habe. Das Gefühl hatte ich schon lange nicht mehr. Es war sehr stark, zudem wurde meine rechte Hand heißer.
Ich schaute sie an und bemerkte, dass sich die Farbe meines Ringes veränderte. Er wurde dunkel. Es war ein dunkles Lila, ein Stein fehlte.
„So ein Mist, wo habe ich den denn verloren?", meckerte ich und schaute dabei auf den Boden.
Hier, auf diesem Feld, würde ich ihn sowieso nicht wiederfinden, das ärgerte mich.
Immer kam etwas Neues dazu, es hörte einfach nicht auf, das kotzte mich richtig an.

Nun bekam ich auch noch diese beschissenen Kopfschmerzen und wieder einmal konnte ich Rose´s Stimme hören.

„Warum konnte sie nur so weit kommen? Sie hätte nicht hier sein dürfen. Ich muss mir etwas einfallen lassen", sagte sie, aber nicht zu mir. Ich konnte sie lediglich hören.

Es war Rose, da war ich mir ganz sicher. Nur, wo kam ihre Stimme plötzlich her?

Ich nahm Chris´ Hand und ohne etwas zu ihm zu sagen, zog ich ihn hinter mir her.

Wir gingen zusammen in Richtung des Waldes, den man immer noch gut am Ende des Feldes erkennen konnte.

Chris sagte ebenfalls nichts, er drückte zwischendurch immer mal wieder meine Hand, um mir zu zeigen, dass wir es schaffen würden. Er würde mir beistehen, egal was auch passierte, dafür war ich ihm sehr dankbar.

„Oh, jetzt gehen sie in den Wald. Schau sie dir an Steven. Hand in Hand. Sehen sie nicht aus wie ein schönes Liebespaar?", hörte ich sie sagen und je weiter ich ging, desto lauter wurde ihre Stimme.

Waren wir auf dem richtigen Weg?

Ich ließ Chris´ Hand wieder los. Rose hatte mit Steven gesprochen und sie konnten uns sehen. Ich wollte nicht, dass Steven dachte, dass ich mit Chris zusammen war. Es sollte nicht so aussehen, als ob wir beide zusammen gehörten.

Eigentlich ein blöder Gedanke, denn Chris stand mir nur bei und ich war so froh, dass er bei mir war. Das würde Steven doch bestimmt verstehen, aber irgendetwas in mir blockierte mich. Denn ich wollte nicht mehr seine Hand halten.

„Was ist los, Nora?", fragte Chris mich.

„Sie können uns sehen", antwortete ich nur und wir stapften immer tiefer in den Wald.

Doch dann sah ich ihn. Er stand nur ein paar Meter von mir entfernt und strahlte mich an. Steven!

Als ich ihn da so stehen sah, vergaß ich alles um mich herum. Es gab nur Steven und mich. Er war so wunderschön, so wunder, wunderschön. Mein Herz fing an schneller zu schlagen, ach was sage ich da, es raste richtig. Meine Knie wurden weich und viele kleine Schmetterlinge schwirrten in meinem Bauch.

„Nora, endlich", rief er mir zu, „komm schnell zu mir. Ich liebe dich."

Von da an gab es für mich kein Halten mehr. Ohne zu überlegen rannte ich los.

„Steven, Steven, ich komme", schrie ich.

Knusper, knusper, Knäuschen

Ich sprang über Stock und Stein. Nichts anderes hatte ich mehr in meinem Kopf, ich sah nur noch Steven.
Endlich!
Doch jemand stoppte mich abrupt.
„Nein, Nora, nicht. Wo willst du so schnell hin. Da ist doch nichts. Du kannst doch nicht einfach so kopflos in den tiefen Wald hineinrennen. Bist du wahnsinnig?", fragte Chris mich und hielt mich immer noch mit beiden Armen fest.
Ich schaute ihn verwirrt an und dann wieder in die Richtung, in der ich Steven sah.
Doch er war nicht mehr da. Er war weg. Wo war er?
„Chris, lass mich bitte los. Ich muss zu ihm. Da vorne war Steven, ich habe ihn genau gesehen", flehte ich und wollte mich losreißen. Doch Chris hielt mich fest.
„Nein, Nora, ich lasse dich nicht gehen. Steven ist nicht hier in diesem Wald und er stand da auch nicht. Ich habe ihn jedenfalls nicht gesehen", erklärte er mir, aber ich wollte nicht auf ihn hören.
„Nein, du lügst mich an. Steven war da, ich habe ihn gesehen. Du willst mich nicht gehen lassen, weil du total eifersüchtig bist und sauer, weil ich dich nicht will. Du willst mir gar nicht helfen. Hau ab Chris, hau einfach ab!", schrie ich und dabei liefen mir Tränen über mein Gesicht.
Chris schaute mich entsetzt an und ließ mich los.
Kaum war ich frei, da rannte ich auch schon weiter, ohne mich noch einmal nach Chris umzusehen. Ich hatte nur noch Steven in meinem Kopf.

Es tat mir auf einmal sehr leid, dass ich ihn so angeschrien hatte. Was dachte er nun über mich?
Ich hatte ihn bestimmt verletzt, aber das durfte mich jetzt nicht ablenken. Ich musste zu Steven. Wo hatte ich ihn gerade noch gesehen? War es da hinten?
Immer weiter lief ich in den tiefen Wald hinein, stolperte über Steine und Wurzeln, die mir zwischen die Füße kamen.
Ich rannte und rannte, so weit mich meine Füße trugen.
Einige Zweige streiften mein Gesicht bis ich blutete.
Steven war nicht hier, ich konnte ihn nirgends sehen.
Ich drehte mich um, auch Chris konnte ich nicht mehr sehen.
In meinem Kopf fing es wieder an zu schmerzen und ich konnte Rose lachen hören.
„Jetzt ist die kleine Nora ganz allein. Kim hatte Recht, du bist so was von dumm. Den einzigen, der dir noch hätte helfen können, den hast du auch noch vergrault. Nun bist du ganz allein und niemand kann dir helfen, noch nicht einmal deine tote Mutter", lachte sie. Da wurde es mir erst einmal bewusst, was ich gerade für einen riesigen Fehler gemacht hatte.
Steven war nicht hier, er war nirgends und ich blöde Kuh hatte mich von Rose täuschen lassen. Ich war wirklich dumm, nein, einfach nur blöd war ich und nun hatte ich noch nicht einmal mehr Chris an meiner Seite.
Hoffentlich würde er mir verzeihen!
Tränen liefen mir immer noch unaufhörlich über mein Gesicht und in meinem Kopf hörte es auch nicht auf zu schmerzen. Die ganze Zeit hörte ich ihr fieses Gelächter

und wie sie sich über mich lustig machte. Es war kaum auszuhalten.

Mittlerweile wurde es wieder nebeliger und es fing an zu dämmern.

Ich musste mir ein Versteck suchen, bevor es komplett dunkel wurde. Ich wollte auch gar nicht wissen, was hier für Viecher in der Nacht herumlaufen würden. Es war bestimmt sehr gefährlich.

Ich nahm Rose´s Zauberstab in meine Hand und hielt ihn fest, immer auf der Hut, bevor noch etwas passierte.

Dadurch, dass mir meine Mutter so plötzlich erschienen war, hatte ich vergessen meinen, Besen mitzunehmen. Eigentlich hatte ich das vorgehabt und nun hatte ich auch noch den Teleporter bei Chris gelassen. Er hatte ihn immer noch in seinem Rucksack, mir blieb also nur dieser Zauberstab. Ich hoffte nur, da es ja eigentlich Rose´s war, dass er mich nicht noch in Schwierigkeiten brachte. Hoffentlich hörte er auf mich, wenn ich ihn brauchte.

Das hatte man nun davon, wenn man nur seinen Freund im Kopf hatte, für nichts anderes war dann mehr Platz. Ich ärgerte mich maßlos über mich selbst, ich war wirklich zu blöd. Wenn mir jetzt auch noch etwas passieren würde, dann wäre ich auch selbst daran schuld. Nur um Chris tat es mir wirklich leid. Hoffentlich passierte ihm nichts. Er war extra hierher gekommen, um mir zu helfen, und ich, was machte ich? Ich schicke ihn weg und ließ ihn im Stich. Er wird mich dafür hassen, ganz bestimmt hasste er mich nun.

Ich lief immer noch weiter und kämpfte mich durch das Dickicht. Das war kein Wald, sondern mittlerweile ein richtiger Urwald. So viele verschiedene Pflanzen und Bäume standen hier dicht an dicht.
Einmal hätte ich sogar fast eine Schlange angefasst, aber ich hatte sie noch rechtzeitig bemerkt.
Das wäre es auch noch gewesen, Vergiftungen konnte man nämlich nur mit einem Zaubertrank heilen und so etwas hatte ich ja schließlich nicht dabei.
Eine Zeit lang lief ich noch weiter, bis es richtig dunkel wurde. Leider hatte ich kein passendes Versteck gefunden, also musste ich auf den Beinen bleiben. Niemals würde ich mich hier auf dem Boden ausruhen. Niemals!
In weiter Ferne konnte man wieder kleine rote Augen wahrnehmen. Waren das wieder diese Viecher von vorhin, die uns angegriffen hatten?
Jedenfalls war ich mir sicher, dass sie mich beobachteten.

Was sollte ich nur machen, wo sollte ich nur hin?
Sollte ich versuchen, Steven telepathisch zu rufen? Vor seinem Verschwinden war das für uns kein Problem gewesen, nur als er in China war, war die Entfernung dafür einfach zu weit.
Er war doch auch hier in dieser Schattenwelt oder was das hier auch immer sein sollte.
Ich konzentrierte mich ganz stark auf ihn. In meinem Kopf und in meinem Herzen gab es nur den einen für mich. Nur ihn! Steven!
Leider liefen mir wieder Tränen über meine Wangen, die Gedanken an ihn waren immer mit viel Schmerzen

verbunden. Es tat so weh, aber dadurch wusste ich, dass ich noch lebte.
Ich lebte für ihn, für unsere Liebe und für unsere gemeinsame Zukunft, die wir hoffentlich noch vor uns hatten.
„Steven, kannst du mich hören?", rief ich ihn in Gedanken.
„Bitte melde dich doch. Ich bin hier auf der Suche nach dir. Bitte Steven, sag doch etwas."
Es wurde immer kälter und kälter, ich konnte den Hauch meines Atems sehen.
Steven hatte mir noch nicht geantwortet und eigentlich glaubte ich auch nicht daran, dass er es noch tun würde.
Innerlich verzweifelte ich schon. Ich war so einsam hier, aber daran war ich ja auch selbst schuld.
„Oh, Chris, wenn wenigstens du jetzt bei mir wärest, das wäre schön", sagte ich mir und ging weiter.

Jetzt fing es auch noch an zu schneien. Richtig dicke Flocken fielen vom Himmel und es wurde immer kälter.
„So eine verdammte Scheiße!", rief ich.
Für so ein winterliches Wetter hatte ich nicht gerade das Passende an.
Jeans und Tunika waren nicht sehr wärmend. Ganz zu schweigen von meinen Schuhen.
Ich musste mich warm halten, sonst würde ich erfrieren.
„*Fove*", sagte ich und sofort wurde mir sehr warm. Das Wetter machte mir nun erstmal nichts mehr aus.
Manchmal war es schon von Vorteil, eine Hexe zu sein, nur ich hatte bis jetzt leider deswegen meist schlechte Erfahrungen machen müssen.

Zu viele, um damit glücklich zu sein. Manchmal sehnte ich mich nach meinem alten Leben, als ich noch unbekümmert in Hamburg lebte. Auch wenn mir dort nichts Aufregendes passiert war, jedenfalls war ich glücklich.
Doch hier, was hielt mich hier?
Eigentlich nur meine Freunde Jade und Ela und meine Tante Peggy. Ich hatte sie richtig lieb gewonnen und natürlich auch Edgar, den Butler. Aber am allermeisten Steven, nur seinetwegen hielt ich das alles hier aus. Er war der Grund dafür, der mich hier weiterleben ließ. Für ihn würde ich alles tun, wirklich alles, sogar sterben.

Langsam überkam mich Müdigkeit, ich konnte mich gar nicht mehr richtig auf meinen Beinen halten.
Was sollte ich nur machen?
Ich schaute mich hier um, aber durch den vielen Schnee und den Nebel konnte man so gut wie nichts erkennen.
Vor mir stand ein dicker Baum. Ich beschloss, mich einwenig in seinem Schutz auszuruhen. Langsam ging ich um ihn herum und suchte mir einen passenden Platz, dann hockte ich mich hin und lehnte mich an.
„Nur einmal ganz kurz die Augen schließen, nur ein einziges Mal", sagte ich zu mir und ruhte mich ein wenig aus.
Hauptsache, ich schlief hier nicht ein.
Doch plötzlich hörte ich in Gedanken Steven. Seine wunderbare Stimme war wie eine Droge für meine Ohren. Ich war wie im Rausch.
„Nora, du bist in Gefahr. Du darfst nicht schlafen, wach wieder auf. Bitte! Schnell!", sagte er zu mir. Doch ich

wollte nicht aufwachen, das hieß nur, dass er dann wieder nicht bei mir wäre. Ich wollte ihn doch hören, ich wollte seine Stimme hören, ich wollte ihn.

„Nora, bitte steh auf, sonst siehst du mich nie wieder!", schrie er nun richtig.

Ich machte die Augen auf und erschrak. Vor mir glühten tausende von roten Augen, die ganz nahe bei mir waren.

War ich wirklich eingeschlafen? Es kam mir vor, als hätte ich nur kurz die Augen geschlossen.

Schnell stand ich auf und zog dabei den Zauberstab aus meiner Tasche. Ich richtete ihn in die Richtung der Augen. Steven hatte mir wahrscheinlich soeben mein Leben gerettet. Nicht auszudenken, was passiert wäre, wenn ich wirklich weitergeschlafen hätte.

Einige dieser Kreaturen kamen näher, so nah, dass ich sie trotz Nebels gut erkennen konnte. Sie fletschten ihre Zähne und schlichen um mich herum.

Ein wenig Angst bekam ich schon, aber ich musste mich jetzt zusammenreißen.

„*Cessim*", sagte ich und richtete dabei den Zauberstab auf die Kreaturen, die mir zu nahe kamen.

Auch dieses Mal klappte es, alle bis auf einen wichen mir aus. Sie fletschten aber weiterhin ihre Zähne.

„*Cessim*", wiederholte ich die Prozedur.

Doch dem einen schien es nichts auszumachen.

Er setzte zum Sprung an und ...

Mit einem lauten Aufschrei krachte er vor mir leblos auf den Boden.

„Oh, mein Gott. Was war das?", schrie ich erschrocken und schaute mich ängstlich um.

Ich hatte das nicht getan. Mein Zauber sollte sie nur verscheuchen, aber nicht töten. So etwas lag mir immer noch nicht. Nur in Notwehr würde ich eine andere Kreatur töten!
Aber warum war dieses Vieh jetzt tot? Die anderen schauten sich ebenfalls erschrocken um und liefen dann schnell in den tiefen Wald hinein.
Sie wurden in die Flucht geschlagen, nur von wem?

In meinem Kopf hörte ich die Worte „*patiri qui phaulius a puella relegare*" und da fiel es mir wieder ein. Jade hatte mir diesen Trank gebraut, der mir das Böse vom Hals halten sollte, und den hatte sie mir heimlich im Bus untergejubelt. Der Zauber sollte genau sieben Tage anhalten.
Das musste das Geheimnis sein, das mich die ganze Zeit begleitet hatte. Deswegen war auch Rose´s gemeiner Plan nicht in Erfüllung gegangen. Das Böse kam nicht an mich ran. Nur wie lange noch?
Wie lange war ich eigentlich schon hier?
Ich wusste es nicht!

Immer weiter lief ich durch den immer tiefer werdenden Schnee. Mittlerweile reichte er mir bis zu den Knien. Es wurde immer anstrengender, sich hier fortzubewegen und ich war fast am Ende meiner Kräfte.
„Steven, ich weiß nicht, was ich machen soll. Wo soll ich nur hin? Ach, wenn du mir nur ein Zeichen geben könntest", jammerte ich.
Doch plötzlich sah ich etwas! Etwas Glänzendes, das nicht weit weg zu sein schien.

Es leuchtete mir in vielen Farben entgegen, so dass man es gut durch den vielen Schnee und den Nebel erkennen konnte.
Was war das?
Meine Neugier trieb mich immer weiter an, bevor ich eigentlich nicht mehr konnte und meine Kräfte schwanden. Ich musste unbedingt wissen, was das war.
Mein Ring, den ich an meiner rechten Hand trug, veränderte ebenfalls immer weiter seine Farbe.
Aber nicht nur die Steine, wie sonst, nein, der ganze Ring war nun feuerrot.

Dieses Glänzende war nun nicht mehr weit weg, nur noch ein paar Schritte.
Ich traute meinen Augen nicht, als ich es besser erkennen konnte.
Mitten im tiefsten Wald stand ein kleines Häuschen. Mit zahlreichen kleinen, bunten, leuchtenden Steinen.
Das ganze Dach glänzte rot und der Zaun, der um das Haus führte, war bestückt mit vielen grünen Steinen.
Es erinnerte mich sehr an das Lebkuchenhaus aus dem Märchen. Wohnte hier auch eine alte Hexe?
Aus dem Schornstein kam jedenfalls Qualm.
Sollte ich mich trauen anzuklopfen? Oder lieber nicht?
Irgendwie hatte ich ein komisches Gefühl.

Ich ging zu dem Haus und berührte leicht die glitzernden Steine der Fassade. Waren die schön! Wunderschön!
Aus Versehen brach dabei plötzlich ein Stück ab und fiel in den Schnee.

„So ein Mist", schimpfte ich mit mir selbst, denn das wollte ich nicht.
Daraufhin hörte ich eine liebliche Stimme.
„Knusper, knusper Knäuschen. Wer steht vor meinem Häuschen?", fragte sie und mir blieb fast mein Herz stehen.
Was war das jetzt?
Wollte mich da jemand verarschen?
Was sollte ich antworten?

„Entschuldigung! Ich habe den Stein nicht mit Absicht abgebrochen", antwortete ich ihr und wartete darauf, was nun passieren würde.

Retter in der Not

„Hallo! Wer ist da?", fragte ich vorsichtig, da ich nichts mehr hören konnte.
Doch niemand gab mir eine Antwort.
Ich nahm einen Stein vom Zaun und brach ihn absichtlich ab. Nur um zu sehen, ob wieder etwas passierte.
Es dauerte nur einige Sekunden, dann hörte ich sie wieder: „Knusper, knusper Knäuschen. Wer steht vor meinem Häuschen?"
„Nora Marquardt steht vor deinem Häuschen. Mach bitte die Tür auf, damit ich eintreten kann", hörte ich mich sagen und war schon wieder viel mutiger, als ich eigentlich sein wollte.
Ohne noch etwas zu sagen, öffnete man mir die Tür. Ich konnte im Inneren niemanden erkennen.
Sollte ich wirklich hineingehen? Was würde mich dort drinnen wohl erwarten? Dann schloss sich die Tür wieder.
Ich musste die ganze Zeit an das Märchen denken, in dem die beiden Kinder ebenfalls im Wald ein Häuschen entdeckten und dann von der bösen Hexe gefangen gehalten wurden.
Gab es so etwas hier auch?
Eigentlich wunderte mich gar nichts mehr. Immer wenn ich dachte, ach, das gibt es ja sowieso nicht, dann wurde ich später immer eines Besseren belehrt. Also, warum sollte es nicht auch alte Märchenhexen geben, die einen fressen wollen? Nur hoffte ich, dass ich in diesem Haus, so etwas nicht vorfinden würde.
Ich beschloss hineinzugehen.

Langsam ging ich einen Schritt näher und kurz vor der Tür blieb ich noch einmal stehen.

Ich musste noch einmal tief einatmen und dabei dachte ich an Steven. Was unsere Liebe nicht alles ertragen musste. Es war so ungerecht. Warum konnte man uns nicht einfach in Ruhe lassen? Immer und immer wieder musste ich um ihn kämpfen. Doch das alles schweißte uns noch mehr zusammen. Ich würde ohne ihn das alles hier gar nicht aushalten können. Nur die Gedanken an ihn machten mich stark.

Ich wollte hineingehen, doch am Eingang sah ich ein Schild auf dem stand:

Vor Eintreten hier Pfand einwerfen!

Pfand einwerfen? Pfand, wofür? Ich legte mein Feuerzeug in die Schale, die unterhalb des Schildes stand.

Nichts passierte.

„Wenn dir der Eintritt nicht mehr wert ist, so bleibt die Tür verschlossen", hörte ich wieder diese Stimme.

Ich nahm das Feuerzeug wieder und steckte es mir in die Hosentasche.

Außer den Ring und die Kette hatte ich nichts werthaltiges bei mir. Die Kette würde ich niemals abgeben, also entschloss ich mich, Steven´s Ring dort einzuwerfen.

Ich nahm ihn ab und legte ihn in die Schale. Die Tür öffnete sich und ich ging schließlich hinein. Sofort verschloss sich hinter mir die Tür wieder.

Was war das? Wo war ich hier?

Ich stand mitten in meinem Zimmer, aber nicht das in Peggy's Haus. Nein, es war mein altes Zimmer in Hamburg.

Alles war noch genauso, wie ich es in meinen Erinnerungen hatte.

Mein Bett stand rechts an der Wand, daneben mein altes Bücherregal mit all den Büchern.

Sogar mein alter Teddy den mir Oma Ann geschenkt hatte, als ich noch ein Baby war, lag auf meinem Bett.

Die Tür, die aus meinem Zimmer führte, war leicht geöffnet. Man konnte sie nicht richtig verschließen, weil der Rahmen verzogen war.

Ich bemerkte, wie mir Tränen über meine Wangen liefen, als ich plötzlich ihre Stimme hörte.

Oma Ann's Stimme!

„Nora, Liebes, kommst du? Ich habe deinen Lieblingskuchen gebacken", rief sie.

Den köstlichen Geruch konnte man bis hierher riechen.

Wo war ich hier nur? Was war das für ein fauler Zauber?

Ich ging zu meinem Bett und setzte mich, dabei nahm ich meinen alten Teddy in die Arme und drückte ihn fest an mich.

Tränen liefen mir über mein Gesicht und ich bekam schlimmes Heimweh. Früher war alles noch anders. Da kannte ich dieses Hexenleben hier nicht und es ging mir noch gut. Oder etwa nicht?

Doch plötzlich kam Oma Ann zu mir in das Zimmer und reichte mir einen Teller.

„Ach, mein Liebes, warum weinst du denn?", fragte sie und wollte mich dabei in ihre Arme nehmen.

Ich jedoch konnte mich nicht halten und stieß sie von mir, dabei sprang ich auf und fing an zu toben.

„Du bist nicht echt. Das alles hier ist nicht echt. Du bist tot. Verschwinde", schrie ich und dabei liefen mir immer mehr Tränen über mein Gesicht.

Aber Oma Ann blieb ganz ruhig. Sie stand auf und kam zu mir. Dann nahm sie mich in ihre Arme und streichelte mir über mein Gesicht.

Es fühlte sich echt an.

„Nora, was hast du denn? Warum sollte ich tot sein? Ich bin doch hier bei dir", sagte sie und schaute mich dabei fragend an.

Doch plötzlich blieb die Zeit stehen. Alles verharrte, sogar Oma Ann bewegte sich nicht mehr, und ich bekam wieder diese fiesen Kopfschmerzen.

„Du kannst das alles zurückhaben wenn du willst. Du kannst in deinem Bett aufwachen und deine Oma Ann wird wieder bei dir sein. Du wirst wieder ein ganz normales Mädchen sein, so wie du es dir immer wünschst und das alles hier vergessen. Wenn du nur auf deine Kräfte verzichtest", hörte ich Rose´s Stimme in meinem Kopf.

Was sagte sie? Ich könnte wieder zurück nach Hamburg gehen und Oma Ann wäre dann wieder bei mir? Ich brauchte keine Hexe mehr sein und das alles wäre für mich vorbei? Wollte ich das?

Es gab Zeiten, in denen ich mein neues Leben verflucht hatte. Ich wollte das alles nicht und ich wollte einfach nur NORMAL sein. Aber wollte ich das alles so einfach vergessen?

Was wäre dann mit Steven? Würde ich auch ihn vergessen?

„Nein, Rose, so leicht gebe ich nicht auf. Was wird dann mit Steven sein?", fragte ich und hoffte, dass ich darauf eine Antwort bekam.
Rose antwortete mir sofort.
„Du kannst nicht alles haben. Steven gehört nicht zu deinem früheren Leben. Auf ihn musst du verzichten. Aber Nora, ich unterbreite dir das Angebot nur ein einziges Mal. Überlege es dir gut. Du könntest deine Oma zurückhaben und alles wäre wie vorher. Du würdest Steven nicht vermissen. Du könntest dich noch nicht einmal an ihn erinnern. Falls du dich dafür entscheiden solltest, dann hättest du die Chance auf ein glückliches Leben. Wenn nicht, dann wirst du hier unten sterben", erklärte sie mir und lachte hämisch.

Für wie blöd hielt Rose mich eigentlich?
Es war eigentlich ein tolles Angebot. Ich hätte meine verstorbene Oma zurück und müsste das alles hier nicht durchmachen. Ich wäre ein normales Mädchen und wüsste von all dem hier nichts mehr. Aber dieses Leben gehörte nun einmal zu mir, sowie meine Tante Peggy und vor allem Steven. Auf ihn konnte und wollte ich auf keinen Fall verzichten. Niemals!
Es stimmte ja, dass ich das alles hier manchmal hasste und dass ich mir nichts sehnlicher wünschte, als dass Steven und ich ein normales Leben führen könnten.
Aber das ging nun einmal nicht, es war meine Bestimmung, mein Schicksal. Meine Eltern glaubten an

mich, sie hatten mir ihre Kräfte vererbt, ich durfte sie nicht enttäuschen.

„Rose, ich nehme dein Angebot nicht an. Ich gebe Steven nicht auf. Er ist mein Freund, nicht deiner. Hörst du mich?", schrie ich, doch ich bekam keine Antwort.
Stattdessen lief die Zeit plötzlich weiter und Oma Ann strahlte mich an.
„Nun iss doch deinen Kuchen, Kind", sagte sie zu mir und reichte mir erneut den Teller.

Irgendwie wollte ich sie nicht enttäuschen. Ich nahm den Teller und biss ein Stückchen von dem leckeren Apfelkuchen ab.
„Mmh, der ist wirklich lecker", bemerkte ich und aß weiter.
Der Kuchen schmeckte wirklich wie immer und ich aß ihn komplett auf.
„Möchtest du noch einen?", fragte Ann mich, aber ich verneinte.
Ich wollte auf einmal nur noch schlafen. Die Müdigkeit überkam mich.
Oma Ann half mir noch auf mein Bett und deckte mich zu.
„Schlaf schön, mein Liebes, morgen wird alles vorbei sein", flüsterte sie noch und küsste mich dabei auf meine Wange.
Was würde vorbei sein?
Ach, das war mir jetzt egal, ich wollte auf einmal nur noch schlafen. Der Marsch durch den tiefen Schnee war zu anstrengend. Doch jetzt lag ich in meinem schönen Bett, bei Oma Ann in Hamburg.

Endlich wieder zu Hause.
Es dauerte nicht lange, da schlief ich schon tief und fest.

„Nora, nicht schlafen. Wach auf", hörte ich die schönste Stimme in meinem Leben. Steven!
Er war wieder bei mir, nur was wollte er?
Warum sollte ich wieder aufwachen? Ich war doch so müde!
„Nora, mein Gott, Nora. Ich bitte dich, du musst wieder aufwachen. Kämpfe gegen die Müdigkeit an, sonst wird alles zu spät sein", hörte ich ihn noch, aber mir war alles egal, denn ich war zu müde und mein Körper brauchte den Schlaf.
„Oh, nein ich werde dich verlieren!", schrie Steven, doch ich konnte nichts machen.
Ich schlief tief und fest.

Doch plötzlich packte mich jemand am Arm und riss mich hoch. Er schüttelte mich und schlug mir ins Gesicht.
„Nora, komm wieder zu dir. Wir müssen hier raus. Schnell!", schrie dieser jemand mich an.
Wer war das nur? Was fiel ihm ein? Mich hier einfach wach zu machen und mich zu schlagen. Und überhaupt, was machte er in meinem Zimmer?

Noch einmal spürte ich seine Hand in meinem Gesicht, es tat bereits richtig weh. Ich öffnete meine schweren Augen und sah ... Chris.
„Was fällt dir ein? Was willst du hier?", schrie ich ihn an und wollte mich wieder losreißen, aber Chris hielt mich fest.

„Nora, komm steh auf, wir müssen hier raus", sagte er und riss mich mit sich.
Wo war ich? Das war überhaupt nicht mein Zimmer. Was war das?
Dann sah ich den Teller, von dem ich gerade noch gegessen hatte. Auf ihm krabbelten viele kleine Würmer und Käfer.
Ich fing sofort an zu würgen und alles kam mir wieder hoch.
Dabei hörte ich wieder Stevens Stimme.
„Ja, Nora, lass alles heraus. Gott sei Dank bist du wach. Ich liebe dich", sagte er aber dann war seine Stimme auch schon wieder verschwunden.

Ich kotzte mir fast die Seele aus dem Leib und als ich mein eigenes Erbrochenes sah, erschrak ich.
Vor mir lagen Würmer und fette Maden auf den Boden und manche von ihnen bewegten sich auch noch. Wie ekelig!
Es kam immer mehr aus mir heraus, bis ich völlig fertig war.
„Geht es dir gut, Nora?", fragte mich Chris und starrte mich erschrocken an.
„Mir ist auf einmal so schlecht. Ich glaube, mein Magen dreht sich um", antwortete ich und musste mich erneut übergeben.
„So ist das richtig, Nora, lass alles heraus. Aber lass uns jetzt hinausgehen. Hier können wir nicht bleiben. Schnell", rief er noch und schleifte mich mit sich.

Wir waren hier nicht in dem kleinen Häuschen, das ich vorher gesehen hatte. Das hier war eine alte, schäbige Höhle.
Oh, Gott, wo war ich nur? Wer oder was hatte mich so getäuscht?

Draußen schnappte ich erst einmal nach Luft. Nun ging es mir schon ein wenig besser, auch wenn ich immer noch schreckliche Bauchschmerzen hatte.
„Warum bist du hier Chris? Wie hast du mich gefunden?", wollte ich von ihm wissen. Es war schön, dass er wieder bei mir war. Ich fühlte mich sehr wohl bei ihm und endlich war ich nicht mehr allein.
Es schneite immer noch, aber der Nebel hatte sich verzogen.
Ich schaute mich um und wunderte mich selbst, warum ich mich so getäuscht hatte. Hier stand kein Häuschen. Hier war nur der Eingang dieser dreckigen Höhle. Wie konnte ich da nur hineingehen?
Der Nebel hatte mir nicht nur die Sicht, sondern auch meine Sinne vernebelt. Es war einfach unheimlich! Ich konnte mir selbst nicht mehr trauen.

Chris schaute mich an und nahm mich in seine Arme.
„Du zitterst ja", sagte er und drückte mich dabei an sich.
Er hatte Recht, ich zitterte, aber kalt war mir gar nicht. Es war etwas anderes, etwas was mir Angst machte.

„Ich bin dir die ganze Zeit gefolgt, so, dass du mich nicht sehen konntest. Ich wollte dich nicht verärgern, da du mich weggeschickt hast. Nur, als du auf einmal in diese

Höhle gegangen bist, musste ich etwas machen. Ich bin dir sofort hinterher und sah dich dann dort stehen. Du hast mit dir selbst gesprochen und dann irgendetwas vom Boden gegessen. Dann hast du dich auf diesen großen Felsen gelegt und bist eingeschlafen. Das konnte nicht mit rechten Dingen zugehen, also habe ich dich gepackt und geschüttelt", erklärte er mir.
Ich sah ihm tief in die Augen.
„Du hast mir das Leben gerettet. Vielen Dank, dass du bei mir geblieben bist. Ich war so gemein zu dir, das wollte ich nicht. Es tut mir leid", sagte ich und wollte Chris, als kleines Dankeschön, einen Kuss auf die Wange geben. Doch Chris drehte seinen Kopf so, dass sich unsere Lippen trafen. Ich konnte nichts machen.
Er drückte mich fest an sich und küsste mich sehr leidenschaftlich.
„Ich würde dich niemals allein lassen, Nora. Du bist das tollste Mädchen für mich. Ich kann nichts gegen meine Gefühle machen. Wenn ich dich sehe und du bei mir bist, dann bin ich glücklich. Ich liebe dich, auch wenn dein Herz einem anderen gehört und ich bei dir keine Chancen habe. Aber jetzt bin ich bei dir, ich beschütze dich, so gut ich kann, und lass dich nicht im Stich. Vielleicht kannst du mich eines Tages auch ein wenig lieben", sagte er und drückte mich noch einmal an sich.
„Aber ich hab dich doch auch lieb, Chris. Nur nicht so, wie du es gerne hättest. Ich fühle mich in deiner Nähe sicher und geborgen. Ich hatte richtige Schuldgefühle, dass ich vorhin so gemein zu dir war. Und wenn du nicht bei mir bist, dann vermisse auch ich dich. Ich bin sehr gerne mit dir zusammen und ich empfinde sehr viel für

dich, aber leider nicht genug. Es tut mir leid", erwiderte ich ihm und löste mich aus seiner Umarmung.
„Mir tut es leid. Ich bin ein Esel. Warum belästige ich dich andauernd. Ich weiß doch, dass du Steven liebst", sagte Chris noch und ließ mich los.

Ich grinste ihn an und dann musste auch Chris wieder lächeln. Wir waren schon ein komisches Pärchen.
Ich hatte wirklich Gefühle für ihn und er sah einfach toll aus. In seiner Nähe fühlte ich mich richtig begehrenswert. Das war genau das, was mir schon seit Monaten fehlte, seitdem Steven weg war. Ich war anfällig für solche Zärtlichkeiten und für so eine Zuneigung. Hoffentlich gab ich ihnen nicht nach, denn es gefiel mir schon, wie Chris um mich warb und wie er mich küsste. Und ich glaubte, dass er das auch bemerkte.

Liebte ich ihn vielleicht doch schon mehr, als es mir lieb war? Was war mit Steven?
Als ich an ihn dachte, fing mein Herz wieder an zu rasen und diese Sehnsucht ihn endlich wiederzusehen, machte mich sehr traurig. Ich liebte Steven über alles, er war der Richtige. Der Richtige für mich, das wusste ich, weil ich solche starken Gefühle empfand.
So brachen wir auf und zogen weiter. Doch meine Gedanken an Steven ruhten nicht, so dass ich auch nicht mehr an das Pfand, meinen Ring, dachte.

Die blaue Perle

Wir liefen einen schmalen Weg entlang, rechts und links umringt von hohen Bäumen. Es war wirklich dunkel und kalt. Unheimliche Geräusche begleiteten uns und machten mir Angst. Nur Chris ließ sich davon nicht beirren, er hielt meine Hand und führte uns weiter.
„Wo sollen wir denn hin?", fragte ich ihn.
„Erst einmal aus diesem dunklen Wald heraus. Wir müssen hier weg, der Wald hat zu viele Augen, das ist nicht gut", antwortete er mir und zog mich weiter.
Der Wald hatte zu viele Augen? Das war wirklich unheimlich! Sicherlich hatte Chris Recht, wir mussten hier weg. Schnell!

Nach einer Weile sahen wir eine kleine Lichtung. Oder war das doch schon das Ende des Waldes?
„Dort müssen wir hin", rief Chris und wir rannten los.
Er hielt immer noch meine Hand und zog mich mit sich. Es war so schön, dass er wieder bei mir war. Gott sei Dank war er nicht böse auf mich. Wenn er sauer auf mich gewesen wäre, dann hätte ich das verstanden. Ich war manchmal aber auch zu hysterisch.

Als wir an der Lichtung ankamen, hatten wir den Wald hinter uns gelassen und vor uns machte sich ein steiler Abhang breit.
„Wie sollen wir denn hier hinunterkommen?", fragte ich etwas entsetzt, aber Chris blieb ganz gelassen.

„Setzt dich erst einmal, Nora. Ich muss dir etwas erzählen. Hier sind wir jetzt sicher", sagte er.

Warum war Chris auf einmal so geheimnisvoll? Hoffentlich hatte er keine schlechten Nachrichten für mich.

Ich setzte mich neben Chris auf einen kleinen Felsen.

„Diese Schattenwelt, in der wir jetzt sind, wo die toten Seelen verweilen, bevor sie in die Hölle kommen, diese Welt ist sehr heimtückisch", fing er an zu erzählen.

„Woher weißt du das?", wollte ich wissen, bevor er weiter erzählte.

„Wir haben darüber einmal im Unterricht gesprochen. Es gibt da so eine Geschichte von einem jungen Mann, sein Name war Patrick de la Cruz oder so ähnlich. Er hatte seine Freundin durch einen Unfall verloren und wollte das nicht wahr haben. Er ist ihr dann in diese Welt gefolgt und das, was er hier erlebt hat, das schrieb er auf. Mittlerweile lebt er selbst nicht mehr, aber seine Geschichte wird immer noch erzählt", erwiderte Chris und schaute mir dabei tief in die Augen.

„Ich würde dir auch überall hin folgen, Nora", sagte er noch und senkte dann den Blick.

Was sollte ich ihm nur sagen? Er tat mir leid.

„Bitte erzähle mir von dieser Schattenwelt, in der wir gerade sind", bat ich ihn und hoffte, dass er fort fuhr.

Er nahm meine Hand und begann sie etwas zu streicheln.

Dann erzählte er weiter: „Hier sind sehr viele Gefahren, die auf uns warten. Ich nehme mal an, dass diese Rose deinen Steven in der Höhle der Arachna gefangen hält. Von dort ist es unmöglich zu entkommen. Sie ist sehr gefährlich und immer hungrig."

„Die Arachna? Wer ist das? Und warum meinst du, dass Steven genau da sein sollte?", unterbrach ich ihn. Ich wollte unbedingt wissen, wer das war.

„Die Arachna ist eine riesige Tarantel und sie ist eine Verbündete der schwarzen Magie. Deswegen nehme ich auch an, dass Rose sie als Verbündete hat", erklärte er mir.

„Ich habe nämlich meine Hausaufgaben gemacht. Ich habe mich über dich bei Jade erkundigt, Nora. Ich weiß alles über dich. Die Geschichte, die du mit Esmeralda Carter-Brown erlebst hast. Deswegen nehme ich an, dass Rose ihrer Mutter nacheifert. Sie will jedenfalls verhindern, dass du ihn findest. Und da ist Arachna für sie die beste Hilfe", sagte Chris und schaute besorgt zu mir.

„Ist da noch etwas?", fragte ich, da mir sein besorgtes Gesicht etwas Sorgen bereitete.

„Nicht nur Arachna ist gefährlich. Der ganze Weg dorthin ist sehr schwierig. Wir müssen durch das Meer der Seelen und dann über die Wiese des Vergissmeinnicht. Erst dann kommen wir zur Höhle der Arachna. Wenn wir bis dahin überhaupt überleben", erzählte er und streichelte immer noch meine Hand.

Das störte mich nicht, es beruhigte mich eher.

Wenn es Steven nicht geben würde, dann hätte ich mich sofort in Chris verliebt. Aber es gab ihn nun einmal und ihm gehörte mein Herz.

„Was können wir machen? Hast du noch den Teleporter in deinem Rucksack? Wenn ja, dann lass ihn uns ausprobieren", sagte ich zu Chris und stand auf.

„Du nimmst mich einfach huckepack, dann stehen wir beide darauf", sagte ich weiter und wartete auf eine Reaktion.
Chris erhob sich ebenfalls und nahm seinen Rucksack ab.
„Ja, den Teleporter habe ich noch", erwiderte er und holte ihn aus seinem Rucksack.
Ich wurde ein wenig traurig, als ich dieses Gerät sah. Es erinnerte mich daran, wie Steven verschwand und nur mit diesem Brief für mich zurückkam.

Chris legte den Teleporter auf den Boden und stellte sich darauf. Dann reichte er mir seine Hand.
„Dann mal los, komm huckepack", sagte er und half mir, auf seinen Rücken zu steigen.
Als ich oben war und Chris mich fest im Griff hatte, sagte ich: „Teleporter, bring uns in die Höhle der Arachna."

Es wurde windig, der Himmel verdunkelte sich. Dicke Wolken zogen über uns auf und veränderten sich dann wieder. Ein Gesicht kam zum Vorschein.
Steven!
Dann verschwand er wieder und ein anderes Gesicht blickte uns böse an. Die Augen fingen an zu glühen und wurden Feuerrot.
„Du kannst nicht gewinnen. Du wirst uns nicht finden und dein Teleporter wird hier nicht funktionieren", lachte Rose.
„Geht lieber zurück, bevor es zu spät für euch ist", schrie sie noch. Dann war ihr Gesicht auch wieder verschwunden.

Der Teleporter funktionierte wirklich nicht. Chris ließ mich langsam herunter und packte den Teleporter wieder in seinen Rucksack.

„So ein Scheißdreck, wir haben ja wirklich die Arschkarte gezogen. Aber wir lassen uns von diesem Weib nicht aufhalten. Dann müssen wir das halt allein schaffen und das werden wir auch. Komm, Nora, ich habe da eine Idee", sagte Chris, nahm seinen Rucksack, dann meine Hand und ging los.

Ohne etwas zu sagen, folgte ich ihm. In dieser Hinsicht vertraute ich ihm blind. Er kannte sich hier wenigstens etwas aus. Ich hatte von dieser Welt vorher rein gar nichts gehört.

Chris lief mit mir einen kleinen, schmalen Pfad nach unten.

Komisch, den hatte ich vorher gar nicht gesehen.

„Wo gehen wir hin?", fragte ich ihn. Doch Chris signalisierte mir, dass ich leise sein sollte.

Was war los?

Doch dann fing Chris an zu flüstern: „Ich habe dir doch gerade die Geschichte von diesem Mann erzählt, der seiner toten Frau in diese Welt gefolgt ist und darüber ein Buch geschrieben hat und ich meine, mich gerade an etwas zu erinnern. Hier sollen blaue Sträucher wachsen, an denen schwarze Trauben hängen. Erstens kann man sie essen, das ist schon mal gut, damit wir uns für den weiteren Weg stärken können und zweitens sollen in den Sträuchern kleine Feen-Wesen leben. Sie haben damals schon dem Mann geholfen seine tote Frau zu finden.

Vielleicht helfen sie auch uns. Aber wir müssen sehr leise sein. Die Feen sind sehr misstrauisch und scheu."

„Ja gut, ich bin leise", flüsterte ich und hielt dann meinen Mund.

Chris hatte wirklich eine gute Idee. Vielleicht hatten wir bei diesen Feen Glück.

Als der Pfad zu Ende war, kamen wir an einen kleinen Bach. Dieser führte durch zwei riesige Felsen.

Chris lief langsam am Wasser entlang und schaute hinter jeden Busch und jeden Stein. Ich blieb einfach stehen und schaute ihm hinterher.

Wonach suchte er? Ich dachte, wir wollten die blauen Sträucher finden, aber die wachsen doch nicht hinter einem Stein.

Doch plötzlich winkte mich Chris zu sich.

Ich wollte gerade zu ihm, als ich ungeschickt über meine eigenen Füße stolperte und mit meinem Kopf hart auf dem Boden aufschlug.

Ich verlor die Besinnung.

„Nora, wach auf und schau dich um. Die Feen sind da und sie wollen uns helfen", hörte ich Chris sagen und öffnete langsam wieder meine Augen.

Mir brummte der Schädel, wie nach meiner ersten Cocktailparty, aber als ich mich umsah, schwirrten viele hunderte kleiner Wesen um mich herum.

Sie hatten viele Farben. Einige waren blau, andere gelb oder orange. Sogar rote, violette und grüne gab es. Sie waren alle wunderschön.

„Hallo, Nora Marquardt, geht es dir gut? Habe keine Angst, wir sind die Beschützerinnen der guten Seelen. Darf ich mich bei dir vorstellen?", fragte mich eine violette Fee.

Ich schaute erst einmal zu Chris und dann fasste ich an meinen Kopf, aber da war nichts. Keine Beule, kein Blut, er tat nur noch etwas weh.

Chris grinste die ganze Zeit und schaute sich die kleinen Wesen an.

„Als du auf den Boden gelegen hast, kamen sie plötzlich alle angeflogen und haben sich um dich gekümmert", erklärte Chris.

Ich wandte mich wieder der Fee zu.

„Hallo", sagte ich und stand dabei langsam wieder auf.

Die Fee folgte mir nach oben und schwebte vor meinem Gesicht, damit ich sie sehen konnte.

Nun kamen noch drei andere dazu. Eine gelbe, eine blaue und eine grüne.

„Das sind meine Schwestern. Die gelbe ist Nesrin, die blaue ist Dalia, die grüne ist Hazel und ich bin Ayana. Wir haben schon viel von dir gehört", stellten die vier Feen sich bei mir vor.

„Ihr kennt mich? Woher denn?", wollte ich wissen und war etwas erstaunt.

„Wir kennen deine Mutter. Sie hat uns viel von dir erzählt, aber nun ist sie im Himmel. Sie war wirklich eine gute Seele", erklärte sie und reichte mir eine schwarze Traube.

„Hier iss, damit du wieder zu Kräften kommst", sagte sie.

Nun brachten sie alle uns schwarze Trauben. So viele, bis wir alle Hände voll hatten.

Chris konnte nicht widerstehen und fing sofort an zu essen.
Er nickte mir nur zu und zeigte mir damit, dass es ihm wohl schmeckte, dann aß er weiter.
Ich steckte mir auch eine der dunklen Früchte in den Mund und war verwundert, wie lecker sie waren.
Sie waren süß und sehr mächtig. Viele von ihnen würde ich wohl nicht essen können. Eine Hand voll reichte völlig aus.
„Ich kann nicht mehr. Vielen Dank, ihr braucht mir keine mehr zu bringen", sagte Chris als ihm einige der Feen noch welche bringen wollten, er aber von den paar die er gegessen hatte, satt war.
Dann kam er zu mir und nahm mich wie selbstverständlich in seinen Arm.
Was sollte ich machen? Mich von ihm lösen? Ich wollte ihn nicht schon wieder verärgern, also ließ ich es geschehen und so schlimm war es ja nun auch nicht.
„Könnt ihr uns helfen, den richtigen Weg zu finden? Wir müssen zur Höhle der Arachna", fragte ich Ayana.
„Der Weg dorthin ist sehr gefährlich und allein nicht zu bewältigen. Auch wenn Ihr zu zweit seid, glaube ich, dass es sehr schwierig werden wird. Ich habe gerade mit meinen Schwestern gesprochen und wir sind uns einig. Nesrin und ich werden euch begleiten" antwortete sie mir.
„Das braucht ihr nicht, ich möchte euch nicht in Gefahr bringen", erwiderte ich und schüttelte dabei meinen Kopf.
„Nein, Nora, wir werden mitkommen. Du brauchst dich um uns wirklich keine Sorgen machen. Uns wird nichts passieren", sagte Ayana und schickte alle anderen bis auf ihre Schwester Nesrin fort.

„Was ist das Gefährlichste?", fragte Chris. Er hatte sich anscheinend schon damit abgefunden, dass die beiden Feen uns begleiten wollten.
Doch mir behagte das irgendwie nicht. Warum? Das wusste ich selbst nicht so genau.
Chris bemerkte, dass ich etwas unzufrieden war, er nahm meine Hand und gab mir auf meiner Handfläche einen Kuss.
„Wir werden ihn finden, das verspreche ich dir", sagte er und lächelte mich an.
Was sollte das alles? Mir war das einfach zu viel. Wenn man das hier alles einem normalen Menschen erzählen würde, dann würde der doch garantiert denken, man wollte ihn verarschen. Das war alles wirklich nicht normal und zerrte an meinen Nerven. Und Chris? Was machte Chris? Er brachte meine ganze Gefühlswelt komplett durcheinander.

Durch meine vielen Gedanken bekam ich fast Ayana's Antwort nicht mit, die sie Chris gab.
„Ich kann dir nicht sagen, was das Gefährlichste sein wird. Für normal Sterbliche ist hier alles gefährlich. Ich kann euch aber erzählen, was auf euch zukommen wird", antwortete sie ihm.
„Ja, bitte, erzähl es uns. Ich möchte wissen, was auf uns zukommt", bat ich sie und dieses Mal war ich die jenige, die Chris Hand nahm. Ich wollte ihn bei mir haben, ihn spüren, nicht allein sein, wenn wir erfuhren, was auf uns zukommen würde.
Er zog mich an sich und nahm mich in den Arm.

„Keine Angst, Nora, ich bleibe bei dir", flüsterte er und drückte mich an sich.
Das alles fühlte sich so schön an und doch so falsch, aber ich lies es geschehen.

Nesrin kam auf uns zugeflogen und sagte nun auch etwas: „Das Meer der Seelen kann man als normal sterblicher Mensch nicht überqueren. Weder schwimmend, noch mit einem Schiff. Man würde sofort von den Seelen in die Tiefe gezogen werden und ertrinken. Deswegen werde ich euch nun diese blaue Perle geben. Schluckt sie hinunter und wartet ab. Bevor ihr das macht, müsst ihr zum Bach gehen und euch komplett entkleiden."
„Was? Nackt? Ich ziehe mich doch jetzt nicht aus", rief ich voller Empörung und wurde rot.
„Das musst du, Nora, sonst kannst du deine Reise sofort aufgeben und zurückkehren. Anders hast du keine Chance, zu deinem Ziel zu kommen", erklärte Ayana und reichte mir die Perle.
Chris grinste mich an und sagte: „Ich werde nicht hinsehen."
Aber ich schaute ihn nur schnippisch an, nahm die Perle und ging zum Bach. Dann zog ich meine Kleidung aus und legte sie ordentlich auf einen Stein.
So, nur noch die Pille schlucken und dann los. Aber was würde wohl mit mir passieren?
Ich hätte vorher noch einmal genau fragen sollen, aber ich war zu ungeduldig. Ich musste es sofort machen, denn schließlich ging es um Steven. Ich musste es einfach durchstehen. Für ihn.

Ich steckte mir die Perle in den Mund und schluckte sie hinunter.

Das Meer der Seelen

Mir wurde ganz schummerig und auf meiner Haut bildeten sich von den Füßen aufwärts kleine Schuppen. Dann verformten sich meine Füße und Beine ganz, ganz langsam zu einer mächtigen Flosse.
Bis zu meiner Hüfte wucherten die Schuppen nach oben. Seegras bedeckte die bestimmten Stellen.
Mir stockte der Atem. Ich konnte nichts sagen, ich war einfach zu überwältigt. Mein ganzer Körper hatte sich verändert.
Ich war eine Meerjungfrau. Wahnsinn!

Ich glitt in den Bach, da ich nicht auf der Flosse stehen konnte und schaute hinüber zu Chris.
Der stand immer noch da und traute seinen Augen nicht. Mit offenem Mund starrte er mich an.
„Nora! Ich weiß nicht, was ich dazu sagen soll. Ich bin sprachlos. Du bist wunder -, wunderschön", sagte er und kam zu mir.
Dann sprach er noch einmal mit Ayana: „Und so können wir durch das Meer der Seelen schwimmen?"
„Ja, so kommt ihr durch das Meer. Ihr seid keine Menschen mehr. Doch ungefährlich wird es keineswegs. Im Meer wohnen die Schatten, die gute Seelen fressen. Schwimmt deswegen niemals in die Dunkelheit. Auch nicht, wenn euch jemand noch so ruft. Bleibt immer zusammen und schwimmt immer geradeaus. Auf der anderen Seite werden wir auf euch warten. Mehr können

wir im Moment nicht für euch tun. Viel Glück", sagte sie und flog dann mit ihrer Schwester davon.

Chris zog sich ebenfalls aus und ich musste schon sagen, er hatte wirklich einen sehr gutgebauten Körper. Doch ich beschloss, nicht mehr hinzusehen und hielt mir die Augen zu. So lange, bis er zu mir ins Wasser glitt.
Er streichelte mir leicht über den Rücken und flüsterte mir ins Ohr: „Kleine Meerjungfrau, du kannst die Augen wieder aufmachen."
Mein ganzer Körper fing an zu kribbeln, während er mich streichelte und ich öffnete langsam meine Augen.
Er war genau neben mir und sah fantastisch aus. Genau wie ich, hatte er eine Flosse und sein ganzer Oberkörper war noch muskulöser, als ich es in Erinnerung hatte.
„Ist das nicht krass, Nora. Jetzt bist du meine kleine Ariel und ich dein großer Beschützer", sagte er und strahlte mich an.
„Ich finde das auch sehr spannend, aber bitte vergiss nicht, dass ich jemand anderem gehöre", erwiderte ich ihm und schwamm los.
„Ach, Nora, das weiß ich doch, aber ich muss die Zeit doch noch ausnutzen, solange ich dich für mich allein habe", rief er noch, schnallte sich den Rücksack, mit unseren Sachen, auf den Rücken und schwamm mir hinterher.

Warum fing er immer wieder damit an? Warum konnte er es nicht einfach akzeptieren und seine Klappe halten? Er machte es mir damit um so schwerer.
Konnte ich ihm eigentlich noch lange widerstehen?

Ja, das konnte ich. Ich konnte alles ertragen, um endlich Steven wiederzuhaben.
Ich konnte es sogar ertragen, ein Fisch zu sein, um zu ihm zu kommen. Das war so wahnsinnig, was hier passierte, aber ich wollte mir weiter darüber keine Gedanken machen. Wenn ich zu viel über alles hier nachdachte, dann müsste ich später bestimmt zu einem Psychologen. So etwas konnte doch kein normaler Mensch aushalten. Ich würde verrückt werden und müsste dann in die Klapse.

Es war schon echt nicht zu glauben, was hier passierte. Der Bach floss durch zwei große Felsen hindurch und dahinter erstreckte sich ein großes, dunkles Meer. Das es so etwas hier gab. Eigentlich war ich mit meiner Klasse auf einer Klassenfahrt, doch nun schwamm ich als Meerjungfrau durch das Meer der toten Seelen oder wie das auch immer heißen sollte.

Chris schwamm nun neben mir und sprach mich an: „Egal was auch passieren sollte, Nora, wir bleiben die ganze Zeit zusammen. Versprichst du mir das? Nicht, dass du wieder Steven siehst und einfach davon schwimmst. So wie im Wald. OK?"
„Nein, ich hau nicht ab. So etwas Dummes werde ich nicht mehr machen. Versprochen", erwiderte ich ihm und schwamm weiter.
Ich wollte so schnell wie möglich auf die andere Seite dieses Meeres gelangen.
Konnte ich eigentlich unter Wasser atmen? Irgendwie traute ich mich nicht unterzutauchen, die ganze Zeit schwammen wir an der Wasseroberfläche.

Dann verdunkelte sich der Himmel und dicke Regenwolken zogen auf. Ich schaute nach oben, weil ich hoffte, noch einmal sein Gesicht in den Wolken zu sehen, so wie vorhin.
Mein Herz tat so weh und meine Sehnsucht wurde wieder schlimmer. Ich wollte endlich wieder in seinen Armen liegen, seine Wärme spüren und seinen Duft riechen. Ich wollte von ihm geliebt werden und ihn wieder für mich allein haben.
Diese Sehnsucht, die ich empfand, hoffentlich trieb sie mich nicht in die falschen Arme.

Ich bekam Chris einfach nicht mehr aus meinem Kopf und mittlerweile war er schon ganz schön in meinem Herzen. Ich war so froh, dass er bei mir war, ohne ihn an meiner Seite, würde ich das nicht schaffen.

Die Wolken wurden immer dichter und dunkler und es dauerte nicht mehr lange, da fielen fußballgroße Hagelkörner vom Himmel. Wenn nur eines uns treffen würde, dann wäre es zu spät.
Chris schnappte sich meine Hand und riss mich nach unten. Gerade noch rechtzeitig, denn genau in diesem Moment schlug ein Hagelball nur ein paar Zentimeter neben mir in das Wasser ein.
Glück gehabt!
Vor Schreck hielt ich die Luft an.
„Nora, du kannst ruhig atmen, wir können das unter Wasser", sagte er und grinste. Es sah wohl zu blöd aus, wie ich unter Wasser mit meinen dicken Backen die Luft anhielt. Chris hatte bestimmt Recht, denn er konnte sogar

unter Wasser mit mir sprechen. Doch mein Kopf blockierte mich. Ich traute mich einfach nicht auszuatmen. Doch als plötzlich eine riesige Qualle hinter Chris auftauchte und das Wasser verdunkelte, fing ich an zu schreien.

„Chris, pass auf, hinter dir", rief ich ihm zu und er reagierte sofort. Schnell schwamm er einen Satz nach vorne und wich dabei der Qualle aus. Dabei griff er sich meine Hand und wir beide schwammen davon.

Nicht in die Dunkelheit schwimmen, hatte ich die ganze Zeit in meinem Kopf. War die Qualle wohl einer dieser Seelenfresser?

Ich wollte aber diese Frage nicht wirklich beantwortet haben, lieber nicht zu viele Gedanken machen und schnell weiterschwimmen. Je schneller wir am Ziel wären, desto schneller käme ich endlich aus diesem Körper heraus.

Während wir so schwammen, fiel mir auf, dass das Wasser immer kälter wurde, je weiter wir kamen. Und in meinem Kopf fing es wieder an zu dröhnen.

Immer diese verdammten Kopfschmerzen, die machten mich einfach wahnsinnig.

Doch dann konnte ich sie hören, alle beide. Rose UND Kim.

Wie war das möglich?

Rose: Kim, ich möchte, dass du den Schattenmännern Bescheid gibst. Sie sollen sich um die beiden kümmern.

Kim: Ja, das werde ich machen. Sag mal, wäre es denn möglich, dass ich Chris für mich behalten kann? Ich finde ihn wirklich süß und wenn Nora erst einmal tot ist, dann wird er sich schon daran gewöhnen mich zu lieben.

Rose: Von mir aus kannst du ihn haben. Aber ich werde keine Rücksicht auf ihn nehmen. Wenn er meint, er müsste den Helden spielen und Nora beschützen, dann hat er Pech gehabt.

Kim: Ja, das verstehe ich. Ich werde selbst darauf achtgeben, dass ihm nichts passiert. Was ist jetzt eigentlich mit Steven? Hat er seine Besinnung wieder erlangt?

Rose: Nein, das hat er immer noch nicht, aber warum musste er auch versuchen, mich zu verlassen. Er weiß doch, dass wir zusammengehören. Ich wollte ihn gar nicht bestrafen, aber mein Temperament ist mit mir durchgegangen, und nun ist er schon seit Tagen bewusstlos.

Kim: Der wird schon wieder und wenn erstmal Arachna ihre Eier gelegt hat, dann können wir endlich mit seiner Gehirnwäsche anfangen. Dann kann er sich an nichts mehr erinnern, und Nora, die ist ihm dann egal. Ich muss schon sagen, Rose, deine Einfälle sind echt super.

Dann lachten sie beide hämisch.
So laut, dass ich dachte, mein Kopf würde zerspringen.
Ich hielt mir meine Hände an die Schläfen, denn das laute Gelächter konnte ich anders nicht ertragen.
Was hatte ich da gerade mitbekommen? Steven war schon seit Tagen bewusstlos, weil Rose ihn bestrafen musste? Er wollte sie verlassen und zu mir kommen, aber hatte es nicht geschafft, und jetzt wollten sie ihm eine Gehirnwäsche verpassen, damit er mich vergaß.

„Chris, los, lass uns schneller schwimmen. Wir müssen uns beeilen. Die Arachna legt bald ihre Eier und wir müssen vorher da sein", rief ich und schwamm los.

„Nora, nein warte. Was erzählst du da? Was ist denn passiert?", wollte er wissen und folgte mir.

„Ich habe sie gehört, Rose und Kim, wie sie sich unterhalten haben. Steven ist schon seit Tagen bewusstlos und sie wollen ihm mit den Eiern der Arachna eine Gehirnwäsche verpassen. Los, wir müssen uns beeilen", erwiderte ich knapp und war schon völlig genervt.

„Nein, Nora, wir werden nicht kopflos losstürmen", sagte er und hielt mich fest.

Was fiel ihm ein?

Ich versuchte mich loszureißen, aber Chris hielt mich ziemlich fest.

„Lass mich los. Was fällt dir eigentlich ein? Ich habe es doch selbst gehört. Sie wollen Steven etwas antun. Wir müssen ihm helfen", rief ich verzweifelt und hätte am liebsten geheult. Doch das ging nicht. Es kamen keine Tränen aus meinen Augen. Hier im Wasser war Weinen einfach nicht möglich.

„Nora, ich bitte dich. Überleg doch. Was hat uns Ayana gesagt? Wir sollen auf nichts hören, egal was es ist und wir sollen immer zusammenbleiben. Das wird bestimmt nur eine Täuschung sein. Bitte, bleib bei mir. Wir beeilen uns ja, aber bitte nicht so kopflos. Das wäre sicherlich ein Fehler", versuchte Chris mich zu beruhigen und ich wusste, dass er Recht hatte.

Ich war so verzweifelt. Mit der ganzen Situation kam ich nicht mehr klar. Ich wollte hier weg, ich wollte zu ihm und

ich wollte nicht mehr länger in diesem Meerjungfrau „Kostüm" durch die Gegend schwimmen.
Ich hielt die Hände vor mein Gesicht und fing fürchterlich an zu schluchzen.
Chris kam zu mir und wollte mich trösten, aber dazu kam es nicht mehr.

Denn plötzlich wurde es unbehaglich. Die Dunkelheit hatte uns eingeholt. Hier war kein helles Plätzchen mehr. Viele große Schatten schwammen an uns vorbei und streiften uns.
An den Stellen, an denen sie mich berührten, brannte es fürchterlich.
Oh nein, schon wieder war es meine Schuld, dass wir in Gefahr gerieten. Wenn ich nicht wieder so einfach abgehauen wäre, dann hätten wir besser darauf achten können, was um uns geschah. Nun waren wir im Dunkeln des Meeres, genau dort, wovor Ayana uns gewarnt hatte.

Die Schatten gaben komische Laute von sich und auf einmal saugten sie sich an uns fest.
Sie waren überall, vorne, hinten, oben, unten. Ich konnte nichts anderes mehr sehen.
Meine Haut brannte, ich hatte höllische Schmerzen.
Chris stöhnte neben mir auf, ich konnte sein vor Schmerzen verzerrtes Gesicht sehen.
Das alles war meine Schuld! Nur meine Schuld!

Doch plötzlich hörte ich Steven´s Stimme.
„*Nora, umbra exstinguere*", sagte er zu mir und wiederholte das er ein paar Mal.

Konnte ich diesmal dieser Stimme trauen?

Ich musste es versuchen, ansonsten wären wir nach einiger Zeit nur noch zwei seelenlose Körper, gefangen in einem Fisch.

Chris trug immer noch seinen Rucksack bei sich und er hatte meine Sachen am Ufer des Baches dort hineingepackt, damit wir nachher nicht nackt über die Wiese des Vergissmeinnicht laufen müssten. Der Zauberstab war also auch in diesem Rucksack.

Ich schaute zu Chris. Er hatte seine Augen geschlossen und sein ganzer Körper trieb bewegungslos im Wasser. Oh nein, bitte nicht!

Ich musste etwas unternehmen.

Die Schatten saugten sich immer noch an mir fest und eigentlich waren die Schmerzen nicht auszuhalten, aber ich schaffte es trotzdem, bei Bewusstsein zu bleiben. Alles hing an mir, wenn ich jetzt aufgeben würde, dann wäre alles umsonst gewesen. Das durfte nicht passieren.

Ich nahm meine ganze Kraft zusammen und kämpfte gegen sie an.

„Ihr bekommt unsere Seelen nicht, niemals und nur über meine Leiche", schrie ich und bewegte mich so schnell es ging vorwärts. Es war aber immer noch zu langsam.

Chris sah schlecht aus. Ich musste es schaffen.

„Steven, hilf mir, bitte. Gib mir Kraft", sagte ich und streckte dabei meine Hand nach Chris aus.

Meine Kette, die ich immer noch trug, fing wieder an zu leuchten. Sie wurde feuerrot.

„*Bursa ad mihi*", flüsterte ich, denn ich bekam kaum noch ein Wort heraus. Mein Hals war trocken und wie zugeschnürt.
Langsam löste sich der Rucksack von Chris' Rücken und schwamm zu mir. Endlich!
Mit meiner letzten Kraft öffnete ich ihn und holte den Zauberstab heraus.
„*Umbra exstinguere*", sagte ich und richtete den Stab auf alles, was ich sah.
Der Zauber funktionierte.

Nach einer Weile lösten sich die Schatten von uns und ich bekam wieder besser Luft.
Nur mein Körper war noch schwach. Ich schwamm hinüber zu Chris, der immer noch bewusstlos war und nahm ihn vorsichtig in den Arm.
„Chris? Chris? Sag doch etwas. Bitte!", flehte ich ihn an.
Hoffentlich öffnete er bald die Augen. Doch er bewegte sich immer noch nicht.
Vorsichtig schüttelte ich ihn, aber trotzdem kein Lebenszeichen.
Verzweiflung stieg in mir hoch. Hatte ich ihn verloren? War ich zu spät gekommen?
Doch dann hörte ich Steven wieder.
„Nora, küss ihn", sagte er, „Die Liebe wird ihn zurückholen."
Was sagte er da? Ich sollte Chris küssen?
Steven wollte wirklich, dass ich ihn küsste?
Er hatte gerade schon Recht gehabt und auch diesmal hörte ich auf seine Stimme.

Ich nahm Chris in meine Arme und gab ihm einen langen, zärtlichen Kuss.
Dann spürte ich seine Arme, wie sie mich umarmten, und der Kuss wurde noch leidenschaftlicher.
„Ich liebe dich, Nora Marquardt, für immer und ewig", flüsterte Chris mir ins Ohr.
Ganz leise hörte ich, in meinen Gedanken, eine zweite traurige Stimme, die sagte: „Ich dich auch! Ich dich auch!"
Dann kam nur noch Schluchzen!

Sichtwechsel

Es war alles vorbei. Ich hatte sie verloren! Aber anders hätte sie ihn nicht retten können und dann wäre sie wieder allein gewesen. Das hätte sie nie und nimmer schaffen können, allein war es viel zu gefährlich.
Ich war auch einfach zu blöd gewesen. Wie konnte ich mich auf so etwas nur einlassen? Eigentlich wollte ich sie nur etwas ärgern, aber das dann so etwas passiert. Damit konnte ich ja nun auch nicht rechnen.
Nun lag ich schon seit Tagen auf diesem harten Höhlenboden und tat so, als ob ich bewusstlos wäre.
Das war ganz einfach. Ich hatte diese Täuschung bei den Chinesen gelernt. Sie zeigten mir diese und viele weitere Tricks, wie man seinen Gegner visuell täuschen konnte.
Bis jetzt funktionierte es ganz gut. Rose ließ mich in Ruhe und so konnte ich wenigstens versuchen, geistig Nora etwas zu helfen.
Leider klappte dass hier nicht so gut, wie ich es mir vorstellte. Wir konnten nicht zusammen sprechen, wie es sonst der Fall war, sie hörte mich anscheinend nur. Ich hingegen war die ganze Zeit bei ihr.
Was sollte ich nur machen? War unsere Liebe zu Ende? Würde sie sich wirklich für den anderen entscheiden? Ich könnte es nicht ertragen, sie war doch mein Leben. Nie würde ich ein anderes Mädchen wollen. Es war immer nur sie, die in meinem Herzen war.
Ich hasste mich dafür, dass ich diese blöden Teleporter mitgebracht hatte. Warum musste ich Nora unbedingt zeigen, wie sie funktionierten? Ich könnte mir selbst in

den Arsch beißen. Wenn ich sie jetzt verlieren würde, dann wäre es meine eigene Schuld.
Nur was sollte ich jetzt machen?
Rose hatte meine Kräfte lahm gelegt, ich konnte nichts machen, nichts. Das ärgerte mich.
Mit ihr war aber auch nicht zu spaßen. Ich hatte gesehen, was sie Nora´s Freundin Ela angetan hatte. So etwas hätte ich Rose wirklich nicht zugetraut, doch sie hatte sich sehr verändert. Sie war schon lange nicht die, die ich liebte, als wir noch zusammen waren.
Ich musste mit eigenen Augen ansehen, wie sie Ela umgebracht und ihren blutenden Körper einfach liegen gelassen hatte. Wie kam Ela überhaupt hierher? Das wunderte mich sehr. Auf einmal stand sie in unserer Höhle und erzählte irgendetwas von einer Truhe, von Kim und von Nora. Ich sollte sie schnell begleiten, aber Rose bekam es mit. Ich hatte versucht, Ela zu warnen. Ich hatte sie weggeschickt, aber sie wollte nicht auf mich hören und dann war es zu spät. Rose tauchte auf und Ela war tot.

Das war nicht mehr die Rose, die ich kannte, das hier war eine Furie, so ein richtiges Monster. Ich konnte froh sein, dass sie mich so sehr liebte, sonst hätte sie mir bestimmt schon Schlimmeres angetan.
Ich wollte fliehen, aber sie hielt mich zurück und durch mein Wissen wirkten ihre Zauber nicht bei mir. Deswegen tat ich so, als ob sie ihre Wirkung erzielten. Dadurch hielt ich sie mir vom Leib und konnte mich mehr auf Nora konzentrieren.

Ich konnte in Gedanken jeden ihrer Schritte verfolgen, auch bekam ich mit, wie sich dieser Chris an sie heranmachte. Sollte ich ihn hassen oder dankbar dafür sein, dass er auf sie acht gab? Ich wusste es nicht!
Am schlimmsten für mich war jedoch die Vorstellung, dass er sie in seinen Armen hielt und küsste. Ich schaute dabei extra nicht hin, denn das konnte ich nicht ertragen. Es zu wissen, war schon schlimm genug, aber es dann auch noch mit eigenen Augen sehen zu müssen, nein Danke!

Rose kam plötzlich zu mir und kniete sich neben mich.
Ich musste jetzt ganz still sein, bloß nichts anmerken lassen. Sie sollte nicht wissen, dass ich bei Bewusstsein war.
Sie fing an, mir über mein Gesicht zu streicheln.
Wie mich das anekelte, ich musste mich richtig konzentrieren, jetzt nicht die Fassung zu verlieren.
Am liebsten hätte ich ihr den Hals umgedreht, aber ohne meine Kräfte war ich gegen sie machtlos.
Ob sie mir etwas antun würde, das wusste ich nicht. Jedenfalls würde sie ihre ganze Wut an Nora auslassen und das durfte nicht passieren. Das musste ich verhindern.

„Oh, Steven, mein Liebster. Wach doch bitte auf. Bald haben wir es geschafft. Bald gibt es nur noch uns beide und keiner wird uns mehr stören", flüsterte sie mir ins Ohr.
Dann kam Kim zu uns: „Nora hat es geschafft. Sie sind durch das Meer der Seelen und nun auf der anderen Seite. Die Feen haben sie wieder in ihre menschliche Gestalten

zurückverwandelt. Bald werden sie hier sein. Was sollen wir nun machen?"
Ich merkte, wie wütend Rose wurde. Ihr ganzer Körper bebte neben mir.

Gott sei Dank! Nora hatte es geschafft. Ich war so froh. Rose jedoch hatte ihre Wut nicht unter Kontrolle.
Neben mir wurde es immer heißer. Ich konnte es nicht sehen, denn ich wollte jetzt nicht meine Tarnung auffliegen lassen.
Doch ich hörte laute Schreie und der Geruch von verbrannter Haut stieg mir in die Nase. Wie ekelig! Ich musste von dem Gestank niesen und konnte es nicht unterbinden.
Ich stellte mich schon auf das Schlimmste ein, aber es kam ganz anders.
Rose beruhigte sich schnell und nahm mich in ihre Arme.
„Endlich bist du wach", schrie sie voller Begeisterung und wollte mich küssen, aber ich drehte meinen Kopf zur Seite.
Nur, was ich jetzt sah, ließ mir mein Blut in den Adern gefrieren.

Der verkohlte Geruch kam von Kim. Rose hatte ihre eigene Freundin abgefackelt. Man konnte nur ihre verbrannten Knochen und ein paar Hautfetzen erkennen.
Rose sah mein erschrockenes Gesicht und fing sofort an, auf mich einzureden: „Du brauchst dir keine Sorgen zu machen, Steven. Dir werde ich niemals so etwas antun. Kim wäre sowieso früher oder später gestorben. Jetzt war

es halt etwas früher. Ich brauche sie nicht mehr. Sie hat eh nichts gebracht und sie war eine einzige Enttäuschung."

Rose war wirklich wahnsinnig, nun hatte sie schon zwei Menschen auf dem Gewissen, und irgendwie kam ich mir ein wenig schuldig vor.
Ich hätte nicht so einfach mit ihr Schluss machen sollen, aber als Nora in mein Leben trat, war mir alles andere egal.
Mit ihr war es ganz anders, als mit anderen Mädchen. Sie war so schön, klug und auf ihre Art und Weise so hilflos. Einfach gesagt, sie war mein Mädchen, für immer und ewig. Mit ihr würde ich mein ganzes Leben verbringen wollen. Wenn sie mich nach dieser Geschichte überhaupt noch haben wollte. Hoffentlich hatte sie sich nicht schon für den anderen entschieden.

„Steven, warum schaust du denn auf einmal so traurig? Es war doch nur Kim", fragte Rose mich und holte mich aus meinen Gedanken.
„Mensch, Rose, warum tust du das? Du bist ja wahnsinnig. Du kannst doch nicht einfach zwei Menschen töten. Man wird dich jagen", antwortete ich ihr und war immer noch sprachlos.
Rose jedoch zuckte nur kurz mit ihren Schultern.
„Was die anderen sagen, ist mir scheißegal. Sie werden mich hier nicht finden und vor allem auch nicht suchen. Und falls sie mich finden sollten, werden sie halt sterben. Denn gegen mich hat niemand eine Chance. Soll ich dir mal ein Geheimnis verraten, mein Steven? Als meine Mutter starb, da hat sie mir ihre Kräfte zukommen lassen.

Einen kleinen Teil hat die Schlampe ja bekommen, da sie ihre Mörderin gewesen ist. Doch das Meiste bekam ich, dadurch wird es unmöglich sein, mich zu besiegen", erklärte sie mir. „Dann lachte sie laut und hämisch, bis lauter kleine Steine von der Decke fielen.
„Außerdem haben wir noch unsere kleine Spinne. Spätestens wenn sie es bis dort schafft, wird es deine Nora nicht mehr geben", schrie sie noch und lachte hämisch weiter.
Oh, mein Gott, was hatte ich da gerade erfahren? Rose war mächtiger, als ich es mir hätte vorstellen können.
Sie hatte Esmeralda´s Kräfte und Nora war noch zu unerfahren, um gegen sie anzukommen.
Was sollte ich nur machen? Ihr durfte nichts passieren!

Ich machte mir die ganze Zeit Gedanken über Nora.
Sie durfte nicht hierherkommen. Sie hatte keine Chance! Ich hatte solche Angst um sie. Ich könnte nicht weiterleben mit dem Gedanken, dass sie nicht mehr am Leben war. Da wäre es mir lieber, sie hätte einen anderen und würde mich hier bei Rose lassen.
Immer wieder sah ich ihr liebliches Gesicht vor mir. Wie sie mich anlächelte, wenn ich zu ihr kam. Sie war einfach so süß, ich liebte sie über alles.
Doch Rose riss mich aus meinen Gedanken.
„Komm, Steven, ich zeige sie dir", sagte sie giftig und zog mich dabei am Arm.
Ich ging mit, denn ich wollte Nora unbedingt sehen.
Wir gingen in einen anderen Raum der Höhle, der mit vielen kleinen schwarzen Kerzen erhellt wurde. Überall

hingen Spinnengewebe herum und es gab noch einen anderen Gang, der aber sehr düster aussah.

Rose holte etwas aus einer Truhe hervor und stellte es auf einen Tisch.

„Komm Schatz, trau dich", sagte sie und holte dabei eine schwarze Kugel unter einem Tuch hervor.

„Das ist eine Höllenkugel. Sie ist aus vielen guten und schlechten Seelen gemacht. In ihr kannst du sehen, was mit der kleinen Schlampe passiert, wenn sie es wagt, nur einen Schritt in diese Höhle zu setzten", giftete sie.

Dann legte Rose ihre rechte Hand auf die Kugel und in ihr begannen die Feuer zu brennen.

Rose Augen wurden dabei glutrot und sie fiel in eine Art Trance.

Dann erhellte sich die Höhle und ich konnte Nora in der Kugel erkennen.

Sie lief Hand in Hand mit diesem Jungen über eine schöne Blumenwiese und schien sehr glücklich zu sein. Die beiden strahlten sich an und mir zerriss es fast das Herz.

Zum ersten Mal bekam ich Tränen in meinen Augen. Ich zeigte meine Gefühle eigentlich nicht so gerne, aber jetzt musste ich richtig dagegen ankämpfen. Auf keinen Fall würde ich hier anfangen zu heulen. Schon gar nicht vor Rose!

Die schien immer noch in einer anderen Welt zu sein. Ihre Augen verdrehten sich und sie nuschelte etwas, in einer mir unbekannten Sprache.

Nora und dieser Chris wurden begleitet von zwei Feen, die den beiden immer wieder vor ihren Gesichtern herumflogen.

Dann nahm Chris sie in seine Arme und zog sie an sich.

„Lass deine Finger von ihr, du blöder Arsch", schrie ich und biss mir vor Wut auf meine Lippe.
Dann küsste er sie und sie ließ es geschehen, bis sie anscheinend etwas hörte.
Ich sah es ihr an, sie schaute sich um und versuchte es noch einmal zu hören. Was war es? War sie in Gefahr?
„Genau, Nora, lass ihn los. Du hast schon einen Freund und der heißt nicht Chris", sagte ich und versuchte es mir selbst schön zu reden.
Sie machte das alles nur, weil ich es ihr gesagt hatte und nicht weil sie ihn liebte. Oder doch?
Doch plötzlich hörte ich sie.
„Steven", fragte sie mit leiser Stimme, „bist du das?"
Ich war total perplex. Hatte sie mich gerade wirklich gehört? Ich musste es sofort ausnutzen, solange Rose in diesem Delirium war.
„Nora, ja, ich bin es, Steven. Bitte komm nicht hierher. Rose ist zu gefährlich, sie hat Esmeralda's Kräfte, wir haben gegen sie keine Chance", rief ich und hoffte, dass sie mich dadurch besser verstehen würde.
„Aber ich verstehe das nicht. Wo bin ich?", fragte sie etwas verwirrt und da fiel es mir schlagartig wieder ein. Sie war auf der Wiese des Vergissmeinnicht. Auf dieser Wiese vergaß man alles, wirklich alles.
Wenn man an nichts anderes mehr dachte, als an diese schöne Blumenwiese, dann würden die Corruptia kommen und sie holen. Was dann mit ihnen geschehen würde, das wusste niemand. Jedenfalls kam lebendig nie wieder jemand von der Wiese zurück.

Als ich so darüber nachdachte, konnte ich einige von diesen Corruptia schon sehen, sie lauerten ganz weit hinten auf sie und warteten darauf, dass sie ihr Gedächtnis verloren.
Oh, mein Gott! Nora musste da weg. Schnell!
Sie durfte nicht länger auf dieser Wiese bleiben. Sie würde mich vergessen und sterben. Dann besser doch zu mir kommen und gemeinsam versuchen, meine Ex-Freundin zur Vernunft zu bringen.
„Nora, lauf schnell weiter. Lauf, lauf, lauf!", schrie ich und sah ihr erschrockenes Gesicht.
Sie wusste nicht, was das alles zu bedeuten hatte, aber sie hörte auf das, was ich ihr sagte. Sie rannte los!
Immer schneller und schneller wurde sie und der Junge tat es ihr gleich. Er wollte sie festhalten, sie sollte bei ihm bleiben.
So ein blöder Arsch. Was sollte das? Doch dann blieb Nora stehen.

Nein, Nora lauf!", schrie ich noch einmal, dann wurde die Kugel wieder schwarz und Rose schaute mich böse an.
„Was soll das? Willst du versuchen, der Schlampe zu helfen? Sie kann dich sowieso nicht hören", motzte Rose drauflos.
Wenn sie wüsste, dass Nora mich doch hören konnte. Sie würde ausrasten.
Warum musste dieser blöde Chris sie nur aufhalten? Warum mischte er sich in unsere Beziehung ein? Mittlerweile begann ich ihn doch etwas zu hassen, auch wenn er eigentlich gut auf Nora aufpasste. Aber er machte

sich zu sehr an sie heran, obwohl er doch genau wusste, dass ihr Herz mir gehörte.
Ich hoffte so sehr, dass sie es noch schafften, rechtzeitig von dieser Wiese zu kommen.

Die Wiese des Vergissmeinnicht

Ich war völlig durcheinander. Warum war ich hier und warum hetzte mich Steven´s Stimme so über diese Wiese?
Ich hatte ihn gerade noch rechtzeitig gehört, bevor ich Chris geküsst hätte.
Ich wusste wirklich nicht so recht, was eigentlich mit mir los war? Warum hörte ich Steven immer genau dann, wenn Chris mir nahe sein wollte? Und warum empfand ich auf einmal so viel für Chris?
Ich wollte das nicht, Chris war ein guter Freund, mehr nicht, und so sollte es auch bleiben.
Das Meer der Seelen hatten wir nun hinter uns gelassen und waren nun hier.
Diese Wiese war wunderschön und diese vielen verschiedenen Blumen. Einfach Wahnsinn!
Chris stand neben mir und reichte mir einen Strauß. „Die sind so schön wie du", sagte er und gab sie mir.
„Nicht daran riechen, Nora", sagte plötzlich Ayana und hielt mich gerade noch rechtzeitig davon ab.
„Chris haben sie schon die Sinne vernebelt, aber du scheinst noch frisch zu sein. Lasst uns schnell weitergehen", sagte sie noch und flog weiter.
Ich folgte ihr und warf die Rosen dabei unbemerkt weg. Chris sollte nicht sauer sein, aber er lief mir wie ein verliebter Trottel hinterher. Er schwebte richtig über die Wiese und rief die ganze Zeit meinen Namen.
Oh, mein Gott, war das peinlich. Hoffentlich sah ich nicht so blöde dabei aus, wenn ich von Steven schwärmte.

Nach einer Weile hörte ich so komische Geräusche. Es war so, als ob jemand mit seinen Zähnen ganz schnell klappern würde. Dieses Geräusch kam immer näher und wurde dabei immer lauter.

„Ayana, was ist das für ein Geräusch?", fragte ich die kleine Fee, die immer noch vor mir her flog.

Doch da konnte ich es schon selbst erkennen.

Die Blumen vor uns, bewegten sich sehr stark zu einer Seite, so, als ob jemand sich den Weg durch sie hindurch ebnen würde.

Man konnte nur leider niemanden sehen.

Doch plötzlich schrie Nesrin: „Die Corruptia kommen!"

Ihr Schrei wurde jedoch abrupt unterbrochen, sie löste sich vor unseren Augen einfach so in Luft auf.

Ayana schaffte es gerade noch, uns etwas zu sagen: „Nora, schnell lauft weg."

Dann erlitt sie dasselbe Schicksal wie ihre Schwester.

Ohne lange zu überlegen, schnappte ich mir Chris' Hand und lief so schnell ich konnte.

Dann hörte ich plötzlich wieder Steven's Stimme in meinem Kopf. Er hatte mir ebenfalls gesagt, ich sollte rennen.

Das tat ich auch. Ich rannte so schnell ich konnte. Fast wäre ich hingefallen, hatte jedoch noch einmal Glück und konnte den drohenden Sturz abfangen.

Chris sagte die ganze Zeit nichts. Er ließ sich einfach hinter mir herziehen.

Wir rannten immer weiter und weiter, so weit wie uns unsere Füße trugen.

Doch diese Geräusche verfolgten uns, und zwar schnell.
Das Rascheln der Blumen machte mich wahnsinnig. Es hörte sich so gefährlich an. Wie in einem Horrorfilm, kurz bevor das Opfer gekillt wird.
Das Adrenalin schoss durch meine Adern.
„Ihr kriegt mich nicht!", schrie ich und rannte noch schneller.
Am Ende der Wiese brachen Chris und ich erschöpft zusammen. Wir hatten es geschafft. Die Corruptia hatten uns nicht erwischt, obwohl ich sie gerne gesehen hätte.
Leider mussten Ayana und Nesrin ihr Leben lassen. Ich war darüber sehr traurig. Diese armen Feen. Sie sind gestorben, um uns zu helfen. Das tat mir so leid.
Ich musste ihnen beweisen, dass sie nicht umsonst gestorben waren. Ich musste zu Rose und ich musste gegen sie gewinnen. Für Ayana, für Nesrin, für Steven und für mich!

Chris schien sich langsam zu regenerieren. Er stand auf, streckte sich und schaute sich verwundert um.
„Wo sind wir?", fragte er mich.
„Wir haben soeben die Wiese des Vergissmeinnicht durchquert", erwiderte ich und starrte dabei auf eine trostlose Landschaft, die nun vor uns lag.
Wo waren wir?
Es war irgendwie komisch. Die Wiese hinter uns blühte in den prächtigsten Farben, so wie man sich nie eine SCHATTENWELT vorstellte.
Was lag nun vor uns? Nichts. Einfach nichts.
Eine richtige Einöde aus viel Staub, roter Erde, Felsen und vertrockneten Bäumen und Sträuchern.

Das musste der Weg zur Höhle der Arachna sein. Jetzt musste ich nur noch den Eingang finden.

Vor Freude klatschte ich in die Hände.

„Na, super, wir stehen hier vor so einem Nichts und du freust dich, als hättest du den Jackpot geknackt", meckerte Chris.

„Ach, das verstehst du nicht", gab ich kurz zurück und wollte weiter. Doch Chris hielt mich fest.

„Doch Nora, ich verstehe das. Du freust dich wegen Steven. Wir sind bestimmt auf dem richtigen Weg. Das habe ich so im Gefühl", sagte er noch und ließ mich wieder los.

Ich sagte nichts mehr dazu, denn Chris hatte Recht, ich freute mich wegen Steven. Ich hatte es nämlich auch im Gefühl, dass wir auf dem richtigen Weg waren und es nun nicht mehr lange dauern konnte.

Chris reichte mir noch den Zauberstab, den er die ganze Zeit in seinem Rucksack verwahrt hatte und folgte mir.

Leider verdunkelte sich der Himmel nach kürzester Zeit tiefschwarz. Nur leichtes, rotes Schimmern leuchtete am Horizont etwas auf.

„*Lumen*", sagte ich und der Zauberstab begann zu leuchten. So konnten wir wenigstens erkennen, wohin wir traten.

Als wir so nebeneinander herliefen, musste ich die ganze Zeit an das schwarze Einhorn denken und an die Abenteuer, die ich mit ihm erlebt hatte.

Ein wenig traurig war ich schon, dass ich es seitdem nicht mehr gesehen hatte. Was war wohl aus ihm geworden?

Ging es ihm gut? Leider war es nicht bei mir, denn mit ihm an meiner Seite, würde ich mich viel sicherer fühlen.

Nun war ich allein. Gut, Chris war bei mir. Nur war er mir wirklich noch eine Hilfe bei der Rettung meines Freundes? Er wollte lieber an Steven's Stelle stehen. Würde er mir so noch helfen können?
Ich hatte Angst, dass er mich ebenfalls hintergehen würde, so wie Kim. Denn das, was wir in den letzten Tagen zusammen erlebt hatten, das war schon ziemlich krass.
Mal liebten wir uns und dann wieder nicht. Ich konnte froh sein, dass er noch an meiner Seite war und mich nicht hasste. Hoffentlich blieb das auch so!

Chris sagte die ganze Zeit kein einziges Wort zu mir. Ganz stumm lief er neben mir her.
Es passierte auch weiter nichts, rein gar nichts. Irgendwie kam mir das viel zu leicht vor. Hier war aber auch weit und breit nichts zu sehen. Keine Tiere, keine Geräusche, einfach nichts. So wie damals in den Sümpfen, als ich Peggy wiedergefunden hatte. Oder besser gesagt, als Peggy mich vor dem Ertrinken gerettet hatte.
War das jetzt die letzte Ruhe vor dem Sturm?

Als wir ein Stückchen weitergingen, sahen wir vor uns einen riesigen Baum. Sein Stamm hatte bestimmt einen Durchmesser von drei Metern. Seine Äste erstreckten sich bis weit in den Himmel. So etwas hatte ich bis jetzt nur in Filmen gesehen, denn solche Monsterbäume gab es nur sehr, sehr selten.

Wir gingen langsam näher heran und staunten nicht schlecht. Es war wirklich überwältigend.
Chris berührte vorsichtig die Rinde und tastete dann den Baum ab. So, als ob er etwas suchen würde.
„Was machst du da?" fragte ich ihn und wunderte mich, warum er anfing, Rinde abzureißen.
„Ich bin mir sicher, dass dieser Baum ein Sequoiadendron giganteum ist. Das sind Riesenmammutbäume, die nicht überall wachsen. Es muss einen Grund dafür geben, warum der hier steht. Er ist bestimmt der Eingang zur Höhle", antwortete Chris mir und suchte weiter.
Von diesen Bäumen hatte ich schon einmal gehört. Im Biologieunterricht hatten wir damals verschiedene Baum- und Pflanzenarten besprochen. Jetzt erinnerte ich mich: diese Bäume standen im Sequoia- und Kungs-Canyon-Nationalpark.
Dort wollte ich immer schon einmal hin. Als Kind hatte ich Oma Ann immer angebettelt, mit mir einmal dorthin zu fahren. Nur hatten wir dafür kein Geld, doch nun stand ich vor genau so einem Baum. Gigantisch!
„Nora, halte bitte einmal den Zauberstab hier hin, damit ich besser sehen kann", bat mich Chris.
Hatte er etwas gefunden?
Ich hielt das Licht des Stabes in seine Richtung.
Doch Chris winkte mich noch näher zu sich heran. Als ich ein paar Schritt näher kam, da konnte ich auch erkennen, was er entdeckt hatte.
Der Baumstamm hatte einen Spalt, der sich von unten vom Boden bis ganz nach oben in die Baumkrone zog.
„Ja, Nora, das ist der Eingang. Ihr seid richtig", hörte ich jemanden sagen, *„Sesama hisca te."*

Diese Worte hörte ich ein paar Mal. Nur, woher kam plötzlich diese Stimme? Steven´s war es jedenfalls nicht.
„Chris, geh bitte einmal zur Seite", bat ich ihn und richtete dann den Stab auf den Spalt.
„*Sesama hisca te*", wiederholte ich die Worte.
Der Baum begann zu ächzen und die Äste bewegten sich wild hin und her. Ganz langsam öffnete sich der Spalt, bis der Baumstamm etwa einen Meter geöffnet war. Dann war alles vorbei.
„Woher wusstest du die richtigen Worte?", fragte Chris mich sehr überrascht und bekam den Mund dabei gar nicht mehr zu.
„Ich weiß auch nicht, ich wusste sie halt", erwiderte ich nur.
Ich hatte keine Lust dazu, es ihm ausführlicher zu erklären. Das hielt uns nur auf und eigentlich war es ja auch egal.

Jetzt war es so weit. Der Eingang zur Höhle der Arachna stand offen vor uns. Wir mussten nur noch hineingehen.
Bewaffnet mit dem Zauberstab in meiner Hand trat ich ein, Chris an meiner Seite.
Der Eingang begann sich wieder zu verschließen und gleichzeitig öffnete sich vor uns die hintere Seite des Stammes und gab den weiteren Weg frei.
Jetzt standen wir in der Höhle.

Die Höhle der Arachna

Überall hingen Tropfsteine und Spinngewebe. Es war ziemlich dunkel.
Das Ganze erinnerte mich etwas an die Höhle der Meduse und dabei lief mir ein kalter Schauer über den Rücken.
Ihr Auge, das hätte ich jetzt gerne bei mir gehabt. Doch leider hatte ich außer Rose´s altem Zauberstab keine andere Waffe bei mir. Doch es musste auch so gehen.

Hier war es wirklich finster.
Finsterer, als man es sich vorstellen konnte. Nicht nur, weil es eine dunkle Höhle war. Eher weil die ganze Atmosphäre hier böse war.
Ich hatte wirklich ein sehr schlechtes Gefühl. Taten wir das Richtige? War es richtig, dass Chris bei mir war?
Natürlich war ich froh, dass er mir beistand, aber könnte ich damit leben, wenn ihm etwas passierte?
Er hatte doch mit der ganzen Sache eigentlich nichts zu tun.
Ich war hin- und hergerissen.
Chris holte auf einmal ein Feuerzeug aus seiner Tasche und meckerte über sich selbst, warum ihm das nicht schon viel eher eingefallen war. Damit leuchtete er ein wenig in jede Ecke.
„Wir haben doch den Zauberstab. Der gibt uns doch genug Licht", bemerkte ich.
„Aber durch das Feuerzeug können wir besser erkennen, von wo ein Windzug kommt. Das wird uns helfen den

richtige Weg zu finden", erklärte Chris mir. Damit könnte er Recht haben.
Eigentlich war das hier die größte Scheiße, in die man geraten konnte.
Erst stirbt meine Oma, dann musste ich umziehen, noch dazu in eine andere Stadt. Dann erfahre ich, dass meine eigene Patentante, sowie meine Eltern, HEXEN sind oder waren.
In dem ganzen Stress treffe ich dann die Liebe meines Lebens und meistere alles vorbildlich. Nur, warum sollte es dann ruhiger werden?
Nein, es wird immer noch schlimmer. Immer diese blöden Ex-Freundinnen, die es einfach nicht akzeptieren können, dass Schluss ist.
Das mussten bestimmt schon mehrere Mädchen durchleben. Nur diese Ex-Freundin war schlimmer, viel schlimmer, sie war eine richtig böse Hexe.
Es war wirklich zum kotzen! Ich bekam richtigen Hass auf Rose, obwohl ich eigentlich ein sehr friedliebender Mensch war. Doch dieses Weib regte mich auf. Am liebsten würde ich ihr den Hals umdrehen, dieser blöden Kuh.
Wenn das hier alles endlich vorbei war, dann mache ich drei Kreuze und hau mit Steven ab. Egal wohin. Hauptsache ganz weit weg, am besten dorthin, wo uns keiner kennt.

„Nora, komm mal her. Ich glaube, ich habe was gefunden", flüsterte Chris leise, so dass ich ihn fast überhört hätte.

Vorsichtig ging ich zu ihm und flüsterte: „Was ist denn da?"
„Merkst du das denn nicht? Hier spürt man einen leichten Luftzug. Das Feuerzeug flackert ebenfalls. Es sieht aber danach aus, als ob wir uns ducken oder sogar krabbeln müssten, der Gang ist sehr klein", bemerkte Chris und hielt das Feuerzeug noch einmal so, damit ich den Weg sehen konnte.
Er war wirklich sehr niedrig. Ein kalter Schauer lief mir über meinen Rücken, als ich daran dachte, was mir schon einmal passiert war.
Ich musste schon einmal durch so einen kleinen, schmalen Gang krabbeln. Der war aber noch viel kleiner als dieser hier.
Damals, als ich mit Edgar, von Rose gefangen wurde. Ich verlor damals mein Bewusstsein, weil mir richtig schlecht wurde. Das hatte ich jetzt die ganze Zeit in meinem Kopf und das machte mir Angst. Solche engen Gänge waren nichts für mich, aber was sollten wir machen?
Wir mussten es versuchen!

„Dann lass uns, sonst überlege ich es mir nachher noch einmal", sagte ich und krabbelte in den Gang.
Chris folgte mir.
Hier war es dunkel. Noch dunkler, als gerade noch in diesem anderem Höhlenabschnitt.
Und es war totenstill.
„Ich mache lieber das Licht aus", flüsterte ich. Ich wollte nämlich nicht, dass man uns zu früh erblicken konnte.
„*Lumen premere!*" Das Licht erlosch.

Langsam krabbelten wir weiter bis wir zu einem Abzweig kamen.

„Wo lang?", wollte ich wissen und Chris reichte mir sein Feuerzeug.

„Halte es hoch, damit wir den Luftzug besser erkennen können", riet er mir und ich tat, was er verlangte.

Erst hielt ich es in den von mir aus rechten Gang und wartete. War dort ein Luftzug? Ein wenig flackerte die Flamme schon, aber reichte das aus? Ich kannte mich mit so etwas nicht aus.

Ich wollte das Feuerzeug lieber noch einmal in den linken Gang halten, nur um einen Vergleich zu haben.

Doch als ich es links in den Gang hielt, hörten wir plötzlich lautes Kreischen. Das Kreischen wurde immer lauter und kam schnell näher, bis plötzlich tausende von kleinen schwarzen Viechern über unsere Köpfe herumschwirrten.

„Ahhh! Nein! Was ist das?", schrie ich und schlug dabei wild um mich.

„Chris, mach was, die beißen mich", schrie ich und wusste nicht, was ich tun sollte. Es tat schrecklich weh!

Doch auf einmal, ließen sie von uns ab und flogen weg. Einfach so!

„Oh, mein Gott, was war das?", fragte ich entsetzt.

„Das waren Fledermäuse. Wir haben sie wohl mit dem Licht aufgeschreckt. Bist du verletzt worden?", erwiderte Chris und kam näher zu mir.

Es tut sau weh. Ich kann aber nicht erkennen wie schlimm es ist, dazu ist es zu dunkel. Es schmerzt mich aber überall", erwiderte ich.

„Sollen wir noch mal das Licht anmachen, damit du es besser sehen kannst?", wollte er wissen.
„Nein, auf gar keinen Fall. Dann kommen die nachher noch mal. Das eine Mal hat mir schon gereicht", wies ich seine Frage ab.
„Es ist aber komisch, mich haben sie gar nicht gebissen", bemerkte er und krabbelte jetzt voraus.
Warum wurde Chris nicht gebissen?
Mein ganzer Körper tat mir weh. Diese Drecksviecher hatten mich überall erwischt.
Sollte ich mir vielleicht Gedanken machen? Oder war es, weil ich als erste in diesem Gang steckte. Deshalb mussten sie sich erst auf mich stürzen.
Ich hatte eben mal wieder die Arschkarte gezogen, wie schon so oft in meinem Leben. Warum sollte es dieses Mal auch anders sein? Pech gehabt!
Wie gut, dass Chris nun vorausging.

Die kleinen Wunden, die ich hatte, fingen nun auch noch an zu brennen. Mir fiel leider auch kein passender Zauberspruch ein, der mir dabei helfen konnte, die Schmerzen etwas zu lindern. Das ärgerte mich.
Ich war so mit meinen Wehwehchen beschäftigt, dass ich Chris gar nicht mehr im Auge hatte. Er war plötzlich verschwunden und außer Sicht.
„Oh nein, nicht das auch noch", meckerte ich. Doch da hörte ich ihn auch schon.
„Nora, hierher. Hier sind wir richtig!", schrie er.

„Mensch sei leise. Schrei nicht so herum. Sonst können wir ja gleich, hier sind wir ihr könnt uns jetzt töten, rufen", meckerte ich.

„Ich bin ja schon leise. Tut mir leid", entschuldigte Chris sich und zeigte mir den Weg, den er meinte.

Dieser Gang war noch schmaler als der in dem wir gerade waren. Jetzt blieb uns nichts anders übrig, als zu robben. Wie gut, dass ich keine Platzangst hatte. Chris hielt noch einmal sein Feuerzeug in den Gang, damit ich sehen konnte, woher der Windzug kam.

„Du brauchst dir keine Sorgen zu machen, Nora. Das wird der richtige Weg sein", beruhigte er mich und krabbelte weiter.

Nur, das war es gar nicht, was mich irgendwie beunruhigte. Mir war einfach nicht gut. Die Bisse taten mir weh, sie brannten heftig und ich bemerkte, dass irgendetwas mit mir nicht stimmte. Ich konnte es nicht beschreiben, aber irgendetwas veränderte sich.

Ich robbte Chris hinterher, denn anders kam man hier nicht vorwärts.

Gott sei Dank dauerte es nicht lange, da war der Gang schon zu Ende. Nur, was uns da bevorstand, erinnerte mich sehr an einen Abenteuerfilm.

Das Ende des Ganges war in etwa so breit, dass Chris und ich nebeneinander passten.

Unter uns war nichts, außer einem großen Abgrund, bei dem man den Boden in der Tiefe nicht mehr sehen konnte. Er war wahnsinnig tief.

Und vor uns sahen wir das riesige Spinnennetz. Ich konnte es gar nicht glauben, wie groß es war. Es erstreckte sich

durch die komplette Höhle und hatte bestimmt einen Durchmesser von dreißig oder vierzig Metern. Die Spinne war jedoch nicht zu sehen.
Man konnte nur irgendwelche leblosen Überreste ihrer Beute in dem Netz erkennen.
„So etwas habe ich schon einmal in einem Sindbad-Film gesehen. Da musste der Held über dieses Netz klettern, um zu einer Frau zu gelangen. Sollen wir mal ausprobieren, ob es uns aushält?", fragte mich Chris und wollte schon los klettern. Doch ich hielt ihn zurück.
„Ich glaube, ich habe den Film auch gesehen. Nur, ist der Mann dann nicht gestorben, weil ihn die Spinne bekommen hat?"
„So genau weiß ich das nicht mehr. Ich weiß nur, dass wir ganz langsam klettern müssen, damit sich das Netz nicht bewegt. Sonst denkt die Spinne, dass sich neue Beute verfangen hat und kommt, um sie einzuspinnen", antwortete er.
„Na, super! Tolle Vorstellung und wo sollen wir hinklettern? Ich sehe überhaupt nichts", erwiderte ich und bekam kaum noch Luft.
War es hier so stickig? Eigentlich nicht! Nur was war dann mit mir los? Mir lief auch das Wasser im Mund zusammen und vor meinen Augen verschwammen die Bilder. Meine Sehkraft ließ nach und so langsam bekam ich es richtig mit der Angst zu tun. Was war bloß los?
„Wir müssen dort hoch, Nora. Da hinten geht es weiter. Siehst du?", sagte Chris. Doch ich verstand ihn nur ganz leise und sehen konnte ich ihn auch nicht mehr.

„Mir geht es gar nicht gut. Ich kann nicht mehr. Irgendetwas passiert mit mir", konnte ich gerade noch stammeln, dann schloss ich meine Augen.

Mein Herz raste, ich konnte es sogar schlagen hören. Es schmerzte richtig in meiner Brust, bis es auf einmal komplett aufhörte zu schlagen. Es blieb einfach stehen.

Doch ich war nicht tot. Nein! Ganz und gar nicht. Mir ging es gut. Ich öffnete langsam meine Augen.

Alles war auf einmal ganz klar zu erkennen. Ich konnte plötzlich in der Dunkelheit sehr gut sehen. Mein Geruchssinn hatte sich ebenfalls verändert. Ich konnte die Spinne sogar riechen. Sie war nicht weit weg und lauerte schon auf uns. Auch mein Hörsinn war besser geworden. Wenn sie mit ihren Fühlern wackelte, konnte ich das hören.

„Sie ist hier. Sie sieht uns", zischte ich, denn die Worte kamen nicht mehr flüssig aus meinem Mund.

Warum nur?

Doch dann bemerkte ich die beiden spitzen Eckzähne in meinem Mund. Oh, mein Gott, was war das?

Entsetzt schaute ich zu Chris. Doch der schien es noch nicht bemerkt zu haben. Ganz konzentriert überlegte er sich den Weg, den wir über dieses Netz gehen sollten.

Ich fasste mir an die Brust, um meinen Herzschlag zu fühlen, doch da war keiner. War ich tot? Was war ich?

War ich ein Vampir? Das konnte doch nicht sein, so etwas gab es doch überhaupt nicht, oder doch? Es war die einzige logische Möglichkeit. Hexen gibt es schließlich auch.

Was war nun mit Steven? Könnte ich ihn trotzdem lieben oder würde er mein Mittagessen sein? Würde er mich noch so wollen?
Ich konnte es gar nicht glauben. War ich jetzt auch ein Monster?
So lange Chris nichts bemerkte, beschloss ich, mein kleines Geheimnis für mich zu behalten.
Hoffentlich überkam mich nicht der kleine Hunger!

Bei diesem Gedanken wurde mir etwas schlecht. Blut trinken? Wie Ekel erregend. Niemals in meinem Leben würde ich so etwas tun. Und schon gar nicht von einem Freund.
Ich musste trotzdem erst einmal gründlich nachdenken. Wie konnte das nur passieren? Kam das von den Fledermausbissen? Das konnte doch gar nicht sein? Ging das so schnell? Musste man nicht erst sterben um so zu werden?
So viele Fragen gingen mir durch den Kopf und keine ließ sich beantworten.
Warum ich und warum gerade jetzt? Wie war so etwas nur möglich? Waren alle Geschichten und Sagen, die man über Vampire kannte, falsch? Ging das wieder weg oder musste ich mein Leben lang so bleiben?
Am liebsten hätte ich angefangen zu heulen, aber etwas in mir sträubte sich.
Wir mussten weiter, wir mussten zu Steven, bevor nachher noch meine Liebe zu ihm erlosch.
„Ich gehe vor und du bleibst in meiner Nähe. Nimm du bitte den Zauberstab, ich brauche ihn jetzt nicht", sagte ich Chris und kletterte in das Spinnennetz.

Chris steckte den Zauberstab in seine Hosentasche und folgte mir.

Doch kaum waren wir auf dem Netz, da hörte ich auch schon ihr Geraschel. Die Tarantel bewegte sich langsam, sehr langsam auf uns zu.

Chris schien es noch nicht mitzubekommen, aber ich war mir sicher, dass sie uns schon in ihrem Visier hatte.

„Siehst du Nora, es klappt. Wir sind so vorsichtig, das Netz wackelt gar nicht", bemerkte Chris und war ziemlich stolz auf sich.

Wenn der wüsste. Für uns wackelte es fast überhaupt nicht, aber das bisschen reichte schon, um die feinen Spinnensensoren auf uns aufmerksam zu machen.

Man konnte sie zwar noch nicht sehen, aber die Tarantel war da.

Mich hingegen überkam plötzlich ein fürchterlicher Hunger. Mein Magen zog sich zusammen und fing an zu knurren. So laut, das es sogar Chris hörte.

„Oh. Hunger? Wenn wir drüben sind, dann kannst du ein paar Trauben von den Feen haben. Ich glaube, ich habe noch welche in meinem Rucksack", flüsterte Chris.

Doch ich schüttelte nur meinen Kopf. Ich hatte auf etwas anderes Hunger. Auf etwas ganz anderes! Nur was es war, das konnte ich Chris nicht sagen. Noch nicht.

Ich versuchte mich zusammenzureißen und kletterte weiter, bis wir zur Mitte des Netzes kamen.

Doch dort rutschte Chris plötzlich ab und verfing sich ungefähr zwei Meter unter mir im Netz.

„Scheiße", schimpfte er und versuchte sich zu befreien. Doch je mehr Chris es versuchte, desto mehr verknotete er sich darin.

„Ich hab es gleich, Nora. Du brauchst dir keine Sorgen zu machen. Ich werde das schaffen", sagte er und holte den Zauberstab aus seiner Tasche.
Ich hatte Chris noch nie zaubern gesehen und leider kam es dazu auch nicht mehr.

Die Arachna hing plötzlich direkt vor ihm und fletschte ihre vielen Zähne. Ihre Beine und Fühler zappelten bedrohlich auf und ab.
Vor Schreck ließ Chris den Zauberstab in die Tiefe fallen.

Mit Biss

Die Spinne kam immer näher und hing nun direkt vor Chris. Sie musste nur noch mit ihren scharfen Zähnen zustoßen, dann wäre es für ihn vorbei.
Chris wusste das, ich sah es ihm an. Doch er gab nicht auf. Immer wieder versuchte er sich zu befreien, aber es gelang ihm nicht.

Mich überkam auf einmal so eine Wut auf dieses Vieh. Ich bemerkte, wie mir das Adrenalin durch meinen Körper schoss. Meine Adern traten hervor und mir lief das Wasser im Mund zusammen.
Meine Zähne wurden größer und schoben sich nach vorne. Jetzt konnte ich nicht mehr verheimlichen, was aus mir geworden war.
Ohne dass ich es großartig beeinflussen konnte, setze ich zum Sprung an. Ich krallte mich am Rücken der Spinne fest und riss ihr ohne Probleme ein Bein heraus. Meine Kraft hatte ich nicht unter Kontrolle. Es ging so einfach.
Die Arachna schrie fürchterlich. Ihre Schreie hallten durch die ganze Höhle.
Ich jedoch, war wie im Blutrausch. So etwas kannte ich nicht von mir. Ich hatte mich nicht unter Kontrolle.
Es ging sogar so weit, dass ich meine Zähne in Gebrauch nahm. Ich biss ihr in den Kopf und riss ein Stück heraus.
Der Kampf dauerte nicht wirklich lange. Sie war mir unterlegen. Nach einer Weile bewegte sie sich nicht mehr und blieb in ihrem eigenen Netz gefangen.
Sie war tot. Sie hatte keine Chance gegen mich.

Doch ich war immer noch wie im Rausch.
Ich sah Chris, wie er mich erschrocken ansah.
Seine Halsschlagader trat weit hervor. Ich konnte sein Blut darin sogar pulsieren sehen.

„Nur ein kleiner Biss, nur ein einzigen Schluck", dachte ich und bewegte mich langsam auf ihn zu.
Er hatte seine Augen und seinen Mund weit aufgerissen und starrte mich an.
„Nora, was ist mit dir? Oh, mein Gott! Was ist mit dir passiert?", hörte ich ihn sagen. Doch ich antwortete ihm nicht. Meine ganze Aufmerksamkeit richtete sich auf seinen Hals.
Ich war nun genau neben ihm und hatte ihn in meinem Arm.
Ich drückte meinen Körper an seinen und bemerkte wie erregt er war.
Dann legte ich meinen Finger auf seinen Mund und flüsterte: „Es tut gar nicht weh. Du brauchst keine Angst zu haben."
Doch Chris versuchte mich wegzustoßen, schaffte es aber nicht, denn ich war viel zu stark.

„Was soll das? Ich dachte, du liebst mich. Willst du mich denn nicht mehr?", fragte ich ihn und drückte ihm einen langen Kuss auf den Mund.
„Scheiße, du wolltest mich beißen", schrie er mich an.
„Nora! Bitte! Was ist bloß los? Du bist doch kein herzloses Monster. Komm wieder zu dir. Wir müssen doch Steven retten", beschwor Chris mich und als ich diesen Namen hörte, wurde mir ganz anders.

Steven?
In meiner Brust fing ganz langsam wieder etwas an zu schlagen. Es schmerzte sehr. Steven!
Was war bloß los mit mir?
Ich ließ von Chris ab und half ihm sich zu befreien. Ohne etwas zu sagen kletterte ich wieder nach oben.
Es war mir peinlich und unangenehm.
Wollte ich wirklich Chris soeben als Mittagessen verspeisen?
Was hatte ich nur mit dieser Spinne gemacht?
So genau konnte ich mich daran gar nicht mehr erinnern.
Die Erinnerungen waren verschwommen.
Chris folgte mir, ohne noch etwas dazu zu sagen und wir schafften es bis zur anderen Seite des Netzes.
Dann kletterten wir wieder in einen Gang hinein, der zu einer anderen Höhle führte.

Als wir auf der anderen Seite des Ganges waren, hielt mich Chris an der Schulter fest.
Er schaute mich immer noch ängstlich an.
„Zeigst du mir deine Zähne?", fragte er. Diese Frage wunderte mich etwas und es war mir sehr unangenehm.
„Hast du Angst vor mir?", wollte ich erst wissen und schaute beschämt zu Boden.
„Ich glaube, ich sollte Angst haben. Doch ich kann nicht. Du bist für mich immer noch die tollste Frau der Welt, auch mit solchen Zähnen", sagte er und wollte mir über meine Wange streicheln. Doch ich wich zur Seite.
„Ich bin ein Monster, Chris. Ich hätte dich vorhin in meinem Rausch fast gebissen. Ich hatte mich nicht unter Kontrolle und ich weiß auch nicht, was mit mir los war.

Plötzlich hatte ich diese Dinger in meinem Mund und meine ganze Wahrnehmung hat sich verändert. Das müssen die Bisse der Fledermäuse bei mir ausgelöst haben. Anders kann ich es mir nicht erklären. Ich bin nicht mehr die Nora, die du kennst.
Besser ist, wenn du mir nicht zu nahe kommst. Reine Vorsichtsmaßnahme. Versprich es mir. Ich will nicht schuld sein, wenn dir etwas passiert. Wir müssen hier lang. Ich kann sie schon hören", sagte ich, drehte mich um und ging einfach weiter.

Dieser Abschnitt der Höhle führte noch etwas in die Dunkelheit, aber das bereitete mir gar keine Probleme.
Denn ich konnte perfekt sehen.
Chris hielt sich stattdessen sein Feuerzeug unter die Nase und folgte mir. Er hielt immer einen gewissen Abstand zu mir und sagte kein Wort.
Mittlerweile waren wir schon so weit, dass ich Rose's Stimme immer deutlicher hören konnte.
Ich gab Chris ein Zeichen und wir wurden langsamer. Jetzt hörte ich sie schon ganz deutlich.

Rose: Oh Steven, mein Schatz, es ist so wunderbar mit dir wieder zusammen zu sein.
Steven: Nur, dass ich es mir nicht ausgesucht habe.
Rose: Doch, das hast du. Du hast selbst gesagt, dass du zu mir willst und dann warst du bei mir.
Steven: Das war ein Versehen, das habe ich dir doch schon tausendmal gesagt.

Rose: Es war trotzdem dein Wunsch. Du kannst mir nur vorhalten, dass ich dich nicht mehr zurückgelassen habe. Das ist alles.
Steven: Das nächste Mal werde ich vorher überlegen was ich sage. Ein zweites Mal passiert mir das bestimmt nicht.
Rose: Jetzt sei nicht so. Wir beide haben doch eine wunderschöne Zeit zusammen. Keiner stört uns. Ela und Kim sind tot. Die können uns nun nicht mehr trennen oder verraten. Jetzt haben wir nur noch uns beide.
Steven: Vergiss Nora nicht. Sie ist auf dem Weg hierher. Du weißt, dass sie kommen wird.
Rose: Lass mich mit deiner kleinen Schlampe in Ruhe. Ich will ihren Namen nicht hören. Sie wird nicht hierher kommen. Niemand schafft es über das Netz der Arachna. Niemand, auch sie nicht.
Steven: Doch sie schafft es, da bin ich mir ganz sicher. Nora kommt. Sie kommt zu mir.

Dann hörte ich nur noch Rose´s entsetzliches Schreien. Sie war furchtbar wütend und schrie laut herum.
Steven sollte sie lieber nicht so reizen.
Ich ging langsam weiter, schon nach ein paar Minuten konnte ich etwas Helles sehen. Da musste es sein. Ihr Versteck. Je näher ich kam, desto wütender wurde ich auf sie.
Rose hatte mein ganzes Leben zerstört. Sie hatte mich entführt und wollte mich töten. Dann hatte sie Edgar so etwas Schlimmes angetan, dass er jetzt manchmal noch Schwierigkeiten hatte, es zu vergessen.

Sie hatte Damian auf mich gehetzt und dadurch fast meine Beziehung zerstört und nun hatte sie auch noch Steven.
Meinen Steven.
Seinetwegen war ich nun hier und was war aus mir geworden? Ein Monster!
Das Adrenalin durchströmte meinen Körper und meine Zähne traten wieder hervor.
Ich drehte mich noch einmal zu Chris um und rannte los.
So schnell ich konnte, sprintete ich in die Richtung, aus der das Licht kam.
Bis ich genau vor ihnen stand.
Steven und auch Rose starrten mich mit ungläubigen Augen an. Mit mir hatte hier wohl niemand gerechnet.

Ich konnte mich gar nicht richtig freuen. Steven endlich wiederzusehen.
Das Monster in mir hatte die Überhand.
Rose fing an zu lachen, als sie meine Zähne sah und giftete: „Tja Schatz, es sieht ganz danach aus, als ob deine kleine Schlampe die Seite gewechselt hätte."
Diese blöde Kuh. Ich hatte keine Lust auf ihre Lästerei, ich ging in Angriffstellung und fletschte die Zähne.
Steven kam auf mich zu und wollte mich umarmen, doch ich stieß ihn weg.
Leider etwas zu heftig, er flog einmal quer durch die Höhle und landete unsanft auf dem Boden.
Er stöhnte kurz auf, konnte sich aber noch bewegen.
Rose bemerkte, dass ich stärker geworden war.
Sie richtete ihre Hände auf mich und wollte gerade etwas sagen. Doch dazu kam sie nicht mehr, denn ich war zu

schnell. Mit einem Satz sprang ich auf sie und riss sie zu Boden.
Sie versuchte mich loszuwerden, doch es gelang ihr nicht.
Gegen meinen Blutrausch konnte sie nichts ausrichten.
Mit meinen Händen legte ich ihren Hals frei und biss hinein.
Immer noch zappelnd, versuchte sie sich zu wehren, aber sie hatte gegen mich keine Chance. Überhaupt keine!
Ich hatte sie besiegt!
Nach kurzer Zeit, sank Rose's lebloser Körper zu Boden.

Auf einmal legte mir jemand seine Hand auf die Schulter. Doch, wie durch einen Reflex gesteuert, zog ich ihn ebenfalls auf den Boden und biss zu …

Oh nein! Was hatte ich getan?
„Nora, ich liebe dich doch", sagte er noch und sank ebenfalls zu Boden, tot.
Steven war tot.
Ich hatte meinem eigenen Freund die Halsschlagader durchgebissen. Wie konnte mir das passieren?
In meinem Kopf drehte sich alles. Jetzt konnte ich mich wieder an alles erinnern.
Ich nahm Steven in meine Arme und drückte ihn an mich. Dabei liefen mir Tränen über die Wangen.
„Nein, nein, nein. Ich liebe dich! Ich wollte das nicht. Ich liebe dich. Nur dich. Bitte, bitte, komm zu mir zurück. Oh nein. Was soll ich nur machen? Nein", schrie ich immer und immer wieder. Bis mich jemand wach rüttelte.

Das Erwachen

„Nora, Mensch. Wach endlich auf. Du hast nur einen bösen Traum. Es ist alles gut", hörte ich Peggy sagen.
Doch ich weinte immer noch.
Ich konnte gar nicht mehr aufhören zu weinen.
Warum war Peggy da?
Was war los?
Was hatte ich gemacht?
Steven war tot und ich war schuld daran!
„Steven ist tot, ich habe ihn umgebracht", jammerte ich.
Doch Peggy nahm mich in ihre Arme, drückte mich fest an sich und sagte nur: „Nora, du hattest nur einen bösen Traum. Steven ist doch in Peking. Er wird dich gleich anrufen. Trockne deine Tränen ab und beruhige dich. Jade kommt gleich und holt dich ab. Wenn du die Klassenfahrt hinter dir hast, dann könnt ihr wieder öfter zusammen telefonieren."
Klassenfahrt?
Peking?
Jade kommt mich gleich abholen?
Steven ruft mich an?
Was war hier los?
Wo war ich?
Entsetzt schaute ich mich um. Ich war in meinem Zimmer und saß Tränen überströmt auf meinem Bett. Mein kleiner Koffer stand fertig gepackt neben der Tür.
Das konnte doch gar nicht wahr sein, oder doch?
Hatte ich das alles nur geträumt? War denn gar nichts passiert? Ich musste es herausfinden.

Also trocknete ich mir die Tränen ab und stand auf. Im selben Moment klingelte es unter an der Tür.

Ich wollte gerade hinuntergehen, da stand Jade auch schon in der Tür. Sie trug dieselben Sachen, wie ich sie in Erinnerung hatte.

Einen blauen Jeans-Rock und einen roten Rollkragenpulli. Ihr Schal hatte dasselbe Muster, wie ihre gestreifte Strumpfhose. Dazu trug sie noch passende rote Stiefel.

Das hatte ich doch schon einmal erlebt. Hatte ich ein Dejavu?

Schnell ging ich zu ihr und rief nur: „Hallo Jade, lass uns schnell fahren. Steven ruft gleich an. Tschüss Peggy."

Jade war ziemlich überrascht, grinste aber. Sie wusste ja wie wichtig mir Steven war.

Peggy und Edgar sagten zwar noch etwas zu uns, aber was es genau war, verstand ich gar nicht. Ich wollte nur weg und mit Steven reden.

Lebte er vielleicht wirklich noch?

Konnte man so einen ausgiebigen und realistischen Albtraum haben?

Ich trieb Jade an, sie solle sich beeilen.

Dann fuhren wir mit ihrem kleinen Käfer los.

Das erste Mal

Ich wusste immer noch nicht, was ich davon halten sollte. Hatte ich das wirklich alles nur geträumt?
OK, ich hatte mir im Vorfeld schon ziemlich viele Gedanken über unsere Klassenfahrt gemacht. Wie sie wohl sein würde und wie es wäre, Steven so lange nicht zu sprechen. Nur das, was mir jetzt passiert war, damit hätte ich nicht gerechnet. Ich wusste im Moment wirklich nicht, wo mir der Kopf stand.

Jade hielt vor der Haustür ihrer Eltern und kaum hatte sie den Motor abgestellt, klopfte schon jemand an die Scheibe auf meiner Seite.
Ich erschrak.
Jade´s Mutter Megan öffnete die Tür und hielt mir den Hörer des Telefons hin.
„Steven ist dran", sagte sie und grinste.
Oh nein, dachte ich, denn das hatte ich ebenfalls schon erlebt. Würde er mich gleich überraschen?
Schnell nahm ich ihr den Hörer ab und eilte hoch in sein Zimmer. Hinter mir schloss ich die Tür.
Tränen stiegen mir in die Augen. Ich war so schrecklich aufgeregt.

„Steven, wie geht es dir?", fragte ich ihn, um das Gespräch anzufangen.
„Mir geht es ganz gut, außer, dass ich dich sehr vermisse", antwortete er mir und als er das sagte, wurde es mir gleich

richtig warm ums Herz. Es war schön so etwas aus seinem Mund zu hören.
Die Tränen ließ ich einfach laufen.
„Weinst du, Nora?", fragte Steven mich schließlich.
„Ja, ich freue mich so dich zu hören. Ich liebe dich", konnte ich nur sagen und brach schließlich heulend zusammen.
Dann klopfte es heftig an der Tür und jemand versuchte hereinzukommen, aber ich hatte die Tür vorhin abgeschlossen.
„Mach auf, Nora", hörte ich ihn sagen. Es war Steven, er war wirklich hier. Er stand vor der Tür und wollte mich überraschen. So, wie ich es in meinen Erinnerungen hatte.
Ich ging zur Tür und schloss sie auf. Sofort öffnete er die Tür und kam herein. Er schaute mir in mein verheultes Gesicht und nahm mich in seine Arme.
Wir fingen an, uns leidenschaftlich zu küssen. Ich war auf einmal so erregt, dass ich meine Finger nicht mehr von ihm lassen konnte.
Steven verschloss mit seinem Fuß hinter sich die Tür und nahm mich dann auf seinen Arm. Wir hörten dabei nicht auf uns zu küssen.
Er trug mich zu seinem Bett und setzte mich ab. Ich zog ihn zu mir.
Langsam glitt meine Hand unter sein T-Shirt und auch seine Hände suchten ihren Weg.
War jetzt der richtige Zeitpunkt, einen Schritt weiter zu gehen?
Für mich war er gekommen! Ich wollte ihn! Nur ihn und sonst keinen!

„Ich liebe dich, Steven", flüsterte ich und zog ihm dabei sein T-Shirt aus.

„Ich dich auch, Nora, über alles liebe ich dich", antwortete er und wir ließen unseren Gefühlen freien Lauf.

Nach einiger Zeit klopfte jemand vorsichtig an der Tür. Wieviel Zeit seit Steven's Eintreffen vergangen war, konnte ich gar nicht sagen.

Ich lag immer noch in Steven's Armen und hatte gerade das schönste Erlebnis meines Lebens. Warum hatten wir das nicht schon viel eher getan?

Bei diesem Gedanken wurde ich leicht rot.

Steven drehte sich zu mir und gab mir noch einen Kuss auf den Mund. Dann sagte er: „Ich schau schnell nach, wer an der Tür ist."

Dann stand er auf, zog sich schnell seine Jeans an und ging zur Tür.

Oh, Mann, was er für einen tollen Körper hatte und dieser Knack-Arsch. Er war einfach mein Traummann.

Steven schloss auf und öffnete die Tür nur einen Spalt.

„Ja, bitte", fragte er höflich, aber man sah ihm an, dass es ihm nicht gerade passte gestört zu werden.

Seine Mutter stand vor der Tür und fragte, ob wir beide etwas essen wollten. Doch ich schüttelte den Kopf und Steven verneinte ihre Frage.

Dann schloss er die Tür wieder und kam zu mir zurück.

Ich war aufgeregt. Wollte er vielleicht noch einmal? Also, ich wäre nicht abgeneigt, aber das wollte ich ihm nicht sagen, es war mir zu peinlich.

Stattdessen holte er etwas aus seiner Tasche.

„Wunderst du dich eigentlich gar nicht, warum ich hier bin?", fragte er und grinste mich an.
„Ich bin nämlich nicht geflogen, falls du das glaubst. Ich bin mit diesem Teleporter hierher gekommen. Das ist der letzte Schrei in China. Du brauchst dich nur daraufzustellen und sagen, wohin du möchtest und dann kann es schon losgehen. Dir habe ich auch einen mitgebracht. Schau! Dann können wir zusammen losdüsen", sagte Steven noch und hielt mir dabei diese Frisbeescheiben unter die Nase.

Ich hatte auf einmal einen dicken Kloß im Hals und wurde hektisch. Schnell sprang ich auf und zog mich wieder an. Dann lief ich unbewusst im Zimmer auf und ab und sprach mit mir selbst.
„Nein, das kann nicht sein. Das darf nicht sein. Er wird gleich verschwinden und dann stirbt er. Ich muss es verhindern. Ich muss, ich muss", brabbelte ich und fing schon wieder an zu heulen.
Bis Steven mich fest hielt.
„Mensch, Nora. Was ist los mit dir? Vorhin hast du auch schon geweint. Bitte sag mir, was los ist", bat er mich und nahm mich in seine Arme.
„Du darfst diesen Teleporter nicht benutzten. Er bringt dich zu Rose. Dann kommst nicht mehr zu mir zurück und zum Schluss töte ich dich auch noch", fing ich an zu erzählen.
Doch Steven schaute mich nur verwirrt an.
„Nora, du tötest mich doch nicht. Wie kommst du denn auf so etwas Dummes?", sagte er und streichelte mir über meine Wange.

„Doch, doch, ich habe es erlebt. Ich habe das alles hier schon einmal erlebt. Ich wusste, dass du mich überraschen willst. Das ist alles schon einmal passiert. Und dann willst du, dass wir diese Dinger ausprobieren, aber ich will nicht, weil ich Angst habe. Doch du möchtest mich ärgern und sagst, der Teleporter soll dich zu Rose bringen und das macht er auch und dann kommst du nicht mehr wieder und...", versuchte ich ihm zu erklären, aber mehr brachte ich nicht heraus. Denn meinen Heulanfall hatte ich nun nicht mehr unter Kontrolle.

Steven versuchte mich zu beruhigen und drückte mich fest an sich.
„Hast du unser erstes Mal auch schon einmal erlebt. Dann war es ja das zweite Mal für dich", versuchte er zu scherzen. Doch darüber konnte ich nicht lachen. Ich stieß ihm leicht in die Seite, um ihm zu signalisieren, dass er aufhören sollte.
„Nein, habe ich nicht", brummelte ich und beruhigte mich langsam wieder.
„Es war sehr schön", flüsterte er und drückte mich an sich.
„Ja, für mich auch", sagte ich und trocknete mir die Tränen ab.
Steven hatte es geschafft, dass ich an etwas anderes dachte. An das Schönste, was wir beide gerade erlebt hatten. Das lenkte etwas ab.

„Glaubst du mir?", wollte ich dennoch wissen.
„Sagen wir es einmal so. Ich habe von der Legende der Schicksalswege gehört. Sie besagt, dass wenn zwei Menschen sich unermesslich lieben und jemand anderes

versucht, deren Liebe zu zerstören, dann kann es passieren, dass einer der Liebenden gewarnt wird. Er bekommt die Chance, das Schicksal zu ändern und sich einen anderen Schicksalsweg zu schaffen. Es könnte sein, dass dir das widerfahren ist und du nun entscheiden kannst, wie das Schicksal sich verändert soll. Ich denke, Käthe oder einer der Anderen kann dir mehr dazu sagen. Erzählst du mir, was dir passiert ist? Oder besser noch, darf ich es mir selber anschauen?", fragte er und schaute mir tief in die Augen.

Oh, mein Gott, diese schönen blauen Augen. Wie sehr hatte ich sie vermisst und dieses Lächeln. Ich vertraute ihm blind. Er dürfte alles bei mir machen. Wirklich alles!

Ich willigte schließlich ein. Steven durfte selbst nachschauen.

So war es eigentlich auch besser. Dann brauchte ich nicht alles zu erzählen, nachher vergaß ich noch etwas Wichtiges.

Schließlich legte er seine Hände bei mir auf. Eine auf meine Stirn, die andere auf mein Herz und sagte: *„Sit mihi fas casum volvere."*

Ich schloss meine Augen und fiel in eine Art Trance.

Die Erlebnisse der letzten Tage, liefen noch einmal in maximaler Geschwindigkeit an mir vorbei.

Dann öffnete ich wieder meine Augen und schaute direkt in seine. Er hatte ebenfalls Tränen in ihnen.

Doch Steven ließ sich nichts anmerken.

Er ließ mich wieder los und setzte sich auf sein Bett.

„Ich weiß wirklich nicht, was ich dazu sagen soll. Wir sollten uns Hilfe holen", meinte er schließlich.

„Was meinst du damit?", fragte ich vorsichtig. Denn Steven sah plötzlich so anders aus. So nachdenklich.
„Ich gehe kurz zu meiner Mutter. Bin gleich wieder zurück", sagte er und stand auf.
Ohne noch etwas zu sagen, verließ er das Zimmer.

Mich machte das nervös. Was erzählte er Megan wohl?
Es dauerte aber nicht sehr lange, da kam er schon zurück und Megan war ebenfalls bei ihm.
„Darf ich auch mal nachsehen?", fragte sie mich.
Ich nickte nur und schaute fragend zu Steven, doch der blinzelte mir zu.
Megan legte jedoch eine Hand auf Stevens Herz und die andere auf meines. Dann sagte sie dasselbe wie Steven:
„*Sit mihi fas casum volvere.*"
Nur dieses Mal ging es viel schneller. Es dauerte nicht einmal eine Minute, da ließ Megan schon von uns ab.
Sie schaute uns erschrocken an und sagte nur: „Ich werde jetzt mit Peggy und der Weisen sprechen, dann komme ich zu euch zurück. Ihr macht jetzt bitte erst einmal gar nichts. Ist das klar?"
„Ja, ja, wir machen nichts. Wir warten hier", erwiderte Steven ihr, bevor sie sein Zimmer verließ.
Ich war durcheinander.
„Hat das etwas zu bedeuten?", fragte ich Steven.
„Ich weiß es nicht so genau, aber unser Schicksalsweg sieht anscheinend nicht gut aus. Ich werde sterben und du wirst zu einem Blutsauger. Ich weiß nicht, wie es dazu kommen konnte. Wir müssen Rose finden, noch bevor sie in diese Schattenwelt geht. Ich denke, Peggy und die Weise werden sich einmal Kim vornehmen müssen. Es

sieht ja wohl so aus, als ob sie mehr wüsste, als sie immer vorgibt. Aber jetzt erst einmal etwas anderes", sagte er und schaute mich eindringlich an.
„Was empfindest du für diesen Chris?", fragte er mich und senkte seinen Blick.
„Nichts. Er ist nur ein guter Freund. Der einzige, den ich wirklich liebe, das bist du. Nur du", sagte ich und küsste Steven.
„Nur du, immer nur du. Ich liebe dich, nur dich. Du bist mein Leben. Ich will keinen anderen. Ich will nur dich", flüsterte ich und unser Kuss wurde immer leidenschaftlicher und wilder.
Es war so schön bei ihm, so wunderschön. Bei keinem anderen konnte ich es mir so schön vorstellen.
Warum konnten wir nicht ein ganz normales Pärchen sein?
Plötzlich kam Jade ohne anzuklopfen herein.
„Das hätte ich mir ja denken können, dass ihr wieder knutscht", muffelte sie.
„Stimmt das, was Mutter gerade Peggy am Telefon erzählt hat? Ihr seid auf eurem Schicksalsweg?", fragte sie uns.
Doch zu einer Antwort kam es gar nicht. Megan kam herein und bat uns mit ihr zu kommen. Peggy und die Weise waren ebenfalls schon eingetroffen und warteten unten auf uns.
Steven nahm meine Hand und wir gingen alle zusammen nach unten.

Im Wohnzimmer warteten tatsächlich Peggy und Käthe, die Weise, auf uns. Sie saßen bei einem Glas Wein zusammen auf dem Sofa.
Beide sahen entspannt aus und lächelten uns an.

Dann winkte mich Käthe zu sich, ich sollte mich neben sie setzten.
Das tat ich dann auch. Sie nahm meine Hand und sagte: „Wenn du das nächste Mal solche Träume hast, dann vertraue dich ein bisschen eher deiner Tante an. Du brauchst dir dabei auch nicht dumm vorzukommen. Wir wissen was zu tun ist."
„Gut, das mache ich, aber ich habe doch nicht gewusst, dass es nur Träume waren. Für mich war es ganz real", stammelte ich und schaute zu Peggy.
„Ich hätte merken müssen, dass etwas nicht stimmt. Denn so geschrien wie vorhin, hat Nora noch nie im Schlaf. Ich hätte hellhörig werden müssen, aber das ist jetzt egal. Wir werden uns jetzt um euren Schicksalsweg kümmern", sagte meine Tante und stand auf.
Sie holte eine Dose mit grünem Schleim aus ihrer Tasche und stülpte den Inhalt vor uns auf den Tisch.
Dann sagte sie: „*Inveni traditor.*"
Der Schleim verfärbte sich dunkel und breitete sich dabei über den ganzen Tisch aus.
Nach einigen Sekunden hörten wir menschliche Schreie und eine Hand kam durch den Tisch nach oben, dann eine zweite.
Käthe hielt mich fest und sagte: „Du brauchst keine Angst zu haben."
Aber ich hatte überhaupt keine Angst. Ich sah mir das Spektakel mit großer Spannung an. Wer würde da nun wohl erscheinen? Vielleicht Rose?

Doch es war nicht Rose. Leider stand nun völlig entkräftet Kim vor uns auf dem Tisch und starrte uns verwundert an.

„Was hat das zu bedeuten? Warum habt ihr mich hierher geholt?", fragte sie uns und kletterte von dem Tisch hinunter.

Käthe, Peggy und auch alle anderen blieben erst einmal ruhig und sagten nichts dazu. Steven setzte sich neben mich und nahm mich in seine Arme.

Als Kim das sah, verdrehte sie leicht ihre Augen und ich konnte ein rotes Schimmern erkennen. Doch nach ein paar Sekunden schien sie wieder völlig normal und lächelte uns an.

„Könnt ihr mir bitte verraten, warum ich hier bin?", bat sie uns.

„Setzt dich erst einmal, Kim, dann können wir darüber reden", antwortete Käthe ihr und zeigte dabei auf den Platz ihr gegenüber.

Kim setzte sich und Käthe schaute ihr tief in die Augen.

Was hatte sie vor? Ich war gespannt.

„Bist du eine Verräterin, Kim Spieker?", fragte Käthe sie ganz direkt und ließ sie dabei keinen Moment aus den Augen.

„Nein, wie kommt ihr denn darauf? So etwas würde ich nie tun", schrie sie entsetzt und dabei bekamen ihre Augen wieder diesen leicht roten Schimmer.

„Bist du dir da ganz sicher?", fragte Käthe erneut.

„Ich bin keine Verräterin", sagte sie noch einmal, doch dann kam alles ganz anders.

Steven nahm mich ganz fest in seine Arme und fing an, mich zärtlich zu küssen. Ich wusste gar nicht wie mir geschah. Das hier war wirklich nicht der passende Ort und dann auch noch vor meiner Tante. Doch ich konnte nicht anders, als mich ihm hinzugeben.

Wie Jade es ausdrücken würde, fingen wir nun wie wild an zu knutschen.

Aus Kim's Mund hörten wir Gekreische und ihr Gesicht mutierte zu eine bösen Fratze.
Sie stand auf und wollte sich auf uns stürzen, aber Käthe konnte es verhindern.
„*Concedere incubus!*", schrie sie und hielt Kim fest.
Kim versuchte sich zu wehren, schaffte es aber nicht gegen die Weise anzukommen. Nach kurzer Zeit sank sie zu Boden und blieb bewusstlos liegen.
Megan und Peggy halfen, sie auf das Sofa zu legen und Jade besorgte sogar eine Decke für sie.
„Was war los mit ihr?", wollte ich wissen.
Doch Käthe sprach erst einmal mit Peggy und Steven.
„Peggy, ich möchte, dass du bei ihr bleibst bis sie wieder zu sich kommt, dann sagst du mir Bescheid. Steven und dir lieben Dank, das war eine wirklich gute Idee, Nora zu küssen, auch wenn ihr vielleicht ein bisschen übertrieben habt", sagte sie und lächelte uns an.
Übertrieben? Das war nicht übertrieben.
Doch wie Käthe und Peggy uns auf einmal angrinsten, es war mir sehr peinlich. Ich schämte mich richtig und wurde rot.
Käthe sagte dann zu mir: „Kim hatte einen Dämon in sich. Warum ich das nicht schon viel eher bemerkt habe, ärgert mich ein wenig. Ich nehme an, dass Rose sich weiterentwickelt hat. Mit dem Dämon hat sie wohl einen bösen Teil von sich selbst in Kim's Gehirn verpflanzt. Deswegen hat sich der Dämon auch gerade gezeigt, als sie euch beide küssend gesehen hat. Ich glaube, dass Rose

dadurch mitbekommen hat, was Kim mit ihren Augen sah. So wie bei einem Spiegel. Das, was Kim sieht, kann Rose in einem Spiegel oder in einer Kugel sehen. Wir müssen jetzt nur warten bis Kim wieder zu sich kommt. Dann wird sie uns alles erzählen können. Durch das Entweichen des Dämons ist sie verpflichtet, die Wahrheit zu sagen. Sie kann uns nicht anlügen."

Ich schaute zu Steven und nahm seine Hand. Das alles hier in der Hexenwelt war manchmal immer noch ziemlich unwirklich für mich. Dämonen die sich in ein Gehirn verpflanzen. Gruselige Vorstellung.
Steven streichelte mir über die Wange und küsste mich.
„Uns wird nichts mehr trennen. Auch keine Dämonen oder irgendwelche böse Magie. Du bist das Beste, was mir je passiert ist. Ohne dich will ich nicht mehr leben", sagte er und küsste mich.
So lange bis Jade uns mal wieder störte.
„Da kann man wirklich neidisch werden. Ich will auch endlich einen Freund haben. Was ist nun eigentlich mit unserer Klassenfahrt, die morgen ansteht? Fällt die jetzt ins Wasser?" muffelte sie.
„Ihr werdet fahren und Steven wird euch begleiten", mischte sich Käthe ein.
„Und was ist mit meinem Praktikum?", fragte er.
„Was ist dir wichtiger? Deine Freundin und euere gemeinsame Zukunft oder dein Praktikum in Peking?", fragte sie zurück.
Steven grinste: „Doofe Frage. Ihr wisst doch alle, was mir das Wichtigste ist. Ich werde natürlich mit nach Marquardtstein kommen."

Er drückte mich.

Dann meldete sich Peggy: „Sie wird wach. Kim kommt wieder zu Bewusstsein."

Das Geständnis

Käthe setzte sich direkt neben Kim und reichte ihr ein Glas Wasser. Ohne zu widersprechen, nahm Kim das Glas und trank es komplett leer.
Dann setzte sie sich auf und schaute einen nach dem anderen an.
Sie sah etwas verwirrt aus.
Dann sagte sie: „Hallo, Steven, hallo, Nora."
Steven sagte ebenfalls ein „Hallo", ich sagte nichts, nickte ihr nur zu.
„Liebe Kim, ich möchte nun gerne von dir wissen, wo Rose sich versteckt und was sie zu dir gesagt hat", sagte Käthe und schenkte ihr neues Wasser nach.
Kim trank noch einmal, atmete durch und begann schließlich zu reden.

Kim: Rose hat mir gesagt, dass ich nicht zulassen soll, dass Nora mit Steven glücklich wird. Ich sollte sie auseinanderbringen. Sie hat gesagt, wenn ich nicht das mache, was sie will, dann werde ich das bereuen.
Käthe: Wie solltest du das anstellen?
Kim: Ich habe Nora schon seit einiger Zeit Schicksalstropfen und Traumdeutertropfen in ihre Schokolade gespritzt.
Käthe: War das alles?
Kim: Nein, ich sollte Nora in ihren Träumen in eine Falle locken. Rose wollte sie töten und Steven für sich behalten.
Käthe: Ich verstehe. Also Kim, Peggy wird dich nun zum Hexenrat begleiten und du wirst erfahren, wie es mit dir

weitergehen wird. Auf dem Weg dorthin erzählst du ihr bitte noch genau, wo sich Rose versteckt hält. Hast du mich verstanden?
Kim: Ja, das werde ich machen.

Kim stand auf und verließ mit Peggy das Zimmer.
„So, Nora, nun erkläre ich dir erst einmal, was mit dir passiert ist", sagte Käthe und stand dabei auf.
Sie hielt ihre beiden Arme nach oben und sagte: *„Memoria!"*
Dabei fielen plötzlich alle Erinnerungen meines Traumes an die Wand, so wie bei einem Tageslichtprojektor. So, dass wir sie alle ansehen konnten.
Jade grinste zuerst, bekam dann aber nach einiger Zeit ihren Mund nicht mehr zu. Auch Steven war bei manchen Erinnerungen wie versteinert. Als er mich in Chris Armen sah und mit anhören musste, wie sehr er in mich verliebt war. Ich glaubte, es brach ihm das Herz. Er schaute mich dabei nicht an.
Es tat mir alles so leid, aber eigentlich war es doch nur ein Traum, oder etwa nicht? Dann hatte ich ihn doch in der Realität gar nicht geküsst oder?
Irgendwie verstand ich das überhaupt nicht und war schon ziemlich gespannt auf Käthe´s Erklärung.
Als die Traumdeutung endlich zu Ende war, bat Käthe Steven und mich, uns mit ihr an den Tisch zu setzen.
Megan und Jade verließen daraufhin zusammen das Wohnzimmer. Sie wollten uns nicht stören und etwas zu essen machen.
Steven nahm meine Hand und legte sie zusammen mit seiner auf den Tisch.

„Wo ist eigentlich mein Ring, den ich dir geschenkt habe?", wollte er wissen.
„Der liegt noch zu Hause auf meinem Nachttisch. Ich hatte ihn extra neben meine Kette gelegt, damit ich ihn nicht vergesse. Aber durch diesen Albtraum habe ich ihn dann wohl mit der Kette zusammen auf dem Nachtisch vergessen. Ich hoffe er liegt noch dort. In meinem Traum habe ich ihn als Pfand in das Knusperhäuschen gesteckt, damit die Tür aufgeht. Ach, Mann, das ist irgendwie alles doof", erklärte ich ihm.
Mit dieser Antwort war er wohl erst einmal zufrieden, denn er sagte nichts mehr dazu.

„So ihr beiden Lieben. Ich möchte euch nun erklären, was Nora eigentlich genau widerfahren ist. Bitte unterbrecht mich nicht. Ich möchte, dass ihr euch erst alles ganz genau anhört, was ich zu sagen habe", bat sie uns und fing an zu erzählen.
„Die Legende der Schicksalswege gibt es schon sehr lange. Sie entwickelt sich, wenn sich zwei Menschen finden, die füreinander bestimmt sind. Und ihre Beziehung von unermesslicher Liebe gehalten wird. Nur leider kann man diese Schicksalswege beeinflussen.
Dasselbe ist auch bei deinen Eltern passiert. Sie wussten, dass ihnen etwas passieren wird, wenn sie länger in unserer Welt blieben. Sie haben sich entschlossen zu gehen, deinetwegen, Nora. Nur leider hat sich ihr Schicksalsweg nicht mehr zum Guten gewendet. Es waren zu viele böse Beeinträchtigungen. Aber sie haben es geschafft, dich zu bekommen, das war für sie das größte

Glück. Für dich hat es sich für sie gelohnt zu sterben. Ich hoffe, du verstehst, was ich dir damit sagen will."
Ich nickte. Meine Eltern wussten, dass sie gemeinsam sterben würden, doch sie haben nicht versucht es zu ändern. Meinetwegen.
Tränen kamen mir in die Augen, aber ich wollte nicht heulen. Krampfhaft hielt ich sie zurück.
Steven drückte meine Hand und schaute mich an.
Würden wir auch so ein Schicksal teilen wie meine Eltern?
Oder konnte man das Gesehene noch ändern?
Käthe räusperte sich kurz, sie wollte wieder unsere volle Aufmerksamkeit und sprach dann weiter.
„Das, was du geträumt hast, Nora, ist zum einen Teil wahr, aber zum anderen nicht. Das ist jetzt vielleicht etwas schwer zu erklären oder zu verstehen, aber ich versuche es trotzdem. Zum einen, in Marquardtstein ist wirklich einmal so ein Unglück passiert und es gibt sehr viele Spekulationen darüber. Nur welche nun wahr sind oder nicht, das kann ich dir nicht beantworten. Es kann wirklich sein, dass dir Rose damit eine Falle stellen wollte. Wärest du in deinem Traum tatsächlich gestorben, dann wärest du auch im echten Leben tot. Ich habe in deinem Traum zwar gesehen, dass du als diese Gabriela durch das Fenster gefallen bist, aber selbst dabei bist du wieder als Nora, wie in einem Traum, wach geworden. Dein Unterbewusstsein hat dir dabei immer das Leben gerettet. Wäre dir etwas passiert, dann hätte sich dein Schicksalsweg genau so ereignet. Das alles, was du geträumt hast, wäre real geworden, auch, dass Steven nun bei Rose wäre. Ich denke, dass sie genau das wollte. Deswegen hat sie dir

durch Kim Traumdeutertropfen unterjubeln lassen und sich damit in dein Schicksal geschlichen. Nur kam es nicht so, wie Rose es sich vorgestellt hat. Es hat sich noch ein anderer Junge in dich verliebt, Chris. Mit ihm hatte Rose nicht rechnen können. Der hat alles durcheinander gebracht. Ihr könnt ihm wirklich dankbar sein, ohne ihn wäre es wirklich eng geworden. Und noch etwas ist anders gelaufen. Du hast Steven getötet, zwar nur aus Versehen, aber es ist passiert. Dadurch bist du wieder richtig wach geworden und in unsere Welt zurückgekommen. Damit hat Rose bestimmt ebenfalls nicht gerechnet, auch nicht damit, dass du von den Fledermäusen gebissen und infiziert wirst. Es kann sein, dass das alles nur ein Traum war oder, dass es diese Viecher wirklich in dieser Höhle gibt. Doch eines weiß ich nun. Du bist auch im Traum eine sehr gute und starke Hexe. Du lässt dich nicht so leicht hinters Licht führen. Ich bin sehr stolz auf dich, Nora."
Nun konnte ich meine Tränen nicht mehr zurückhalten, sie liefen unaufhörlich über meine Wangen. Man, war ich eine Heulsuse!
„Nein, ich bin nicht stark. Dieser Traum oder was es auch immer war, ist das Schrecklichste, was mir in meinem Leben je passiert ist. Es hat sich alles so echt angefühlt. Einmal war ich, Nora, dann wieder diese Gabriela und dann wieder Nora. Das hat mich fertig gemacht. Dann haben meine Gefühle ganz und gar verrückt gespielt. Irgendwie habe ich mich richtig zu diesem anderen Jungen hingezogen gefühlt und dann auch wieder nicht. Ich habe ihn geküsst und dann wieder so Sehnsucht nach Steven gehabt. Und dann diese andere Welt, diese Schattenwelt,

gibt es sie wirklich? Und meine Mutter? Was ist mit ihr? War das auch alles nur ein Traum?" weinte ich.
Steven nahm mich in den Arm und versuchte, mich zu trösten, doch es wurde nur noch schlimmer.
Ich bekam einen richtigen Gefühlsausbruch und heulte Rotz und Wasser.
Bei ihm fühlte ich mich geborgen und zu Hause.
Obwohl ich ein wirklich schlechtes Gewissen hatte. Steven hatte gar nichts dazu gesagt, als ich von Chris erzählte. Störte es ihn gar nicht? Oder war es ihm egal?

„Lass sie sich erst einmal ausweinen. Wir können auch später weiterreden", sagte Käthe. Doch das wollte ich nicht, ich wollte alles wissen, und zwar jetzt.
„Bitte erzähl weiter, ich habe mich schon wieder etwas beruhigt", schniefte ich und wischte mir die Tränen ab.
„Wenn du wirklich möchtest, dann erkläre ich weiter. Die Schattenwelt gibt es wirklich, aber nicht so, wie du sie in deinen Träumen erlebten hast. Das ist eine Welt, in der die toten Seelen darauf warten, ob sie nun in die Hölle oder in den Himmel kommen. Die Version in deinem Traum hast du dir schön geträumt, würde ich zu sagen. Aber so, wie du sie gesehen hast, so gibt es diese Welt nicht. Und deine Mutter, Nora Kind, ich weiß es nicht, aber ich glaube eher, dass sie dir erschienen ist, weil du es dir sehnsüchtig gewünscht hast. Real war, dass man über ihr Buch mit ihr kommunizieren kann. Das würde ich gerne auch einmal ausprobieren. Peggy wird dir das Buch gleich mitbringen. Sie hatte sich so etwas nämlich auch schon gedacht, nur mit der Seite 666, das ist eher wieder dein Traum gewesen. Ich wundere mich immer, was man so alles in einem

Traum erleben kann. Man muss nur wissen wie es in der Wirklichkeit aussieht, dann kann nichts passieren."
„Und was sollen wir nun machen?", fragte Steven.
„Peggy wird gleich zurück sein, dann wird sie uns sagen, wo wir Rose finden können", erwiderte sie uns gerade, als Peggy auch schon die Tür öffnete.
„Darf ich?", fragte sie und Käthe winkte sie zu uns.
„Was hat Kim dir noch erzählen können, bevor die Wahrheitstropfen aufgehört haben zu wirken?", fragte Käthe.
„Du hast Kim Wahrheitstropfen verabreicht?", redete ich dazwischen. Ich dachte, sie würde von allein alles erzählen.
„Manchmal muss man eben etwas nachhelfen und ich wollte ganz sicher gehen, dass sie uns nicht schon wieder belügt. Ich habe ihr schon einmal fälschlicherweise geglaubt. Du weißt was ich meine, oder?", antwortete sie und schaute mich eindringlich an.
Ich wusste, was Käthe meinte. Die ganze Sache mit Esmeralda. Da steckte Kim auch mit Rose unter einer Decke, hatte dann aber später ihre Unschuld beteuert, und wir alle glaubten ihr. Ich dachte, sie sei eine wirklich gute Freundin geworden, doch sie wollte nur mein Glück zerstören.
Ich sollte in Zukunft lieber etwas misstrauischer sein.

Peggy begann nun zu erzählen, was Kim ihr gesagt hatte: „Kim wusste nicht ganz genau, wo sich Rose auffällt, aber sie hat uns einen Anhaltspunkt gegeben. In der Burg Marquardtstein oder in der Umgebung soll sie sich befinden. Also, ihr wisst was zu tun ist. Ab auf

Klassenfahrt. Nora, ich möchte, dass du meinen Briego mitnimmst. Er ist erfahrener als Violetta und er freut sich schon. Das letzte Abendteuer mit dir hat ihn heiß gemacht."

Dann übergab mir Peggy das Buch meiner Mutter.

„Da steht ein Rezept für einen Zaubertrank. Du weißt, welchen ich meine. Braue ihn für dich und Steven", sagte sie noch und öffnete das Fester. Kaum hatte sie es geöffnet, da kam auch schon Briego angeflogen und parkte sich neben mir an der Wand.

„Hallo, Nora, darf ich wieder mit? Ich freue mich schon und verspreche dir, dass wir dieses Mal nicht abstürzen werden", hörte ich ihn in meinen Gedanken sagen.

„Ich nehme Briego gerne mit, aber du erklärst es bitte meiner Violetta", sagte ich zu Peggy und streichelte dabei Briego´s Borsten.

„Ich werde mich schon um Violetta kümmern. Keine Angst. Ich werde mich nun von euch verabschieden und wünsche euch auf eurem Weg alles Gute. Ich weiß, dass ihr es schaffen werdet, weil ihr füreinander bestimmt seid. Und wenn ihr zurück seid, dann unterhalten wir uns noch einmal über Verhütung, junge Dame. OK?", sagte sie und grinste uns an.

Oh, mein Gott, hatte sie das eben laut ausgesprochen? Mein Gesicht war jetzt bestimmt knallrot. Ich schämte mich in Grund und Boden.

„Ich pass schon auf, Peggy, du brauchst dir keine Sorgen zu machen", antwortete ihr Steven und nahm mich an die Hand.

„Wir werden uns jetzt von euch verabschieden und nach oben gehen. Schließlich müssen wir morgen früh

aufstehen und es ist schon spät. Da ich nur ein Bett habe, werde ich wohl auf dem Sofa schlafen müssen, oder? Also, gute Nacht, Peggy, gute Nacht, Käthe", erwiderte er und lächelte.
Käthe musste grinsen und verabschiedete sich ebenfalls.
Dann gingen Steven und ich noch kurz in die Küche, nahmen uns etwas zum Essen mit nach oben und sagten Megan und Jade ebenfalls gute Nacht.
Jade rief uns noch etwas hinterher, wir sollten nicht so laut sein und daran denken, dass sie ihr Zimmer schließlich genau nebenan hatte, aber dazu sagten wir nichts mehr.
Wir gingen hoch und verschlossen hinter uns die Tür.

Ich warf mich sofort auf das Bett. Es war einfach viel zu viel für mich. So viele Gedanken hatte ich in meinem Kopf.
Das brachte mich völlig durcheinander. Was mich aber sehr glücklich machte war, dass Steven nun wieder bei mir war. Nur mit ihm war ich ein ganzer Mensch.
Ich spürte, wie seine Hand meinen Rücken berührte und langsam nach unten glitt.
„Bist du auch so durcheinander wie ich? So viel wurde geredet, über uns, über unser Schicksal", flüsterte er mir ins Ohr.
„Ja, ich bin schon sehr durcheinander", erwiderte ich.
Steven legte sich neben mich und kuschelte sich an.
„Sollen wir uns ablenken, damit wir an etwas anderes denken", fragte er noch und begann mich zu küssen.
Daraufhin zog ich ihm das Hemd aus und streichelte seine nackte Brust.
Wie toll er aussah, einfach Wahnsinn.

„Soll das JA heißen?", fragte er.
Ich nickte nur und drückte ihn an mich.

In dieser Nacht vergaß ich alles. Den Schicksalsweg, meinen absurden Traum, Kim und Rose.
In dieser Nacht gab es nur Steven, mich und unsere Liebe.

Klassenfahrt, die Zweite

Jade sprang schon aufgeregt hin und her. Wir standen zusammen an der Bushaltestelle vor unserer Schule und warteten auf den Bus.
Das war irgendwie komisch, eigentlich fuhren hier keine Autos und Busse schon gar nicht. Vielleicht mal ein Motorroller oder ein Fahrrad, aber die meisten Leute hier gingen zu Fuß.
Ich hatte mich immer schon gewundert, warum hier eine Haltestelle war, hatte aber nie danach gefragt.

Käthe und Peggy hatten es noch geschafft, dass Steven mitfahren durfte. Für Frau Buschhütten und auch für alle anderen Schüler schien es wie selbstverständlich, dass er dabei war. Keiner sagte etwas dazu und keiner fragte nach. Auch, dass Kim nicht mit dabei war, störte anscheinend niemanden.
Käthe hatte da bestimmt wieder ihre Finger im Spiel, da war ich mir ganz sicher.
Steven hielt mich die ganze Zeit in seinen Armen. Nach unserer letzten Nacht war ich noch viel verliebter in ihn.
Jade grinste dabei über beide Ohren, sagte aber nichts.
„Was ist, Schwesterlein? Warum bist du so gut gelaunt?", fragte Steven sie.
„Kannst du dir das denn nicht denken? Wir haben doch gestern gesehen, was Nora erlebt oder geträumt hat. Ich kam auch darin vor. Sie hat gesehen, dass ich mich verliebe. Erst in diesen Chris, der mich aber nicht wollte

und dann bin ich mit diesem Felix zusammengekommen. Ich kann es kaum abwarten", erklärte sie uns.

„Ich bin aber auch schon sehr gespannt auf diesen Chris", flüsterte Steven mir ins Ohr.

Gott sei Dank, kam genau in diesem Moment der Bus. Ich wollte dazu nichts sagen, weil ich, wenn ich ehrlich zu mir war, vor diesem Moment einen ziemlichen Bammel hatte.

Ich hatte mit einem Jungen geknutscht, der eigentlich noch gar nicht wusste, dass es mich gab.

Dieser Gedanke war wirklich komisch. Wie wird unser erstes Zusammentreffen wohl ablaufen?

Würde er das gleiche Empfinden, wie in meinem Traum?

Mir war mulmig zu Mute.

„So, Mädels, dann lasst uns mal einsteigen", rief Steven und ließ uns den Vortritt.

Wie schon beim letzten Mal, setzten Jade und ich uns ganz nach hinten, nur mit einem Unterschied, dass dieses Mal Steven neben mir saß und meine Hand hielt.

Vor uns, wie auch beim letzten Mal, saß Ela. Ich war wirklich froh sie zu sehen. Hoffentlich passierte ihr diesmal nichts.

Der Bus fuhr los und Jade holte sofort wieder ihren Fantasy-Roman aus der Tasche und begann zu lesen.

„Hast du gestern eigentlich noch den Trank gebraut?", fragte sie mich plötzlich.

Da fiel es mir wieder ein. Peggy sagte uns, dass wir diesen Trank aus dem Buch brauen sollten, aber das hatten Steven und ich vergessen. Mist!

„Keine Antwort ist auch eine. Ich habe mir so etwas schon gedacht. Und wenn du dich fragen solltest, woher ich das

weiß, ich habe gestern gelauscht. Ich entschuldige mich auch dafür, aber jetzt sieht man mal wieder, wie gut das ist, wenn man nicht auf andere hört.
Hier ist euer Trank, für jeden von euch ein Fläschchen. Zur Sicherheit habe ich auch etwas davon getrunken, man kann ja nie wissen. Ach, noch etwas, Nora. War es denn schön gestern?", flüsterte Jade und grinste.
Ich wurde sofort rot. Hatte sie wirklich etwas mitbekommen? Ich schämte mich richtig? Hatte sie uns dabei auch belauscht?

„Ich habe euch nicht belauscht, falls du das jetzt denken solltest. Ich habe es euch aber irgendwie angesehen und so wie du mich jetzt ansiehst, nehme ich mal an, dass es sehr schön war. Ich freue mich wirklich für euch beide. Steven hätte keine bessere Freundin finden können und als Schwägerin finde ich dich super. Ach ja, wann werde ich eigentlich Tante?", scherzte sie.
„Vielleicht in neun Monaten", mischte sich plötzlich Steven ein.
Oh nein, er hatte unser Gespräch mitbekommen, wie peinlich.
„Dann weiß ich ja Bescheid. Spart schon mal, so ein Kind kann teuer werden", scherzte Jade.
Dann drehte sich auch noch Ela zu uns um und mischte sich mit ein: „Habe ich etwas verpasst? Wer bekommt ein Kind?"
„Keiner! Können wir jetzt bitte von etwas anderem reden?", meckerte ich und war immer noch ziemlich rot im Gesicht.

Ela und Jade machten noch etwas Fingersprache und kicherten, aber dann setzte sich Ela wieder auf ihrem Platz und Jade las weiter in ihrem Buch.

Manchmal konnte Jade mich wirklich aufregen. Mein Privatleben ging ja schließlich nicht jeden etwas an.

„Ärgere dich nicht", sagte Steven, „was hast du eigentlich da?"

„Das ist der Trank den wir eigentlich gestern noch brauen sollten, wozu wir aber nicht mehr gekommen sind. Jade hat es für uns gemacht", erwiderte ich und gab ihm eine Flasche.

„Das ist nett von ihr. Dann mal prost", sagte er und trank es komplett leer.

Ich öffnete meins und trank ebenfalls daraus. Es war wirklich lecker und der Geschmack erinnerte mich wieder an das letzte Mal.

Das war schon kurios, etwas schon einmal erlebt zu haben. Was war real und was war nur der Traum? Ich war gespannt.

Kaum hatte ich das Zeug in meinem Körper, da wurde es mir wieder heiß. Überall bekam ich Schweißperlen und aus meinen Körperöffnungen entstieg weißer Rauch. Das Ganze dauerte vielleicht ein paar Sekunden, aber mir kam es sehr lange vor. Auch dieses Mal bemerkte es niemand.

Bei Steven sah das alles ganz entspannt aus. Er grinste mich nur an.

„Super Zeug", lachte er.

„Hauptsache, es wirkt", ergänzte ich und schaute aus dem Fenster.

Ich suchte nach dem Pärchen, das ich schon einmal gesehen hatte, aber es war nicht zu sehen.
Das gehörte wohl zu meinem Traum. Doch ich war mir sicher, dass diese Burg Marquardtstein ein böses Geheimnis hatte.
Ich musste unbedingt in diese Bibliothek und nach dem Tagebuch und nach dem Verlies suchen.
Ich wollte unbedingt wissen, ob das alles nur meiner Phantasie entsprungen war oder vielleicht doch der Wahrheit entsprach.

Die Fahrt dauerte nicht sehr lange. Ich hatte mich gerade noch in Steven's Arme gekuschelt und war eingeschlafen.
Bis er mich mit einem Kuss weckte.
„Wir sind da. Du kannst wach werden", sagte er und streichelte mir dabei meine Wange.
Wie süß und liebevoll er immer zu mir war. Ich war im siebten Himmel.
Doch bevor wir aussteigen durften, kam Frau Buschschütten noch einmal zu uns allen und ließ ihren, mir bekannten Spruch ab.
Sie erklärte uns, wie wir uns hier zu verhalten hatten und wann und wo es Essen gab. Das kannte ich ja schon und hörte nur mit einem Ohr hin.
Dann durften wir endlich aus dem Bus aussteigen.

Die Burg sah, wie auch beim letzten Mal, gigantisch aus. Wirklich genauso wie ich es geträumt hatte.
Ich schaute hoch zu den Fenstern und suchte nach dem Mädchen. Doch heute war dort niemand zu sehen. Es bewegte sich auch keine Gardine, alles war normal.

Sollte uns vielleicht der Schein trügen?
Ich sollte nicht immer so pessimistisch sein. Es würde schon alles gut gehen. Doch leider hatte ich die ganze Sache immer noch in meinem Kopf, vor allem die mit Rose.
Vor ihr mussten wir uns wirklich in Acht nehmen.

In der Eingangshalle stand wieder der alte, hässliche Mann und überreichte Frau Buschhütten die Schlüssel für unsere Zimmer.
Zuerst kam sie zu uns und gab Steven seinen Schlüssel.
„Du bekommst ein Einzelzimmer in der zweiten Etage. Das ist zwar nur ein kleines Mansarden-Zimmer, aber ich denke, das wird dir reichen. Und noch etwas, keine Mädchen auf deinem Zimmer, auch nicht Fräulein Marquardt. Haben sie mich verstanden, Herr Summers", sagte sie und reichte ihm seinen Schlüssel.
„Geht klar", erwiderte er und nahm seine Tasche.
„Ich bringe schnell meine Sachen hoch, dann komm ich wieder nach unten und helfe euch beim Tragen", sagte er und gab mir noch flüchtig einen Kuss.
Dann ging er mit seiner Tasche die Treppe nach oben und war nicht mehr zu sehen.

„Das ist toll, wenn der eigene Freund mit auf Klassenfahrt fährt, oder?", fragte mich Ela und grinste.
„Ja, ich finde es toll", erwiderte ich nur kurz und ging hinüber zu Jade, die gerade unseren Schlüssel in Empfang nahm. Ich hatte irgendwie keine Lust, mich mit Ela über Steven zu unterhalten. Mich beschäftigte etwas ganz anderes.

Als wir gerade zu unseren Koffern zurückgehen wollten, da sah ich ihn. Chris.
Er stand genau am Eingang zusammen mit seinen beiden Freunden Felix und Andrew und schaute mich an.
Die anderen beiden beachteten uns gar nicht, auch Jade fiel nichts auf.
Chris kam direkt auf mich zu und sprach mich an.
Mein Herz fing plötzlich an zu rasen, ich war so verdammt aufgeregt.
„Du bist Nora Marquardt, nicht wahr? Wir beide sollten uns einmal unterhalten", sagte er und reichte mir seine Hand.
„Hallo, Chris", konnte ich nur antworten, denn mehr fiel mir nicht mehr ein.
Sah er immer schon so gut aus?
Mein Herz raste immer noch und auch Chris war sichtlich angespannt.
Konnte er sich an mich erinnern? Hatte er eine Ahnung davon, was wir beide zusammen erlebt hatten? Es sollte doch nur ein Traum gewesen sein oder etwa doch nicht?
Ich war durcheinander. Doch Steven holte mich aus meinen Gedanken.
„Möchtest du mich denn nicht vorstellen?", fragte er und nahm mich dabei in seinen Arm.
„Doch! Ach, du bist schon wieder da. Darf ich vorstellen, das ist mein Freund Steven. Steven, das ist Chris", stotterte ich etwas. Denn diese Situation verunsicherte mich arg.
Chris und Steven reichten sich die Hand. Daraufhin verabschiedete Chris sich von uns, denn sein Name wurde aufgerufen.

Steven half Jade und mir schließlich, unsere Koffer nach oben zu bringen.
Unser Zimmer hatte die Nummer 66.
Die Zimmernummer war nicht so teuflisch wie in meinem Traum, aber es war dasselbe Zimmer.

„Was hältst du davon, wenn Steven und ich die Zimmer tauschen. Dann könnt ihr die ganzen zehn Tag zusammen sein", sagte Jade und grinste.
„Ich verrate auch nichts", fügte sie noch hinzu und setzte sich auf ihr Bett.
Steven schaute mich die ganze Zeit an. Was sollte ich dazu sagen? Es war doch verboten, Jungen mit auf das Zimmer zu nehmen, dann durfte er auch bestimmt nicht komplett hier wohnen. Doch toll würde ich es schon finden.
„Das geht doch nicht", sagte ich nur und packte meine Sachen aus. Peggy´s Besen legte ich vorsichtig unter mein Bett, damit man ihn nicht sofort sah. Schließlich war es immer noch verboten, einen Besen mitzubringen.
„Chris sieht wirklich gut aus. Wenn ich das so sagen darf", fing Steven an.
„Es sah danach aus, als ob er dich wiedererkannt hat. Hat er etwas zu dir gesagt?", fragte er noch.
„Er hat nur gesagt, dass ich Nora Marquardt bin und wir uns unterhalten sollten. Mehr nicht", erwiderte ich Steven und packte dabei weiter den Koffer aus.
„Muss ich mir Sorgen machen? Du hast ihn so angesehen, so anders", sagte er.
Was meinte Steven? War er etwa eifersüchtig auf Chris?
„Ich habe ihn nicht anders angesehen. Ich war nur verwundert, dass er mich mit Namen angesprochen hat

und außerdem war es schon ein komisches Gefühl für mich, ihn wiederzusehen", versuchte ich zu erklären.
Doch Steven hielt mich an den Oberarmen fest und schaute mir dabei tief in die Augen.
„Nora, wenn da irgendetwas ist, wenn du vielleicht doch etwas für diesen Jungen empfindest, dann möchte ich das wissen", sagte er und ließ mich wieder los.
„Du brauchst dir keine Sorgen zu machen. Ich mag Chris, als guten Freund, nicht mehr", erzählte ich, als es plötzlich an der Tür klopfte.
„Ich mach schon auf", rief Jade und ging zur Tür.
Als sie die Tür öffnete, stand dort Chris.
„Darf ich hereinkommen oder störe ich?", fragte er.
„Ich lass euch allein. Bis nachher", sagte Steven und gab mir noch einen Kuss.
„OK, bis gleich", sagte ich nur und bat Chris herein.
Jade winkte mir nur kurz zu und verließ ebenfalls das Zimmer.
Na, super, jetzt waren wir allein. Warum ist Steven einfach so gegangen? Er hätte doch bei uns bleiben können. Und Jade? Was war mit ihr? Warum musste sie auch gehen? Das war jetzt genau die Situation, die ich eigentlich vermeiden wollte, aber nun musste ich da wohl oder übel durch, und zwar allein.

Romeo und Julia

„Hallo, Nora, darf ich mich zu dir setzten?", fragte Chris und schaute mich an.
Ich saß mittlerweile auf meinem Bett und nickte ihm zustimmend zu.
Er setzte sich zu mir und fing sofort an zu erzählen: „Ist es möglich, dass wir beide uns schon einmal über den Weg gelaufen sind und uns kennen? Ich habe von dir geträumt und der Traum war sehr real.
Erst habe ich mir dabei nichts gedacht. Ich träume öfter schon mal von einem schönen Mädchen, aber dass ich mich Hals über Kopf in sie verliebe, das träumte ich bis jetzt noch nie. Als ich dann hier ankam und dich ganz real sah, traute ich zuerst meinen Augen nicht. Die ganzen Gefühle, die ich in diesem Traum erlebt habe, waren sofort wieder da. Ich kann es dir gar nicht beschreiben, aber ich fühle mich dir so nahe. Es tut mir wirklich leid, dass ich dich hier so überfalle und dir das jetzt alles erzähle, aber ich weiß nicht, was mit mir los ist."
Ich bekam Herzrasen von dem, was Chris mir da erzählte.
War es möglich, das er auch seinen Schicksalsweg geträumt hatte und dann auch noch den gleichen wie ich?
Wenn er dasselbe geträumt hatte, dann hatten wir uns wirklich geküsst, und das nicht nur einmal. Es war schön, aber ich wollte das nicht. Irgendwie fühlte ich mich, als wäre ich fremdgegangen, und nun war ich auch noch mit Chris allein hier.
Was sollte ich ihm nur sagen?

„Ich weiß jetzt nicht, wie ich es dir erklären soll, Chris. Was hast du denn in deinem Traum erlebt? Denn ich hatte ebenfalls einen Traum, in dem du vorkamst", sagte ich und bemerkte, wie er mich anstarrte.

„Ich habe nur von dir geträumt, dass wir ein glückliches Paar werden. Ich träumte, dass du meine große Liebe bist und dass es uns verboten wird uns zu lieben. So, wie es bei Romeo und Julia war. Irgendjemand steht zwischen uns, aber ich weiß nicht, wer es ist", erwiderte er und nahm meine Hand.

Ich wollte das nicht und zog sie wieder weg.

So, wie Chris das schilderte, hatte er etwas ganz anderes geträumt als ich. Er hatte nur eins im Kopf und das war ich.

„Tut mir leid Chris, aber das habe ich von dir nicht geträumt. Wir waren in meinem Traum nur gute Freunde, denn ich habe bereits einen Freund. Du hast ihn vorhin unten kennengelernt", versuchte ich ihm behutsam zu erklären.

„Ich habe mir schon gedacht, dass ihr ein Paar seid. Es tut mir leid, dass ich dich so überfallen habe. Aber ich musste es einfach wissen. Entschuldige, Nora", sagte er noch, stand auf und ging niedergeschlagen zur Tür.

Er tat mir wirklich leid, aber was sollte ich machen? Anders ging es nicht. Ich hoffte nur, dass wir wirklich Freunde bleiben konnten.

Chris öffnete die Tür, sagte noch tschüss und ging.

Ich blieb einige Zeit auf meinem Bett liegen, doch kurze Zeit später kam Jade hereingestürmt und schrie: „Nora, Nora! Du musst kommen. Ich muss dir unbedingt etwas zeigen."

Was war so dringend, dass Jade so aufgeregt war?
„Was ist denn los? Kommt Steven auch mit?", wollte ich wissen und folgte ihr.
Jade rannte die Treppe nach unten und ich hatte wirklich Mühe ihr zu folgen.
Sie antwortete mir nicht auf meine Frage, sie rief nur immer, ich sollte jetzt kommen und mich beeilen.
Wir gingen nach draußen. Vor der Tür stand Chris mit seinen beiden Freunden Andrew und Felix.
Als Chris mich sah, hob er kurz seine Hand, sagte ein leises „Hallo" und drehte sich wieder zu seinen Freunden.
Sein Verhalten war irgendwie reserviert.
Doch darüber konnte ich mir jetzt keine Gedanken machen, ich musste Jade folgen, die immer noch mit schnellen Schritten weitereilte.
„Wo willst du eigentlich hin?", fragte ich sie. Ich wunderte mich wirklich. Warum machte sie daraus so ein Geheimnis?
Hinter der Burg begann ein schmaler Weg, der in einen Wald führte.
Die Burg sah von hier hinten doch sehr heruntergekommen aus, nicht so gut erhalten wie von vorne.
Die vordere Fassade hatte man erneuert, das konnte man gut erkennen, aber hier hinten war alles noch ziemlich alt und moderig.
„Ich war gerade bei Steven im Zimmer. Als ich oben aus seinem Fenster schaute, konnte ich hier etwas erkennen. Ich glaube, dort hinten im Wald ist das Grab der Familie Marquardt", erzählte Jade und zeigte mir den Weg, der in den Wald führte.

„Echt? Das ist ja interessant. Lass uns mal dort nachsehen", erwiderte ich und folgte ihr in den Wald.

Der Boden hier im Wald war sehr matschig, aber nichts ließ darauf schließen, dass es hier etwas Unnormales gab. Es war ein ganz normaler Wald. Wirklich nichts Besonderes.
Viele verschiedene Baumarten standen hier und man konnte sogar das eine und andere Eichhörnchen erblicken.
Das war endlich mal etwas Schönes. Sonst waren die Wälder, in die ich in letzter Zeit war, immer finster und düster.
Doch dieser Wald hier gefiel mir. Hier musste ich unbedingt einmal mit Steven einen romantischen Spaziergang machen. Das wäre toll.

Nach einigen Metern konnte ich etwas erkennen. Dort stand mitten im Wald ein großes Mausoleum.
Ganz in Weiß gehalten, tat es sich prachtvoll vor uns auf. Die Fassade war mit vielen Verzierungen geschmückt und oben über den verschlossenem Eingang war ein Schild angebracht, auf dem stand:

Familien Marquardt & Adler
Gestorben 1855
Petersen & Theresia Marquardt
Robert & Gabriela Adler

Das war ja wirklich sehr interessant. Ich hätte mir das Mausoleum gerne noch von innen angesehen, aber ein dunkles Tor mit einem Schloss daran versperrte uns den weiteren Weg.

„Soll ich es öffnen?", fragte mich Jade.

Ich war kurz davor, es ihr zu gestatten, aber eine Stimme hielt mich zurück.

Es war eine sehr liebliche Stimme, so sanft und zauberhaft.

Ich drehte mich kurz um, konnte aber niemanden weiter sehen.

Was sagte diese Stimme zu mir? Ich konzentrierte mich.

„Noch nicht, Nora. Du bist noch nicht bereit dazu. Warte ab", sagte sie und war dann auch schon wieder verschwunden.

„Was ist jetzt? Soll ich das Schloss aufmachen oder nicht", fragte mich Jade ein weiteres Mal.

„Nein, Jade, bitte noch nicht. Mir war gerade, als hätte ich das Einhorn gehört. Es sagte mir, ich sollte noch warten, ich wäre noch nicht bereit dazu.

Bitte lass uns warten. Irgendwie glaube ich, es hat Recht", erwiderte ich und signalisierte Jade, dass ich zurück wollte.

Doch da sah ich etwas Rotes auf dem Boden vor mit schimmern. Ich bückte mich, um es aufzuheben und wunderte mich doch sehr.

Es war meine Kette. Ich hatte sie doch zu Hause auf meinem Nachttisch vergessen. Wie kam sie nun hierher?

Ich legte sie um und im gleichen Moment fing der Anhänger an zu leuchten.

„Sie wird dir bei deinem Schicksalsweg helfen. Glaube an dich, Nora. Ich bin immer bei dir", hörte ich die Stimme

noch einmal zu mir sagen und diesmal empfand ich sie noch näher.
Sehr schnell drehte ich mich um und sah im Wald etwas Helles leuchten.

War das sein Horn, das leuchtete?
„Einhorn? Bist du das?", rief ich, doch da war das Leuchten auch schon nicht mehr zu sehen. Kein Schimmern mehr, keine Stimme, auch die Kette hörte wieder auf zu leuchten.
„Das war bestimmt das Einhorn, ich bin mir ganz sicher, dass ich sein Horn im Wald gesehen habe. Nur, warum kommt es nicht zu mir? Ich hätte es so gerne wieder gesehen", fragte ich Jade.
Doch die hob nur ihre Schulter: „Ich habe keine Ahnung. Ich würde auch gerne einmal wissen, warum mit dir nicht einfach alles in geordneten Bahnen laufen kann. Ständig stößt dir etwas unvorhergesehnes zu. Gut, aber dafür wird es bei uns nie langweilig. So muss man das sehen. Einfach aus einem anderen Blickwinkel. Positiv. OK? Lass uns jetzt zurückgehen, Nora. Sonst gibt mein durchgeknallter Bruder noch eine Vermisstenanzeige auf."
„Man, Jade, du bist immer so, so, wie soll ich sagen?", versuchte ich anzufangen, doch Jade quasselte wieder einmal dazwischen.
„Positiv vielleicht?", unterbrach sie mich.
„Ja, genau, positiv und jetzt lass uns gehen", sagte ich und hakte mich bei ihr unter.
Zusammen gingen wir wieder den schmalen Weg der zur Burg führte zurück.

Steven stand bei Chris und den anderen Jungen. Er unterhielt sich mit ihnen.
Es sah danach aus, als ob sie sich wirklich gut verstehen würden. Als Steven uns sah, winkte er uns freudig zu sich.
„Na, ihr beiden. Wo wart ihr denn?", wollte er wissen und schaute auf unsere Schuhe, die voller Matsch waren.
„Wollt ihr so zum Essen gehen?", fragte er noch und grinste.
„Wir haben einen kleinen Waldspaziergang unternommen, sehr romantisch, sage ich euch. Genau das Richtige für Verliebte", sagte Jade und schubste Steven dabei zur Seite. Der grinste nur und zwinkerte mir zu.
„So ein Päuschen im Wald ist bestimmt nicht schlecht. Man muss nur aufpassen, dass man keinen Tannenzapfen in der Hose hat oder sich sonst wo sticht", kasperte Felix und klopfte Chris dabei auf die Schulter.
Immer diese Jungen, was die immer hatten.
Mir war das schon wieder zu viel Gerede und zu viele Anspielungen. Denn die Kerle dachten bestimmt wieder an Sex.
„Ich ziehe mir nur schnell andere Schuhe an. Sollen wir uns dann zum Essen im Speisesaal treffen oder möchtest du noch schnell mit mir hoch kommen?", fragte ich Steven.
Doch bevor der antworten konnte, grölte Felix schon: „Ob er noch hochkommt? Ich würde sagen, dass hängt ganz von dir ab, Nora."
„Ich komm mit, lassen wir diese Spaßvögel mal allein", sagte Steven und folgte mir. Felix konnte sich kaum noch beruhigen.

Chris hatte die ganze Zeit gar nichts gesagt, er schaute uns hinterher und verzog dabei keine Miene.
Als wir die Treppe nach oben gingen, fragte ich Steven: „Worüber hast du dich eigentlich mit Chris unterhalten?"
„Eigentlich gar nichts, wir haben alle zusammen geredet. Woher wir kommen, was wir so machen und so. Nichts besonderes. Warum fragst du? Worüber hast du dich denn mit ihm unterhalten, als ihr allein im Zimmer ward?", wollte er wissen.
„Ich weiß nicht so genau, wie ich es dir sagen soll, ohne dass du nachher böse auf ihn bist."
„Ich werde nicht böse sein. Ich habe es doch selber gesehen, wie er dich in deinem Traum beschützt hat. Ich kann doch froh sein, das er bei dir war. Ich versuche einfach das so zu sehen", erwiderte Steven und öffnete mir die Tür.
Ich ging in das Zimmer, schloss die Tür und zog mir schnell andere Schuhe an.
„Chris hat mir gesagt, dass er mich liebt und dass er von mir geträumt hat. Aber er hat nicht dasselbe geträumt. Er träumte davon, dass wir ein Paar werden, aber dass uns jemand unsere Liebe verbietet. So wie bei Romeo und Julia. Aber wer, das wusste er nicht", erklärte ich ihm Chris´ Traum und hatte dabei ein schlechtes Gewissen, als ich ihm das alles erzählte.
„Dieser jemand werde ich dann wohl sein. Ich würde sie euch verbieten, aber jetzt mach dir da mal keinen Kopf. Es wird schon alles gut gehen. Ich bin nicht böse auf Chris, ich kann ihn verstehen. Ich liebe dich auch, nur habe ich das Glück, dass du mich auch liebst. Also aus meiner Sicht

ist alles in Ordnung", sagte er und nahm mich in seinen Arm.
Wie locker Steven damit umging. Ich könnte das nicht. Wenn ich wüsste, da wäre noch eine andere, die meinen Steven wollte, dann wäre ich so was von eifersüchtig. Ich würde zum Rumpelstilzchen.

Aber eigentlich war da ja jemand.
Rose!
Diese blöde Kuh hatte ich schon fast wieder vergessen.
Konnte sie nicht einfach verschwinden und nie wieder auftauchen?
Aber das war nur mein Wunschdenken.
Ich musste sie loswerden, für immer.
Ein bisschen erschrak ich über mich selbst. Jetzt dachte ich schon wie sie.
Aber so ging es nicht weiter, sie musste aus Steven´s und meinem Leben verschwinden, endgültig.

Wenn dann alles endlich überstanden sein sollte, dann musste ich mal ein ernstes Wörtchen mit Peggy sprechen. Am liebsten würde ich ausziehen, mir mit Steven zusammen eine kleine Wohnung mieten, ganz weit weg von dieser Hexenwelt.
Das wäre eine tolle Idee. Am besten in eine Stadt, in der ich Medizin studieren könnte.
Ich hatte damals eine Brieffreundin, Jenny, die auch Medizin studieren wollte, der ich aber schon lange nicht mehr geschrieben hatte. Vielleicht sollte ich den Kontakt mal wieder aufleben lassen und sie danach fragen.

Unten vor der Treppe warteten bereits die anderen auf uns, um zusammen zum Essen in den Speisesaal zu gehen.

Doppelgänger

Nach dem Essen erklärte uns Frau Buschhütten den Ablauf der nächsten Tage.
Heute wurde noch nichts weiter unternommen. Wir hatten den Rest des Tages zur freien Verfügung und konnten uns erst einmal in der Burg umsehen.
Wir dürften überall hin, nur wenn Türen verschlossen waren, dann sollten sie es auch bleiben. Das Hexen war hier im Haus strengstens verboten.
Am nächsten Morgen würden wir erst einmal nach dem Frühstück eine Runde durch den nahe gelegenen Wald wandern gehen. Wie ich mich darauf schon freute. Wandern! Das ist ja langweilig. Doch Frau Buschhütten ließ sich nicht erweichen. Auch wenn viele von uns dazu keine Lust hatten, wir würden wandern gehen. Einschließlich Steven, Jade und mir.
Was sie jedoch am Nachmittag mit uns vorhatte, das wollte sie uns erst morgen nach unserem Ausflug mitteilen.
Ich war wirklich schon gespannt, was hier noch alles auf uns zukam.

„Was sollen wir jetzt machen?", fragte Jade. „Ich wüsste schon was, dabei kannst du aber leider nicht mit kleine Schwester", antwortete Steven ihr.
Ich wusste schon, was Steven meinte. Er wollte bestimmt wieder mit mir allein sein und wenn ich ganz ehrlich zu mir war, dann wollte ich das auch.

„Doch nicht am helllichten Tag. Muss das denn jetzt sein?", muffelte Jade und grinste wie ein Honigkuchenpferd.
Doch bevor Steven und ich etwas dazu sagen konnten, quasselte sie schon wieder weiter.
„OK, OK, geht ihr dann mal ... machen. Ich werde noch einmal in den Wald gehen und mich umsehen. Wie lange braucht ihr so? Halbe oder lieber eine ganze Stunde? Ich frage nur, weil es ja schließlich auch mein Zimmer ist und ich euch nicht stören will. Oder macht ihr es in Steven´s?"

Oh nein, war mir das unangenehm. Warum musste Jade denn immer so direkt sein?
Steven nahm meine Hand und zog mich mit sich. „Eine Stunde und nicht eher", rief er Jade noch zu, bevor wir beide nach oben gingen.
Da ich genau wusste, was gleich passieren würde, erregte mich die Vorstellung sehr, endlich mit Steven allein in meinem Zimmer zu sein. In letzter Zeit konnten wir wirklich nicht die Finger von einander lassen.
Doch leider kam es ganz anders.
Als wir meine Zimmertür öffneten, bemerkten wir, dass das Zimmer durchwühlt worden war.
„Oh, mein Gott, was ist denn hier passiert", sagte ich und schaute mich erst einmal um.
Wer machte denn so etwas? War etwas weggekommen?
„Fehlt etwas", fragte mich Steven, „sollen wir es melden?"
„Und was dann? Ich schaue mich erst einmal um, ob überhaupt etwas fehlt", sagte ich nur und fing an aufzuräumen.

Wer hatte das nur gemacht und wonach hatte der jenige gesucht?

Mit fiel eigentlich nur Rose ein. Sie sollte sich doch hier in der Umgebung oder gar auf Marquardtstein verstecken. Wer sonst sollte ausgerechnet mein Zimmer durchwühlen?

Mir fiel noch etwas ein. Seitdem wir hier waren, hatte ich nur Steven und Chris in meinem Kopf, aber ich wollte doch was ganz anderes herausfinden.

Ich musste unbedingt in die Bibliothek im Untergeschoss. Die romantische Stimmung war sowieso kaputt, da würde jetzt eh nichts mehr laufen.

Ich räumte weiter mit Steven das Zimmer auf.

Sogar mein Bett war durchfühlt. Doch als ich die Bettdecke vom Boden aufheben wollte, bemerkte ich es.

Wo war Briego? Peggy´s Besen lag nicht mehr unter meinem Bett.

„Oh nein. Briego ist weg. Was soll ich nur machen? Wie soll ich das nur Peggy erklären? Mensch, Steven, sag doch etwas!", schrie ich und stand kurz vor einem hysterischen Anfall.

„Bist du dir sicher, dass er unter deinem Bett war?", fragte mich Steven.

„Ja, bin ich", erwiderte ich kurz und knapp.

Steven sah selbst noch einmal nach, obwohl das pure Zeitverschwendung war. Es dauerte eine ganze Weile. Was machte er so lange unter meinem Bett?

Ich krabbelte zu ihm und fragte: „Was machst du da?"

„Riechst du das nicht?", sagte er.

Doch da bemerkte ich es selber. Hier unten roch es nach Schwefel. Zwar nur ganz leicht, aber man konnte es noch gut riechen.

Woher kam der Schwefelgeruch? Wer zauberte unter meinem Bett?

Plötzlich kam Frau Buschhütten ohne anzuklopfen ins das Zimmer gestürmt und fing sofort an zu schimpfen: „Fräulein Marquardt, können Sie mir bitte erklären, warum sie einen Besen mit hierher genommen haben und dann auch noch die Frechheit haben, vor mir herumzufliegen? Und wie sieht das hier überhaupt aus? Was macht Herr Summers in ihrem Zimmer. Jungen sind auf den Mädchen-Zimmern verboten."

Die hatte uns gerade auch noch gefehlt. Nur, was erzählte sie da? Ich bin nicht auf Briego geflogen. Gut, ich hatte ihn hierher mitgenommen, obwohl es verboten war. Aber es war von Peggy abgesegnet gewesen, also hatte ich da nichts zu befürchten.
Steven und ich kamen erst einmal unter meinem Bett hervor.
„Frau Buschhütten, ich bin nicht auf einem Besen geflogen. Wie kommen Sie darauf?", fragte ich sie.
Doch Frau Buschhütten fing sofort wieder an zu schreien: „Jetzt lügen Sie mich nicht an. Ich habe Sie selbst gesehen und Fräulein Summers auch."
Jade hatte mich ebenfalls gesehen? Das konnte gar nicht sein?
„Ich möchte, dass Sie jetzt sofort das Zimmer hier wieder in Ordnung bringen und dann will ich Sie, Herr Summers, nicht mehr hier sehen. Wenn ich Sie noch einmal zusammen in einem Zimmer erwische, dann gibt es Ärger", meckerte sie.

„Frau Buschhütten, beruhigen Sie sich bitte erst einmal. Ich werde jetzt mit Nora das Zimmer aufräumen und mit ihr sprechen", sagte Steven mit ganz ruhiger Stimme und führte Frau Buschhütten dabei zur Tür.
Dann öffnete er sie, schickte Frau Buschhütten mit einem Lächeln hinaus und schloss die Tür.
Die Lehrerin konnte gar nichts mehr dazu sagen, Steven hatte sie so damit überrumpelt.

„Was machen wir jetzt?", fragte ich.
„Erst einmal aufräumen. Wir müssen schon machen, was Frau Buschhütten verlangt hat, sonst flippt sie wieder aus. Aber wir sollten unbedingt einmal mit Jade sprechen. Ich möchte wissen, was sie genau gesehen hat", antwortete Steven und half mir, das Zimmer wieder in Schuss zu bringen.
Ich verstand das nicht. Briego würde keinen, außer mir und Peggy, mit sich fliegen lassen.

Als wir das Zimmer so weit aufgeräumt hatten, kam Jade herein.
„Ich dachte, ihr wolltet ungestört sein? Ich bin extra lange spazieren gegangen, damit ich euch nicht zu früh störe und was sehe ich da? Nora und Briego, wie sie ein paar Loopings durch die Lüfte ziehen und das Ganze dann auch noch vor den Augen von Frau Buschhütten. Du bist drauf", lachte sie.
Steven und ich schauten uns verwundert an.
„Nora ist nicht auf Briego geflogen. Sie war die ganze Zeit hier bei mir. Frau Buschhütten hat sie auch schon beschuldigt und kam hier keifend herein. Irgendetwas

stimmt doch hier nicht. Erst ist das Zimmer durchwühlt, Peggy's Besen verschwunden und dann soll Nora auch noch damit geflogen sein? Ich glaube, so blöd wäre sie nicht, das auch noch vor ihrer Lehrerin zu tun", erklärte Steven, ging dann zum Fenster und schaute hinaus.

„Was überlegst du?", fragte ich.
„Ich denke gerade an etwas ganz anderes. Schaut mal. Da kommt Chris mit einem Strauß roter Rosen im Arm. Er will sie dir ja wohl jetzt nicht schenken", muffelte er.
„Warum sollte Chris mir plötzlich rote Rosen schenken und dann auch noch so viele?", staunte ich.
Die waren bestimmt nicht für mich, das wäre ja albern.
Doch da klopfte es schon an der Tür.
„Siehst du, der will wirklich zu dir. Langsam werde ich echt sauer", motze Steven und ging zur Tür.
Mit einem Schwung riss er sie auf, doch da stand niemand. Chris war nicht da. Nur der Blumenstrauß lag vor der Tür mit einem Zettel daran.
Steven hob ihn auf und las den Zettel laut vor.

Für das wunderbarste Mädchen, das ich kenne!
Vielen Dank für den schönen Nachmittag!
Ich liebe Dich!
Dein Chris!

„Ich kotz gleich", sagte Steven und warf die Rosen auf den Tisch.
„Mensch, Steven, die Blumen können auch nichts dafür. Ich hole erst einmal Wasser. Dann könnt ihr in Ruhe reden", sagte Jade und ging eine Vase holen.

„Spinnt der jetzt? Was soll der Scheiß?", muffelte Steven und ging noch einmal zum Fenster.

„Echt voll der Spinner. Jetzt malt der schon Herzen in den Boden. Ich sollte mal zu ihm gehen und mit ihm reden", sagte er und wollte los. Doch ich hielt ihn fest.

„Nein, bitte tu das nicht. Das gibt nur Theater. Ich weiß auch nicht was das soll. Ich war die ganze Zeit mit dir zusammen, außer als ich mit Jade kurz in diesem Wald war. Ich verstehe das nicht", erwiderte ich und nahm Steven dabei in den Arm.

„Ich liebe dich, nur dich", flüsterte ich und drückte ihn dabei fest an mich.

„Ich weiß, ich dich auch", sagte er noch und dann küsste er mich.

Ich liebte ihn wirklich sehr und in seinen Armen war alles vergessen. Es war so schön mit ihm, dass ich an nichts anderes mehr denken konnte.

Alles, was mir vorher passiert war, dass ich hier schon einmal gewesen war und mit Geistern zu tun hatte, dass ich Steven als Vampir gebissen hatte, das war alles nur Nebensache.

Für mich gab es nur ihn. Immer nur ihn! Ohne ihn konnte und wollte ich nicht leben.

Steven ging plötzlich vor mir auf die Knie und nahm meine Hand.

„Nora, du bist die Frau meines Lebens", fing er an zu erzählen, mir wurde ganz heiß. Ich hatte das Gefühl, als würde mein Herz gleich stehen bleiben.

„Ich liebe dich über alles und eigentlich wollte ich damit noch etwas warten. Es sollte eine Überraschung werden, wenn ich aus Peking zurück bin. Nur ist es jetzt ganz

anders gekommen. Das alles hier, auch was dir durch deinen Traum schon passiert ist. Ich will damit sagen, ich habe furchtbare Angst, dich zu verlieren. Ich möchte nicht mehr ohne dich sein", erzählte er weiter.
Meine Güte, was wollte er denn sagen? Ich hielt die ganze Zeit die Luft an und Steven redete um den heißen Brei herum.
„Ich wollte dich fragen. Nora, möchtest du ..."
Doch dann ging die Tür auf und Jade kam herein. Sie hatte die Vase für die Rosen bei sich und stellte sie in das Wasser.
„Was macht ihr denn da?", staunte Jade.
„Machst du Nora gerade einen Antrag oder was ist das?", lachte sie.
Steven stand auf, küsste mich und sagte: „Wir reden später weiter. Ich möchte jetzt gerne mit Chris reden und ich verspreche dir, freundlich zu bleiben."
Jade antwortete er nicht. Er ging, ohne weiter etwas zu sagen, hinaus.

Ich konnte gar nichts mehr sagen. Wie angewurzelt stand ich immer noch da und schaute ihm hinterher.
Wollte Steven mir gerade wirklich einen Heiratsantrag machen?
Ich hätte sofort „Ja" gesagt und wäre ihm um den Hals gesprungen. Oder wollte er mir vielleicht doch etwas ganz anderes sagen?
Ich war so aufgeregt und nervös.
„Warum ist er denn jetzt einfach abgehauen? Habe ich etwas Falsches gesagt?", entschuldigte sich Jade.

„Er hat mir keinen Antrag gemacht", antwortete ich etwas traurig, aber ich wollte es mir nicht anmerken lassen.
Also setzte ich mein Nora-Lächeln auf, schaute mir erst einmal die tollen Rosen an und fragte Jade: „Sollen wir gleich in die Bibliothek gehen?"
„Das können wir gerne machen", sagte sie und strahlte mich an.
„Was ist?", wollte ich wissen und musste ebenfalls grinsen.
„Ihr seid ziemlich verknallt oder? Ich muss aber sagen, dass ich mich ziemlich darüber freuen würde, wenn du meine Schwägerin werden würdest und eins muss ich dir auch noch sagen: Seitdem ihr einen Schritt weiter gegangen seid, du weißt schon, was ich meine, also ich finde, seitdem hast du so ein Strahlen in deinen Augen. Das ist irgendwie süß", erzählte Jade mir und ich bemerkte, wie rot ich schon wieder wurde. Sah man mir das wirklich an?
„Dein rotes Gesicht ist ebenfalls süß", lachte Jade, „nun lass uns in die Bibliothek gehen. Ich bin schon neugierig."
„Gut, lass uns gehen, aber bitte sprich nicht immer DAVON. Mir ist das irgendwie peinlich", flüsterte ich.
„Warum peinlich? Das braucht dir doch nicht peinlich zu sein oder ist mein Bruder so eine Niete im Bett?", lachte Jade und stupste mir ihren Ellenbogen in die Seite.
Ich war geschockt von ihrer Offenheit. Jade konnte ohne rot zu werden über Sex sprechen. Ich glaube, ich war dafür doch zu verklemmt.
„Nein, ist er nicht", erwiderte ich nur und ging zur Tür.
„Nein, ist er nicht? Dann ist er bestimmt ein Tier im Bett. Aber ich merke schon, du möchtest nicht darüber reden.

Ich werde ab sofort dazu schweigen wie ein Grab", sagte sie noch und folgte mir.

Felizitas Marquardt

Die Tür zur kleinen Bibliothek war verschlossen und die große Bibliothek interessierte uns nicht.
Wir wollten in die, die unterhalb der Treppe war.
„*Aperite*", flüsterte ich und die Tür öffnete sich.
Eigentlich durften wir nicht zaubern, aber das war mir im Moment echt egal. Obwohl ich dabei schon ein schlechtes Gewissen hatte.
Denn bei dem Schicksalsweg, den ich schon einmal erlebt hatte, wurde man immer böser, je öfter man zauberte.
Ich hoffte, dass es hier und jetzt nicht so für mich ausging, aber es beschäftigte mich schon etwas.
Jade und ich huschten in das Zimmer und verschlossen schnell wieder hinter uns die Tür.
„Es hat uns niemand gesehen", sagte Jade und schien von dem Raum sehr begeistert zu sein.
„Echter Wahnsinn. Das ist ja ein richtiger, alter Lesesaal. Hier macht auch keiner mehr sauber, alles hier ist dreckig", sagte sie noch und schaute sich um. Jade hatte Recht.
Die Bibliothek sah genauso aus, wie ich sie in Erinnerung hatte.
Es war ziemlich dunkel hier, weil die roten Samtvorhänge zugezogen waren. Überall hingen Spinngewebe und alles war voller Staub. Hier war wirklich schon lange niemand mehr gewesen.
Automatisch lief ich zu dem Regal weiter, in dem ich Gabriela's Versteck gefunden hatte. Würde ich dieses Mal auch ihr Tagebuch finden?

Ich suchte alles ab. Wo war das dicke Buch noch einmal?
Nach kurzer Zeit hatte ich es gefunden. Ich nahm es aus dem Regal und öffnete es.
Ja! Das Tagebuch war tatsächlich darin versteckt.

Ich nahm es heraus und ging zu der kleinen Sitzecke, in der auch schon die beiden Geister gesessen hatten, und setzte mich dort hin. Hier war ebenfalls alles voller Staub. Irgendwie ekelig!
Aufgeregt fing ich an in Gabriela's Tagebuch zu blättern.

Es standen aber genau die Informationen darin, die mir auch schon vorher bekannt waren.
Gabriela freute sich auf ihre Hochzeit mit ihrem Robert und hatte Streit mit ihrer Schwester.
Dann musste der heimtückische Verrat doch bestimmt auch wahr sein.
Ich stand auf, legte das Buch auf den verstaubten Tisch und ging zu der Stelle, an der ich die Klappe zum Verlies in Erinnerung hatte.
Ich hob den Teppich hoch und sah … nichts.
Hier war keine Klappe, aber der Boden wurde auch hier erneuert. Da war ich mir sicher.
„Was suchst du da unter dem Teppich?", fragte Jade, die auf einmal hinter mir stand.
„Meine Güte, schleich dich doch nicht so von hinten an. Du hast mich erschreckt", meckerte ich, aber Jade lies das kalt.
Sie wedelte mit einem Buch freudig vor meinem Gesicht herum.
„Was hast du da?", wollte ich wissen.

„Darin ist der Stammbaum der Familie Marquardt. Willst du mal sehen?", sagte sie und legte dabei das Buch auf den Tisch. Dann setzte sie sich in den Lesesessel.
Sie machte mich neugierig. Ich setzte mich zu ihr auf die Lehne und blätterte mit ihr in dem Buch.
Was stand da?

Auf der linken Seite stand:

Petersen Marquardt
Theresia Marquardt
Gabriela Marquardt
Rachel Marquardt und
Felizitas Marquardt

Wer war Felizitas?

Auf der rechten Seite standen die folgenden Namen:

Richard Marquardt
Bernadette Marquardt
Rosemarie Marquardt
Annemarie Marquardt und
Jakob Marquardt

Nur diese Seite des Stammbaums interessierte mich eigentlich nicht. Das war bestimmt der Bruder von Petersen Marquardt mit seiner Familie. Mich interessierte nur die Familie von Petersen Marquardt, die hier in dieser

Burg gelebt hatte. Aber wer war diese Felizitas? Gab es noch eine Schwester?
Wir mussten das herausfinden.
„Jade, haben wir noch Zeit bevor es Abendbrot gibt? Ich möchte nicht wieder auffallen und beim Essen fehlen", fragte ich sie.
Jade schaute kurz auf ihre Armbanduhr und nickte mir zu: „Ja, haben wir. Warum fragst du?"
„Ich möchte mit dir hinunter ins Dorf gehen und im Stadtarchiv nachforschen. Vielleicht gibt es dort irgendetwas, was uns weiterhelfen kann, etwas über die Familie Marquardt herauszufinden. Hast du Lust mich zu begleiten?"
„Ja, ich komm mit, aber wir müssen uns beeilen. Sollen wir Steven Bescheid sagen?", wollte Jade wissen.
„Ich weiß nicht, wo Steven gerade ist. Wir können es ihm doch beim Essen erzählen. Wir gehen jetzt ganz schnell in das Dorf und dann merkt er gar nicht, dass wir weg waren", erwiderte ich und legte die Bücher wieder zurück in das Regal.

Bevor wir hinausgingen, vergewisserten wir uns erst, ob jemand vor der Tür war. Man sollte uns nicht dabei erwischen, wie wir aus einem abgeschlossenen Raum kamen. Frau Buschhütten würde wieder ausrasten, da sie uns extra gesagt hatte, dass die Türen, die verschlossen waren, es auch bleiben sollten.
Aber sie wusste ja auch gar nicht, was hier vor sich ging. Es ihr alles zu erklären, das wollte ich auch nicht.

Peggy sagte immer, dass Frau Buschhütten zwar eine gute Lehrerin und auch eine gute Hexe sei, sich aber mit den wichtigen Angelegenheiten nicht gut auskennen würde.
Also, warum sollten wir sie unnötig aufregen.
Wir wollten nicht Schuld an einem Herzinfarkt sein, der ihr bestimmt bald bevorstand, so wie sie sich immer aufregte.
Ich musste etwas grinsen, wenn ich an sie dachte. Frau Buschhütten bekam nämlich immer einen knallroten Kopf und ihre Augen traten dabei so komisch aus ihrem Gesicht, wenn sie sich aufregte. So, als ob ihr der Kopf platzen würde.

Vor der Tür war die Luft rein.
Schnell huschten wir wieder hinaus und Jade verschloss die Tür.
Dann machten wir beide uns auf den Weg nach draußen.
Steven war nicht zu sehen. Wo wollte er eigentlich noch einmal hin? Ach ja, er wollte mit Chris sprechen. Doch Chris stand mit seinen beiden Freunden und ein paar anderen Mädchen aus unserer Klasse auf dem Hof der Burg.
Als er mich sah, fing er an zu lächeln und kam zu uns herüber.
Er nahm mich in seinen Arm und küsste mich einfach.
Ich war total überrumpelt. Was sollte das? Ich drückte ihn von mir und fragte ihn, was das jetzt sollte.
Jade schaute auch etwas verwirrt.
„Habe ich etwas verpasst?", fragte sie und starrte uns an.

„Hast du es ihr noch nicht gesagt? Oh, das wusste ich nicht. Ich wollte nicht, dass deine Freundin es so erfährt", sagte Chris.
„Was soll sie nicht SO erfahren? Ich versteh das jetzt nicht. Kannst du mir das bitte erklären?", fragte ich und war wirklich gespannt, was Chris mir wohl zu sagen hatte.
„Ach, Nora, jetzt tu nicht so. Ich versteh ja, dass du es ihr selbst sagen möchtest. Also, ich gehe jetzt wieder zu Felix und Andrew, und dann kannst du es Jade erzählen", antwortete er.
Er küsste mich noch einmal schnell auf meine Wange und flüsterte mir dabei ins Ohr: „Es war wirklich sehr schön mit dir. Ich freue mich schon auf heute Abend. Aber wenn du zu mir kommst, pass auf, dass eure Lehrerin dich nicht erwischt. Es wäre sehr schade."
Dann ging er wieder und ließ mich und Jade verwundert stehen.
„Spinnt der?", fragte Jade und schaute mich an.
„Ich glaube, hier läuft einiges schief. Wir müssen unbedingt herausfinden was. Weißt du, was Chris mir gerade ins Ohr geflüstert hat. Es wäre sehr schön mit mir gewesen und er freue sich schon auf heute Abend.
Ich kann mir aber auch nicht vorstellen, dass er sich das alles nur ausdenkt. Entweder ist er verhext oder ich habe eine Doppelgängerin. Jade, ich weiß nicht, was ich machen soll. Wir müssen etwas tun", sagte ich und war wirklich verzweifelt.
„Hoffentlich hat Steven nicht mit Chris gesprochen. Jetzt stell dir mal vor, wenn er ihm das Gleiche sagt wie mir. Was soll ich denn dann machen?", fragte ich Jade und bekam Tränen in die Augen.

„Ich glaube, Steven weiß, was er glauben kann und was nicht. Ihr ward doch vorhin die ganze Zeit zusammen und dann warst du mit mir in der Bibliothek. Das wird sich schon alles aufklären. Jetzt lass uns gehen, bevor wir es nachher nicht mehr schaffen", erwiderte sie und zog mich mit sich.

Wir gingen die Landstraße zum Dorf entlang, bis ein Auto hinter uns anhielt.
Es war der hässliche Mann aus der Empfangshalle.
„Soll ich euch mitnehmen. Ihr seid doch die Mädchen von der Burg, nicht wahr? Ich muss im Dorf kurz etwas besorgen und wenn ihr wollt, dann nehme ich euch das Stück mit", sagte er und öffnete dabei die Wagentür.
Sollten wir wirklich mitfahren?
Aber bevor ich überlegen konnte, ob wir es machen sollten oder lieber nicht, saß Jade schon im Wagen.
Allein konnte ich sie ja nun auch nicht mitfahren lassen, deshalb stieg ich ebenfalls ein.
„Wo wollt ihr denn hin?", fragte er.
„Ach, nur so bummeln", antwortete ich kurz, denn ich wollte mich eigentlich nicht mit ihm unterhalten.
Der Mann sagte nichts weiter. Mit der knappen Antwort von mir schien er zufrieden zu sein.
Er fuhr weiter und ließ uns bei der ersten Gelegenheit aussteigen.
„Ab hier müsst ihr nur noch geradeaus gehen. Ich muss hier rechts abbiegen. Wenn ihr wollt, dann warte ich nachher hier wieder auf euch. Ich brauche ungefähr eine Stunde, also wenn ihr mitfahren wollt, dann seit in einer Stunde wieder hier. Dann kommt ihr auch noch pünktlich

zum Essen", sagte er und fuhr sofort weiter, ohne auf unsere Antwort zu warten.
„Eine Stunde haben wir Zeit. Dann lass uns gehen, Nora", sagte Jade und stiefelte los.

Das Dorf lag genau vor uns, es war nicht mehr weit.
Und nach ein paar Minuten waren wir auch schon da.
Es sah aus wie eine ganz normale Kleinstadt, nicht wie ein Dorf. Das mittelalterliche Aussehen, wie bei der Burg, das gab es hier nicht. Hier schien alles normal zu sein, zudem sehr modern.
Viele kleine Geschäfte reihten sich aneinander. Bäcker, Apotheken, Modeläden, sogar einen Tattoo-Studio gab es hier.
„Sollen wir uns etwas stechen lassen?", fragte Jade und grinste dabei. Das war, glaube ich, nur ein Witz von ihr. Ich würde mir doch jetzt nicht einfach so ein Tattoo machen lassen und Jade wohl auch nicht. Also grinste ich nur freundlich zurück und schüttelte dabei meinen Kopf.
Wir gingen weiter an ein paar Geschäften vorbei, als Jade plötzlich stehen blieb: „Schau mal Nora, was dort drüben auf der anderen Seite steht."
Ich schaute hinüber und sah das Schild, dass sie anscheinend meinte.

Felizitas Marquardt!
Riskieren Sie einen Blick in Ihre Zukunft!

Sollen wir da hingehen? Das ist bestimmt eine Wahrsagerin oder so was."

„Aber das ist doch der gleiche Name, wie der in dem Stammbuch. Das kann nicht dieselbe Person sein. Sie müsste ja schon über hundert Jahre alt sein", erwiderte ich und folgte Jade über die Straße.

„Es muss ja nicht dieselbe sein. Vielleicht ist es nur Zufall, dass es der gleiche Name ist oder der Laden wird halt jetzt von jemand anderem weitergeführt. Lass es uns herausfinden", erwiderte sie.

Wir gingen zu dem Laden und schauten erst einmal durch das Fenster. Man konnte nichts erkennen.

Jade nahm mich an die Hand und öffnete die Tür zu dem Geschäft.

Wir traten ein.

Von innen sah es aus, wie so mancher Zauberladen bei uns in Tolmin-Romano. Hier gab es viele Utensilien zum Zaubern und Hexen. Sowie irgendwelche eingelegten toten Tiere, waren in den Regalen an der Wand zu sehen.

Uns störte das nicht, an so einen Anblick waren wir schon gewöhnt.

Ein roter Samtumhang, so wie der aus der alten Bibliothek, hing vor einer Tür.

„Hallo", sagte Jade, „ist hier jemand?"

Dann hörten wir ein Räuspern und eine krächzende Stimme aus dem Raum hinter dem Vorhang: „Ich komme gleich."

Es dauerte auch nicht lange, da bewegte sich der Vorhang, und eine buckelige, alte Frau kam zum Vorschein.

Meine Güte, sie sah wirklich so aus, wie man sich eine richtig alte Hexe oder Wahrsagerin vorstellen würde. Ich

hatte ja schon wirklich vieles gesehen, aber das, was ich hier sah, das war wirklich anders.
Sie war sehr, sehr alt. Tiefe Falten übersäten ihren ganzen Körper. Sie hatte knochige, schrumpelige Hände und Finger. Die Haare, wenn man das überhaupt noch Haare nennen konnte, hingen lieblos herunter.
Und sie war übermäßig geschminkt. Sie trug einen knall roten Lippenstift und blauer Lidschatten umrandete ihre Augen.
„Mädchen, was kann ich für euch tun?", fragte sie als sie uns gegenüber trat.
„Wir wollten eigentlich nur einmal vorbeischauen. Uns hat ihr Name interessiert. Sind sie Felizitas Marquardt?", fragte Jade.
„Ja, Kinder, ich bin Felizitas Marquardt. Darf ich fragen, wer das wissen möchte?", erwiderte sie und setzte sich auf den alten Holzstuhl, der in der Ecke stand.
Vor ihr stand ein Tisch mit rotem Samt verkleidet und darauf lagen Karten.
Sie legte die Karten aus und nuschelte etwas vor sich hin.
Was es war, das konnten Jade und ich nicht verstehen.
Dann wandte sich die alte Dame uns zu.

„Jade Summers und Nora Marquardt kommen mich also besuchen. Ihr wollt etwas über mich in Erfahrung bringen und ja, ihr habt Recht. Ich bin Felizitas Marquardt, die leibliche Tochter von Petersen und Theresia Marquardt und ich bin jetzt 158 Jahre alt", sagte sie und winkte uns zu sich.
Wir bekamen beide unseren Mund nicht mehr zu.

Wie konnte man so alt werden? Das ging doch gar nicht. Und woher wusste sie das alles? Konnte sie das alles durch die Karten lesen?

Jade und ich setzten uns ihr direkt gegenüber an den Tisch und Felizitas breitete ihre Karten vor uns aus.

„Wer möchte anfangen?", fragte sie, „Jade? Dann ziehen Sie mal drei Karten."

Felizitas bestimmte es einfach und wir gehorchten ihr. Jade zog drei Karten aus dem großen Stapel der vor ihr lag.

„Fandurei, die Gerechtigkeit. Alaja, Licht & Erleuchtung. Masso, die Kraft. Ich muss sagen, das sieht wirklich gut für Sie aus. Und jetzt Sie, Nora Marquardt", forderte sie mich auf.

Ich zog ebenfalls drei Karten aus dem Stapel. Mein Magen zog sich vor Aufregung leicht zusammen.

„Leikan, die höhere Wahrheit. Betusium, der Abschied. Regulus, die glückliche Zukunft. Bei Ihnen gibt es noch einiges zu überwinden", sagte sie nur und legte die Karten beiseite.

„Ich sage Ihnen nun, was diese Karten bedeuten. Das sind Engel-Tarotkarten und Ihre persönlichen Schutzengel. Bei Ihnen, Jade, ist es so. Fandurei hilft Ihnen, Recht und Unrecht zu erkennen, sich aus dem Kreislauf von Schuld und Sühne zu befreien. Alaya stärkt Ihren Optimismus, Ihre Lebensfreude und stabilisiert Ihr Glück. Masso setzt große Kraftreserven frei, schenkt Mut, Leidenschaft und Lebensfreude. Ich kann da nur zu sagen, dass Sie immer auf Ihr Inneres Ich hören sollten, dann werden Sie automatisch das Richtige tun. Bleiben Sie also so wie Sie sind", erklärte Felizitas.

„Danke sehr, ich bin begeistert. Das hört sich doch gar nicht so schlecht an. Vielleicht klappt es dann ja doch noch mit einem Freund", kicherte Jade.

„Und jetzt zu Ihnen, Nora Marquardt. Ich freue mich Sie kennen zu lernen. Sie haben Leikan als erste Karte gezogen. Sie weiht Sie in ihren höheren Lebensplan ein und stärkt Ihr Vertrauen in die göttliche Fügung. Betusium, die zweite Karte, hilft Ihnen loszulassen und Trennungen durchzustehen. Regulus öffnet die Türen zu mehr Glück, Erfolg und Lebensfreude", erzählte sie mir.

„Und was heißt das? Ist das etwas Schlechtes?", unterbrach ich sie und es tat mir sofort wieder leid, dass ich das gemacht hatte.

Aber Felizitas blieb ganz ruhig, es störte sie anscheinend nicht.

„Sie müssen schon warten bis ich fertig bin. Seien Sie nicht so ungeduldig. Bei Ihnen ist das so, Nora. Sie haben eine rosige Zukunft vor Ihnen, wenn Sie sich richtig entscheiden. Es wird aber noch ein schmerzlicher Abschied auf Sie zukommen, es wird sehr schwer für Sie werden", sagte sie. Dann nahm sie meine Hand und wurde ganz ernst.

Ihre Gesichtszüge veränderten sich und sie starrte mich an. „Nora, jemand will Ihnen Böses. Sie ist schon ganz nah. Sie spielt mit Ihnen und Ihren Freunden. Seien Sie vorsichtig", flüsterte sie. Dann stand Felizitas auf und verließ wortlos den Raum. Sie verschwand einfach hinter dem Vorhang aus rotem Samt.

Jade und ich saßen noch einen Augenblick auf unseren Plätzen und schauten ihr hinterher.

„Sollen wir zurück? Die Stunde ist auch fast um. Komm, lass uns gehen", sagte Jade und reichte mir ihre Hand.
Ich nahm sie und ließ mich hochziehen. Dann verließen wir Felizitas´ Laden und gingen den ganzen Weg zurück, den wir gekommen waren.
An der Gabelung stand schon der alte Mann mit seinem Auto und nahm uns wieder mit zurück zu der Burg.

Den ganzen Weg zurück, musste ich immer an Felizitas Worte denken.
Was hatte sie damit gemeint, dass sie schon ganz nah sei?
Sie würde mit meinen Freunden spielen.
Felizitas hatte mich wirklich durcheinander gebracht und irgendwie ärgerte es mich, dass wir so einfach gegangen waren. Ich hätte bestimmt noch einige Informationen bei ihr in Erfahrung bringen können.

Doch welcher Abschied stand mir bloß bevor?
Hoffentlich nicht von Steven!
Bitte, bitte nicht er! Ohne ihn konnte ich nicht sein.

Der Verrat

Wir waren auf dem Weg zum Speisesaal.
Die meisten von uns waren schon hier. Nur Steven war nicht zu sehen.
Wo steckte er bloß?
„Ich hätte Felizitas noch mehr fragen sollen. Entweder ich rufe in diesem Laden an oder wir müssen morgen noch einmal hin", sagte ich und setzte mich neben Jade.
„Ich kann dir gleich gerne mein Handy leihen, wenn du willst. Damit können wir auch ins Internet und die Nummer googlen", sagte sie.
„Ja, ich weiß. Schau mich nicht so an. Du hast auch nicht darauf gehört, dass wir keine Besen mitnehmen dürfen. Ich kann halt nicht ohne mein Handy sein", flüsterte Jade noch.
„Ist ja schon gut. Ich sage ja gar nichts. Ich finde es ja gut, dass du es dabei hast. Kannst du vorsichtig unterm Tisch die Nummer herausfinden?", fragte ich während ich nach Steven Ausschau hielt.

Ela setzte sich zu uns.
„Na, ihr beiden. Ich darf doch, oder?", fragte sie und fing an zu essen, ohne auch nur eine Antwort abzuwarten.
„Eigentlich ist das Steven sein Platz", beschwerte ich mich und fing an zu schmollen.
„Ich glaube, der kommt nicht. Der hatte gerade Ärger mit Frau Buschhütten. Ich wundere mich sowieso, das du hier bist. Hast du nicht auch Hausarrest?", brabbelte sie.

Wovon redete Ela? Warum sollte Steven Ärger bekommen haben und warum ich Hausarrest?
„Ich weiß wirklich nicht, wovon du sprichst, Ela. Nora war die ganze Zeit bei mir. Wir waren unten im Dorf", erklärte Jade.
Doch bevor Ela etwas sagen konnte, stürmte Frau Buschhütten in den Speisesaal und schrie mich an: „Nora Marquardt, ab auf Ihr Zimmer. Für Sie gibt es heute kein Abendessen, das habe ich Ihnen vorhin schon gesagt. Es ist eine Frechheit, dass Sie sich trotzdem einfach blicken lassen."
„Aber..."
„Kein aber. Ab nach oben. Für Sie ist heute Schluss und morgen kommen Sie auch nicht mit zum unserem Ausflug. Strafe muss sein!", schrie sie.
Die anderen hörten auf zu essen und schauten zu uns herüber. Viele grinsten und ich konnte hören, dass manche sagten, dass ich selbst Schuld sei.
Nur, wovon sprachen sie?
„Ich bringe dir gleich etwas hoch", flüsterte Jade.
Dann verließ ich den Speisesaal.

Ohne noch etwas zu sagen, ging ich die Treppe nach oben.
Hier draußen im Flur war niemand zu sehen.
Was ging hier vor sich?
Sollte ich bei Steven vorbeischauen?
Ja, das wollte ich. Also ging ich ein Stockwerk höher und blieb vor seiner Tür stehen.
Wenn mich jetzt Frau Buschhütten sehen würde, dann würde es sofort wieder noch größeren Ärger geben.

Aber das war mir scheißegal. Bis jetzt hatte ich nicht wirklich etwas verbrochen, also durfte ich auch einmal nicht gehorchen.

Ich klopfte bei ihm an und mir wurde sofort geöffnet.

„Nora, du schon wieder. Was machen wir, wenn diese alte Hexe wieder vorbeikommt?", rief er sehr erfreut.

Mich wunderte es sehr.

Denn ich war noch nie in seinem Zimmer gewesen. Jetzt und hier war es das erste Mal.

Das Zimmer war wirklich sehr klein.

Es standen nur ein Bett, ein Schrank und ein kleiner Tisch darin. Doch durch die Schräge des Daches, wirkte es eher gemütlich. Es gefiel mir.

Alles war aus hellem Holz und die Wände waren beige gestrichen. Ein Bild mit einem Kreuz hing an der Wand. Wie einladend.

„Was kann ich für dich tun?", fragte mich Steven und umarmte mich.

Dann fing er an, mich an meinem Hals zu küssen.

Er drückte mich an sich und seine Hände wanderten überall hin.

Er machte mich wahnsinnig! Auf so etwas war ich nicht vorbereitet gewesen, aber ich konnte auch nicht NEIN sagen. Es war einfach zu schön.

„Ich liebe dich, Nora, das kann ich dir gar nicht oft genug sagen. Sollen wir da weitermachen, wo uns Frau Buschhüten gerade gestört hat?", fragte er mich und wollte gerade meine Bluse aufknöpfen.

Doch ich stieß ihn weg.

„Wo willst du weitermachen? Frau Buschhüten hat uns nicht gestört. Ich weiß nicht, was du meinst", erwiderte ich und setzte mich erst einmal hin.
In meinem Kopf drehte sich alles.
Steven schaute mich irritiert an.
„Was ist denn, Nora? Du warst vor ungefähr einer Stunde bei mir und wir hatten den tollsten Sex. Dann kam Frau Buschhütten herein. Jemand hatte gesehen, dass ein Mädchen in mein Zimmer gegangen ist und hat gepetzt. So hat sie uns erwischt. Was ist denn jetzt los mit dir?", fragte er noch und wollte mich in seine Arme nehmen.
Doch ich wollte das nicht.
Tränen liefen mir über mein Gesicht und ich konnte nicht aufhören zu heulen.
Mein Freund hatte gerade mit einem Mädchen geschlafen und ich war es definitiv nicht.
Ich war die ganze Zeit über mit Jade zusammen.
Steven wollte mein Hand nehmen, aber ich zog sie weg.
„Was ist, Nora. Bitte sag doch etwas. Habe ich etwas falsch gemacht?", wollte er wissen.
„Falsch gemacht? Falsch gemacht?", schrie ich, „Du hast mit einem anderen Mädchen geschlafen, nicht mit mir. Wie konntest du nur so etwas tun? Ich war die ganze Zeit mit Jade zusammen."
Dann rannte ich heulend aus seinem Zimmer und ließ Steven einfach stehen.

Das konnte doch nicht sein? Wie war so etwas möglich?
Ich fühlte mich so verraten und allein.
Ich rannte in mein Zimmer und verschloss hinter mir die Tür.

Ich wollte niemanden mehr sehen.
Heulend warf ich mich auf mein Bett und ließ den Tränen freien Lauf.
Dann kam Jade herein. Anscheinend hatte sie die Tür einfach aufgehext.
Sie trat neben mein Bett und setzte sich zu mir.
„Was ist passiert, Nora? Ich habe dir etwas zum Essen mitgebracht", sagte sie und versuchte, mich etwas zu beruhigen.
„Ich will nichts. Mir ist der Appetit vergangen", sagte ich nur und heulte auch noch weiter.
Dann kam Steven herein.
„Nora, ich muss mit dir reden", sagte er ziemlich energisch.
„Du weißt, dass du hier nicht hinein darfst?", quasselte Jade.
„Mensch Jade, halt einfach deinen Mund und sei still", schrie er seine Schwester an und kam zu mir an das Bett.
„Ich möchte mit dir reden, Nora. Bitte!", sagte er und sein Ton war nicht gerade freundlich.
Ich drehte mich um und schaute ihn an.
„Ich werde draußen warten und aufpassen, dass Frau Buschhüten nicht hereinkommt", sagte Jade und verließ das Zimmer.
„Ich weiß nicht, wie du darauf kommst, dass ich mit einem anderen Mädchen ins Bett gehen könnte. So etwas würde ich nie machen. Nora, ganz bestimmt nicht. Außerdem warst du dabei. Ich weiß echt nicht, was du auf einmal hast", motze er und lief wie wild im Zimmer hin und her.

„Das ist es ja, Steven. Ich war nicht bei dir. Ich war zusammen mit Jade unten im Dorf bei einer Wahrsagerin. Frag deine Schwester, die kann es bezeugen.
Es war jemand anderes, mit der du geschlafen hast, nicht ich", sagte ich und schon wieder liefen mir Tränen über meine Wangen.
Wie könnte ich ihm das jemals verzeihen?
Es tat einfach zu weh.
„Es tut mir leid, Nora, aber ich glaube, ich gehe jetzt lieber", sagte Steven noch, bevor er das Zimmer verließ.
Was war jetzt nur mit uns?
Ich konnte mich gar nicht mehr beruhigen. Immer noch rollten mir die Tränen über mein Gesicht.
Ich war so eine furchtbare Heulsuse.
Ich sah das Essen, dass Jade mir gerade hochgebracht hatte, und nahm einen Apfel. Irgendwie hatte ich doch ein wenig Hunger bekommen.
Dann kam Jade wieder herein.
„Was ist los mit euch? Steven wollte mir nichts sagen", fragte sie.
„Ich glaube, es ist aus zwischen uns. Er hat mit einer anderen geschlafen. Ich kann ihm das nicht verzeihen", erzählte ich ihr und fing schon wieder mit dieser Heulerei an.
Jade versuchte mich zu trösten und hielt mir ein Taschentuch hin.
„Nora, jetzt ganz, ganz ehrlich. Das glaube ich nicht. Das würde Steven niemals tun. Der liebt dich wirklich sehr. Wenn du wüsstest, was er mir gesagt hat, dann würdest du das auch nicht glauben. Steven würde alles für dich tun. Der fährt voll auf dich ab und nur auf dich, du kannst Gift

darauf nehmen. Es muss etwas anderes passiert sein. Sollen wir noch einmal in diesem Laden anrufen? Ich habe die Nummer von Felizitas Marquardt für dich herausbekommen!", sagte sie.
„Felizitas hat doch gesagt, dass mir ein schmerzlicher Abschied bevorsteht. Was ist, wenn das der von Steven ist? Jade, was soll ich machen? Ich kann nicht leben ohne ihn. Ich kann nicht."
Jade reichte mir ein weiteres Taschentuch und ich schnäuzte.
„Jetzt beruhige dich erst einmal und dann rufen wir im Laden an. OK?"
„Ja, OK!", erwiderte ich, atmete tief durch und nahm Jade´s Handy.
„Nummer ist schon gewählt. Du brauchst nur noch auf den grünen Knopf drücken", erklärte mir Jade.
Ich trocknete mir noch einmal meine Tränen aus dem Gesicht und versuchte mich zu beruhigen.
Ich musste unbedingt Felizitas anrufen, ich musste sie unbedingt etwas fragen.
Also drückte ich auf den grünen Knopf und wartete.

Nach nur dreimal Schellen ging jemand an das Telefon.
„Felizitas Marquardt, riskieren Sie einen Blick in ihre Zukunft. Mein Name ist Andrea Brauer. Was kann ich für Sie tun?", hörte ich jemanden am anderen Ende der Leitung sagen.
„Ja, hallo. Hier ist Nora Marquardt. Könnte ich vielleicht Felizitas sprechen? Ich war vorhin bei ihr im Laden, aber ich muss sie unbedingt noch etwas fragen", fragte ich.
Doch am anderen Ende hörte ich erst einmal nichts.

„Sie müssen sich irren, Frau Marquardt. Wir hatten heute keine Kunden", sagte sie und legte einfach auf.
Das war wirklich komisch. Warum legte die blöde Ziege einfach auf?
Ich drückte noch einmal die Wahlwiederholung und wartete.
Nach ein paar Mal Schellen wieder das Gleiche: „Felizitas Marquardt, riskieren Sie einen Blick in ihre Zukunft."
Aber etwas war anders, es war dieses Mal eine andere Stimme.
„Hallo", sagte ich und wurde sofort unterbrochen.
„Hallo, Nora. Ich weiß, warum Sie mich anrufen. Sie wollen mich über Ihre Träume befragen. Ich kann nur sagen, dass vieles, was Ihnen in Ihren Träumen geschieht, totaler Blödsinn ist. Sie werden sich nicht in einen Vampir verwandeln und Ihren Freund töten. Da war sehr viel Phantasie dabei, aber in Träumen passiert so etwas öfter. Es ist eher symbolisch gemeint. Wenn Sie diesen Schicksalsweg einschlagen, dann werden Sie ihn verlieren und nicht nur ihn. Seien Sie auf der Hut", erzählte sie.
„Woher wissen Sie das alles?", fragte ich sie und hoffte, noch ein paar Antworten zu bekommen.
„Weil Sie den gleichen Schicksalsweg gehen, wie einst meine Schwestern. Sie haben sich beide um denselben Mann gestritten und haben alles verloren. Vielleicht sollte man loslassen, um jemanden nicht zu verlieren. Verstehen Sie was ich meine?", fragte Felizitas mich.
Und mir liefen wieder Tränen über mein Gesicht.
Ich glaube, ich wusste, was sie mir damit sagen wollte.

„Soll ich ihn aufgeben? Meinten Sie das, als Sie sagten, dass ich einen schweren Abschied vor mir habe", wollte ich wissen.

„Manchmal ist es leichter, jemanden aus Liebe gehen zu lassen, bevor es noch schlimmer wird. Überlegen Sie sich meine Worte. Sie müssen nicht auf das hören, was ich Ihnen sage. Höre Sie einfach auf Ihr Herz", sagte sie noch und legte auf.

Ich fing natürlich schon wieder an zu heulen und gab Jade ihr Handy zurück.

„Oh, Nora, so kann es doch nicht weitergehen. Du kannst doch nicht die ganze Zeit nur heulen. Lass uns ein wenig an die frische Luft gehen. Es ist zwar schon dunkel, aber es tut dir bestimmt gut", versprach mir Jade und half mir hoch.

Sie hatte ja Recht, ich musste mich beruhigen.

Also beschloss ich mit ihr noch ein wenig an die frische Luft zu gehen.

Auf den Weg nach unten begegnete uns Chris auf der Treppe.

„Haben dir die Rosen gefallen?", fragte er und strahlte dabei über das ganze Gesicht.

Ich wollte aber nicht mit ihm sprechen, ohne etwas zu sagen und ihn weiter zu beachten, ging ich einfach weiter.

Jade blieb noch einen Augenblick bei ihm und unterhielt sich mit ihm, aber das war mir egal.

Ich ging schon mal hinaus vor die Tür und setzte mich auf die kalten Stufen.

Hier draußen war es wirklich wunderschön. Langsam kamen sogar die Sterne hervor.

Es war richtig romantisch. Warum hatte ich eigentlich so viel Pech? Warum musste ich immer in so ein Schlamassel geraten? Hatte ich das wirklich verdient?
Von weitem sah ich Steven mit jemandem zusammenstehen.
Er hatte jemanden in seinem Arm.
Schnell versteckte ich mich hinter einem großen Baum.
Wer war bei ihm?
Ich huschte von Baum zu Baum, um besser sehen zu können.
Es war ein Mädchen bei ihm. Sie hatte lange lockige Haare. Wenn ich es nicht besser wusste, dann würde ich sagen, dass ich es war, denn von hinten sah sie genauso aus wie ich. Sie trug sogar die gleiche Kleidung.
Was sollte das? Ich musste unbedingt noch näher heran um zu verstehen was sie redeten.
Also krabbelte ich langsam hinter einen Busch, dann zum nächsten. Man sah mich, Gott sei Dank, nicht, aber von hier aus konnte ich nichts sehen.
Ich konnte sie lediglich hören. Was sagten sie?

Mädchen: „Steven, ich liebe dich so. Es tut mir leid, dass ich gerade so bescheuert war. Verzeihst du mir? Ohne dich kann ich nicht leben?"
Steven: „Nora, es tut mir leid. Lass uns das vergessen. Du bist die Einzige für mich."
Mädchen: „Lass uns in dein Zimmer gehen und da weitermachen, wo wir aufgehört haben. Ich will dich. Ich will dich jetzt."

Steven: „Warte, Nora, nicht so stürmisch. Ich möchte dich noch etwas fragen. Ich glaube, jetzt ist der richtige Moment.
Ich wollte das eigentlich schon heute Nachmittag in deinem Zimmer fragen, aber da kam Jade dazwischen."

Oh nein, was wollte er sie jetzt fragen? Er dachte, das wäre ich? Wie konnte er nur? Ich musste etwas unternehmen. Schnell!
Sollte ich aufspringen und mich zeigen?
Wo war Jade? Was sollte ich jetzt machen?

Steven: „Nora, ich liebe dich wirklich über alles und ich kann mir mein Leben ohne dich nicht mehr vorstellen. Ich weiß, wir beide sind noch sehr jung und auch noch nicht sehr lange zusammen, aber ich bin mir sicher und meine Eltern stehen diesbezüglich voll hinter mir. Meine Mutter hat mir das hier für dich gegeben und ich möchte dich hiermit fragen ... Nora willst du mich heiraten?"
Mädchen: „Ja, ja, ja, ich will!"

„Nein", schrie ich, „ich bin Nora."
Ich sprang auf und zeigte mich den beiden. Ich hatte Tränen in den Augen und lief auf die beiden zu.
Ich schaute in mein Gesicht. Da stand wirklich ich und diese Nora trug einen Ring an ihrer rechten Hand.
Sie hatte Steven in ihrem Arm und küsste ihn liebevoll auf die Wange.
„Siehst du, das ist die, die sich als Nora ausgibt", flüsterte sie und ihre Augen glühten einen Moment lang feuerrot.

Der Nervenzusammenbruch

Jade und Chris kamen angelaufen und wunderten sich sehr, als sie uns drei zusammen sahen.
„Schau einmal, Jade. Steven hat mir gerade einen Antrag gemacht und ich habe JA gesagt", schrie die andere Nora hocherfreut.
Doch Jade schaute zuerst zu den anderen beiden und dann zu mir.
„Was ist hier los?" wollte sie wissen.
„Das ist meine Doppelgängerin. Sie gibt sich schon lange für mich aus. Fliegt mit Briego durch die Luft und spielt euch allen etwas vor. Sie hat sogar mit Chris geschlafen, um mich und Steven auseinanderzubringen. Stellt euch das einmal vor. Echt widerlich", schimpfte sie und schubste mich zur Seite.
Ich wusste im ersten Moment nicht, was ich machen sollte. Ich war doch eine Hexe, ich konnte mich wehren, aber mir fiel rein gar nichts ein.
Sie sah wirklich so aus wie ich.
„Nora, lass sie. Ich werde mit ihr reden", sagte Steven zu ihr und kam zu mir.
„Was soll das, Rose", schimpfte er mit mir, „du wirst es nie schaffen, mich und Nora zu trennen. Ich liebe sie, nicht dich. Du bist so erbärmlich und hör endlich auf zu heulen. Ich hasse dich, lass uns einfach zufrieden Du hast verloren."
„Nein, Steven, ich bin Nora. Bitte geh nicht. Bitte", flehte ich ihn an und wollte ihn festhalten.

Doch er riss meine Hand weg und stieß mich so fest, dass es mir richtig weh tat.
Ich versuchte noch einmal ihn zu halten, aber er holte einfach aus und scheuerte mir eine mitten ins Gesicht.
„Du widerst mich an, ich hasse dich. Geh! Verschwinde! Es ist deine letzte Chance. Nutze sie und verschwinde. Für immer", sagte er noch und ging mit der anderen Nora im Arm davon.
Ich brach heulend zusammen.
Jade und Chris standen immer noch bei mir und wussten nicht, wie sie sich verhalten sollten.
„Wir müssen Frau Buschhütten Bescheid sagen, Jade. So jemand darf hier nicht so einfach frei herumlaufen. Die ist ja gefährlich und wenn ich daran denke, dass ich mit der auch noch intim war. Lieber nicht", motzte auch er.
„Ich möchte ihr noch etwas sagen, dann können wir die Lehrerin holen", sagte Jade und kam zu mir.
Sie kniete sich neben mich.
„Jade, ich bin es wirklich. Ich bin Nora. Erkennst DU mich wenigstens? Du bist doch meine beste Freundin", stammelte ich.
„Sei leise", befahl sie, dann fing sie an zu flüstern, „ich weiß, dass du die wirkliche Nora bist. Ich erkläre es dir später. Jetzt lauf weg. Schnell, bevor Frau Buschhütten kommt. Lauf in den Wald, dorthin, wo wir zusammen waren. Ich komme später nach."
Dann stand sie auf und ging zu Chris.
„Wir holen jetzt Frau Buschhütten", sagte sie und lief mit ihm schnell zurück.

Was war passiert?

Mein ganzes Leben lag in Scherben.
Was sollte ich nur machen? Wo sollte ich hin?
Ich konnte doch nicht mitten in der Nacht allein im Wald herumlaufen. Wie spät war es eigentlich?
Mir liefen immer noch Tränen über die Wangen.
Steven hatte mich geschlagen, mit voller Wucht.
Er hatte mich nicht erkannt. Warum nicht? Er musste doch seine eigene Freundin erkennen. Ich trug doch unsere Kette.
Hatte er nicht darauf geachtet oder trug sie die Gleiche?
Ich war so verzweifelt. Meine Wange schmerzte von seinem Schlag.
Warum war er so wütend? Er hatte noch nie jemanden geschlagen. Warum gerade jetzt?
Ich verstand das nicht. Wie konnte mich Steven so verletzen?
„Peggy", fing ich an zu heulen, „was soll ich nur machen? Bitte hilf mir. Bitte!"
Doch Peggy hörte mich nicht, niemand hörte mich und niemand wollte mehr mit mir etwas zu tun haben.
Sogar Chris verabscheute mich jetzt.
Sie hatte sogar mit ihm geschlafen. Ich glaubte das nicht.
Wie konnte man nur so böse sein?

Langsam stand ich auf und wollte gerade in Richtung des Waldes gehen, als ich Frau Buschhütten hinter mir hörte.
„Stehen bleiben! Bleiben Sie stehen! Sonst…!", schrie sie.
Doch dann schlugen schon Blitze neben mir im Boden ein.
Oh nein, sie griff mich an.
Ich fing an zu rennen, doch sie kam hinter mir her.

Was sollte ich machen? Ich konnte doch nicht mit meiner Lehrerin kämpfen.
Ich rannte einfach weiter, bis in den tiefsten Wald hinein.
Doch Frau Buschhütten blieb mir auf den Fersen.
„Bleiben Sie sofort stehen. Sonst töte ich sie", schrie sie erneut und schleuderte wieder einen Blitz in meine Richtung.
Der Blitz traf mich am Fuß, ich konnte nicht mehr ausweichen. Ich musste straucheln und fiel zu Boden.
Frau Buschhütten nutze das aus und stand schnell neben mir.
Sie griff sich meine Haare und riss mich nach oben.
„So, du Monster. Was haben mir die Kinder da gerade erzählt. Du gibst dich hier als Nora aus, Rose Carter-Brown. Ich werde dir jetzt zeigen, wer hier das Sagen hat", schrie sie und ließ mich mit voller Wucht auf den Boden fallen.
„Frau Buschhütten, bitte. Ich bin nicht Rose", versuchte ich ihr zu erklären, aber sie hörte mir gar nicht richtig zu.
Sie war so voller Zorn auf mich oder besser gesagt, auf Rose, dass sie blind war.
„Deine Mutter hat mir auch schon immer das Leben schwer gemacht. Jetzt wirst du dafür bezahlen", schrie sie und packte mich ein weiteres Mal.
Ich war wie blockiert.
Frau Buschhütten wollte gerade ausholen, um mich zu schlagen, da sprang plötzlich etwas zwischen uns.
Das leuchtende Horn konnte ich gerade noch erkennen. Es war das schwarze Einhorn, es kam mir zu Hilfe.

„Du gehst jetzt zurück in die Burg. Du lässt dieses Mädchen in Ruhe", befahl es ihr in einem sehr ruhigen Ton.
Frau Buschhütten war auf einmal wie hypnotisiert. Sie ließ mich los, drehte sich um und ging zurück zu der Burg.

„Nora, geht es dir gut?", fragte mich das schwarze Einhorn und berührte mich leicht mit seinem Horn.
Meine körperlichen Schmerzen waren sofort verschwunden, aber die Schmerzen in meinem Herzen, die konnte nicht einmal das Einhorn heilen.
Ich umarmte es am Hals und drückte es fest an mich, dann ließ ich meinen Tränen freien Lauf.
„Weine dich nur aus, Nora. Ich bin bei dir. Dir wird nichts passieren. Sie hat allen die Sinne vernebelt, sogar deinem Freund. Er hat von der Tollkirsche gegessen, deswegen hilft der Zauber eures Trankes bei ihm nicht", erklärte es mir.
„Steven würde doch nie freiwillig davon essen", weinte ich.
„Sie hatte es auf ihren Lippen. Er hat es nicht einmal bemerkt. Sei ihm nicht böse. Ich weiß, dass er dich liebt. Verzeihe ihm. Er hat es nicht absichtlich gemacht", sagte das schwarze Einhorn.
„Aber es ist so schwer. Er hat mit ihr geschlafen und mich geschlagen. Es tut so weh!", jammerte ich und es fühlte sich an, als ob mir jemand mein Herz herausgerissen hätte.
„Ich verstehe deinen Schmerz, Nora. Es tut mir wirklich weh, dich so zu sehen. Diese Erfahrung musst du leider machen", erwiderte es.

„Aber was soll ich denn jetzt machen? Sie hat meinen Platz eingenommen. Jeder glaubt ihr!", schrie ich.
Ich konnte meinen Zorn und meine Traurigkeit nicht mehr kontrollieren. Eigentlich wollte ich das Einhorn nicht anschreien, aber es kam einfach aus mir heraus.
Ich fing an auf den Boden herumzustampfen und schrie aus Leibeskräften, so laut ich konnte.
„Ja, Nora, lass alles heraus. Das wird dir helfen", ermutigte mich das schwarze Einhorn.
Doch als ich meiner Wut freien Lauf gelassen hatte, sackte ich kraftlos zu Boden und war nur noch ein Häufchen Elend.

„Ich fühle mich so einsam und mir ist so kalt. Außerdem habe ich irgendwie eine Blockade im Kopf. Mir fallen absolut keine Zaubersprüche mehr ein. Ist das normal?", fragte ich und war völlig fertig.
„Das sind nur der Schock und die Trauer. Das wird schon wieder", beruhigte es mich.
„Aber lass uns jetzt gehen. Hier können wir nicht bleiben", sagte das Einhorn noch und forderte mich auf, ihm zu folgen.
Das tat ich dann auch und wir beide liefen nebeneinander durch den Wald. So, wie auch damals schon.
Die Gegenwart des schwarzen Einhornes beruhigte mich ein wenig. Ich hatte also doch Recht, dass ich es heute am Nachmittag im Wald gesehen hatte.
Ohne es wäre ich jetzt wohl verloren.
Meine Wange tat immer noch weh. Steven hatte wirklich voll ausgeholt. Was für einen Hass musste er wohl auf Rose gehabt haben? Was würde er wohl machen, wenn er

erfahren würde, dass er die ganze Zeit die falsche Nora an seiner Seite hatte? Ich wollte lieber nicht darüber nachdenken.

Als wir ein paar Minuten gegangen waren, kamen wir wieder an dieses Mausoleum.
Das Einhorn ging zum Tor, berührte das Schloss mit seinem Horn und öffnete so den Eingang.
„Bist du bereit, Nora? Sollen wir eintreten?", fragte mich das Einhorn.
„Was wird mich darin erwarten?", wollte ich wissen.
„Das kann ich dir nicht sagen, aber es ist besser, als hier draußen im Wald zu übernachten", erwiderte es nur und ließ mir den Vortritt.
Das Einhorn hatte Recht, hier draußen war es kalt und dunkel.
Also ging ich hinein und das Einhorn folgte mir. Sein Horn begann zu leuchten, so konnten wir besser in der Dunkelheit des Mausoleums sehen.

Es war von innen sehr groß, viel größer, als man es sich von außen vorstellte. Eine breite Treppe führte weiter nach unten.
In der Mitte des Raumes stand eine große Engelsskulptur aus weißem Marmor. Sehr edel sah sie aus.
Ansonsten sah ich hier oben nichts weiter.
„Lass uns nach unten gehen", sagte ich und begann die Stufen nach unten zu steigen.
Hier unten war es noch etwas kälter, als es oben schon war.
Das Einhorn folgte mir und leuchtete den Weg.

In den Wänden waren Nischen und in jeder stand ein steinender Sarkophag. Das sah wirklich unheimlich aus und da ich genau wusste, dass in jedem dieser Särge jemand lag, beunruhigte es mich um so mehr.
Wir liefen an jedem Sarg vorbei, weil ich wissen wollte, wer darin lag. Jeder dieser Särge hatte am Fußende eine Inschrift. Auf der ersten stand:

Hier ruht in Frieden
Peterson Marquardt
1801 – 1855

Einen Sarg weiter lag seine Frau Theresia Marquardt.
Dann kam ein weiterer Sarg, auf dem der Name Gabriela Adler, geb. Marquardt, stand. Daneben noch ein Sarg, darin lag ihr Mann Robert.
Dann kamen noch zwei leere Nischen.
Die sollten bestimmt für Rachel und Felizitas sein.
Ich erinnerte mich an das Versprechen, das ich in meinem Traum gegeben hatte.
Ich hatte Gabriela´s Geist versprochen, dass ich sie aus ihrem Verlies holen und sie zu ihrem Robert bringen würde. Wenn dieser Teil meines Traumes keine Phantasie war, dann würde ich das auch machen.
Versprochen war versprochen und das wurde nicht gebrochen.
Ich musste jedenfalls noch einmal in diese Bibliothek.

Am Ende der Gruft stand ein kleiner Sarg noch einfach so in der Ecke. Er war offen.
Ich ging zu ihm hinüber und schaute hinein.

Dabei traute ich meinen Augen nicht. Denn Briego lag in diesem Sarg und noch ein paar andere Sachen aus meinem Zimmer.
Ich hatte gar nicht bemerkt, dass sie fehlten. Rose muss das Zimmer durchwühlt und mir die Sachen gestohlen haben.
Voller Freude nahm ich Briego aus dem Sarg.
„Oh, Briego, Gott sei Dank, habe ich dich wieder", sagte ich und drückte diesen Besen an mich.
Doch plötzlich spürte ich eine Hand auf meiner Schulter.
Vor Schreck ließ ich Briego fallen.
Warum hatte mich das Einhorn nicht gewarnt?
Wer war das?
Langsam drehte ich mich um.
Es war Jade!
Meine beste Freundin Jade!
Aber sie sah nicht glücklich aus. Was war mit ihr?
„Nora, ich habe sehr schlechte Nachrichten für dich", sagte sie und dabei hatte sie Tränen in ihren Augen.
„Was ist passiert Jade? Ist etwas mit Steven?", schrie ich sie an, denn ich konnte es nicht aushalten, so lange zu warten.
Wenn ihm etwas passiert war, dann könnte ich es nicht ertragen.
Alles war auf einmal wie weggeflogen. Der Ärger, dass er mich angeschrien und geschlagen hatte. Sogar seinen Ausrutscher würde ich ihm verzeihen. Nur hoffentlich ging es ihm gut.
„Bitte Jade, sag doch etwas", flehte ich sie an.
„Rose ist schwanger. Sie hat es mir gerade gesagt. Ich habe herausgefunden, dass sie einen Fruchtbarkeitszauber

vollzogen hat, bevor sie mit ihm schlief. Ich habe in unserem Zimmer Überreste davon gefunden. Ich weiß zu 100 Prozent auch, dass sie Rose ist und sich als Nora ausgibt. Sie weiß nur nicht, dass ich sie entlarvt habe. Ich weiß nicht, was sie mit mir machen würde, wenn sie es wüsste. Sie hat alle verhext, wirklich jeden. Alle glauben, dass du es bist. Sie will dein Leben weiterführen und wenn wir jetzt nicht bald etwas unternehmen, dann schafft sie es auch noch. Wir haben noch genau sechs Tage, dann erlischt der Zauber des Trankes, den wir genommen haben. Dann ist es auch für mich zu spät", erklärte sie mir.
Doch ich konnte ihr nicht richtig folgen.
Rose war schwanger?
Sie bekam ein Baby von meinem Freund?
Steven wurde Vater?
Ohne noch etwas zu sagen, brach ich bewusstlos zusammen.

Der Bauer Johannes

„Sie kommt wieder zu sich. Endlich! Nora, wie geht es dir?", hörte ich jemanden fragen.
„Was ist passiert? Wo bin ich? Wo ist Steven? Ich muss zu ihm, ich muss mit ihm sprechen", sagte ich und wollte aufstehen.
Wo war ich?
Das hier sah aus wie das Innere einer Scheune.
„Jetzt beruhige dich erst einmal, Nora. Ich bin der Bauer Johannes. Das schwarze Einhorn und deine kleine Freundin haben dich zu mir gebracht. Das hier ist meine Frau Birgit. Du hattest einen schweren Nervenzusammenbruch und warst fünf Tage ohne Bewusstsein", erklärte er mir und seine Frau reichte mir etwas zum Essen.
„Fünf Tage? Ohne nein, das ist zu lange, mir bleibt nicht mehr viel Zeit. Ich muss los! Bald ist der Zauber, der das Böse von mir fern hält vorbei, Jade erkennt mich dann, wie die anderen, nicht mehr. Ich muss gehen", schrie ich und fing schon wieder an zu weinen.
Mein Herz, es war gebrochen, und der Schmerz in meiner Brust war unerträglich.
„Bitte, mein Kind, beruhige dich. Deine Freundin wird gleich zurückkommen und dir alles erklären", sagte Birgit.
„Jade kommt gleich? Wann? Dauert es noch lange?", fragte ich, doch da kam Jade auch schon durch das große Scheunentor.
„Jade! Gott sein Dank, bist du da", rief ich. Jade sprang mir vor Freude in die Arme.

Sie weinte: „Oh Nora, wie schön, dass du wieder bei Bewusstsein bist. Ich habe mir solche Sorgen gemacht. Wie geht es dir?"
„Mir geht es nicht besonders. Was ist mit Steven?", wollte ich wissen.
„Du weißt noch, was ich dir vor deinem Zusammenbruch erzählt habe?", fragte sie vorsichtig.
Ich musste schlucken.
Sie meinte bestimmt die Schwangerschaft von Rose.
Ich nickte ihr nur zu und versuchte nicht schon wieder laut loszuheulen.
„Die falsche Nora hat es Steven noch nicht erzählt, aber sie hat Peggy angerufen. Ich weiß nicht, was sie ihr erzählt hat, aber vielleicht solltest du einmal zu Hause anrufen. Hier mein Handy", sagte Jade und gab es mir herüber.

Ich fühlte mich so beschissen. Richtig beschissen und es tat so weh. Am liebsten wäre ich gestorben. Am liebsten würde ich alles vergessen. Warum musste ich das durchmachen? Was hatte ich verbrochen, dass das Leben so grausam zu mir war? Es war so ungerecht.
„Aus solchen Erfahrungen kann man nur lernen, Nora. Das macht einen nur stärker", sagte plötzlich dieser Johannes.
Ich war etwas schockiert. Ich hatte das doch nur gedacht oder hatte ich laut gesprochen?
Nein, ich war mir sicher, dass ich es nur gedacht hatte.
„Wundere dich nicht über uns. Wir können deine Gedanken lesen, Nora", erwähnte Birgit und lächelte mich an.
Was waren das für Leute?

Warum war ich hier?
Das waren doch keine normalen Bauern.

Ich schaute mir das Handy in meiner Hand an. Jade hatte die Nummer schon gewählt, ich musste also nur auf diesen grünen Knopf drücken.
Was hatte Rose Peggy bloß erzählt?
Ich musste es wissen.
Also drückte ich auf den Knopf und wartete.

Es klingelte zweimal, da hob Peggy ab.
„O´Tule", meldete sie sich.
„Ich bin es Nora. Hallo, Tante Peggy", erwiderte ich ihr vorsichtig, doch sie fing sofort an zu reden.
„Oh, Nora, ich freue mich so sehr. Das mit dir und Steven ist ja so toll. Ich habe auch schon alles vorbereitet für das nächste Wochenende. Eure Hochzeit wird der Knaller. Aber warum wollt ihr denn so schnell heiraten? Du bist ja wohl nicht schwanger, oder?", fragte sie mich schließlich.
Doch ich konnte ihr nicht antworten, denn ich fing sofort wieder an zu heulen?
Schnell überreichte ich Jade ihr Handy und ließ dann meinen Tränen freien Lauf.
„Armes Mädchen", sagte Birgit und nahm mich in ihren Arm.
Jade sprach unterdessen weiter mit Peggy, aber was es war, bekam ich nicht mit. Es war mir auch eigentlich egal. Wenn es wirklich zu dieser Hochzeit kommen sollte, dann wäre mein Leben zu Ende. Das könnte ich nicht ertragen.

Als das Gespräch zu Ende war, kam Jade zu mir.

„Peggy möchte dich noch einmal sprechen, ich habe sie hier am Telefon. Ich habe ihr alles erzählt", sagte Jade und reichte mir noch einmal ihr Handy.
Ich nahm es und hielt es mir ans Ohr und hörte Peggy zu.
„Nora, ich wusste ja nicht. Oh, mein Gott, ich habe es selbst nicht bemerkt. Es war wirklich deine Stimme. Es tut mir wirklich leid. Auf so etwas waren wir nicht gefasst. Ich werde jetzt mit der Weisen sprechen. Nimm Briego und sage „*Auditio*", dann „*Tempus praeteritum*." Der Besen wird dann alles was geschehen ist übermittelt bekommen und nur noch auf dich selbst hören. Dann brauchst du keine Angst mehr zu haben, dass Rose ihn zu sich ruft. Hast du verstanden, Nora? Ich werde mich dann wieder bei dir melden", sagte sie.
„Ja, ich habe verstanden. Bis bald", sagte ich noch und legte auf.
Jade nahm das Telefon und steckte es ein.
„Was hat Peggy gesagt?", wollte sie wissen.
„Ich soll Briego etwas übermitteln und sie will mit Käthe sprechen. Dann ruft sie noch einmal an", sagte ich nur und wischte mir die Tränen weg.
Durch das Gespräch mit Peggy war mir schon etwas wohler zumute. Sie wusste nun endlich Bescheid und würde Käthe informieren. Dann waren ja noch Jade und das schwarze Einhorn auf meiner Seite, also konnte doch nichts mehr schief gehen.
Das hoffte ich zumindest.

„Hier ist Briego. Ich habe ihn für dich mitgenommen, als du zusammen gebrochen bist", sagte plötzlich das schwarze Einhorn und trat in die Scheune.

Briego hatte es auf seinem Rücken.

Ich sprang auf und umarmte dieses magische Wesen, dann nahm ich Briego.

„Wenn ich euch alle nicht hätte. Was sollte ich nur ohne euch machen", sagte ich.

„Nein, Nora, so darfst du nicht denken. Wenn wir dich nicht gehabt hätten, als sich die schwarze Magie ausgebreitet hatte, dann gäbe es uns alle jetzt nicht mehr. Du bist eine von den gütigsten und liebsten Menschen, die ich kenne. Ich bin sehr stolz, an deiner Seite zu sein. Wir sind für dich da, weil wir dich schätzen und lieben. Alle in unserer Welt", erwiderte das schwarze Einhorn und verbeugte sich unerwartet vor mir. Sogar der Bauer Johannes, seine Frau und Jade taten es ihm gleich.

„Ich weiß jetzt ehrlich nicht, was ich dazu sagen soll, erwiderte ich.

Dann nahm ich Briego und sagte die magischen Worte, wie Peggy es mir aufgetragen hatte: *„Auditio! Tempus praeteritum!"*

Es dauerte nicht lange, da war Briego wieder ganz der Alte. Er sprach zu mir: „Hallo, Nora, endlich bin ich wieder normal.

Eigentlich müsste ich böse auf dich sein. Du hast mich wirklich nicht gut behandelt in den letzten Tagen, aber jetzt weiß ich ja, dass du es gar nicht warst. Endschuldige, dass ich an dir gezweifelt habe."

„Oh Briego, oh Briego, endlich redest du wieder mit mir. Mir tut es leid, dass ich nicht besser auf dich aufgepasst habe", sagte ich und drückte diesen alten, zotteligen Besen an mich.

„Jetzt aber zu etwas anderem. Bauer Johannes möchte mit dir reden, deswegen werden wir dich jetzt mit ihm allein lassen", sagte das schwarze Einhorn und forderte die anderen auf, mit ihm die Scheune zu verlassen.

Was wollte dieser Bauer mit mir bereden? Wir kannten uns doch überhaupt nicht. Ich wurde etwas nervös.

Es musste aber wichtig sein, sonst würde mich das Einhorn nicht mit ihm allein lassen.

Also machte ich mir weiter keine Gedanken, sondern wartete ab, was auf mich zukam.

Alle, bis auf Johannes und Birgit, verließen nun die Scheune. Birgit stellte sich ein paar Meter von uns weg und begann sich um sich selbst zu drehen. Sie wurde immer schneller und schneller, so dass man sie nicht mehr erkennen konnte.

Nach einer Weile wurde sie wieder langsamer und sah plötzlich ganz anders aus. Sie sah aus wie Käthe.

Was war hier los?

Verstört schaute ich zu Johannes, aber der nickte mir nur zu.

„Birgit wird dir jetzt die Gedanken der Weisen erzählen. Sie hat sich extra für dich in sie verwandelt, damit es dir leichter fällt, ihren Worten Glauben zu schenken. Wir beide können mit jedem in dieser Welt in Kontakt treten und seine Gedanken lesen. Die Weise wird gleich an dich denken und dann geht es los", erklärte er mir.

Irgendwie war das verwirrend.

Birgit fing an zu sprechen, sie bat mich zu sich.

Aber sie sah aus wie Käthe, hatte nur eine andere Stimme.

Ich ging zu ihr und Birgit nahm meine Hände.

„Nora, mein Kind, ich hoffe es geht dir gut. Ich bin wirklich beunruhigt. Peggy ist gerade bei mir und hat mir alles erzählt. Leider kann ich dir keine guten Nachrichten schicken. Es wird sehr schwer werden, diesen Zauber zu brechen.
Du fragst dich jetzt bestimmt, warum es so schwer wird. Ich erkläre es dir: Rose ist sehr mächtig geworden und sie hat sich, genau wie ihre Mutter, mit der schwarzen Magie verbündet. Dazu kommt, dass sie sich in dich verwandelt hat und alle damit in ihren Bann gezogen hat. Sie wird dir immer ähnlicher, je länger sie deine Rolle spielt. Sie will dein Leben einnehmen und mit Steven zusammenbleiben. Was die Situation nun so schwer macht, ist, dass sehr viel Liebe mit im Spiel ist. Steven liebt dich über alles und will dich beschützen. Er weiß nicht, dass er das Falsche macht. Schwarze Magie und Liebe, vertragen sich nicht. Das macht es so schwer. Es gibt nur eine Möglichkeit für dich. Nora, du musst so werden wie Rose. Nimm die schwarze Magie zu Hilfe. Johannes wird dir gleich einen Schlüssel überreichen und dir alles weitere erklären. Ich bin in Gedanken immer bei dir und von Peggy soll ich dir sagen, dass sie zu dir kommen wird. Sie wird dich begleiten. Mache es gut, Nora und komm zu uns zurück", sagte sie und ließ meine Hände wieder los.
Dann drehte Birgit sich wieder blitzschnell um sich selbst und nach kurzer Zeit stand sie wieder ganz normal vor mir.

Johannes kam zu uns und überreichte mir ein Schlüsselband mit einem schwarzen Schlüssel.

„Das ist der Schlüssel für das verbotene Buch. Dieses Buch beinhaltet die unlesbare Schrift. Nur wenige können sie entziffern", erklärte er mir.

Ich nahm den Schlüssel und hängte ihn mir um den Hals.

„Und was soll ich dann mit diesem Buch machen, wenn ich es doch nicht lesen kann?", fragte ich, aber nicht Johannes, sondern jemand anderes gab mir darauf eine Antwort.

Peggy stand plötzlich hinter uns.

„Ich werde dir dabei helfen sie zu lesen", sagte sie und nahm mich in ihren Arm.

„Wir schaffen das", flüsterte sie mir noch zu und gab mir einen Kuss.

„Schön, dass du da bist, Peggy. Ich kam mir so allein vor", erwiderte ich.

„Warum allein? Wir sind doch alle bei dir", sagte sie und lächelte mich an.

Es war so schön, dass sie nun bei mir war. Bei ihr fühlte ich mich einfach wohl und gut aufgehoben. Sie war die beste Tante, die man sich vorstellen konnte und eine wahre Freundin.

„Wo finden wir das Buch?", wollte ich wissen.

„Nicht hier. Wir müssen zum Zauberer des Himmelreiches und der wird nicht besonders erfreut über unseren Besuch sein. Johannes bereitest du bitte alles vor? Wir werden gleich aufbrechen. Ich schicke nur kurz Jade zurück", sagte sie und ging aus der Scheune.

Nach einer Weile kam Jade noch einmal zu mir, umarmte mich und sagte: „Ich werde auf Steven aufpassen und halte euch auf dem Laufenden. Passt auf euch auf und

kommt bald wieder. Ich hoffe, dass ich dich in der Zwischenzeit nicht auch noch vergesse und von Rose's Zauber gebannt werde. Ich habe dich lieb, Nora. Du bist meine beste Freundin, mach's gut."
Dann verließ sie mich. Das machte mich sehr traurig.
Hoffentlich konnte sie mich noch erkennen, wenn wir wieder zurückkamen.

Johannes und Birgit gingen ebenfalls nach draußen und ich folgte ihnen. Ich wollte nicht allein in der Scheune bleiben.
Das schwarze Einhorn kam zu mir und berührte mich mit seinem Horn. Meine Kette fing an zu leuchten.
„Danke", sagte ich.
„Du brauchst dich nicht zu bedanken. Ab jetzt hast du 24 Stunden Zeit. So lange werden deine und Steven's Kette leuchten. Wenn sie erlöschen sind, wird es für euch zu spät sein, und Rose hat gewonnen. Ich werde mich jetzt bei dir verabschieden, meine Zeit hier ist abgelaufen. Ich muss wieder zurück in meine Welt", sagte es, stupste mich noch einmal an und ging.
Traurig schaute ich ihm nach. Es drehte sich noch nicht einmal mehr zu mir um. Nur sein Horn leuchtete noch einmal wie zum Abschied.
Es wunderte mich, letztes Mal, als es in unserer Welt war, da hatte es kein Horn und niemand konnte es als Einhorn erkennen. Doch jetzt sah es aus, wie in der Unterwelt, in der es sonst lebte.
Wie war das möglich?
„Es hat es für dich gemacht, es wollte dir helfen. Deswegen hat es all seine Kräfte zusammengenommen

und ist zu dir gekommen, als du allein und hilflos warst. Aber nun muss es wieder zurück in seine Welt, sonst schwinden seine Kräfte", sagte Peggy.
Woher wusste sie was ich dachte? Konnte sie nun auch meine Gedanken lesen?
„Wir alle entwickeln uns weiter, Nora", sagte sie und nahm meine Hand.
„Komm, Nora, wir beide machen uns nun auf den Weg. Johannes ist so weit", sagte sie noch und zusammen gingen wir hinter die Scheune.

Die Himmelswelt

Hinter der Scheune standen zwei sehr große Leitern, deren Ende man nicht sehen konnte, soweit reichten sie in den Himmel.
„Das ist jetzt nicht dein Ernst Peggy, oder?", fragte ich sie. Denn wenn diese Leitern wirklich für uns sein sollten, dann wäre das echt wahnsinnig.
„Doch, das ist mein Ernst. Du vermutest das Richtige. Wir müssen da hoch", antwortete sie und gab Johannes zum Abschied die Hand.
„Danke Johannes, dass ihr meiner Nichte geholfen habt. Wir stehen in eurer Schuld."
„Nein, ist schon gut. Birgit und ich haben euch sehr gerne geholfen. Wir haben schon sehr viel von dem Mädchen gehört, das die schwarze Hexe besiegt und unser Land gerettet hat. So konnten wir wenigstens einen Teil zurückgeben, auch wenn es nicht sehr viel war. Ich habe euch einen Rucksack gepackt. Darin ist Regenwurmkäse und eine Flasche Hundemilch. Das könnt ihr vielleicht zum Tauschen benutzen. Der Zauberer hat davon früher sehr gerne gegessen und getrunken, wenn er mal hier unten in unserer Welt war. Das ist aber schon viele Jahre her. Eventuell könnt ihr ihm damit eine Freunde machen und er gibt euch das Buch", erklärte er uns und gab Peggy den Rucksack.
„Nochmals vielen Dank. Drückt uns die Daumen", erwiderte Peggy und auch ich gab Johannes und Birgit meine Hand, um mich von ihnen zu verabschieden.

Dann ging ich zu einer Leiter und fing an zu klettern.
Peggy folgte mir auf der anderen Leiter und blieb daher immer auf gleicher Höhe mit mir.
Johannes und Birgit hielten unten die Leitern fest. Als ob die beiden die monströsen Leitern wirklich vor dem Umfallen schützen könnten.
Der Aufstieg war sehr, sehr anstrengend. Wir redeten kein einziges Wort. Wir mussten mit unseren Kräften haushalten.
Zu gerne wäre ich auf meinem Besen in das Himmelreich geflogen. Doch Violetta war nicht hier und für Briego allein, waren Peggy und ich wohl viel zu schwer.
Also musste die alte bewährte Muskelkraft zum Einsatz kommen.
Zum Glück war ich schwindelfrei, aber trotzdem wollte ich nach einiger Zeit nicht mehr nach unten sehen. Beim Blick nach oben konnte ich erkennen, dass die Leitern in die Wolken führten.

So etwas kannte ich nur aus diesem Märchen, in dem eine Bohnenkranke bis in den Himmel wuchs.
Wovon es genau handelte, daran erinnerte ich mich nicht mehr. Dort gab es ebenfalls einen Zauberer, oder war es ein Riese? Auch an das Ende der Geschichte, konnte ich mich wirklich nicht mehr erinnern.
Ging es gut aus oder nicht?
Aber eigentlich endeten Märchen immer gut, das war ja klar.
Nur das hier war kein Märchen. Das war die Realität, auch wenn kein normaler Mensch es mir glauben würde, wenn ich es ihm erzählen würde.

Was ich nicht alles schon für Steven in dieser Welt überstanden hatte. Ich war in der Unterwelt, wäre fast in einem Sumpf versunken, wurde verzaubert, musste mich mit der Meduse verbünden und noch vieles mehr.
Ich habe immer gedacht, dass es nicht schlimmer werden könnte. Nur leider hatte ich mich geirrt.

Es dauerte bestimmt Stunden bis wir endlich, oberhalb der Wolkendecke ankamen.
Hier endete die Leiter.
„Was soll ich machen? Etwa auf die Wolke klettern?", fragte ich.
Diese Wolke konnte mich doch nicht halten. Das wäre unmöglich, wir würden hindurchfallen.
Aber Peggy machte es mir vor und belehrte mich eines besseren.
Sie stand mitten auf einer Wolke. So, als ob es das Selbstverständlichste von der Welt wäre.
Also machte ich es ihr nach und es funktionierte wirklich.
Nun standen wir beide auf der Wolke. Unglaublich!

Hier oben war jedoch nichts zu sehen. Rein gar nichts!
Ich hatte hier ein Schloss erwartet oder wer weiß was sonst, aber hier war wirklich nichts. Rein gar nichts.
Es sah aus, so, als wenn man aus einem Flugzeug von oben auf eine große Wolke schauen würde.
Wenn jetzt wirklich hier ein Flugzeug vorbeifliegen würde. Das wäre cool. Die Leute darin könnten uns dann hier auf der Wolke stehen sehen.
Nur was sollten wir hier oben jetzt machen?

Fragend schaute ich Peggy an und sie gab mir direkt eine passende Antwort.

„Wir warten hier. Er wird schon kommen", sagte sie und schaute sich suchend um.

„Ist dieser Zauberer gut oder böse?", wollte ich wissen.

„Sowohl als auch. Früher lebte er unten auf der Erde und führte ein ganz normales Leben. Dann aber ereignete sich Schreckliches. Seitdem ist er verbittert. Er hat sich das verbotene Buch genommen und ist damit hierher geflohen und jeder, der versucht hat, es ihm wieder abzunehmen, musste sterben", erklärte sie mir.

Das waren ja tolle Aussichten. Jeder, der dieses Buch haben wollte, musste sterben. Warum sollte er es dann ausgerechnet uns geben?

„Was ist denn Schreckliches geschehen?", wollte ich von Peggy wissen.

Doch sie konnte mir nicht mehr antworten, denn Blitze schlugen neben uns ein.

„Duck dich!", rief sie mir zu und ohne weiter nachzudenken tat ich es.

„Er kann nicht gut sehen, also bleib unten", befahl sie und auch das befolgte ich.

Na, super, jetzt wurden wir auch noch angegriffen.

Mir blieb auch nichts erspart. Warum auch? Anscheinend hatte ich bei meiner Reise All inclusive gebucht.

Wenigstens hatte ich meinen Humor nicht verloren. Anders konnte man diese Horror-Trips auch nicht aushalten.

Geweint hatte ich ja schließlich schon genug.

Ich blieb immer noch unten liegen, so wie Peggy es wollte.

Wo war dieser Zauberer?

Ich krabbelte etwas weiter, in der Hoffnung, dass nicht auf einmal das Ende der Wolke erreicht war und ich hinunterfiel.

So ganz traute ich dem Ganzen immer noch nicht.

Doch auf einmal sah ich vor mir ein paar Füße, von unten!

„Peggy! Hier sind Füße", rief ich, aber das hätte ich lieber nicht machen sollen.

Denn vor mir erhob sich auf einmal jemand. Er schwebte von unterhalb der Wolke und stand nun direkt vor mir.

„Wer wagt es, mich hier oben zu besuchen?", fragte er mit aggressiver Stimme und starrte mich an.

Langsam stand ich auf und bemerkte, dass Peggy auch schon neben mir stand.

„Entschuldigen Sie, mein Name ist Peggy O´Tule und das ist meine Nichte, Nora Marquardt, werter Herr Zauberer", stellte Peggy uns vor und verneigte sich sogar vor ihm.

Ich machte es schnell nach, denn ich wollte nicht unhöflich erscheinen. Ich wusste ja nicht, wie man sich bei so einem Zauberer vorstellte.

„Was wollt ihr von mir", fragte er, seine Stimme war weiterhin nicht sehr freundlich.

„Wir würden gerne das verbotene Buch mit der unlesbaren Schrift abholen. Sie haben es nun schon lange genug aufbewahrt und es ist an der Zeit, dass es wieder eingesetzt wird", antwortete Peggy, schaute ihn dabei aber nicht an, sondern richtete ihren Blick zu Boden. Was man hier so Boden nennen konnte.

Der Himmel verdunkelte sich schlagartig und das Gesicht des Zauberers bekam eine sehr finstere Ausstrahlung. Seine Augen wurden schwarz.
Es donnerte und aus seinem Mund kam ein lautes und lang anhaltendes: „Neeeeiiiiiinnnnn!"
Blitze zuckten vom Himmel herab und Donner wurde immer lauter.
Wir hatten ihn wohl verärgert. Er nahm seine Hände hoch und mir war so, als würde mir jemand die Kehle zudrücken.
Bei Peggy schien es ebenfalls der Fall zu sein. Sie hielt sich ihre Hände an den Hals und schnappte unaufhörlich nach Luft.
„Ihr bekommt das Buch nicht, niemals. Es ist böse und ich werde es nie wieder in eure Welt lassen. Es bringt nur Unheil über die Welt", schrie er und drückte dabei noch fester zu.
„Nein, nein, bitte nicht", keuchte ich, „Sie sind meine letzte Chance. Sonst verliere ich meinen Steven und Rose hat gewonnen. Bitte."
Kaum hatte ich ausgesprochen, ließ der Zauberer seine Hände wieder fallen.

Endlich wieder Luft. Peggy musste husten und auch ich war ziemlich froh, wieder richtig Luft zu bekommen.
„Rose? Rosalie? Was erzählst du da?" fragte er plötzlich und seine Gesichtszüge wurden wieder freundlicher. Sogar der Himmel erhellte sich wieder.
„Was haben Sie mich gefragt?", sagte ich vorsichtig. Ich hatte es nicht so genau mitbekommen. Wollte er etwas über Rose wissen?

Er schaute mich an und sagte dann: „Was hattest du da gerade gesagt? Was für ein Name war das?"

„Ich habe von Steven und Rose gesprochen. Deswegen bin ich auch hier. Ich brauche das Buch, um ihn nicht zu verlieren. Würden Sie mir bitte helfen?", fragte ich und hatte dabei schon wieder Tränen in meinen Augen.

Das war echt wie verhext, immer wenn ich an Steven und Rose dachte, musste ich heulen, auch wenn ich es gar nicht wollte.

Der Zauberer schaute mich etwas verdutzt an und sagte dann: „Wenn ich dich so ansehe, ist es mir, als hätte ich vor langen Jahren selbst in den Spiegel geschaut. Mir ist nämlich, als junger Mann, das Liebste auf der Welt abhanden gekommen."

„Was ist Ihnen passiert? Wollen Sie es mir erzählen?", fragte ich ihn.

Peggy schaute mich die ganze Zeit gespannt an, mischte sich aber nicht in unsere Gespräch ein.

Der Zauberer hatte anscheinend Vertrauen zu mir gewonnen, also wollte ich ihn nicht enttäuschen.

„Ich war 21 Jahre, als ich meine Freundin Rosalie heiraten wollte. Es war alles schon vorbereitet, sogar die Gäste waren geladen. Rosalie kam aus sehr armen Verhältnissen. Das war ihr immer sehr unangenehm. Das meiste hatte ich bezahlt, ihr Kleid, die Ringe und die Feier. Mir war das egal, denn ich liebte sie mehr als alles andere auf der Welt. Das viele Geld meiner Familie war mir egal. Ich hätte dieses Leben im Reichtum sogar für sie aufgegeben, aber das wollte Rosalie nicht. Sie ging dann immer zu einer Frau, die ihr helfen wollte, für mich etwas Besonderes zur Hochzeit zu kreieren. Nur machte diese Frau mit ihr ganz

etwas anderes. Ich habe zu spät bemerkt, dass es nicht unsere nette Nachbarin war, zu der sie ging. Nein, es war Merian, eine alte Zauberin. Rosalie wurde in eine böse Hexe verwandelt, die von der schwarzen Magie besessen war. Sie hat dann unsere Liebe aufgegeben und mir mein Herz gebrochen. Seitdem hat sie nur Unheil über das Land gebracht. Ich musste sie davon abhalten, also habe ich das Buch an mich genommen und so ihr bösartiges Leben ausgelöscht.
Du kannst das Buch nicht haben, es ist das reine Böse", erklärte er mir.
Der Zauberer sah traurig aus und er tat mir unheimlich leid. Sein Schicksal hatte es wirklich nicht gut mit ihm gemeint. Er musste mit ansehen, wie seine Verlobte immer böser wurde und dann musste er sie selbst auch noch vernichten. Kein Wunder, das er so verbittert war und das Buch nicht mehr hergeben wollte. Ein wenig erinnerte es ihn noch an seine Rosalie.
„Das tut mir wirklich sehr leid. Was ist denn aus dieser Merian geworden?", wollte ich wissen und hoffte, darauf noch eine Antwort zu bekommen.
„Merian? Ich habe sie eigenhändig getötet, deswegen ist es mir auch nicht mehr gestattet, bei euch unten auf der Erde zu leben. Ich bin für immer und ewig hierher verbannt. Man darf eben keine Selbstjustiz vollziehen. Aber das war mir egal. Es war es mir wert. Sie hatte mir mein Leben sowieso schon genommen, denn ohne Rosalie wollte ich nicht mehr leben", erklärte er, „doch nun zu dir. Wer sind Steven und diese Rose?"
Peggy nickte mir zustimmend zu.
„Erzähl es ihm", flüsterte sie und ermutigte mich.

„Los, erzähl schon", bat er mich und starrte mich an.
Ich musste schlucken. Eigentlich hatte ich nicht vor ihm davon zu erzählen, aber leider musste ich da wohl jetzt durch.
„Steven ist mein Freund und ich liebe ihn über alles. Nur leider gibt es da noch Rose, seine Ex-Freundin", fing ich an zu erzählen, aber mehr brachte ich nicht heraus.
Ich musste wieder einmal heulen und konnte mich nicht zusammen reißen.
Peggy nahm mich in ihren Arm und bat den Zauberer, es für mich erzählen zu dürfen. Dieser willigte ein und so konnte Peggy ihm meine ganze Geschichte ausführlich erzählen.
Vom Anfang bis zum Ende. Sie ließ nichts aus, auch nicht das über die Schicksalswege.
Mir war das ganz recht, so konnte ich mich wieder etwas beruhigen.
Der Zauberer schaute mich eindringlich an und sagte dann: „Hätte ich das alles vorher gewusst, dass es noch weitere Schicksalswege gibt, dann hätte ich früher ganz anders reagiert und vieles anders gemacht. Du hast also noch eine Chance, nutze sie! Ich werde dir das Buch überlassen. Mache aber nicht den gleichen Fehler wie Rosalie", erwiderte er.
Was sagte er?
Er überlässt mir das Buch? Einfach so?
Das überraschte mich sehr!
Er hatte damals auch seine Liebste verloren und einen großen Fehler gemacht!
Jetzt wollte er, dass ich es noch einmal anders mache.
Hoffentlich enttäuschte ich ihn nicht!

Das verbotene Buch

Das ging irgendwie viel einfacher, als ich zuerst gedacht hatte. Sogar große Zauberer hatten eine Vergangenheit.
Er tat mir sogar ziemlich leid. Wäre die schwarze Magie nicht gewesen, dann hätte er ein schönes Leben gehabt und wäre mit seiner Rosalie glücklich geworden.
So manches war einfach ungerecht.
„Alles hat einen Sinn, Nora. Wenn das damals nicht passiert wäre, dann hätte jetzt vielleicht jemand anderes das Buch und es wäre vielleicht noch viel, viel schlimmer gekommen", antwortete mir Peggy.
Langsam machte sie mir Angst. Schon wieder hatte sie meine Gedanken lesen können. War ich so durchschaubar?
„Ja, das bist du. Ich brauche keine Gedanken lesen zu können, um dich zu verstehen. Denn dein Gesicht spricht mehr als tausend Worte. Und so weiß ich auch, dass dir immer noch alles, was hier passiert, unglaubwürdig vorkommt. So würde es mir aber auch ergehen, wenn ich 17 Jahre meines Lebens ganz normal aufgewachsen wäre. Irgendwann einmal wirst du dich damit abfinden. Glaube mir einfach", sagte sie noch und lächelte.
„Wenn du meinst! Ich hätte lieber ein normales Leben, ohne all diese Zauberei. Wenn das alles hier vorbei ist und gut für mich ausgehen sollte, dann würde ich gerne ausziehen. Können wir darüber einmal sprechen?", erwiderte ich und war mir sicher, dass ich mir jetzt etwas anhören konnte.

„Nein, das geht klar. Ich nehme einmal an, dass ihr sowieso zusammenziehen wollt, sobald ihr verheiratet seid. Ich komme damit schon klar."
Verheiratet? Bis jetzt hatte Steven mich persönlich leider noch nicht gefragt, das vergaß Peggy wohl.
Traurig schaute ich sie an und sagte: „Er hat Rose gefragt, nicht mich."
Peggy bemerkte sofort ihren Fehler.
„Entschuldige, Nora, ich habe nicht nachgedacht, aber er hat dich gemeint, ganz sicher. Und wenn sich alles aufklärt, dann können wir über die ganze Sache lachen", erklärte sie und schaute mich freundlich an.
WENN sich alles aufklärt.
Ich hoffte es sehr.

„Wo ist denn nun das Buch?", fragte Peggy den Zauberer, der immer noch wie angewurzelt auf seiner Wolke stand.
„Hier oben ist es leider nicht. Ich habe es auf der Erde versteckt, aber das wird keine einfache Sache", gab er zurück.
„Das macht nichts, wir werden es schon schaffen. Den Schlüssel dafür hat Nora bereits. Jetzt müssen wir nur noch das Versteck finden."
„Ich habe es im Mausoleum der Familie Marquardt versteckt. Rosalie Marquardt, sie war meine Braut. Ich fand es passend, dass ich es mit ihr begraben habe", erwiderte er.
„Wie? Das verstehe ich jetzt nicht. Rosalie Marquardt liegt nicht in diesem Mausoleum. Dort liegen nur Petersen und Theresia Marquardt und Gabriela und Robert Adler,

obwohl das eigentlich auch nicht stimmt", mischte ich mich ein.
„Das stimmt, junge Dame. Rosalie liegt auch nicht dort begraben. Schwarze Hexen dürfen nicht normal beerdigt werden, aber diese Familie, von der du gerade sprichst, sind ihre Nachfahren und ich wollte einen Teil von ihr normal beerdigen. Verstehst du das?", wollte er wissen.

Ich verstand ihn. Er liebte Rosalie immer noch und einen Teil von ihr wollte er auf der Erde behalten.
Ich würde Steven auch immer lieben, egal was er mir antun würde. Erst dachte ich, ich könnte es im niemals verzeihen, dass er mit Rose geschlafen und mich dann auch noch geschlagen hatte. Aber mein Herz wusste, dass er es nicht mit Absicht getan hatte. Er würde mir niemals weh tun. Niemals. Dafür würde ich meine Hand ins Feuer legen.

„Wie lange ist deine Geschichte denn her?", fragte ich ihn.
„Ich bin jetzt genau 344 Jahre hier oben im Himmel. Meine Geschichte ist also genau 345 Jahre her und ja, ich liebe Rosalie immer noch. Falls du dich das fragen solltest. Aber jetzt zu dem Versteck. Leider musste ich hier oben mit ansehen, dass diese Familie Marquardt immer wieder mit der schwarzen Magie in Kontakt getreten ist. Eine sehr labile Familie, nicht genug Willenskraft. Am schlimmsten wurde es im Jahr 1855. Dort haben sich zwei Schwestern bekriegt und leider hat das Böse wieder einmal gesiegt. Ich habe mir geschworen, dass dieses Buch nur jemand in die Hände bekommt, der reinen Herzens ist und Böses wieder zum Guten rücken kann.

Weißt du, wovon ich spreche, Nora Marquardt? Bist du gut oder böse?", fragte er mich und als er mich das fragte wurden seine Augen wieder tiefschwarz.
Er schaute mich eindringlich an und mir war so, als ob er mir bis in meine Seele schauen würde.
Was sollte ich ihm antworten? Ich kannte das Geheimnis von Gabriela und Rachel. Ich hatte das alles selbst schon in meinem Traum miterlebt. Wie es nun wirklich war, das wusste ich nicht. Mir war, als hätte ich es selbst miterlebt, aber alle anderen sagten, ich hätte es nur geträumt. Was sollte ich nun glauben?

Träume waren besser, da konnte man nichts Falsches tun. Man würde immer zur rechten Zeit wieder erwachen und alles wäre gut.
„Du kennst das Geheimnis der Familie Marquardt. Stimmt das?", fragte er mit rauer Stimme.
Doch ich antwortete ihm nicht, ich nickte nur.
„Dann kennst du auch das erste Versteck. Hohl Gabriela aus ihrem Grab und lasse sie ihren rechten Frieden finden. Dann wird sich das zweite Versteck öffnen. Wenn du das geschafft hast, dann bist du dem Buch schon ganz nah und jetzt geh. Ich wünsche dir viel Glück, Nora Marquardt. Hoffentlich ereilt dich ein besseres Schicksal als mir", sagte er noch und wie aus dem Nichts, war er plötzlich verschwunden.
Nur ein goldener Schlüssel schwebte an der Stelle, wo er gerade noch gestanden hatte.
Ich nahm ihn an mich und drehte mich zu Peggy.
„Ich weiß, wo wir hinmüssen. Ich muss ins Internat. Unter der Bibliothek ist der Kerker, in dem Gabriela gestorben

ist. Wir müssen ihre Überreste dort rausholen und sie ins Mausoleum bringen", erklärte ich ihr.
„Dafür brauchen wir Jade´s Hilfe. Sie muss uns Rose vom Hals halten. Ihr dürft euch nicht über den Weg laufen. Und falls du jemanden triffst, dann wird uns schon etwas einfallen", erwiderte sie und ging zurück zu den Leitern.

Wir mussten den ganzen Weg wieder zurück.
Diese Zeit würde ich ausnutzen, um mit Peggy einiges zu besprechen, aber vorher bat ich Peggy noch, den Regenwurmkäse und die Flasche mit der Hundemilch hier oben zu lassen. Der Zauberer würde sich bestimmt darüber freuen und eine kleine Aufmerksamkeit hatte er wohl verdient.
Peggy legte die Sachen auf die Wolke. Dann machten wir uns auf den Weg nach unten.

„Kann es wirklich sein, dass Rose jetzt schon schwanger ist? Wenn ja, was soll ich dann tun? Ich weiß nicht, was ich machen soll", fragte ich Peggy.
Diese Frage beschäftigte mich schon eine ganze Weile. Um ehrlich zu sein, machte sie mich nervlich krank. Diese Vorstellung, dass eine andere Frau von Steven ein Kind bekommen würde, das machte mich einfach wahnsinnig.
Wut stieg in mir hoch. Am liebsten würde ich Rose jetzt kalt machen. Dieses Mal hätte ich kein Mitleid mit ihr.
Ich erschrak etwas, den solche Gedanken hatte ich bis jetzt noch nie.
„Das ist das Buch", hörte ich eine bekannte Stimme sagen, „Es weiß, dass du kommst."
Wer war das?

Es hörte sich an wie das Einhorn, aber das konnte doch nicht hier oben bei mir sein, oder doch?
„Ich bin immer bei dir, so lange wie du mich lässt. Freunde halten zusammen, immer", sagte es noch und da wusste ich, mein Freund, das Einhorn, war die ganze Zeit bei mir. Auch wenn es nicht körperlich anwesend war, war es doch hier.
Es ließ mich nicht allein.

„Ich weiß nicht, ob es überhaupt stimmt, dass Rose schwanger ist. Sie hat es Steven schließlich noch nicht erzählt, vielleicht wollte sie bei Jade nur angeben oder verfolgt eine andere Strategie. Dass sie aber einen Fruchtbarkeitszauber verwendet hat, das denke ich schon. Nur so einfach geht das auch nicht. Man kann niemanden so einfach dazu bringen. Es muss von beiden Seiten gewollt sein. Deswegen will sie auch deinen Platz einnehmen. Je mehr sie so ist wie du, desto besser stehen ihre Chancen. Wir müssen uns also beeilen", erklärte Peggy.

Wir kletterten beide die langen Leitern weiter nach unten.
Peggy hatte mir wieder einmal nicht ganz auf meine Frage geantwortet, eigentlich wie immer. Sie beantwortete immer nur die Hälfte oder sprach in Rätseln.
Doch genauer wollte ich jetzt auch nicht nachfragen. Das Wichtigste hatte sie mir bestimmt erzählt oder sie verheimlichte mir absichtlich etwas.
Würde das meine Patentante überhaupt tun? Wenn, dann nur zu meinem Schutz, bösartig garantiert nicht.

Ich ging jetzt erst einmal davon aus, dass Rose nicht schwanger war. Das konnte ich auch viel besser ertragen.
Ich bemerkte aber, dass Peggy mich die ganze Zeit besorgt ansah. Wusste sie vielleicht doch noch mehr, als sie wirklich zugab?
Würde es noch schlimmer für mich werden?
Könnte ich meinen Schicksalsweg vielleicht doch nicht mehr ändern?
Gab es nur diese zwei Möglichkeiten. Entweder starb Steven durch meine eigene Hand oder ich verlor ihn an Rose. Was wäre schlimmer?

Unten auf der Erde wartete bereits Bauer Johannes auf uns und half uns das letzte Stückchen von den Leitern herunter.
Dann, als wenn es das Selbstverständlichste auf der Welt wäre, nahm er beide Leitern auf seine Schulter und brachte sie zurück in den Schuppen.
Sie sahen jetzt allerdings aus, wie ganz normale Leitern. Nicht besonders hoch, vielleicht zwei oder drei Meter.
So manche Sachen wunderten mich hier immer noch.
An dieses ungewöhnliche Leben würde ich mich wohl nie richtig gewöhnen können.

Als Johannes wieder zu uns kam, hatte er einen kleinen Beutel in seiner Hand und überreichte ihn Peggy.
„Ich wünsche euch beiden viel Glück und hoffe, ihr seid zufrieden mit dem, was ihr bis jetzt erreicht habt. An dieser Stelle möchte ich mich von euch beiden verabschieden. Es war mir eine Ehre, euch kennen gelernt zu haben. Nun muss ich zu Birgit, um nach ihr zu sehen.

Denn nach so einer Verwandlung ist sie immer sehr erschöpft. Nora, ich hoffe für dich, dass du zu deinem Steven zurückfindest. Macht es gut. Auf Wiedersehen!", sagte Johannes, gab uns beiden noch die Hand und ging ins Haupthaus nahe der Scheune.

„Peggy, was sollen wir jetzt machen? Und was hat Johannes dir gerade gegeben?", fragte ich sie.
„Du musst nicht alles wissen. Es ist aber nichts Schlimmes. Vielleicht werde ich es dir später noch erzählen, aber nicht jetzt. Ich werde nun erst einmal mit Jade in Kontakt treten und dann sehen wir weiter. Lass uns zurück in den Wald gehen, damit uns niemand finden kann", erklärte sie mir und bat mich ihr zu folgen.
Das tat ich dann auch und folgte Peggy in den Wald.

Vor dem Mausoleum setzte Peggy sich im Schneidersitz auf den Boden, schloss ihre Augen und fiel in eine Art Trance.
Leise murmelte sie dabei etwas vor sich hin. Nur was es genau war, das verstand ich nicht.
Ich schaute mich derweil etwas hier um und ging um das Mausoleum herum.
Etwas Außergewöhnliches war hier nicht zu finden.
Doch auf einmal hörte ich eine leise Stimme hinter mir.
Ich drehte mich um, sah aber niemanden.
Was sagte die Stimme?
Ich musste mich konzentrieren, um sie richtig verstehen zu können.
„Nora, Nora, pass auf dich auf. Folge nicht der Stimme", sagte sie, aber dann hörte ich wieder etwas ganz anderes.

„Nein, folge mir. Komm zu mir, Nora. Ich werde dir helfen."
Es waren zwei Stimmen!
Irgendwie kamen mir diese Stimmen bekannt vor. Doch mir fiel nicht ein, woher ich sie kannte.

„Nora? Wo bist du?", hörte ich nun eine mir sehr bekannte Stimme mich rufen.
Peggy!

Zurück zur Burg

Ich ging zurück zu meiner Tante und fragte mich dabei die ganze Zeit, woher ich die beiden Stimmen gerade kannte. Aber es wollte mir nicht einfallen.

„Wir gehen jetzt zurück zur Burg. Ich habe gesehen, dass alle heute einen Ausflug in das Dorf machen und erst in zwei Stunden zurückerwartet werden. Das ist sehr gut für uns, also lass uns keine Zeit verlieren. Auf geht's!", forderte Peggy mich auf und war schon auf dem Weg zurück zur Burg Marquardtstein.

„Darf ich dich etwas fragen, Peggy?", rief ich und folgte ihr.

„Natürlich", gab sie zurück und schüttelte ihren Kopf, „du darfst mich immer etwas fragen, Nora. Sei nicht immer so zurückhaltend. Immer heraus mit der Sprache."

„Ich möchte eigentlich nur von dir wissen, wie das mit den Schicksalswegen genau ist. Habe ich nur diese beiden Möglichkeiten? Dass Steven durch mich stirbt oder das ich ihn an Rose verliere? Warum habe ich eigentlich so komische Sachen geträumt, mit Vampiren und so? Und wie kommt das, dass Chris auch von mir geträumt hat, aber etwas ganz anderes, als ich? Und was ist, wenn Rose doch von Steven schwanger ist? Was soll ich machen, Peggy? Was?", sprudelte es aus mir heraus. Ich musste mir einfach einmal Luft machen.

„Bitte, Peggy, antworte mir darauf. Ich halte das sonst nicht aus", bat ich sie und blieb stehen.

Die Burg konnte man schon sehen. Doch ich wollte das erst alles geklärt haben, bevor ich mich in ein neues Abenteuer stürzte.

Peggy drehte sich zu mir und sah mich an.

„Nora, ich werde dir deine Fragen jetzt und hier alle beantworten. Wirklich alle. Es werden dir aber nicht alle meine Antworten gefallen.

Was war noch einmal die erste? Ach ja, die Schicksalswege. Dabei ist das so, wenn sich zwei Menschen finden, die wirklich zusammengehören, dann haben diese beiden ein gemeinsames Schicksal. Es kann ein gutes oder ein schlechtes Ende haben, das ist von vornherein bestimmt. Leider kann man das Schicksal auch beeinflussen und das hat Rose getan. Sie hat euer Schicksal zu ihrem gemacht und dich durch vergangene Schuld manipuliert. Das war die Sache mit den Zwillingsmädchen. Dann kommt aber noch deine eigene Phantasie hinzu. Du liest ja nun nicht gerade wenig Bücher, und da kann es durchaus sein, dass du die Realität mit der Fiktion aus deinen Büchern vermischst und deswegen von Vampiren geträumt hast. Auch wenn du geträumt hast, dass Steven stirbt, hat das noch lange nicht zu bedeuten, dass es wirklich so eintrifft. Das ist nur ein Zeichen für einen schmerzlichen Abschied. Es bedeutet, dass du ihn verlieren wirst. Entweder trennt ihr euch oder etwas anderes geschieht, aber nicht unbedingt, dass er stirbt."

Als Peggy das gerade zu mir sagte, fiel mir ein Stein vom Herzen. Es hieß also nicht unbedingt, dass Steven sterben

würde. Das freute mich wirklich sehr, auch wenn es einen Abschied geben würde.
Ich würde ihn lieber gehen lassen, als mit dem Gedanken weiter leben zu müssen, ihn nie wieder sehen zu können.
Diese Welt nicht mit ihm teilen zu können, das wäre unerträglich für mich.
„Ob du ihn aber an Rose verlierst, das weiß ich nicht. Es sieht im Moment danach aus und leider ist es noch viel schlimmer. Rose hat es geschafft, so auszusehen wie du und alle anderen damit getäuscht. Sie wird deinen Platz einnehmen und deine Zeit läuft langsam ab. Das schwarze Einhorn hat dir noch eine Frist gegeben. Ich meine damit deine Kette. Wenn sie erlischt, dann erlischt auch dein Leben.
Wir können nur versuchen, mit schwarzer Magie alles noch zum Guten zu wenden", erklärte sie und hatte dabei Tränen in ihren Augen.
Was hatte Peggy gesagt? Ich war kurz davor zu sterben? Warum? Warum hatte es mir keiner gesagt?
Ich war geschockt.
„Ich wollte es dir nicht sagen, aber du hast es so gewollt. Vielleicht kannst du unter diesen Umständen über dich hinauswachsen. Es wird für dich sehr schwer, nicht der schwarzen Magie zu verfallen. Du brauchst deine ganze Kraft", fügte sie noch hinzu und wollte mich in ihren Arm nehmen, aber ich blockte ab.
Ich wollte das jetzt nicht.
Warum hatte mir das niemand gesagt? Warum nicht?
Es ging um mein Leben, das war doch keine Lappalie.
„Soll ich dir deine restlichen Fragen noch beantworten?", fragte Peggy vorsichtig.

Ich nickte ihr nur zu. Schlimmer konnte es sowieso nicht werden. Dann konnte sie mir auch ruhig noch den Rest erzählen.

Peggy erzählte weiter: „Warum Chris etwas anderes geträumt hat als du, ist ganz einfach. Du hast etwas mit seinem Schicksal zu tun. Er hat geträumt, dich zu treffen und sich in dich zu verlieben. Er träumte auch davon, dass ihr ein Paar werdet, aber er ist aufgewacht. Es wird also nicht passieren. Ein anderer Schicksalsweg ist für ihn vorgesehen. Mal sehen, wie es für ihn ausgeht. Für dein Schicksal ist er jedenfalls sehr wichtig. Er ist ein Freund für dich geworden. Mal sehen, ob er ein guter Freund ist. Und zu Rose ihrer Schwangerschaft, falls es doch so ist, ist das ein richtiges Problem. Schwangere Hexen kann man nicht so einfach besiegen, sie haben eine Art Mutterschutz. Also lass uns nicht weiter darüber nachdenken, Nora, bitte. Wir müssen jetzt in die Burg und die Überreste von Gabriela holen. Komm reiß dich zusammen und zeige mir, wo ihr Grab ist. Schaffst du das, Nora?"

Peggy hatte Recht, ich musste mich jetzt zusammenreißen. Ich durfte nicht an alles denken, was passieren könnte, wenn ich es nicht schaffe. Zu viel hing davon ab.
Ich würde sterben und Steven wäre mit Rose zusammen. Alle anderen würden denken, ich wäre es, und würden einfach so weiterleben, als wäre nichts passiert.
Mich würde niemand vermissen, da Rose mein Äußeres angenommen hatte. Und Rose hätte damit gewonnen.

Es ärgerte mich, dass sie es so einfach hatte. Da war mir der Kampf mit ihrer Mutter viel lieber. Sie war wenigstens nicht so hinterhältig.
Rose manipulierte alle, einfach heimtückisch.
Ich musste dem ein Ende setzten. Schnell!

„Peggy, lass uns gehen. Das Grab ist in der Bibliothek unterhalb der Treppe, nicht weit vom Eingang!", rief ich und ging vor, dicht gefolgt von meiner Tante.
Doch kaum hatten wir die Burg erreicht, kam uns Steven entgegen.
„Hallo Schatz, bist du schon zurück? Ich dachte ihr kommt erst in zwei Stunden wieder, und was macht Peggy hier? Konntest du es nicht abwarten, ihr von unseren Heiratsabsichten zu erzählen?", fragte er mich.
Ich war verunsichert.
Was sollte ich ihm sagen?
Peggy schaute auch erst etwas verwirrt, übernahm dann aber das Wort.
„Hallo Steven! Ja, Nora hat mir schon alles erzählt und ich bin extra gekommen, um mit ihr über das Brautkleid zu sprechen, also bitte ich dich, nicht weiter danach zu fragen. Es ist doch eine Überraschung. Du verstehst doch, oder? Also am besten hast du uns gar nicht gesehen. Aus den Augen, aus dem Sinn. Wir gehen jetzt weiter. Also bis dann, Steven."
„Ach, so, ich verstehe schon, Brautkleid. Das ist ja auch wichtig. Geht klar, ich verschwinde, aber vorher muss ich mich noch von meiner Braut verabschieden", sagte er und kam auf mich zu.

Er nahm mich fest in seine Arme und presste seine Lippen auf meine.
Mann, war das der Wahnsinn! Dieser Mann liebte mich wirklich, nur konnte ich im Moment nicht bei ihm sein.
Ich drückte ihn noch einmal fest an mich und flüsterte: „Ich liebe dich für immer, egal was kommt."
„Was soll denn kommen? Du wirst die schönste Braut der Welt sein und für immer mein. Ich liebe dich, Nora Marquardt. Bis nachher", sagte er leise.
Ich musste mich sofort wegdrehen, damit er meine Tränen nicht sah.
Doch Peggy sah sie. Sie nahm mich an ihre Hand und zog mich mit sich.
„Bis bald, Steven", rief sie noch und ging mit mir in die Burg.

„Er wird nichts sagen, da können wir sicher sein", sagte Peggy. Doch ich fing sofort an zu schreien: „Warum war er hier? Warum war er nicht mit bei dem Ausflug? Warum musste ich ihn treffen? Es tut so weh!"
Peggy nahm mich in die Arme und versuchte mich zu trösten.
„Hast du nicht seinen Fuß gesehen? Er hatte einen Verband. Vielleicht hatte er einen kleinen Unfall und konnte deswegen nicht mit. Mache dir aber bitte jetzt keine Gedanken deswegen. Ich verstehe dich, aber wir müssen jetzt zum Grab. Wo war es doch gleich?"
Ich zeigte Peggy den Eingang der Bibliothek. Auf dem Weg dorthin spürte ich eine Hand auf meinem Rücken.
Ich drehte mich um, aber es war niemand zu sehen. Nur ein leichter Windzug war zu spüren.

Dann hörte ich wieder diese Stimmen: „Nora, ja, Nora, komm und hole mich!" Und die andere sagte: „Nein, Nora, höre nicht auf sie. Sie will dich töten!"
Was war das nur?
Irgendwie kamen mir die Stimmen bekannt vor, aber ich wusste immer noch nicht wem sie gehörten.
Peggy öffnete die Tür zur Bibliothek ohne Probleme. Sie musste noch nicht einmal zaubern, einfach nur ihre Hand ausstrecken und schon ging sie auf.
Ob ich auch einmal eine so mächtige Hexe werden würde?
„Du wirst noch mächtiger werden, Nora", sagte Peggy und da fiel es mir wieder ein. Sie konnte es wieder an meinem Gesichtsausdruck erkennen. Das machte mir manchmal wirklich Angst.
„Du braucht keine Angst zu haben", sagte sie und folgte mir in die Bibliothek.
„Ist ja schon gut", erwiderte ich nur und ging direkt dorthin, wo ich in meinem Traum das Verlies gefunden hatte.
Dann hob ich den Teppich an und zeigte Peggy den erneuerten Fußboden.
Sie hob ihre beiden Hände und hielt sie über die Stelle.
Auch hierbei funktionierte es, wie schon vorhin bei der Tür. Peggy brauchte nichts zu sagen, sie ließ einfach ihre Hände sprechen.
Der Boden fing an weicher zu werden. Er verflüssigte sich und floss einfach zur Seite.
Direkt vor uns öffnete sich ein Loch im Boden.
„Mensch, Peggy, du bist gut!", rief ich erstaunt und kniete mich hin, um besser hineinschauen zu können.

Ein modriger Geruch stieg in meine Nase. Diesen Geruch hatte ich schon einmal vernommen. Es war einfach ekelig.
Leider konnte ich von hier oben nichts erkennen.
Wir mussten wohl doch erst nach unten klettern.
Peggy reichte mir ihren Zauberstab und sagte: „Willst du vorgehen oder soll ich?"
„Ich gehe schon", sagte ich und nahm ihren Stab, „*Lumen!*"
Dann begann der Zauberstab zu leuchten.
Endlich erinnerte ich mich wieder.
Ich konnte wieder zaubern. Alle Sprüche waren plötzlich wieder in meinem Kopf. Endlich!
Peggy strahlte mich an: „Siehst du, es geht doch schon aufwärts."
„Ja. Endlich!", erwiderte ich ihr und stieg hinab in das Verlies.

„Ich habe auch in meinem Traum gesehen, dass jemand Gabriela´s Überreste holt. Nur, das waren Steven und ich. Weißt du, was das zu bedeuten hat, Peggy?", wollte ich wissen.
„Dein Schicksal wusste schon im Traum, dass diese Gabriela für dein Schicksal sehr wichtig sein wird. Deswegen kam sie in deinem Traum vor. Dass du die Überreste mit Steven geholt hast, lässt mich darauf schließen, dass es seinetwegen geschah. So, wie es nun auch in Wirklichkeit geschieht. Wir sind euretwegen hier unten", erklärte sie mir.
Peggy hatte Recht, nur deswegen waren wir hier.
Wegen Steven und mir und wegen unseres Schicksals.

Vorsichtig suchten wir das Verlies ab, bis wir schließlich ihre Überreste in einer Ecke fanden.

Sie lagen genau dort, wo ich sie das letzte Mal auch schon gefunden hatte. Sie hielt immer noch das Foto mit Roberts Abbild in ihrer Hand.

Es war so ein trauriger Anblick.

Ganz allein, hintergangen von ihrer eigenen Schwester, einsam gestorben, mit nichts weiter als diesem Foto.

Würde mir das auch bald so ergehen?

Tränen stiegen mir wieder einmal in die Augen und ich musste mich echt zusammenreißen.

Diesmal brachte mich ihr Anblick richtig aus der Fassung. Sie tat mir so leid.

„Nora, bald hat sie es geschafft. Wir bringen sie nun zu ihrem Verlobten, damit sie endlich Ruhe finden kann. Ich habe extra etwas dafür mitgebracht", sagte Peggy und holte den kleinen Beutel hervor, den Johannes ihr vorhin noch mitgegeben hatte.

Peggy öffnete ihn und holte eine riesige Tasche heraus.

„Wundere dich nicht, es hat etwas mit Zauberei zu tun", erklärte Peggy nur und half mir vorsichtig, Gabriela´s Überreste darin zu verstauen.

Wie passte eine so große Tasche in so einen kleinen Beutel? Was war wohl noch so alles darin?

Als Gabriela´s Überreste nun endlich komplett verstaut waren, verschloss Peggy den Rucksack und wir gingen zurück zum Ausgang.

Das Loch war jedoch zu weit oben. Herunterkommen war leicht, aber wie sollten wir wieder nach oben kommen? Noch dazu mit dieser großen Tasche.

Peggy schaute mich nur grinsend an und sagte: „Denk nicht immer so viel, mache es einfach."

Dann schwebte sie, ohne etwas zu sagen, einfach so nach oben.

Das war mal wieder typisch Peggy. Nicht immer denken, Nora, mach es doch einfach oder glaube an dich, dann schaffst du alles.

OK, ich wollte es versuchen. Also dachte ich, nach oben und ...

Wahnsinn, es funktionierte. Ich schwebte ohne etwas zu sagen nach oben, bis ich schließlich oben neben meiner Tante stand.

Peggy hielt wieder ihre Hände über das Loch und wie von Geisterhand, verschloss es sich wieder.

Dann noch schnell den Teppich darüber und es sah alles so aus wie vorher.

Das ging ja schnell und einfach. Wie gut, dass ich meine erfahrene Tante bei mir hatte.

Wir gingen beide zum Ausgang, verschlossen die Bibliothek wieder und machten uns auf den Weg zum Mausoleum.

Nichts konnte uns jetzt noch aufhalten, dachte ich.

Doch leider kam es wieder einmal ganz anders.

Gabriela´s Überreste

Vor der Burg kam der Bus mit meiner Schulklasse an und alle stiegen aus. Diesen Weg konnten wir nun nicht mehr zurückgehen, man würde uns sehen.
Sollten sie nicht erst in zwei Stunden zurück sein?
Etwas verwirrt schaute ich Peggy an, doch die zuckte nur mit ihren Schultern.
Wo sollten wir nun so schnell hin? Die Ersten kamen schon die Treppen nach oben hoch.
Peggy riss mich schnell am Arm und holte zwei Kapseln aus ihrem Beutel.
„Schlucken, sofort", befahl sie und ich tat es ohne nachzufragen.
Wenn Peggy so streng wurde, hatte das immer einen Grund.
Kaum hatte ich die Kapsel verschluckt, da betraten die ersten Mädchen schon die Eingangshalle, in der wir standen.
Sie liefen aber einfach an uns vorbei, so, als ob sie uns überhaupt nicht sehen würden.
Was war das?
Ich schaute Peggy an, aber die signalisierte mir nur, dass ich nichts sagen sollte.
Und wieder hörte ich auf sie.

Jade kam herein, sie hatte sich bei Rose eingehakt. Beide strahlten über das ganze Gesicht. Sie hatten sichtlich Spaß zusammen.
War sie eigentlich noch meine Freundin oder schon ihre?

Dann sah ich Steven, er wartete an der Treppe auf sie.
Rose sprang in seine Arme, dann küssten sie sich.
Der Anblick zerriss mir mein Herz, es tat mehr als weh.
Am liebsten wäre ich zu den beiden hingegangen und hätte sie auseinandergerissen, doch Peggy hielt mich fest.
Was hatte Steven in seiner Hand? Ein Geschenk?
Rose hatte ihm etwas mitgebracht und er war gerade dabei es aufzumachen.
Es waren zwei Ketten, das konnte ich gut erkennen. Sie nahm ihm seine ab und legte ihm ihre um. Dann küsste sie ihn wieder.

Steven nahm seine alte Kette und warf sie in den kleinen Mülleimer neben dem Schreibtisch, der immer noch in der Empfangshalle stand.
Oh nein, was machte er nur, das war doch das letzte Band, was uns beide noch zusammenhielt.
Ich war völlig fertig. Was sollte ich nur machen? Er konnte doch nicht einfach seine Kette wegwerfen, sie bedeutete uns doch so viel.
Mittlerweile waren schon viele die Treppen zu ihren Zimmern weiter hochgegangen. Nur Steven, Jade und Rose standen noch unten in der Eingangshalle.
„Geht ihr beide schon ruhig hoch. Ich werde gleich nachkommen", bat Rose sie.
Als Steven und Jade nicht mehr in Sichtweite waren, drehte sich Rose zu uns um und sprach uns direkt an.
Ihre Augen wurden schwarz. Nur einen leicht roten Schimmer konnte man erkennen. Mir war so, als ob sie mich sehen konnte.

„Ich weiß, dass du hier bist, Nora. Ich kann deinen elenden Gestank riechen. Komm aus deinem Versteck und kämpfe gegen mich. Bringen wir es hinter uns. Ich verspreche dir auch, dass ich dich schnell umbringe. Wie du siehst, liebt Steven mich. Wir heiraten in ein paar Tagen und bald werden wir sogar Eltern. Du kannst mich nicht mehr aufhalten, nie mehr!", schrie sie und eine Zeit lang konnte ich ihr wahres Gesicht erkennen.
Es war nur eine hässliche Fratze. So hatte ich Rose schon einmal gesehen, im Zug, als ich aus Hamburg gekommen war.
Peggy hielt mich die ganze Zeit fest und legte dabei auch noch ihre Hand auf meinem Mund, damit ich nichts sagen konnte. Dabei liefen mir wieder unaufhörlich Tränen über mein Gesicht. Es war so schlimm.
Am liebsten hätte ich mich zu erkennen gegeben, aber Peggy hielt mich davon ab.
Auf einmal hörte ich auch wieder diese beiden Stimmen in meinem Kopf.
„Ja, Nora zeig dich. Zeige dieser bösen Hexe, wer die stärkere von euch beiden ist." Die andere Stimme sprach: „Nein, Nora, jetzt noch nicht. Bald kommt deine Zeit und dann bist du bereit ihr gegenüberzutreten."

„Ich wusste doch, dass du zu feige bist. Noch nicht einmal wenn es um Steven geht, hast du den Mumm, aus deinem Versteck zu kommen. Du bist wirklich erbärmlich", zischte sie und rannte die Treppe nach oben.
Peggy ließ mich wieder los, ich rannte sofort zu dem Mülleimer.

Ich holte seine Kette heraus und hielt sie nun in meinen Händen. Sie leuchtete noch, genauso wie meine, aber man sah schon, dass das Licht langsam verblasste.
„Ich werde sterben, Peggy, nicht wahr? Ich kann es gar nicht mehr schaffen, oder? Wie viel Zeit habe ich eigentlich noch?", fragte ich und steckte die Kette ein.
Das würde meine Erinnerung an Steven sein. Leider hatte ich kein Foto bei mir wie Gabriela, aber ich hatte seine Kette.
„Wir haben noch genug Zeit und es war wirklich stark von dir, Rose´s Provokationen zu widerstehen. Lass uns nun zum Mausoleum gehen", sagte Peggy und nahm mich an die Hand.
Wie ein kleines Kind, hielt sie mich fest, damit ich nicht weglaufen konnte.
Und ich fühlte mich bei ihr sicher, sehr sicher, wie bei einer Mutter, die ich nie hatte.

Wir gingen zum Mausoleum und Peggy öffnete die Tür. Dann stiegen wir hinab zur Grabkammer.
An Gabriela´s Grab blieben wir beide stehen.
Vorsichtig versuchte Peggy, den Deckel ihres Sarkophags zu verschieben, aber er war zu schwer.
Auch zusammen schafften wir es nicht.
Peggy hielt erneute ihre Hände darüber, aber auch das brachte nichts.
„Hilf mir", bat sie mich, „und denk nicht wieder zu viel nach."
Ich machte es ihr nach und hielt ebenfalls meine Hände über den Deckel des Sarges. Dann dachte ich nur daran,

dass sich dieser Sarkophag endlich öffnen sollte, aber auch mit meiner Hilfe öffnete er sich nicht.

„Ihr holt mich hier nicht heraus", hörte ich eine Stimme in meinem Kopf. Es war Rachel's Stimme. Ich erkannte sie sofort.

„Rachel wehrt sich, sie will nicht aus ihrem Sarg", erklärte ich Peggy.

„Dann machen wir das anders. Hier, Nora, nimm das", sagte sie und hielt mir Johannes' Beutel hin.

„Was soll ich denn rausholen?", fragte ich.

„Mach einfach, du wirst schon sehen", erwiderte sie und ich nahm ihn.

Ich machte ihn auf, steckte meine Hand hinein und holte eine Brechstange hervor.

„Was sollen wir denn damit? Ich hätte mir lieber etwas gewünscht, was nicht so nach anstrengender Arbeit aussieht!", muffelte ich.

Dann legte ich die Brechstange auf den Sarkophag und gab Peggy den Beutel zurück.

Sie grinste mich nur an und sagte: „Komm, wir versuchen es noch einmal zusammen."

Dann legte sie ihre Hände wieder auf.

Ich wusste zwar nicht, was das nun bringen sollte, schließlich hatte es gerade auch nicht funktioniert.

Doch als ich es ihr gleich tat und wieder ganz stark daran dachte, dass dieses Ding sich nun endlich öffnen sollte, da bewegte sich die Brechstange und hebelte den Deckel des Sarkophags einfach nach oben.

Wahnsinn!

Vorsichtig schaute ich hinein, sah aber nur ein Leichentuch.

Man konnte zwar etwas darunter erahnen, aber das sollte lieber Peggy machen.
So fing sie an, ganz langsam das Leichentuch hochzunehmen.
Ich ließ sie dabei nicht aus den Augen und war schon ziemlich gespannt.
Als Peggy nun endlich das Leichentuch zur Seite genommen hatte, konnte ich Rachel´s Überreste sehen.
Nur, was war das?
Ihre Gebeine sahen im Gegensatz zu denen ihrer Schwester ganz anders aus. Diese hier waren schwarz, tiefschwarz. Woher kam das?
„So tiefschwarz war wohl auch ihre Seele", meinte Peggy nur.
Ich half ihr dann die schwarzen Knochen vorsichtig aus dem Sarkophag zu heben. Als das geschafft war, holte Peggy den Rucksack und nahm Gabriela´s Überreste heraus.
Wie vorsichtig sie das machte, mit voller Hingabe. Sie wusste, dass dieser Mensch schon viel miterlebt hatte und sie sollte nun ihre gerechte Ruhe finden.

Als Gabriela nun endlich in ihrem für sie vorgesehenen Grab lag und wir es wieder fest verschlossen hatten, konnte ich sie hören.
„Danke, Nora, vielen Dank", sagte sie und hinter uns verschob sich leicht der Boden.
„Was ist das?", rief ich erschrocken.
„Das ist der Eingang. Komm, jetzt müssen wir uns noch um Rachel kümmern. Wir nehmen den leeren Sarg, der dort hinten in der Ecke steht", sagte sie. Dann zeigte sie

auf den schweren Sarg und beförderte ihn nur mit ihrer Willenskraft direkt auf seinen rechten Platz.
Dann legte sie das Leichentuch hinein und darauf Rachel´s schwarze Knochen. Zum Schluss nahm sich noch etwas aus Johannes´ Beutel und streute es auf die Überreste.
„Jetzt fehlt nur noch ihr Name auf dem Sarkophag und der Deckel", sprach Peggy und so geschah es.
Der Name gravierte sich von selbst hinein und der Deckel verschloss sich.
Dann hörte ich ihre Stimme in meinem Kopf, doch diesmal war sie anders, viel sanfter.
„Ich danke euch, es tut mir alles so leid. Ich war so blind vor Liebe", sagte sie.

„Peggy, was hast du gemacht? Ich konnte Rachel gerade hören. Sie hat sich bei mir bedankt", fragte ich sie.
„Wir haben ihre Seele gerettet. Nun kann sie in Frieden ruhen und die Familie Marquardt ist wieder vereint. Schwarze Hexen können nicht begraben werden. Das hat der Zauberer vorhin ja auch schon erzählt. Deswegen war ihr Geist noch frei. Aber nun kann auch sie in Frieden ruhen", erklärte sie.
Weiter konnte ich sie nicht fragen, denn kaum war Rachels Sarkophag komplett verschlossen, öffnete sich der Boden und eine goldene Truhe kam zum Vorschein.

Ich schaute zu Peggy, sie nickte mir nur kurz zu.
Ich nahm den goldenen Schlüssel, den ich bis hierher um meinen Hals getragen hatte und steckte ihn in das Schloss der goldenen Truhe. Dann drehte ich ihn um.
Die Truhe öffnete sich.

Da war es!

Ein schwarzes Buch, ebenfalls verschlossen mit einem kleinen Schloss.

Ich nahm es vorsichtig in die Hand und ließ es vor Schreck sofort wieder fallen.

Denn sobald ich es anfasste, wurde meine Haut grau.

Was war das?

Das hatte ich doch auch schon einmal erlebt.

Alles war schwarz, weiß oder grau. Einfach alles hatte seine Farbe verloren.

War das wieder so eine Vorahnung meines Schicksals?

Ich musste es herausfinden!

Also nahm ich das Buch aus der Truhe und drückte es fest an mich.

Es gehörte nun mir, endlich mir.

Ich werde jetzt die mächtigste Hexe, die die Welt je erlebt hatte.

Neben dem Buch lag ein kleiner Handspiegel. Was sollte das?

Ich nahm ihn in die Hand und schaute hinein.

Dort sah ich eine Person mit schwarzen langen, lockigen Haaren und roten Augen. Ihre Haut war grau und sie trug eine Kette um den Hals die rot schimmerte.

Wer war das?

Ich drehte mich zu Peggy um, aber sie war nicht mehr zu sehen.

Nun verstand ich.

Ich war die Person, die ich in dem kleinen Spiegel erblickte.

Ich fühlte mich richtig stark. Die magischen Kräfte, die mich durchdrangen, waren von unermesslicher Stärke.

Niemand konnte mir mehr etwas anhaben, auch nicht Rose.
Nun war ich die böse Hexe!

Die schwarze Magie

Peggy wartete vor dem Mausoleum auf mich. Sie hatte ihren Zauberstab auf mich gerichtet.
Was sollte das? Hatte sie etwa Angst vor mir?

Hier oben war auch alles schwarz-weiß gehalten, nur Peggy sah aus wie vorher. Wieso war das so?
„Warum richtest du deinen Stab auf mich", muffelte ich sie an, „hast du Angst vor mir?"
Peggy lachte: „Nein, Nora, wirklich nicht, vor dir habe ich keine Angst. Ich habe nur ziemlichen Respekt vor diesem Buch. Man sieht dir seine Macht ja schließlich schon an."
„Warum ist alles schwarz-weiß, nur du nicht?", wollte ich wissen.
„Nur Gutes verdient schön auszusehen. Das Böse bleibt im Dunkeln", erwiderte sie und zeigte auf das Buch.
„Mach es auf", befahl sie schließlich und zeigte immer noch mit ihrem Stab auf mich.
Ich nahm den zweiten Schlüssel, den mir Käthe mitgegeben hatte, und steckte ihn in das Buch.

„Nein, Nora, öffne es nicht, es wird dich verführen", hörte ich plötzlich wieder diese Stimme.
„Ja, öffne es, es wird dich sehr mächtig machen, so kannst du Rose endlich besiegen und die mächtigste Hexe werden. Das willst du doch!", hörte ich die andere.
Diese beiden Stimmen in meinem Kopf brachten mich durcheinander.

Ja, ich wollte Rose besiegen, aber nicht die mächtigste Hexe werden.
Oder wollte ich es doch? Etwas in mir war ganz wild danach, also drehte ich den Schlüssel herum und öffnete das Buch.
Es sprang sofort auf und eine schwarze Säule schoss aus dem Buch bis hoch in den Himmel. Dabei hörte man entsetzliche Schreie.
„Das sind die bösen Seelen, du hast sie frei gelassen. Sie werden versuchen dich auf ihre Seite zu ziehen. Wenn es ihnen gelingt, dann wirst du wie sie und ein Teil des Buches", erklärte mir Peggy.
Sollte mir das Angst machen?
Ich schaute die Säule an, wie sie sich langsam wieder in Luft auflöste.
„Sie bleiben so lange in unserer Welt, bis wir das Buch wieder verschließen. Verliere den Schlüssel nicht, er ist sehr wichtig", erklärte Peggy weiter. Langsam fing sie an mich mit ihren Erklärungen zu nerven.
„Ja!", schnauzte ich, „geh mir nicht auf den Senkel. Deine ewigen Bemutterungen gehen mir auf die Nerven. Ich bin doch kein kleines Kind mehr."
Peggy blieb ganz ruhig.
„Ich sehe, es geht schon los. Wir müssen fortfahren. Schlag die Seite 666 auf und versuche es zu lesen", befahl sie.
In welchem Ton sprach sie mit mir, war sie nicht mehr ganz dicht? Ich wollte mich aber nicht mit ihr streiten, also sagte ich nichts und hörte auf das, was sie sagte.

Ich schlug die Seite 666 auf und wunderte mich wieder einmal, was dieser Schicksalsweg mit dem anderen gemeinsam hatte. Wieder ging es um ein Buch und wieder hatte die Seite 666 eine besondere Bedeutung.

Immer wieder stieß ich auf Parallelen. Was hatte es damit auf sich?

In meinem Traum wurde ich zum Vampir und dadurch böse. Ich hatte mich nicht mehr unter Kontrollen und tat etwas sehr Schlimmes.

Nun war ich auch auf dem besten Weg, böse zu werden. Würde ich diesmal auch wieder die Kontrolle über mich verlieren?

Konnte ich das Schicksal wirklich noch ändern?

Es lief jetzt anders als in meinem Traum und doch irgendwie gleich. War ich verdammt?

Würde es mein Schicksal nicht gut mit mir meinen?

Was hatte Felizitas noch einmal gesagt?

Erst ein schlimmer Abschied, aber dann noch eine gute Zukunft? An diesen dünnem Grashalm musste ich mich festhalten.

„Was steht auf der Seite? Kannst du es lesen?", fragte mich Peggy und holte mich aus meinen Gedanken.

„Dort stehen ganz normale Worte in unserer Sprache. Wenn du mir nicht glauben willst, dann sieh selbst", bemerkte ich und wollte Peggy das Buch geben.

Sie schüttelte aufgeregt ihren Kopf und streckte mir abwehrend ihre linke Hand entgegen.

„Nein, ich glaube dir auch so, ich wage es nicht hineinzuschauen. Was steht dort? Lies es mir bitte vor", bat sie mich und drehte sich weg.

Was sie immer hatte? Mit ihrem Gehabe macht sie mich langsam echt wütend.

„Los, schaff sie beiseite. Du brauchst Peggy nicht mehr. Zeige einfach in ihre Richtung, dann bist du die Nervensäge für immer los", hörte ich wieder diese Stimme in meinem Kopf, aber dieses Mal war sie viel ausdrucksstärker und lauter.
Die andere Stimme, die ich immer hörte, konnte ich dagegen fast gar nicht mehr richtig verstehen, sie war leise und weit entfernt.
Ich hob langsam meine Hand in Peggy´s Richtung.
Es wäre ganz leicht! Einfach auf sie zeigen und ich hätte meine Ruhe. Nie wieder würde sie mich bemuttern, ich könnte machen, was ich wollte.
„Nein, Nora, tue das nicht, sie ist doch deine Tante. Sie liebt dich", hörte ich nun die leisere Stimme und erschrak über mich selbst.
Wollte ich gerade wirklich meine Tante töten?
Was war bloß in mich gefahren? War ich von allen guten Geistern verlassen? Schnell nahm ich meine Hand herunter und war froh, dass Peggy es nicht mitbekommen hatte.
So etwas durfte mir auf keinen Fall noch einmal passieren.

Peggy wollte, dass ich ihr aus diesem Buch vorlas, also tat ich es auch.
Ich starrte auf die Seiten und fing an zu lesen:

Aus Sommer wird Winter!
Aus Frühling wird Herbst!

Aus einem Baby wird ein Greis!
So ist dein Verweis!

Aus Treue wird Untreue!
Aus Liebe wird Hass!

Es ist ein Graus,
es schlummert die schwarze Hexe in dir,
Nun lass sie heraus!

Töte um zu leben!
Lebe um zu töten!

Man kann alles kriegen
um zu siegen!

Mehr stand nicht auf dieser Seite.
Aber ehrlich gesagt, konnte ich damit im ersten Moment nichts anfangen. Außerdem hatte Peggy mir doch erzählt, dass man dieses Buch nicht lesen konnte, oder besser gesagt, es war das Buch mit der unlesbaren Schrift.
Wollte sie mich ärgern?
Ich konnte diese Zeilen ganz normal lesen und dann auch noch auf Deutsch. Nicht irgend so ein lateinisches Zeug, ganz normale Worte, die sich dazu auch noch reimten, wie lustig.

So eine Reimkacke musste ich mir immer in der Schule ausdenken und jetzt stand so ein Mist in dem schwarzen Buch. Unglaublich!
Ich musste laut lachen. Mein Lachen ähnelte immer mehr der einer alten Hexe. Das hörte sich schrecklich an.
Was sollte der Mist? Bekam ich jetzt vielleicht auch noch einen Buckel und irgendwelche Warzen?
Das fehlte mir auch noch.

Peggy schaute mich ernst an. Was hatte sie nun schon wieder für ein Problem?
„Weißt du was du zu tun hast?", fragte sie mich.
Sie ging mir wirklich auf den Nerv.
„Nein", muffelte ich.
„Halte dich bitte unter Kontrolle Nora. Deine Augen sind schon wieder sehr rot. Ich bin nicht diejenige, auf die du dich konzentrieren sollst", erwiderte sie.
„Nein, ich weiß, es ist Rose", schrie ich.
„Nein, Nora, ganz und gar nicht. Du bist es. Konzentriere dich jetzt auf dich, sonst ist es zu spät. Du musst immer Nora bleiben, lass dich nicht von der dunklen Seite verführen und nun schau dir noch einmal an, was du gerade gelesen hast. Tue es einfach", schrie sie zurück.
Das machte mich noch wütender und ich bemerkte, wie ich anfing zu zittern.
Mir wurde ganz heiß und meine Haut fühlte sich gespannt an.
Ich nahm mir noch einmal das Buch vor und las die Zeilen ein zweites Mal aufmerksam durch.
Nun verstand ich es.
Dann hörte ich wieder diese eine Stimme.

„Du musst die Zeilen singen. Sing die Tonleiter nach oben", sagte sie zu mir und ich wusste, sie hatte Recht.
Dieses Buch konnte man nicht lesen, keiner konnte es, nur die schwarze Hexe vermochte es. Deswegen sollte ich Peggy auch vorlesen, sie selbst konnte es nicht.

Und die unlesbare Schrift? Damit meinte man, dass man mit normalem Lesen nicht weiterkam. Ich musste es in einer bestimmten Tonart singen, also tat ich es.
Ich sang jede Zeile in diesem Buch in einer anderen Tonart, bis ein unheimlicher Sing-Sang herauskam.

Doch kaum hatte ich die richtigen Ton getroffen, veränderte sich alles.
Die Bäume verloren ihre Blätter, bis sie ganz nackt und knochig aussahen. Dicke Schneeflocken fielen vom Himmel und es wurde eiskalt.
Vor dem Mausoleum stand ein Körbchen, darin lag ein Baby und daneben stand eine Flasche.
Ich nahm sie an mich. Das Baby fing an zu schreien, also nahm ich es aus seinem Korb und wiegte es in meinen Armen.
Wie süß es mich anlächelte, es hatte Ähnlichkeit mit Steven.
Doch da überkam es mich. Es sah aus wie Steven? Nein! War es sein Kind?
Hass stieg in mir auf, als ich wieder diese Stimme hörte.
„Ja, das ist das Kind von Steven und Rose. Töte es! Gib ihm die Flasche. Es ist Gift! Mach schon, Nora, dann bist du es los", sagte sie zu mir.

Als ich die Flasche gerade in seinen Mund stecken wollte, hörte ich die andere Stimme.
„Nein, Nora, das arme Baby hat doch keine Schuld. Verschone es", flehte sie mich an. Doch es war zu spät!
Mit dem Fläschchen im Mund hielt ich das Baby in meinen Armen.
Es trank und sah glücklich dabei aus.
Doch dann veränderte es sich. Seine Haut wurde ganz schrumpelig und faltig.
Es wurde immer älter und älter. Wie im Zeitraffer alterte es in meinem Arm, bis es letztlich starb.
Dann löste es sich in Luft auf.

Ich fühlte mich gut dabei, richtig gut!
Das Baby mit seinen dicken Kulleraugen war mir egal.
Zwei Aufgaben hatte ich schon erfüllt, nun kam die dritte an die Reihe.
„Ich werde Chris besuchen. Warte hier auf mich", sagte ich Peggy und ohne eine Antwort abzuwarten, ging ich den Weg zur Burg entlang.
Peggy folgte mir nicht, sie ließ mich einfach gehen.
Ich konnte sie nur noch von weitem etwas sagen hören:
„Ich liebe dich, Nora, bitte komm wieder zu uns zurück. Ich wünsche dir alles Gute."
Dann war sie verschwunden.
Sie ließ mich allein, anscheinend war ich ihr zu mächtig geworden, oder sie hatte doch Angst.
Es war mir egal, das war MEIN Schicksalsweg. Das, was nun kam, schaffte ich allein.

Vor der Burg war es menschenleer.

Wo waren sie alle? Wie viel Uhr hatten wir? Schliefen sie vielleicht alle?
Das würde mir sehr gelegen kommen.
Langsam öffnete ich die Eingangstür und schaute hinein.
Hier war ebenfalls niemand zu sehen.
Ich ging hinein und langsam die Treppe nach oben.
Welche Zimmernummer hatte Chris? Ich wusste es nicht, aber irgendwie zog es mich zu dem Zimmer mit der Nummer 99.
Vor der Tür blieb ich kurz stehen.
War er eigentlich allein in diesem Zimmer? Wenn nicht, dann war es auch egal.
Ich machte die Tür vorsichtig auf und schlüpfte hinein.
Es war dunkel. Das Licht war aus und auch durch die Fenster drang kaum Helligkeit. Doch mit meinen Augen konnte in sehr gut sehen.
Chris lag bereits im Bett und schlief tief und fest.
Auch seine beiden Freunde, Felix und Andrew, lagen in ihren Betten und träumten bereits.
Das sollte auch so bleiben. Ich ging zu ihren Betten und legte meine Hand über sie.
„Träumt schön weiter", sagte ich nur und sie fielen damit in einen noch tieferen Schlaf. Dann ging ich zu Chris.
Er sah wirklich gut aus. Das war mir damals schon aufgefallen und nun wollte ich ihn.

Aus Treue wird Untreue!

Ja, das wollte ich nun.
„Wach auf", befahl ich und er erwachte aus seinem Schlaf.

Chris saß aufrecht in seinem Bett und schaute mich verwundert an.

„Willst du mich?", fragte ich und konnte sein Nicken in der Dunkelheit gut erkennen.

Nun passierte das, was ich mir nie hätte vorstellen können. Ich wurde untreu, aus ganz freien Stücken, weil ich es wollte.

Oder weil ich es musste?

Die letzten Aufgaben

Bevor Chris aufwachte, war ich schon wieder verschwunden.
Die Nacht war, na ja, was sollte ich sagen? Schön?
Nein, ich wusste es nicht. Sie bedeutete mir einfach nichts. Chris bedeutete mir nichts. Er war nur Mittel zum Zweck.
Wie viel Zeit blieb mir eigentlich noch?
Meine Kette leuchtete noch leicht, aber nicht mehr sehr hell.
„Sechs Stunden noch, Nora", hörte ich die leise Stimme wieder in meinem Kopf.
„So ein Quatsch. Du hast alle Zeit der Welt!", rief die andere.
„Seid ruhig!", schrie ich, „ihr macht mich krank."
Immer diese Stimmen in meinem Kopf. Was sollte das?
Ich ging zurück zum Mausoleum und sah plötzlich Steven und Rose davor sitzen.
Sie unterhielten sich. Ich versteckte mich hinter einem großen Baum, denn durch den vielen Schnee würde man mich als schwarze Hexe sehr gut erkennen können.
Wunderte sie sich eigentlich nicht, warum es auf einmal alles so winterlich war?

„Sprecht lauter", befahl ich und schon konnte ich sie hören.
„Nora, warum hast du mich so früh am morgen hierher geführt?", fragte Steven. Dabei hielt er sie in seinen Armen.

Hass stieg in mir hoch, wenn ich es mit ansah, wie liebevoll er mit ihr umging.

„Ich muss dir etwas sehr Wichtiges sagen, Steven", fing sie an zu erzählen.

„Willst du mich vielleicht doch noch nicht heiraten?", fragte er vorsichtig.

„Doch, doch, das wünsche ich mir schon so lange. Wir beide sind füreinander bestimmt. Ohne dich kann ich nicht leben. Ich liebe dich über alles.

Es ist was anders, was ich dir sagen möchte, etwas sehr Schönes", erwiderte sie ihm und strahlte ihn an.

Steven nahm ihren Kopf zwischen seine Hände und küsste sie.

Ich musste würgen. Ich wusste genau was jetzt kam. Sie wollte es ihm erzählen. Fast blieb mir die Kotze im Hals stecken, aber ich hatte es noch so gerade unter Kontrolle.

„Steven, ich bin schwanger. Wir bekommen ein Kind", sagte sie und drückte ihn fest an sich.

Nun war es heraus! Was hatte Peggy gesagt? Solange er es noch nicht wusste, wäre es auch noch nicht bestätigt, dass Rose von ihm schwanger ist. Nun wusste Steven es. Hieß das, dass Rose nun wirklich schwanger war? Hatte sie jetzt diesen magischen Mutterschutz? Konnte ich sie nun nicht mehr so leicht töten?

Was sagte Steven überhaupt dazu?

Ich musste mich wirklich zusammenreißen, um nicht auszurasten und planlos über sie herzufallen.

„Nora, ich bin sprachlos. Stimmt das wirklich? Ich weiß gar nicht, was ich dazu sagen soll", stotterte er.
„Freust du dich denn nicht?", fragte sie etwas traurig und zog dabei einen Schmollmund.

Diese blöde Hexe! Das machte ich sonst auch immer. Sie wusste genau, wie sie sich zu verhalten hatte.
„Nein, Nora, ich bin glücklich. Ich freue mich wirklich, auch wenn es etwas überraschend kommt", erwiderte er und küsste sie.
Ich wollte gerade dazwischen, als ich plötzlich Jade hörte. Ihretwegen hielt ich mich noch zurück.
Wut stieg immer weiter in mir auf, wie lange hatte ich mich noch unter Kontrolle?

„Hallo, Schwester, weißt du, was Nora mir gerade verraten hat. Sie ist schwanger. Du wirst Tante. Ist das nicht super?", rief er hocherfreut.
„Ja, ich weiß es. Sie hat es mir schon erzählt. Aber es gibt da ein Problem. Ich kann nicht länger den Mund halten", flüsterte sie, doch ich konnte sie sehr gut verstehen.
Rose machte große Augen, sie wusste wohl, was Jade Steven sagen wollte. Ihre Augen bekamen plötzlich einen leicht roten Schimmer.
„Jade, überlege dir gut, was du machst", warnte Rose sie.
Doch Jade gab ihr contra.
„Nein, er ist mein Bruder. Ich kann es nicht mit ansehen, wie er in sein Verderben läuft. Ich habe lange genug geschwiegen und mit angesehen, wie du alle getäuscht hast. Ein bisschen Zeit bleibt mir noch, bevor auch ich,

noch an das glaube, was du erzählst. Doch jetzt ist Schluss!", schrie sie.

Rose wollte sich gerade auf sie stürzen, doch Steven hielt sie zurück.

„Was soll das jetzt? Gibt es ein Problem zwischen euch? Jade, bist du vielleicht eifersüchtig, weil ich so glücklich mit Nora bin? Sie wird doch deine Freundin bleiben und wenn du willst, dann kannst du Patentante werden. Was hältst du davon?"

„Mann Steven, wach auf. Das ist nicht ..."

Weiter konnte sie nicht sprechen.

Rose hatte Steven beiseite geschubst und sich auf Jade gestürzt. Sie war plötzlich völlig außer sich und fing an, Jade zu würgen.

„Du kleine, dumme Hexe. Du willst mich aufhalten und mein Glück zerstören? Das schaffst du nicht. Ich habe Nora besiegt und jetzt bist du dran. Ich werde dich jetzt töten und Steven bekommt einen Vergessenszauber verpasst. Es wird alles danach aussehen, als wenn du es nicht ertragen konntest, dass er glücklich ist und bist davongelaufen. Keiner wird dich vermissen, niemand", zischte sie und ihre Augen funkelten nun glutrot.

Das Adrenalin schoss mir durch die Adern und der Himmel über mir verdunkelte sich

Meine Muskeln traten hervor und ich bemerkte, wie unermessliche Kraft meinen Körper durchströmte.

Langsam kam ich aus meinem Versteck hervor.

„ICH werde sie vermissen!", schrie ich und zeigte mit meiner Hand auf Rose.

Sie ließ Jade sofort los und starrte mich erschrocken an.

„Nora?", fragte sie.

„Ja, ich bin es, und nun bin ich hier, um dem Ganzen ein Ende zu setzten", fauchte ich.

Jade rannte zu Steven und wollte, dass er mit ihr kam, doch er wehrte sich.

„Nein, was ist hier los? Nora?", fragte er Rose.

„Das ist nicht Nora. Sie ist Rose. Du hast Rose geschwängert!", schrie Jade ihn an.

„Nein, das glaube ich dir nicht", rief er und rannte zu Rose.

„Komm, schnell hier weg. Denk an unser Baby", flehte er sie an und zog sie mit sich.

„Nein!", schrie ich und riss die beiden, rein mit meiner Willenskraft, auseinander.

Steven fiel hin, doch Rose blieb stehen.

„Du bist immer noch stark, Rose, aber nicht stärker als ich!", brüllte ich sie an, „zeige ihm doch dein wahres Gesicht oder hast du Angst, dass er dich dann nicht mehr liebt?"

Dann richtete ich meine beiden Hände auf sie und Blitze zuckten. Rose schrie auf. Doch auf einmal warf sich Steven dazwischen, er wurde getroffen und sackte mit schmerzverzerrten Gesicht zusammen.

Sie rannte zu ihm.

„Oh nein, Schatz, bist du verletzt?", fragte sie ihn.

„Mir geht es gut. Wie geht es dir?", wollte er wissen und streichelte ihre Wange.

„Mir geht es gut. Sie kann mich nicht so leicht besiegen, da ich schwanger bin. Das ist mein Glück", erklärte sie ihm. Dann küsste sie Steven.

„Ich muss gleich kotzen von deinem Gesülzte. Lass deine Finger von ihm. Du hast ihn schon viel zu lange für dich gehabt", zischte ich.
Jade rannte währenddessen zu Steven und half ihm aufzustehen.
„Steven liebt mich, er wird mich heiraten und in ein paar Stunden wird es dich nicht mehr geben", lachte Rose und griff mich an.
„*Assultus maximus!*", schrie sie und ihre Blitze trafen mich direkt am Kopf.

Es schmerzte sehr und kurze Zeit sah ich sogar Sterne.
„Töte Jade. Töte deine Freundin. Wenn du jemand unschuldigen tötest, dann wirst du stärker werden und du kannst Rose besiegen", hörte ich wieder diese Stimme in meinem Kopf.
„Nein, Nora, tue das nicht. Du wirst dadurch nie wieder die Nora sein, die Steven liebt. So hat Rose gewonnen", sagte die andere.
Ich bekam wieder diese fürchterlichen Kopfschmerzen. Diese beiden Stimmen brachten mich um den Verstand.
Sollte ich Jade wirklich töten, um Rose besiegen zu können?
Sie war doch meine Freundin und die ganze Zeit auf meiner Seite. Sie hatte es Steven verraten, auch wenn es schon viel zu spät dafür war.
Nein, so böse war ich nicht. Jade würde ich nie etwas antun, genauso wenig wie Peggy und Steven. Das waren die einzigen Personen, die mir wirklich etwas bedeuteten.
Gut, und natürlich Edgar und Käthe.
Die beiden waren mir auch sehr wichtig.

Rose lachte laut und ihr Lachen war noch gehässiger als meins.

Ich konnte Steven und Jade hören, wie sie sich unterhielten.

Rose wiederum griff mich abermals an.

Ich musste mich konzentrieren, Rose´s Angriffen ausweichen und gleichzeitig Steven und Jade zuzuhören.

Es war wichtig, denn sie unterhielten sich über mich.

Steven: „Jade, was ist hier los? Warum sieht die schwarze Hexe aus wie Nora?"

Jade: „Steven, das ist Nora. Deine Nora."

Steven: „Das kann nicht sein. Wer ist dann die andere, mit der ich die ganze Zeit zusammen war? Jade, bitte sag was!"

Jade: „Das ist Rose. Sie hat Noras Platz eingenommen und uns alle geblendet. Ich wollte es dir schon viel eher sagen, aber du hast mir nicht zugehört und Peggy hat mir gesagt, ich sollte erst einmal nichts unternehmen."

Steven: „Peggy? Ja, sie habe ich hier auch gesehen, aber sie hat mir etwas von einem Brautkleid erzählt."

Jade: „Ach Steven, bist du so dumm? Sie wollten nicht, dass du etwas bemerkst."

Steven: „Dann war das die richtige Nora, die ich an diesem Tage geküsst habe? Es hätte mir viel eher auffallen müssen. Sie war so liebevoll und warm und sie hatte Tränen in ihren Augen. Ich hatte gedacht vor Glück, aber dem war nicht so. Um Gotteswillen, was habe ich getan?

Jade: „Ich habe vor der Klassenfahrt doch diesen tollen Trank gebraut, den wir getrunken haben. Er sollte uns vor dem Bösen beschützen, doch Rose hat dich mit der Tollkirsche entzaubert.
Was du dann getan hast? Du hast mit Rose geschlafen, ihr einen Heiratsantrag gemacht, sie auch noch geschwängert und Nora zur schwarzen Magie getrieben. Denn anders konnte sie sich nicht mehr helfen. Wir können nur noch hoffen, das sie ihr nicht verfällt."

Jade sagte ihm alles ganz trocken ins Gesicht, wie immer.
Ich liebte sie dafür, dass sie so ehrlich war.
Rose wiederum schleuderte mir wieder ein paar Zauber entgegen, denen ich nicht so leicht ausweichen konnte.
Sie trafen mich zwei weitere Male von der Seite.
Blut tropfte aus meiner Nase und Rose fing an zu lachen.
„Na, doch nicht so böse, was? Ich bin wohl doch zu stark für DICH!", schrie sie.
Auf einmal stellte sich Steven vor sie und hielt sie fest.
„Ich möchte die Wahrheit wissen, von dir. Jetzt sofort. Bist du Nora?", fragte er sie und sah in ihre roten Augen.
„Natürlich bin ich deine Freundin. Das siehst du doch", erwiderte sie ihm und wollte ihn küssen. Doch Steven wich von ihr zurück.
„Ich habe dich nicht gefragt, ob du meine Freundin bist. Ich möchte aus deinem Mund erfahren, ob du Nora bist!", schrie er sie an.

Ihre Augen wurden immer dunkler, bis sie Tiefschwarz waren. Dann ging sie in die Hocke und murmelte etwas vor sich hin, ich konnte aber nicht verstehen was.

Als sie sich wieder erhob, platzte die Haut von ihrem Körper und vor uns stand ...
Rose!
„Nein, ich bin nicht Nora, aber ich bin die Frau, die du heiraten wirst und die dein Kind in sich trägt. Für euch beide wird es zu spät sein!", schrie sie und schleuderte Steven beiseite.
Er knallte gegen einen Baum und blieb bewusstlos liegen.
Blut lief aus seinem Mund und sein Arm war völlig verdreht.
„Nein", schrie ich und stürzte mich auf Rose.

Gut oder Böse

Ich versuchte es auf die altmodische Art und riss ihr an den Haaren. Mit Leibeskräften zog ich daran, bis ich ein Büschel davon in meiner Hand hielt.
Rose schrie auf: „Du blödes Weib, was soll das?"
„Was hast du mit Steven gemacht?", gab ich zurück und zog noch einmal fest an ihren Haaren.
Jade war währenddessen zu ihrem Bruder gerannt um ihm zu helfen, aber sie schaffte es nicht.
Immer noch lag er bewusstlos auf dem Boden.
„Nora, hilf ihm", schrie sie, „er schafft es sonst nicht."
Oh nein, er schien doch sehr schwer verletzt zu sein. Ich musste ihm helfen und rannte einfach los.
Doch Rose hatte einen anderen Plan. Bevor ich ihn erreichen konnte, schaffte sie es, ihn nach oben schweben zu lassen.
Es sah so schlimm aus. Steven baumelte leblos mit hängenden Gliedmaßen vor mir in der Luft.
„Wenn ich ihn nicht haben kann, dann wirst du ihn auch nicht bekommen. Ich werde ihn lieber töten, als ihn dir zu überlassen!", schrie sie und wirbelte ihn abermals mit voller Wucht gegen die Mauern des Mausoleums.

„Nein, nicht!", schrie Jade und war in Tränen aufgelöst.
Steven knallte mit voller Wucht auf und hatte nun eine böse Platzwunde am Hinterkopf.
„Du Monster", heulte Jade und hatte ihren Bruder dabei im Arm.

Ich konnte nichts sagen, die ganze Zeit lief alles wie im Film vor meinen Augen ab.
Doch diese Worte des schwarzen Buches brannten sich jetzt in mein Gehirn:

Es ist ein Graus,
es schlummert die schwarze Hexe in dir,
Nun lass sie heraus!

Ich bemerkte selbst, was das in mir auslöste.

Jade weinte fürchterlich, Steven lag leblos in ihren Armen und Rose lächelte mich bösartig an.
Ich wurde auf einmal so wütend und mein Herz raste.
Blitze zuckten über unseren Köpfen hinweg und es fing stark an zu regnen.
Sturm kam auf. Der Schnee schmolz schnell unter meinen Füßen, denn mir wurde heiß, ziemlich heiß.
Mein Körper brannte.
Jade schaute mich ängstlich an, sogar die Augen von Rose zeigten mir, dass sie ziemlichen Respekt vor mir hatte.

„Was hast du getan?", schrie ich und bemerkte, dass meine Stimme tief hallte.
„Wie konntest du das nur tun? Ich dachte, du liebst ihn!", kam es aus mir heraus.
„Besser so, als anders. Ich liebe ihn sogar so sehr, dass ich ihn nicht mit dir teilen möchte. So bekommt ihn keine von uns", zischte sie.
„Nora, Steven atmet nur noch ganz schwach. Bitte rette ihn. Rette meinen Bruder", weinte Jade.

Sie war so verzweifelt und schaute zu mir herüber.
Doch dann hörte ich wieder diese Stimme in meinem Kopf. „Töte sie, Nora, töte Rose", hämmerte sie mir ein, immer und immer wieder.
„Nein, Nora, du darfst sie nicht töten, sie trägt ein Kind in sich. Dadurch bist du für immer verloren", hörte ich eine andere Stimme.
„Doch tue es. Rose hat es verdient. Steven wird sterben und daran ist nur sie schuld. Bestrafe sie! Bestrafe Rose!", hörte ich die andere noch einmal.

Ich sah zu Jade, wie sie neben Steven kniete und ihn in ihren Armen hielt. Dann schaute ich Steven an, wie leblos er da lag.
Ich wollte mich so gerne an ihn erinnern.
Wie es war, ihn zu küssen und in seinen Armen zu liegen?
Wie war unser erstes Mal und wie das zweite?
Ich konnte es nicht mehr fühlen, nichts war mehr so, wie es sein sollte. Rose hatte alles kaputt gemacht.
Jetzt musste sie dafür bezahlen. Jetzt würde sie sterben.

Ich nahm meine ganze Wut und meinen ganzen Hass zusammen und knallte ihn Rose entgegen. Viele Blitze trafen sie direkt an der Brust.
Schreiend brach sie zusammen.
Hatte ich sie schon besiegt?
Zur Sicherheit machte ich es noch ein zweites Mal.
Doch Rose wehrte sich. Sie sah nun nicht mehr so aus, wie noch vor ein paar Sekunden. Sie hatte ihr Äußeres verändert.

Sie hatte ebenfalls schwarze Haare und Augen. Ihre Haut wurde grau, wie meine.
„Bei der Macht von Esmeralda Carter-Brown. Versammelt euch, ihr schwarzen Seelen, und kommt mir zu Hilfe. Vernichtet die schwarze Hexe. Vernichtet Nora Marquardt!", schrie sie.
Viele dunkle Schatten flogen nun um sie herum. Kreischende Seelen tauchten auf. Eine ähnelte sogar ihrer Mutter Esmeralda.
Blitze zuckten und schlugen neben mir ein.
„Du bist verloren, Nora. Nimm Abschied von deinem Leben", zischte sie.
Dann griffen sie mich an. Alle zusammen. Ich hatte keine Chance.
Blitze trafen mich überall, ich konnte mich nicht wehren.
Ich flog durch die Luft und knallte hart wieder auf den Boden. Doch das war nicht genug.
Sofort hob mich eine Kraft wieder auf und schleuderte mich ein weiteres Mal, nun gegen die Wand des Mausoleums.

Ich spukte Blut und stöhnte laut auf.
„Ich lass dich nicht gewinnen!", schrie ich und rannte so schnell ich konnte zu Steven.
Schnell legte ich meine Hand auf und dachte an HEILEN".
Leider hatte ich nicht genug Zeit. Wieder packte mich jemand und hielt mich zappelnd in die Luft.
Ein Gesicht tauchte vor mir auf und als ich ihre Stimme hörte, erkannte ich sie auch.
Esmeralda!

„So sieht man sich wieder. Vielen Dank, dass du meine Seele aus diesem stickigen schwarzen Buch befreit hast. Jetzt kann ich mich bei dir revanchieren", sagte sie zu mir und drückte meine Kehle zusammen.
Das war mein Ende. Gegen Esmeralda hatte ich keine Chance.
Rose stand hinter ihrer Mutter und lachte.
„Das ist jetzt dein Ende. Mache es schön langsam, Mutter. Sie soll sich quälen", giftete Rose und rieb sich dabei ihre Hände.
Esmeralda drückte immer weiter zu. Ich hatte wirklich Schwierigkeiten weiter atmen zu können.
Doch auf einmal brach Rose blutend zusammen.
Jade stand hinter ihr. Sie hatte ihr ein Messer in den Rücken gerammt.
Esmeralda ließ mich sofort los und richtete ihre ganze Wut auf Jade.
Sie packte sie und fing an sie zu schütteln. Immer stärker und heftiger.

Sie durfte Jade nichts antun.
Ich richtete meine Hände auf sie und fing an, etwas in einer mir unbekannten Sprache zu flüstern. Ich wusste selbst nicht so genau, was ich da eigentlich sprach, aber anscheinend bewirkte ich damit etwas.
Esmeralda ließ Jade vorsichtig hinunter und drehte sich zu mir.
Mit schmerzversehrten Gesicht sah sie mich an.
„Woher kennst du die tote Sprache? Die beherrschen nur die schwarzen Hexen", hörte ich sie noch sagen, dann löste sie sich in Luft auf.

Mittlerweile hatte sich Rose das Messer wieder aus ihrem Rücken gezogen und kam damit auf mich zu. Als sie sah, was mit ihrer Mutter passierte, schrie sie auf: „Nein, Mutter. Was tust du. Nora?"

„Das ist mir wirklich scheißegal, was mit deiner Mutter ist. Soll sie doch vergammeln, da, wo sie jetzt ist. Ich hoffe, dass ich sie nicht mehr wiedersehen muss. Ich hasse dich und deine Familie. Ihr habt mir alles genommen. Meine Eltern, meine Kindheit, meine Freude und meine Liebe. Jetzt bist du dran, Rose. Und ich werde keine Rücksicht mehr nehmen", zischte ich und hielt meine Arme nach oben.

„Bei der Macht des schwarzen Buches. Kommt zu mir, ihr schwarzen Seelen. Helft mir, Gerechtigkeit walten zu lassen. Tötet Rose!", schrie ich.

Alle dunklen Kreaturen, die gerade noch Rose zu sich gerufen hatte, wechselten plötzlich die Seite.

Sie schwebten hinter mir und waren bereit zum Angriff.

Angst spiegelte sich in Rose´s Gesicht wieder, aber das war mir egal.

Nun bekam sie ihre gerechte Strafe. Ich würde gewinnen.

Ich hetzte die schwarzen Schatten auf sie und schickte viele scharfe Blitze hinterher.

Sie würde dafür büßen, was sie Steven angetan hatte. Ich hatte kein Mitleid mehr mit ihr. Jetzt würde sie sterben.

Rose stöhnte auf, sie sah schon ziemlich fertig aus.

Die Schatten schleuderten sie durch die Luft, bis sie ihre beiden Beine gebrochen hatte. Doch sie starb einfach nicht.

Was müsste ich noch alles tun, um sie endlich los zu werden?
Da fiel mir wieder das Baby ein. Rose hatte diesen magischen Mutterschutz, deswegen konnte ich sie nicht töten.
Vor Wut passte ich einen Moment nicht auf. Doch diesen Moment nutze Rose aus. Sie sprang auf mich und rammte mir das Messer in meine Brust.
Blutend sackte ich zusammen.
Dann nahm sie den Schaft des Messers und zog ihn wieder heraus. Das Blut sprudelte nur so und mir wurde schwindelig. Wie konnte sie das bloß schaffen, ihre Beine waren doch gebrochen?
Rose holte aus, um den allerletzten Stich zu setzen, doch jemand hielt sie zurück.
„Nein, tu ihr nichts an", schrie dieser jemand.
Wer war das? Ich konnte ihn nicht erkennen. Vor meinen Augen war alles verschwommen.
Doch Rose hörte nicht auf. Kreischend und immer noch bewaffnet mit diesem Messer, wollte sie auf mich einstechen.
„Endlich!", schrie sie und stach zu. Doch jemand sprang zwischen uns und sackte dann, vom Messer getroffen, leblos zusammen.
Rose hatte jemanden getötet, aber nicht mich.
Schnell beugte ich mich zu dieser Person, um sie besser erkennen zu können.
Es war Chris, er atmete noch.
„Es tut mir leid, Nora. Alles tut mir leid. Rose ist von mir schwanger, nicht von Steven. Verzeih ihm. Ich liebe dich",

konnte er noch flüstern, bis er seine Augen für immer schloss.
„Nein!", schrie ich, „Chris, was hast du Dummes getan?"
Er hatte sein Leben geopfert, um mich zu retten. War ich das wirklich wert?
Ich legte ihn vorsichtig auf den Boden und streichelte ihm noch einmal über sein Gesicht.
„Danke", flüsterte ich und gab ihm einen letzten Kuss.
Dann stürzte ich mich mit meiner letzten Kraft auf Rose. Sie hatte uns alle belogen. Chris war der Vater ihres Kindes, nicht Steven.
Ich griff ihr an den Hals und fing an sie zu würgen, sie sollte endlich sterben.

Immer fester drückte ich zu, bis Rose ihre Augen verdrehte.
Doch zum letzten Stoß kam es nicht mehr. Denn die beiden Stimmen meldeten sich wieder.
Nun wusste ich, vorher sie kamen. Diese Stimmen waren mein Gewissen. So, als ob mir Engelchen und Teufelchen auf den Schultern sitzen würden. Der Engel sagte: „Nein, Nora, so bist du nicht, lass sie los. Ein Teil von Chris ist in ihr, der soll weiterleben dürfen."
Doch der Teufel war ganz anderer Meinung: „Los, mach weiter, dann bist du die mächtigste Hexe."

Doch das wollte ich gar nicht. Ich wollte nicht die mächtigste Hexe werden. Lieber würde ich alles hinter mir lassen und abhauen, für immer.
„Los, Nora, worauf wartest du noch?", zischte Rose.
Doch ich ließ sie los.

„Nein, ich kann das nicht. Ich will dir nichts antun. Geh einfach", flüsterte ich und bemerkte, wie meine Haut wieder heller wurde.
„Was? Du lässt mich wirklich gehen?", lachte Rose und bekrabbelte sich schnell wieder.
„Du weißt ja nicht, was du da tust", lachte sie noch. Doch bevor sie etwas anstellen konnte, stand plötzlich Peggy hinter ihr und hielt sie fest.
Bewaffnet mit einer Art Zauberschnur, aus der Rose sich nicht mehr befreien konnte.

Wo kam Peggy auf einmal her?
War sie die ganze Zeit schon da?
„Nora, nimm das schwarze Buch und verschließe es wieder", befahl sie mir und band Rose dabei an einen Baum.
Sie fing an, sie mit diesem weißen Pulver zu bestreuen, das sie schon bei Rachel´s Überresten verwendet hatte und rief die ganze Zeit dabei „werde gut, werde gut".
Was sollte das?
Wollte Peggy ihr die schwarze Magie austreiben?

Ich stand langsam auf und musste mir eingestehen, dass mir alles sehr weh tat. Es kam mir so vor, als hätte mich ein Bulldozer überfahren.
Das schwarze Buch musste noch hinter dem Baum liegen, hinter dem ich mich versteckt hatte. Als ich Steven und Rose belauschte, hatte ich es dort liegen gelassen.
Ich schaute hinter den Baum und sah es dort liegen.
Schnell nahm ich es an mich, schlug es zu und steckte den

schwarzen Schlüssel hinein. Dann drehte ich ihn zweimal um.
Kaum war das Buch verschlossen, schwebte es auch schon nach oben. Es blieb noch eine kurze Zeit vor mir in der Luft stehen, so, als ob es sich verabschieden wollte und schoss dann in den Himmel.
Ich schaute hinterher und sah ganz oben auf einer Wolke den alten Zauberer stehen, der es in Empfang nahm.
Er winkte mir noch einmal zu und verschwand sofort wieder.

Hier unten veränderte sich alles wieder.
Es wurde sehr viel wärmer. Die Bäume trugen wieder ihre Blätter. Wilde Blumen wucherten aus dem Boden. Es war wieder alles wunderschön.
Ich schaute meine Hände an, die ebenfalls wieder ihre normale Farbe annahmen. Sogar meine roten, lockigen Haare waren wieder da.
War es vorbei? War es endlich vorbei?
Schnell schleifte ich Chris mit einer Hand zum Mausoleum und sah Steven immer noch dort liegen. Mit meiner anderen hielt ich mir meine blutende Wunde zu.
Es war ein ganz schöner Kraftakt, Chris war ziemlich schwer. Doch ich schaffte es.
Ich legte ihn vorsichtig ab und kniete mich neben Steven auf den Boden. Er war wieder bei Bewusstsein und ich sah in seine schönen blauen Augen. Dann nahm ich seine Hand und hielt sie fest.
Alle Gefühle, die ich lange nicht mehr gespürt hatte, kamen nun wieder. Ich konnte mich an alles wieder erinnern, so, als ob es erst gestern passiert wäre. An

unseren ersten Kuss und wie es ist, in seinen Armen zu liegen.
An unser erstes Mal konnte ich mich sogar sehr, sehr gut erinnern.
Ich nahm Steven´s Kette aus meiner Tasche und schaute sie an.
Nun strahlte sie wieder kräftig.
Jade nahm mich in ihren Arm, drückte mich und flüsterte: „Danke!"
Dann hörten wir die Sirenen eines Krankenwagens.

Krankenhaus

Meine Tante Peggy saß neben mir, als ich wach wurde, und hielt meine Hand.
Sie lächelte und strich mir eine Strähne aus dem Gesicht.
Mein linker Arm war eingegipst und auch so hatte ich überall kleine Verbände am Körper.
„Es ist vorbei. Du hast es überstanden. Steven und Jade geht es gut. Sogar deinen Freund Chris konnten sie noch retten. Es sah erst ziemlich schlecht für ihn aus, aber nach der Not-OP hat er sich wieder berappelt", erzählte sie mir.
„Chris lebt? Ehrlich? Oh, ich freue mich so. Ich habe gedacht, er wäre tot. Gott sei Dank. Kann ich zu ihm, ich möchte mich gerne bei ihm bedanken?", fragte ich sie.
„Bestimmt darfst du zu ihm, aber lass ihm noch etwas Zeit. Ich würde dir gerne erst etwas erzählen", sagte sie und holte eine kleine Schatulle aus ihrer Tasche.
„Was ist das und was ist genau passiert? Ich kann mich nur an Bruchstücke erinnern. Ich weiß nur noch, dass du auf einmal da warst und Rose gefesselt hast. Wo warst du die ganze Zeit?", fragte ich sie aufgeregt.
„Beruhige dich, ich werde dir alles erzählen", erwiderte Peggy und öffnete die Schatulle.
Darin lag der schwarze Schlüssel des Buches.
„Ich werde ihn der Weisen wieder zurückgeben. Sie kann ihn am besten verwahren", sprach sie und legte die Schatulle wieder zurück.
„Offiziell habe ich es so aussehen lassen, als hätet ihr alle zusammen einen kleinen Ausflug gemacht und seid dabei verunglückt. Frau Buschhütten wurde schon so oft von mir

mit einem Vergessenszauber belegt, dass einer mehr oder weniger nichts weiter ausmacht. Deine ganze Klasse glaubt, dass Rose mit euch auf dieser Fahrt war. So brauchen wir nichts weiter zu erklären. Ihr geht es übrigens gut und sie möchte dich sehen. Wenn du es möchtest, dann würde ich sie, nachdem wir beide zusammen gesprochen haben, hereinholen", erklärte sie mir.

Rose wollte mich sehen, sie wollte wirklich mit mir sprechen? Was hatte sie wohl zu sagen?
Ich würde es ihr nicht verweigern, also nickte ich Peggy zustimmend zu.
„Das wird sie sehr freuen. Jetzt zu dir. Dein Schicksalsweg ist positiv für dich ausgegangen. Alle leben noch und sind wohlauf, bis auf die paar Schrammen, aber damit kann man leben. Wir sind sehr stolz auf dich, Nora, dass du es geschafft hast, dich nicht von der bösen Seite verführen zu lassen. Es wird aber sehr schwer für dich werden, das alles zu verarbeiten. Soll ich dich das alles vergessen lassen, so, als ob du eine ganz normale Klassenfahrt mit deinen Freunden gehabt hättest?", fragte sie mich.
„Nein, Peggy, das möchte ich nicht. Ich komme schon klar damit. Es gehört ja nun schließlich zu meinem Leben. Das, was ich möchte, ist eine Auszeit. Ich würde mich sehr darüber freuen, wenn du mich nach diesem Schuljahr in einer anderen Stadt studieren lassen würdest. Ich möchte doch sowieso mit Steven zusammen ziehen. Vielleicht kommt Jade ja auch mit. Das wäre toll", erwiderte ich.
Peggy schaute mich eine ganze Weile an und sagte dann: „Du bist wirklich eine sehr starke Persönlichkeit. Ich finde

es gut, dass du das Geschehene nicht vergessen willst. Das hilft dir innerlich, als Hexe zu wachsen und es macht dich stark. Ich bin wirklich beeindruckt und deswegen bin ich einverstanden. Nur wie, wann und wo, das besprechen wir nicht heute."
Hörte ich da gerade richtig? Peggy war einverstanden? Ich durfte mir eine Auszeit nehmen und umziehen? Wahnsinn! Das war die tollste Nachricht seid langem.
Vor Freude umarmte ich Peggy und drückte sie fest an mich.
„Danke, danke, danke", sagte ich und fing an zu weinen.
„Sind das Freudentränen?", lachte Peggy und reichte mir ein Taschentuch.
Ich nickte nur und wischte mir die Tränen weg.
„Ich war die ganze Zeit bei dir. Ich war im Mausoleum. Du bist lange weg gewesen, also habe ich im Mausoleum übernachtet und morgens, als ich hinaus wollte, waren Steven und Rose schon da. Ich habe es dann vorgezogen, mich zurückzuhalten. Es war ja schließlich dein Schicksalsweg, ich darf mich da nicht einmischen. Erst wenn es nicht gut ausgegangen wäre, hätte ich wahrscheinlich etwas unternommen. Aber du hattest alles bestens unter Kontrolle, auch wenn es schon ziemlich schlimm aussah", erzählte Peggy und ich sah ihr an, dass sie ein schlechtes Gewissen hatte.
„Ich verstehe dich schon, Peggy, du brauchst dir keine Vorwürfe zu machen. Ich weiß, dass du dir Sorgen gemacht hast und mir am liebsten geholfen hättest, aber das musste ich allein durchstehen. Ich habe dich lieb. Du bist die beste Tante der Welt und ich bin glücklich dich zu haben", erwiderte ich und lächelte sie an.

Sie sollte sich keine Vorwürfe machen. Ich wusste, dass es sehr schwer für sie war, nichts zu unternehmen und einfach nur dazustehen und alles mit ansehen zu müssen.

„Soll ich jetzt Rose hereinholen?", fragte sie und stand auf.
„Ja, ist gut, hole sie herein", sagte ich und richtete mich auf.
Peggy ging hinaus und es dauerte nicht lange, bis sie wieder zurückkam. Sie schob einen Rollstuhl vor sich her, in dem ein blondes Mädchen saß. Es hatte beide Beine geschient, aber es lächelte mich an.
War das Rose?
Sie sah so anders aus.
Sie hatte ein kleines Geschenk dabei, dass sie auf ihrem Schoß festhielt.
Peggy schob sie bis an mein Bett und sagte dann: „Ich werde euch jetzt allein lassen." Dann verließ sie das Zimmer. Rose schaute mich an und überreichte mir das kleine Geschenk.
„Für mich?", sagte ich nur und nahm es entgegen.
Warum schenkte sie mir etwas? Das sollte sie nicht.
Rose sagte kein Wort, sie schaute mich nur an, also machte ich ihr Geschenk langsam auf.
Es war eine kleine Schmuckschatulle und als ich sie öffnete, sah ich den Ring, den Steven ihr angesteckt hatte. Ich erinnerte mich nun wieder. Er gab ihn ihr, als er sie fragte, ob sie seine Frau werden wollte.
„Rose, was soll das?", fragte ich und legte das Geschenk beiseite.

„Er meinte dich, nicht mich und ich wollte mich bei dir entschuldigen. Ich hoffe, du kannst mir eines Tages verzeihen. Ich weiß, dass ich das nie wieder gutmachen kann", stotterte sie und dabei knetete sie ihre Hände.
Rose entschuldigte sich gerade bei mir? Tat es ihr wirklich leid? Ich hatte mich noch nie mit ihr so ruhig unterhalten.
Als ich sie da so sitzen sah, tat sie mir schon ein wenig leid. Aber was sollte ich ihr sagen?
Ich reichte ihr einfach nur meine Hand.
Rose schaute hoch und nahm sie entgegen.
„Vergessen?", fragte ich.
„Vergessen!", sagte sie, „Freunde?"
„Vielleicht nicht sofort, aber auch keine Feinde mehr. Ist das OK für dich?", erwiderte ich.
Sie strahlte mich an und lächelte.
„Ja, Nora, damit bin ich einverstanden. Bis bald", sagte sie noch, drehte sich mit dem Rollstuhl um und rollte zur Tür.

Wie abgesprochen kam Peggy herein und hielt ihr die Tür auf.
Als Rose das Zimmer verlassen hatte, kam Peggy noch einmal zu mir.
„Ist alles in Ordnung", wollte sie wissen, „hat sie sich bei dir entschuldigt?"
„Was hast du mit ihr gemacht?", fragte ich sie, „ich habe gesehen, dass du sie mit diesem weißen Pulver aus deinem Beutel bestäubt hast."
„Das ist dir nicht entgangen, wie ich sehe. Ja, ich habe aus Rose wieder einen guten Menschen gemacht. Sie hat nun keine Zauberkräfte mehr und kann nichts mehr anrichten. Noch dazu habe ich ihr positive Energie gegeben. Sie wird

mir dankbar sein, aber trotzdem muss sie sich noch vor dem Hexenrat verantworten, wenn sie wieder auf den Beinen ist, und dann wird sie ihre Strafe antreten müssen. Aber dabei können wir ihr nicht helfen, das muss sie ganz allein verantworten. Soll ich dir jetzt aufhelfen, damit du deine Freunde besuchen kannst. Jade ist gerade bei Steven oder möchtest du zuerst zu Chris?"

„Ich möchte bitte erst zu Chris. Ich muss ihn sehen und mich bei ihm bedanken. Weiß er denn was passiert ist oder hast du ihn auch geblitzdingst, damit er alles vergisst?"

„Ich habe ihn alle bösen Erlebnisse vergessen lassen. Er weiß nur, dass ihr einen Unfall hattet und er dir helfen wollte. Zu seinen Gefühlen, die er für dich hat, dazu kann ich nichts sagen, so etwas kann ich nicht beeinflussen. Ich wollte aber auch nicht, dass sich der arme Junge mit diesen schlimmen Erinnerungen quält."

„Das hast du gut gemacht, Tante Peggy. Er soll eine schöne Erinnerung an die Klassenfahrt haben. Ich werde jetzt zu ihm gehen und mit ihm sprechen", sagte ich und stand langsam auf.

Peggy half mir vorsichtig auf. Es ging ganz gut, ich hatte alles gut unter Kontrolle.

Sie zeigte mir die Zimmer, in denen Chris und Steven lagen und ließ mich dann allein gehen.

Beide lagen Tür an Tür nebeneinander. Auch wenn es mich brennend interessierte, wie es meinem Freund ging und woran genau er sich noch erinnern konnte, musste ich zuerst zu Chris. Er wäre fast gestorben, um mich zu retten. Ich war es ihm einfach schuldig, zuerst nach ihm zu sehen, also klopfte ich vorsichtig an und ging dann in sein Zimmer.

Chris lag allein auf diesem Zimmer und hatte viele Schläuche an seinem Körper.
Seine Augen waren verschlossen, anscheinend schlief er.
Ich nahm einen Stuhl und stellte ihn direkt neben seinem Bett. Dann setzt ich mich und nahm seine Hand.
Sie war ziemlich kalt, also streichelte ich sie etwas.
Es tat mir weh, ihn so zu sehen. Er war so ein lieber Mensch, ich war froh, ihn kennengelernt zu haben, auch wenn ich ihn leider nicht glücklich machen konnte.
Was war eigentlich mit Rose´s Schwangerschaft? Sie hatte gar nichts erwähnt und Peggy hatte auch nichts gesagt. Wusste Chris das überhaupt?
Ich würde ihn aber lieber nicht darauf ansprechen, nachher regte er sich noch unnötig auf, und das wäre in seinem Zustand bestimmt nicht gut.
Ich beschloss, ihn schlafen zu lassen und nachher noch einmal nach ihm zu sehen, vielleicht würde er dann wach sein.
Doch als ich seine Hand loslassen wollte um aufzustehen, hielt er mich fest.
Ich schaute ihn an und bemerkte, dass er langsam seine Augen öffnete.
„Chris? Geht es dir gut?", fragte ich leise, denn ich wollte ihn nicht erschrecken.
Langsam drehte er seinen Kopf zu mir und sah mich an.
Auf seinem Gesicht bemerkte ich ein zaghaftes Lächeln.
Es schien ihm ganz gut zu gehen, jedenfalls sah er nicht so schlecht aus, wie ich es zuerst vermutete.

„Ich bin so froh, dass dir nichts passiert ist. Ach, was sag ich da? Ich bin froh, dass dir nicht Schlimmeres passiert ist. Und ich danke dir, dass du mir geholfen hast! Kannst du sprechen?", stammelte ich.
Er versuchte seinen Mund zu öffnen und zu sprechen, aber ich verstand ihn nicht. Also beugte ich mich zu ihm, damit er mir in mein Ohr flüstern konnte.
„Mir geht es den Umständen entsprechend gut. Hauptsache, dir ist nichts passiert, das ist die Hauptsache", sagte er, dann legte er seinen Kopf wieder zur Seite und schloss seine Augen.
„Ich versteh schon, du bist müde. Schlaf dich gesund und noch einmal vielen Dank. Du bist ein wahrer Freund, ich habe dich echt lieb gewonnen", erwiderte ich ihm, küsste ihn zum Abschied noch einmal auf seine Wange und ließ seine Hand los.
Damit sie nicht so kalt blieb, deckte ich ihn noch anständig zu und verließ das Zimmer.

Ich war so froh, dass ihm nicht weit Schlimmeres passiert war. Damit hätte ich nicht leben können.
Es war sowieso alles so bizarr. Erst wollte Rose mich zum Teufel schicken und mit töten und heute entschuldigte sie sich bei mir.
Chris opferte sogar fast sein Leben, um mich zu retten.
So ein Idiot!
So besonders war ich nun auch nicht. Oder doch?
Ich spiegelte mich in einer Fensterscheibe des Schwesternzimmers und irgendetwas war anders.
Ich trug ein weißes Nachhemd, mit einem roten Morgenmantel darüber. Meine langen, lockigen Haare

reichten schon bis zu meinem Gesäß. Ich war sehr dünn und mein Gesicht sehr blass, aber so sah ich eigentlich immer aus. Ich war von Natur aus sehr hellhäutig, aber trotzdem war da etwas anderes. Hinter mir war irgendwie ein Leuchten oder besser gesagt, ich schimmerte.
Was war das?
Ich trug immer noch die Kette, die mir Stevens einst schenkte, aber nun leuchtete sie nicht mehr. Sie hatte wohl ihren Zweck erfüllt.

Mit starkem Herzklopfen ging ich eine Tür weiter und klopfte zweimal.
Wie wird wohl unser erstes Zusammentreffen sein?
Würde sich Steven freuen mich zu sehen?
Ich öffnete die Tür und ging hinein.
Steven lag in seinem Bett und unterhielt sich mit seinen Eltern. Sie wussten wohl nun auch schon Bescheid.
Ich blieb an der Tür stehen und zögerte etwas.
Doch Jade sah mich und kam, um mich zu holen. Sie nahm einfach meine Hand und zog mich mit sich.
Vor Steven's Bett blieben wir sehen.
Ich erschrak etwas, denn er sah sehr schlimm aus. In seinem Gesicht hatte er mehrere Striemen. Ein Arm und ein Bein waren in Gips und er hatte einen Beutel am Bett hängen, damit das Wundwasser besser ablaufen konnte.

Ich musste schlucken, als ich ihn da so sah.
Er hatte wohl doch mehr abbekommen, als ich zuerst vermutete. Ich musste mir das Heulen verkneifen.
Waren sie alle sauer auf mich oder warum sagte niemand etwas?

War es meine Schuld, dass Steven so zugerichtet wurde?
Steven sah mich an und da wusste ich, dass alles gut war. Denn seine Augen konnten nicht lügen. Sie waren so voller Liebe und Zuneigung, dass alles fast vergessen schien.
Megan kam zu mir und sagte: „Wir lassen euch dann lieber allein. Ihr habt bestimmt viel zu bereden."
Dann drückte sie mich und gab mir einen Kuss. Sogar Philip, Steven´s Vater, kam und umarmte mich. Dann forderten sie Jade auf, mit ihnen zu kommen und ließen uns allein.

Willst du meine Frau werden?

Jade und ihre Eltern hatten das Zimmer bereits verlassen, als Steven mich zu sich hinüber winkte. Ich sollte mich zu ihm auf sein Bett setzen, aber das tat ich nicht. Ich hatte Angst, ich würde ihm irgendwie weh tun.
Also nahm ich mir einen Stuhl und stellte ihn so nah an Stevens Bett, wie es nur ging. Dann setzte ich mich.
„Wie geht es dir?", wollte ich wissen und nahm dabei seine Hand.
Sie war im Gegensatz zu Chris´ sehr warm.
„Nora, es tut mir alles so leid. Ich weiß gar nicht, womit ich zuerst anfangen soll. Wie konnte ich mich nur so blenden lassen? Bald hätte Rose es geschafft unser beider Leben zu zerstören. Wenn ich sie in die Finger bekomme, dann kann sie was erleben", motze er.
„Bitte Steven, rege dich nicht auf. Ich glaube, das ist nicht gut für dich. Du sollst doch gesund werden, außerdem brauchst du dich nicht bei mir zu entschuldigen. Ist schon gut", versuchte ich ihn zu beruhigen, aber es gelang mir nicht sonderlich.
„Natürlich muss ich mich bei dir entschuldigen, Nora. Ich könnte auch verstehen, wenn du mich nicht mehr willst. Vielleicht ist dieser Chris viel besser für dich, als ich es bin", erwiderte er und sah mich an.
Was wollte Steven mir damit sagen?
Wollte er vielleicht gerade mit mir Schluss machen?
Warum sagte er so etwas nur? Wie konnte er nur so etwas denken? Für mich gab es nur ihn, immer nur ihn und sonst keinen.

Na ja, so ganz ehrlich war ich ja nun nicht. Schließlich hatte ich Steven auch hintergangen. Dieses eine Mal mit Chris, aber dabei war ich nicht ich selbst. Ich musste es in diesem Moment einfach tun und das war schließlich nicht ganz freiwillig.

„Was redest du da? Ich will Chris nicht, er ist nur ein guter Freund, ich will dich, nur dich", erklärte ich ihm.
„Nur ein guter Freund? Und warum opfert er dann sein Leben für dich. Er muss dich wahnsinnig lieben, ansonsten würde das doch kein Mensch freiwillig tun. Bist du dir ganz sicher, das da zwischen euch nicht mehr ist, als nur Freundschaft?"
„Worauf willst du eigentlich hinaus, Steven", schrie ich und sprang auf.
Warum driftete unser Wiedersehen auf einmal so auseinander? Ich wollte ihn doch einfach nur in den Arm nehmen und bei ihm sein. Warum griff er mich jetzt so an?

„Tut mir leid, Nora, bitte setz dich wieder zu mir. Ich weiß nicht, was mit mir los ist. Ich bin so durcheinander und habe tierische Angst, dich zu verlieren", erklärte er mir und hatte dabei sogar Tränen in seinen Augen.
Ich setzte mich nun doch zu ihm auf das Bett und streichelte ihm über seine Wange.
„Steven! Ich liebe dich", sagte ich und küsste ihn.
Steven drückte mich fest an sich und unser Kuss war sehr leidenschaftlich, doch plötzlich stöhnte er auf.
Schnell ließ ich locker und stand auf.
„Habe ich dir weh getan?", fragte ich.

„Wir müssen etwas aufpassen, ich bin noch nicht wieder so fit, wie ich es gerne wäre", sagte er und lächelte wieder. Ich setzte mich wieder vorsichtig zu ihm und musste dabei lachen.
„Warum lachst du?", wollte er wissen.
„Weil ich nun endlich die Gewissheit habe, dass du mich genauso sehr liebst, wie ich dich. Du warst ja gerade richtig eifersüchtig, das finde ich irgendwie süß", erklärte ich.
Steven richtete sich etwas auf und seine Miene wurde ernst: „Nora, ich weiß zwar nicht, wie du an mir zweifeln kannst, aber ich habe gewusst, seitdem ich dich das erste Mal am Bahnhof in München gesehen habe, dass du das Mädchen meiner Träume bist. Es wird nie eine andere für mich geben und ich liebe dich über alles. Was ich getan habe, ist eigentlich nicht zu verzeihen. Ich habe dich geschlagen, habe mit einer anderen geschlafen, die nun auch noch ein Kind von mir erwartet. Ich würde verstehen, wenn du mich verlassen würdest. Ich weiß nämlich selbst nicht, wie es weitergehen soll. Mit Rose ein Kind zusammen, ich habe mir so etwas auch nicht vorgestellt."
„Nein, Steven, nein", unterbrach ich ihn, „das Kind ist nicht von dir. Chris ist der Vater. Rose hat auch mit ihm geschlafen, weil es wohl mit dir anscheinend nicht geklappt hat, vielleicht wollte sie auch nur damit bezwecken, dass Chris glaubt, er hätte es mit mir getan. Aber du bist auf jeden Fall nicht der Vater ihres Kindes."

Steven schaute mich verwirrt an und schüttelte dann seinen Kopf.

„Ich bin gar nicht der Vater?", nuschelte er vor sich hin und sprang plötzlich vom Bett auf.
„Nein, Steven, das darfst du doch nicht. Pass doch auf und tu dir nicht weh", flehte ich, aber Steven hörte nicht auf mich.
„Ach, scheißegal", rief er und humpelte zur Tür.
Vor der Tür warteten seine Eltern und Jade darauf, dass sie wieder hereinkommen durften.
Steven öffnete die Tür und schrie: „Ich bin nicht der Vater! Ich bin es gar nicht!"
Dann brach er in Tränen aus.
Megan und Philip halfen ihrem Sohn wieder zurück ins Bett und beruhigten ihn.
So hatte ich Steven noch nie gesehen. Es hatte ihn wohl doch sehr stark mitgenommen und beschäftigt. Nun konnte er alles endlich herauslassen.

„Ja, Schatz, das wissen wir schon, wir haben es gerade von Peggy erfahren. Rose war auch dabei, sie hat es bestätigt und wollte mit dir sprechen. Wir haben sie aber erst einmal weggeschickt, weil wir finden, dass es dafür noch etwas zu früh ist. Sie hat mir aber das hier überreicht, das soll ich dir geben", sagte Megan.
„Ich will kein Geschenk von der Hexe. Nimm es wieder mit", meckerte er.
„Ich werde es dort auf die Fensterbank legen, schau es dir erst einmal in Ruhe an. Ich werde jetzt mit deinem Arzt sprechen, wie lange du noch voraussichtlich hierbleiben musst. Kommst du mit, Philip?", sagte Megan und schaute dabei zu ihrem Mann.

Philip nickte und die beiden verließen zusammen das Krankenzimmer, Jade blieb bei uns.

„Das ist doch eine sehr gute Nachricht, oder? Jetzt braucht ihr euch keine Sorgen mehr zu machen", sagte sie und lächelte.
„Ich habe auch eine gute Nachricht. Meine Tante Peggy hat mir erlaubt, dass ich nach diesem Schuljahr in eine andere Stadt ziehen und studieren darf. Ich muss hier einfach weg und brauche etwas Abstand von dem Hexenleben hier. Ich will lieber normal leben. Versteht ihr das?
Aber ich möchte, dass ihr mitkommt. Ich möchte, dass du mitkommst, Steven, denn ohne dich gehe ich nicht. Würdest du mich begleiten?", fragte ich ihn.
„Jade, kannst du uns kurz allein lassen?", bat er seine Schwester.
„Ja, geht klar. Ich werde mir ein Eis holen, wollt ihr auch eins?", fragte sie, aber wir gaben keine Antwort.
Steven nahm meine Hand und sah mir tief in die Augen.
„Oh nein, jetzt kommt wieder dieses Liebesgeschwafel", giftete Jade und verließ das Zimmer.

Was sie sagte, störte uns nicht. Wir kannten Jade ja schon, sie konnte nie ihren Mund halten, aber nun hatten wir nur noch Augen für uns.
„Nora", begann Steven, „ich habe es mir zwar irgendwie anders und romantischer vorgestellt, aber leider kann ich das Ambiente nun nicht ändern. Ich finde deine Idee toll, in eine andere Stadt zu ziehen um dort zu studieren. Das war eigentlich auch schon lange ein Traum von mir, aber

ich wollte meine kleine Schwester damals nicht allein lassen und dann kamst du. Ohne dich würde ich auch nicht gehen. Ich würde dich sehr gerne begleiten und dich dabei unterstützen, aber mir wäre es lieber, wenn wir als Mann und Frau zusammenziehen würden."
Ich musste schlucken und meine Tränen zurückhalten.
Jetzt bloß nicht losheulen, sagte ich mir immer wieder, sonst verpasst du noch das Beste.
„Leider habe ich das Wichtigste nicht bei mir", sagte Steven.
Doch als er das sagte, schwebte die kleine Tüte, die Megan gerade noch von Rose auf die Fensterbank gelegt hatte, hoch und öffnete sich von allein.
Heraus kam der Ring, den sie mir gerade schon gegeben und den ich beiseite gelegt hatte.
Rose musste ihn sich wiedergeholt haben und ihn dann Megan für Steven überreicht haben. Anders konnte ich es mir nicht erklären oder es war wieder einmal Zauberei.
Der Ring glitt in Steven´s Hand und blieb dort liegen.
Steven schaute mich an und lächelte: „Perfekt!"
Dann wandte er sich wieder mir zu und fragte mich: „Nora Marquardt! Willst du meine Frau werden?"

Nun konnte ich meine Tränen nicht mehr zurückhalten. Sie liefen mir unaufhörlich über meine Wangen.
„Soll das vielleicht JA heißen", fragte Steven mich etwas schüchtern.
Ich nickte hastig mit meinen Kopf und stürzte mich auf ihn.
„Ja, ja, ja. Ich will, ich will deine Frau werden. Oh, mein Gott, ja!", schrie ich und küsste ihn.

Dass er manchmal vor Schmerzen aufstöhnte, ignorierte ich einfach.
Doch nach einer Weile sagte Steven: „Das Wichtigste haben wir noch vergessen. Den Ring!"
Doch als Steven ihn mir anstecken wollte, veränderte er sich. Er war leuchtend silbern und ein kleines schwarzes Einhorn war darauf zu sehen.
Wir staunten beide und lächelten uns an.

Das schwarze Einhorn!
Es war unser persönlicher Behüter.
Als ich den Ring an meinem Finger hatte, konnte ich es hören.
„Hallo, Nora. Ich freue mich für dich und über dein glückliches Schicksal. Leider muss ich eure Welt nun für immer verlassen. Ich werde nicht zurückkehren. Ich habe meine Aufgabe erfüllt und wünsche euch alles Liebe und Gute. Behalte mich in deinem Herzen, so wie ich euch in meinem behalten werde.
Ein Geheimnis möchte ich dir aber noch verraten. Du wolltest doch immer wissen, wie mein Name ist.
Ich heiße Serafina! Lebe wohl, mein Kind!"

Gedanken und weitere Ereignisse

Einige Monate später.

Meine Güte, wie schnell die Zeit verging. Das Schuljahr war bereits zu Ende und die großen Ferien hatten begonnen. Die Wunden waren verheilt und meinen Abschluss hatte ich auch in der Tasche. Mein 19. Geburtstag rückte auch immer näher.
Dann war ich offiziell schon ein Jahr lang eine Hexe.
Aber an diesem Tage würde noch mehr passieren.
Meine Hochzeit mit Steven Summers, dem tollsten Mann auf der ganzen Welt. Peggy und seine Mutter Megan hatten schon alles für die Feierlichkeiten vorbereitet, nur mit meinem Brautkleid, dass war noch so eine Sache. Peggy wollte mich damit überraschen und mir es erst an meinem großen Tag zeigen. Ich durfte lediglich Wünsche äußern.
Jade hatte es schon sehen dürfen und es für supertoll oder mit ihrem hysterischen Kreischen, als total geil beschrieben. Ich hatte es aber aufgegeben, weiter deswegen nachzufragen, sie würden es mir sowieso nicht verraten.
Megan sagte nur immer, ich würde darin aussehen wie eine Prinzessin.
Hoffentlich wickelten sie mich nicht in so ein rosafarbiges Barbiekleid ein. Das wäre schrecklich.

Die letzten Tage hatte ich damit verbracht, meine Gedanken zu ordnen und viel mit Käthe zu sprechen.

Sie hatte mir sehr viel erklärt und mich getröstet, wenn ich traurig war.

Als ich ihr die Geschichte mit dem schwarzen Einhorn erzählte, hatte sie mich in den Arm genommen und gesagt, dass sie es gewusst hatte, und zwar die ganze Zeit über.

Sie wusste, dass die Seele meiner Mutter in diesem fabelhaften Wesen weiterlebte, sie aber nicht wollte, dass ich es erfahre. Meine Mutter wollte es mir selber sagen und auch erst dann, wenn sie wusste, das ich in Sicherheit war.

Mit meiner Verlobung mit Steven, hatte sie ihre Aufgabe erfüllt, denn nun hatte ich meine eigene Familie, die auf mich aufpasste. Doch sie lebte immer in meinen Erinnerungen weiter.

Ich war traurig, aber gleichzeitig doch auch sehr froh darüber, dass ich sie auf diese Art und Weise kennenlernen durfte. Sie war bestimmt ein toller Mensch und ein tolles Einhorn sowieso.

Nur leider würde ich sie nun nicht mehr wiedersehen, dessen war ich mir bewusst. Schade, ich hätte sie so gerne bei meiner Hochzeit dabei gehabt.

Käthe hatte auch versucht, mir die Parallelen meiner Schicksalswege zu erklären. Wie nah sie doch beieinander lagen.

Den ersten hatte ich zwar irgendwie nur geträumt, aber trotzdem passierten auf dem zweiten Weg Sachen, die eigentlich sehr unwahrscheinlich waren.

Das mit meiner Mutter. Erst träumte ich, sie würde mir erscheinen, aber in Wirklichkeit war sie schon die ganze Zeit bei mir.

Dann die Parallelen mit der schwarzen Magie.

OK, ich war im Traum zum bösen Vampir geworden, was selbst in unserer Hexenwelt unrealistisch ist, aber ich musste zur schwarzen Hexe werden und wäre fast der schwarzen Magie verfallen.

Das war alles viel zu kompliziert und nach fünf Stunden Kekse essen bei Käthe, hatte ich sie auch darum gebeten, nicht weiter erzählen zu müssen. Ich hatte eh alles schon verstanden, glaubte ich zumindest. Jedenfalls passte an diesem Tag nichts mehr in meinen Kopf.

Aber bald hatte das alles sein Ende.

Peggy hatte mir erlaubt, in eine andere Stadt zu ziehen, um dort zu studieren, und ich hatte Glück.

In sechs Wochen würde der Tag kommen, an dem ich zusammen mit meinem Mann Steven umziehen würde.

Meine Brieffreundin Jennifer hatte uns eine kleine Wohnung in der Nähe der Universität besorgen können. Steven und ich hatten sogar beide Studienplätze bekommen.

Steven wollte, genau wie ich, Medizin studieren, das machte mich glücklich.

Wir hatten auch Aussicht auf kleine Nebenjobs. Steven sollte in einer Bar jobben und ich wollte mich als Babysitterin ausprobieren. Üben für später ...

Peggy war jetzt schon stolz auf uns, obwohl wir noch gar nichts geleistet hatten.

Entweder lobte sie uns die ganze Zeit, bemutterte uns oder heulte, weil sie bald ganz allein in diesem riesigen Haus leben musste.

Sie war echt süß!

Die Summers wollten uns sogar eine Wohnung kaufen, aber das wollte Steven nicht. Er wollte allein für uns sorgen und auf eigenen Beinen stehen.

Nach viel Hin und Her akzeptierten das auch seine Eltern, obwohl ich genau wusste, dass sie ihm noch Geld zustecken würden. Sie hatten genug davon.

Manchmal hätte ich echt gerne gewusst, wie man so viel Geld verdienen konnte, aber das ging mich ja nichts an.

Die Summers waren sowieso irgendwie anders. Nicht dass das viele Geld ihnen zu Kopf gestiegen wäre, ganz im Gegenteil, sie waren richtig lieb und nett und wirklich bescheiden. Nur, wenn es um ihre Kinder ging, da wollten sie ganz sicher sein, dass es ihnen gut ging.

Echt tolle Eltern. Ich war wirklich froh, sie bald als meine Schwiegereltern bezeichnen zu können.

Lange dauerte es ja nun nicht mehr, nur noch sieben Tage. An meinem Geburtstag würde mein Traum endlich wahr werden.

Viele hatten mich gefragt, ob ich mir ganz sicher sein würde, weil ich noch jung sei und Steven bisher mein erster Freund war.

Aber diese Fragen konnte ich mit einem klaren JA beantworten. Ich war mir hundertprozentig sicher. Ach, was, tausendprozentig.

Steven war nicht nur mein Freund, er war mein Fels in der Brandung. Auf ihn konnte ich mich bisher immer verlassen. Einen anderen Mann an meiner Seite konnte ich mir überhaupt nicht vorstellen.

Als ich ihn das allererste Mal in München am Bahnhof sah, da war es um mich geschehen, und diese Gefühle hatte ich immer noch, wenn er mich anlächelte.

Diese schönen blauen Augen machten mich einfach willenlos. Ich liebte ihn über alles und bald war ich seine Frau.

Seine Frau! Wie sich das anhörte. Irgendwie komisch, ich kam mir dabei so alt vor.

Worüber wir uns aber noch nicht ganz einig waren, das war der Name.

Ich würde so gerne seinen Namen annehmen. Nora Summers, aber Peggy, Steven und auch seine Eltern meinten, dass ich meinen behalten sollte.

Ich sollte meinen Namen weiterführen, er wäre schließlich etwas Besonderes. Ich hatte mich daraufhin mit ihnen geeinigt, dass ich es mir überlegen würde.

Eigentlich war ich in der Hinsicht altmodisch. Die Frau musste einfach den Namen des Mannes annehmen, weil das nun einmal immer so war.

Denn wenn Kinder kommen, dann sollten sie denselben Namen tragen.

Oh, mein Gott, jetzt dachte ich schon an Kinder.

Nein, nein, dafür war ich nun wirklich noch viel zu jung. Vielleicht wenn ich 30 Jahre bin, dann könnten wir vielleicht darüber sprechen, aber jetzt noch nicht. Jetzt wollte ich einfach nur mein freies Leben mit Steven genießen.

Endlich keine Hexen mehr, keine Zauberschule, keine Türen, die andersherum aufgingen und wo man plötzlich ganz woanders hinkam, als man eigentlich wollte, nur weil man wieder falsch gehext hatte. Endlich keine Besen und

Zauberstäbe mehr, auch wenn es mir leid tat, Violetta hier bei Peggy zu lassen. Aber so wollte ich es, ich wollte ganz normal leben, unter ganz normalen Menschen.
Und dieser Wunsch würde bald wahr werden. Ich war schon sehr gespannt darauf.

Dass ich an Kinder dachte, konnte auch daran liegen, dass Rose ihres bald bekam. Sie war schon im siebten oder achten Monat.
Unsere kleine Meinungsverschiedenheit hatte das Baby gut überstanden.
Rose durfte ihr Baby sogar behalten. Käthe meinte, dadurch würde sie ein besserer Mensch werden. Ich hoffte sie hatte Recht.
Der Hexenrat wollte ihr noch einmal eine Chance geben, aber ihr wurden ihre gesamten Kräfte genommen. Sie durfte nie wieder eine Hexe sein, aber dafür durfte sie das Baby behalten. Das war doch fair, fand ich und Rose kam damit auch klar. Sie durfte weiterhin hier in Tolmin leben.
Peggy meinte, dass sie noch einmal wahnsinniges Glück gehabt hatte, es hätte auch schlimmer für sie ausgehen können. Es lag bestimmt an ihrer Schwangerschaft.
Sie hatte auch versucht, mit Chris anzubändeln, aber sie hatte keine Chance. Er ließ sie abblitzen.
Er wusste aber auch nicht mehr sehr viel von dem, was geschehen war. Peggy hatte es so aussehen lassen, als wäre es eine ganz normale Klassenfahrt gewesen, und bis jetzt fragte auch niemand nach.
Nur Rose, Jade, Steven und ich wussten, was wirklich passiert war.

Chris wusste zwar, dass er Rose geschwängert hatte, aber wie es passiert war, das wusste er nicht mehr. Er glaubte daran, was wir ihm erzählten.
Er habe einfach zu viel Alkohol getrunken und dann sei es eben passiert. Rose hielt auch dicht, das musste sie auch, sonst hätte das Konsequenzen für sie, hatte Peggy mir erklärt.
Chris hatte ihr aber versprochen, sich mit um das Baby zu kümmern, und das war doch schon mal was.
Er würde aber nie mit ihr zusammenkommen, damit musste sie sich abfinden.
Und wie es dazu gekommen war, das wäre ihm sehr schleierhaft. Er musste wohl ganz schön besoffen gewesen sein.
Steven verstand sich mittlerweile sehr gut mit ihm. Sie hatten sich weitgehend ausgesprochen und beschlossen, Freunde zu werden. Steven musste aber akzeptieren, dass ich immer einen Platz in seinem Herzen hatte.

Ihm war das zwar nicht ganz so recht, aber er sagte immer: „Appetit holen dürfte er sich ja, aber essen sollte er zu Hause."
Was auch immer er damit meinte. Jedenfalls war ich seine Freundin, die ihn liebte und bald heiraten wollte. Mit Chris verband mich nur eine tiefe Freundschaft.

„Lass Chris erst einmal Vater werden werde, dann hat er sowieso keine Zeit mehr, für dich zu schwärmen. Dann hat er alle Hände voll zu tun", sagte Peggy immer, wenn Steven wieder einmal seine Augen verdrehte, nur weil mir Chris wieder mal ein nettes Kompliment machte.

Das war manchmal richtig lustig und ganz ehrlich, ich fühlte mich sehr geschmeichelt.
Wann hatte man schon einmal zwei nette Männer um sich? Bestimmt nicht so oft, also musste man es doch genießen, oder?
Aber so eine war ich nicht. Chris war nur ein guter Freund. Das wusste auch er und mittlerweile akzeptierte er es.
Ich war jedenfalls froh, ihn als Freund zu haben und echt erleichtert, dass Steven deswegen nicht mehr böse war. Das machte alles viel leichter.

Jade allerdings war doch etwas enttäuscht. Sie hielt mir andauernd vor, dass ich in meinem ersten Schicksalstraum davon geträumt hatte, dass sie mit einem Jungen zusammenkommen würde, aber dem war nicht so.
Ich konnte das ja auch nicht ändern oder mir erklären. Es war halt mein Schicksal und nicht das von Jade. Sie musste sich halt noch etwas gedulden.
Peggy sagte dann immer, dass der Richtige noch kommen würde und sie nicht so ungeduldig sein sollte. Wenn man sich zu sehr auf eine Sache versteift, dann klappt es meistens nicht. Aber wenn man seinem Schicksal vertraut und das alles nicht so verbissen sieht, dann wird eines Tages schon der Richtige kommen, auch für Jade.
Jade verdrehte dann immer genervt ihre Augen, aber sie wusste, dass Peggy Recht hatte, und deswegen sagte sie nichts dazu. Sie musste einfach Geduld haben, was sehr schwer für Jade war.

Meine ganzen Gedanken und Träume schrieb ich nun schon seit Tagen in mein neues Tagebuch, das mir Käthe geschenkt hatte.
Ich wollte einfach nichts vergessen und alles festhalten, um es später vielleicht noch meinen Kindern erzählen zu können.
Bei dem Gedanken musste ich lächeln.
Steven und ich, als altes Ehepaar im Garten sitzend auf einer Bank und vor uns viele spielende Enkelkinder.
Das wäre doch was.
Ich hoffte wirklich sehr, dass wir so lange zusammenbleiben würden.
Für immer und ewig!

Vorbereitungen

„Jade, bringe mir doch bitte einmal die Schleifen!", rief Megan und verbarrikadierte das Schlafzimmer.
Ich durfte nicht hinein.
Schon seit Tagen waren alle so komisch und taten so geheimnisvoll. Steven war auch irgendwie sonderbar. Er verheimlichte mir anscheinend auch etwas und sagte dann immer, dass ich abwarten sollte, es wäre schließlich eine Überraschung für mich.
Ich wusste wirklich nichts mit mir anzufangen. Keiner wollte meine Hilfe und irgendwie hatte auch keiner Zeit für mich. Also entschloss ich mich, etwas in der Stadt bummeln zu gehen, um mich abzulenken.
Morgen war es so weit. Morgen waren mein Geburtstag und meine Hochzeit mit Steven Summers. Endlich!
Ich lief zu Peggy, die alle Hände voll zu tun hatte mit irgendwelchen Schnickschnack und sagte ihr, dass ich kurz weg sein würde.
Sie nickte aber nur und sagte: „Ja, ja!"
Hatte sie mir überhaupt richtig zugehört? Ich glaubte, eher nicht, aber das war mir jetzt auch egal. Ich würde jetzt gehen und wenn mich jemand suchen sollte, dann konnte er mich auf meinem Handy erreichen, dafür hatte ich es ja schließlich auch.
Ich holte meine Handtasche und machte mich auf den Weg in die kleine Stadt.
Vielleicht war das vorerst das letzte Mal, dass ich dort hinkam. Denn bald würde ich hier nicht mehr wohnen.

Als ich dort ankam traf ich Kim. Sie wollte auch etwas bummeln gehen und fragte mich, ob sie mir Gesellschaft leisten dürfte.

Erst wusste ich nicht, was ich darauf sagen sollte, schließlich hatte sie mit Rose unter einer Decke gesteckt.

Na ja, nicht ganz.

Eigentlich hatte ich ja nur geträumt, sie würde mich hintergehen, aber trotzdem. Sie war so eine falsche Person, man musste vorsichtig sein.

Aber ich wollte ja nicht nachtragend sein, schließlich hatte Käthe sie sich zur Brust genommen und ihr erklärt, wie sie ihr Leben besser in den Griff bekommen konnte, ohne sich immer von anderen beeinflussen zu lassen.

Also hatte sie eine Chance verdient.

„Ja, wenn du Lust hast, dann kannst du mich begleiten", antwortete ich Kim und ging mit ihr weiter bis zum ersten Geschäft.

„Hier müssen wir hineingehen. Die haben so leckere Kulleraugen-Lollis. Die musst du mal probieren. Die schmecken fantastisch!", rief sie und ging schon in den Laden.

Kulleraugen-Lollis? Wie ekelig hörte sich das denn an? Ne, ich wollte nichts essen. Vor allem nicht, wenn ich nicht genau wusste, was es war.

Ich wohnte jetzt schon über ein Jahr hier, aber so komische Hexensachen hatte ich noch nie gegessen und das wollte ich auch nicht.

Bei dem Gedanken daran, fiel es mir schwer meinen Würgreflex unter Kontrolle zu halten.

Also blieb ich lieber hier draußen stehen und wartete, dass Kim wieder herauskam.
Es dauerte aber eine Weile, sie brauchte lange und das nur für Lutscher.
Als sie dann freudestrahlend zu mir nach draußen kam, hielt sie mir eine braune Tüte vor die Nase.

„Was ist das?", wollte ich wissen.
„Das sind Hochzeitstropfen in Form von Fruchtgummi. Du musst sie kurz vor der Trauung nehmen und die Wünsche, die du dann hast, werden alle in Erfüllung gehen", erklärte sie mir.
„Die schmecken wie Weingummi, schau", sagte sie noch und öffnete die Tüte.
Sie sahen wirklich so aus wie Fruchtgummidrops, in vielen verschiedenen Farben.
Aber trotzdem war ich skeptisch.
„Ich möchte sie euch schenken, damit ihr ein schönes Leben zusammen habt. Ich freue mich für euch, ihr seid echt zu beneiden. Ich würde ihn, ach quatsch, was sage ich da. Ich meine, ich möchte auch so gerne in Weiß heiraten. Das ist bestimmt traumhaft schön. Also bitte hier, nimm sie doch, sonst bin ich beleidigt", sprach Kim noch und stopfte mir dabei die Tüte schon in meine Hand.
„Gut, ich nehme sie mit", erwiderte ich und verstaute sie in meiner Handtasche, bevor sie noch aufdringlicher wurde.
Was sollte ich mit solchen blöden Hochzeitsdrops? Ich würde die sowieso nicht essen, aber des Friedens willen hatte ich sie jetzt eingesteckt.

„Wo willst du denn noch hin, Nora? Suchst du etwas Bestimmtes?", fragte mich Kim.
Eigentlich war das eine ganz einfache Frage, aber so einfach konnte ich sie ihr gar nicht beantworten.
Was wollte ich eigentlich hier? Ich wollte den anderen, die wegen meiner Hochzeit für morgen so ein Tamtam veranstalteten, einfach nur nicht im Weg sein.

„Ich wollte nur ein bisschen bummeln gehen, nichts Besonderes, und dabei noch einmal in Ruhe unsere kleinen Stadt ansehen, da Steven und ich doch bald wegziehen. So zum Abschied. Weißt du was ich meine?", fragte ich zurück und schaute sie an.
Ich sah auf einmal das Kim's Augen kurz flackerten. Nur für einen ganz kurzen Moment.
Und mir war so, als hätte ich ein Zischen gehört. Es dauerte aber nur ganz kurz, dann war alles wieder normal.

„Ist was?", fragte sie mich und schaute mich an.
Doch ich schüttelte nur meinen Kopf und meinte: „Nö, was soll denn sein?"
Ich wollte ihr nichts sagen, vielleicht hatte ich mich ja auch getäuscht.
Warum sollten Kim's Augen auf einmal flackern? Meine Sinne spielten bestimmt wieder einmal verrückt, weil ich so aufgeregt wegen der Hochzeit war.
Ich war wirklich froh, wenn ich das alles endlich hinter mir lassen konnte. Ich wollte einfach nicht mehr darauf achten müssen, ob irgendjemand plötzlich anders war oder so etwas. Ganz einfach gesagt, ich hatte auf das alles hier einfach keine Lust mehr.

Kim schaute mich zwar immer noch etwas misstrauisch an, aber sie sagte nichts mehr.
Also ergriff ich das Wort: „Sollen wir weitergehen? Ich wollte Steven noch etwas Schönes kaufen!"
„Ja, ist gut. Was willst du ihm denn holen?", fragte sie, aber ich wusste es selbst nicht. Eigentlich wollte ich nur weitergehen und mir nicht wegen Kim den Kopf zerbrechen.
„Ich weiß es noch nicht. Mal schauen, was ich so finde", erwiderte ich nur und wir gingen weiter.

Nach einer Weile meinte Kim: „Ich habe da eine super Idee. Schenke ihm doch eine schlaflose Nacht. Darüber wird er sich bestimmt freuen."
„Was ist das? Davon habe ich noch nie etwas gehört", fragte ich.
„Das ist etwas ganz Tolles. Steven kennt das auch. Er hat es damals mit, entschuldige, wenn ich das sagen muss, mit Rose gemacht. Also ich erkläre es dir. Ihr trinkt zusammen einen Liebestrank und gebt noch einen Schuss Energiedrink hinzu, dann erlebt ihr noch einmal die schönen Gefühle eures ersten Zusammentreffens. Das ist sehr aufregend, sag ich dir, und sehr auffrischend für die Beziehung. Es wird dir bestimmt gefallen und Steven findet es auch super. Garantiert", erklärte sie mir.
„Ich weiß nicht, Kim. Dieses ganze Hexenzeug mag ich doch eigentlich nicht und das weiß Steven. Er wird bestimmt komisch schauen, wenn ich mit so etwas ankomme. Ich möchte das lieber nicht machen", versuchte ich mich herauszureden.
Doch irgendwie war mir unbehaglich zu Mute.

Ich hörte auf einmal etwas, aber Kim sagte nichts. Immer wieder sagte diese Stimme: „Und ob du das Zeug nehmen wirst. Dafür werde ich schon sorgen."

„Hast du etwas gesagt, Kim?", fragte ich sie, nachdem diese Stimme aufgehört hatte, mir den Kopf voll zu quasseln.
„Nein, ich habe nichts gesagt. Wieso?", wollte sie wissen.
„Mir war so, als hätte ich etwas gehört. Eine Stimme!", platzte es aus mir heraus.
„Eine Stimme? Was für eine Stimme hört sie?", hörte ich, aber Kim sagte wiederum nichts.
„In meinem Kopf höre ich sie ganz deutlich. Jetzt schon wieder", sagte ich und blieb stehen.
Kim schaute mich merkwürdig an. „Ich habe jedenfalls nichts gesagt. Das kommt bestimmt, weil du so viel um die Ohren hast. Wegen der Hochzeit und den ganzen Vorbereitungen. Dann hast du auch noch Geburtstag und der große Umzug steht an. Da ist es ganz normal, dass man plötzlich Stimmen hört. Mach dir nicht so viele Gedanken. Das geht schon wieder weg."
Sollte sie Recht haben?
Ich machte mir wirklich zu viele Gedanken, wie immer. Es sollte aber auch alles perfekt werden!
Am besten war es, wenn ich auf Kim hörte und mir nicht weiter deswegen den Kopf zerbrach.
Einfach weiter bummeln, als ob nichts geschehen wäre, das war jetzt das Beste.
Außerdem hatte ich noch nichts für Steven!

Als wir so weitergingen, kam uns auf einmal Rose entgegen.
Bei ihr hatte ich irgendwie immer noch so ein komisches Gefühl, auch wenn wir uns ausgesprochen hatten.
Sie kam uns mit ihrer dicken Babykugel und vielen Einkaufstüten bepackt entgegen.
Kim fing an herumzustänkern und griff sie mit Worten an:
„Du bist einfach zu blöd, Rose. Wie kann man sich mit 19 Jahren schwängern lassen, und dann auch noch vom falschen Mann. Ich habe mich lange genug von dir rumkommandieren lassen und jetzt endlich gemerkt, dass du eine falsche Schlange bist. Es geschieht dir ganz Recht, dass du deine Kräfte abgeben musstest und jetzt die schweren Taschen allein nach Hause schleppen darfst. Was hast du eigentlich gekauft? Babykram?"
Rose schaute uns traurig an. Mit so etwas hatte sie wohl nicht gerechnet. Ich wusste aber auch nicht, was das auf einmal von Kim sollte. Es waren ja schließlich schon einige Monate vergangen und ich hatte gedacht, dass sie sich ebenfalls ausgesprochen hatten.
„Lasst mich einfach in Ruhe", sagte Rose schließlich und wollte an uns vorbei. Doch Kim stellte sich ihr in den Weg.
„Soll ich dir jetzt einmal zeigen, wer von uns beiden die bessere Hexe ist, Blondchen?", zischte sie und riss ihr dabei die Tüten aus der Hand.
Dabei flogen die ganzen Babysachen auf die Straße.
„Oh, es wird ein Mädchen", giftete Kim und schubste Rose zur Seite. Denn alle Sachen waren in Rosa gehalten.
Rose konnte sich nicht halten und fiel zu Boden.
Sie schrie auf!

„Was soll das, Kim? Sie kann sich doch überhaupt nicht wehren und noch dazu ist sie hochschwanger", schrie ich und kam Rose zu Hilfe.

„Ich kann und ich werde. Nora, du weißt ja gar nicht, wie schlimm das für mich war, immer nur die zweite Geige bei Rose zu spielen. Immer musste ich das machen, was sie wollte, immer", schrie sie und trampelte auf den Babysachen herum.

Rose fing an zu weinen und hielt sich die Hände auf ihren Bauch. Sie sah auch auf einmal nicht mehr gut im Gesicht aus, eher blass wie ein Geist.

„Rose, ist was mit dir? Hast du Schmerzen? Soll ich jemanden holen?", fragte ich sie und da sah ich es selbst schon.

Rose blutete, und zwar nicht gerade wenig.

„Oh, mein Gott, das Baby", schrie ich, „Kim, du holst jetzt sofort Hilfe. Rose hat Blutungen bekommen. Wir müssen uns beeilen."

„Warum sollte ich? Ich habe mit der doch nichts mehr zu tun. Ist mir egal, ob die blutet", motze Kim und verschränkte ihre Arme vor der Brust.

„Mir ist das aber nicht egal. Sie wird ihr Baby verlieren und du bist schuld daran. Du wirst dafür verantwortlich gemacht, Kim, also tu etwas. Hol Hilfe, und zwar sofort!", schrie ich erneut und hoffte, dass Kim endlich etwas unternahm.

Ich konnte die beiden Streithähne ja schließlich nicht hier allein lassen. Das wäre nicht gut, aber Kim sah wohl ein, dass sie etwas Schlimmes angerichtet hatte. Sie starrte uns

beide an und fing an zu stottern: „Ich gehe jetzt und hole jemanden."
Dann war sie auch schon verschwunden.
Sie machte das Gleiche, was einst Esmeralda getan hatte. Sie drehte sich ein paar Mal um sich selbst und schon war sie verschwunden.
Seid wann konnte Kim das? Ich konnte das selber nicht einmal. Ich war schon arg verwundert, aber es blieb keine Zeit, sich deswegen Gedanken zu machen.
Rose blutete immer noch stark und fing an zu stöhnen: „Nora, trau Kim nicht. Du hast gesehen, wozu sie fähig ist. Sie ist an allem schuld. Sie hatte mich überrede, so einen Trank zu …"
Mehr konnte Rose nicht sagen, denn sie verlor auf einmal ihr Bewusstsein.
Was sollte ich jetzt nur machen?

Briego musste her! Er war der einzige Besen, der es schaffen konnte, eine bewusstlose Person zu transportieren. Er war der beste und stärkste Besen, den ich kannte.
Violetta musste ich auch rufen, sie sollte mich befördern. Auf keinen Fall wollte ich die schwangere Rose hier allein zurücklassen.
Ich kniete mich auf den Boden, streckte meine beiden Hände nach vorne und sprach: *„Virga Briego et Violetta perveni nunc!"*

Es dauerte wirklich nur einen Moment, da waren sie beide da. Briego und Violetta, sie kamen beide zu mir. Gott sei Dank!

„Danke, Briego, dass du auch gekommen bist", sagte ich und drückte beide an mich, „ihr seid meine Rettung."
„Wenn du mich rufst, dann komme ich doch immer, Nora. Peggy hat nichts dagegen, sie weiß, dass sie sich auf mich verlassen kann. Was kann ich tun?", wollte Briego wissen.
„Ich möchte, dass du Rose transportierst und sie zusammen mit mir und Violetta in ein Krankenhaus fliegst. Schaffst du das?", fragt ich ihn und zeigte ihm dabei die bewusstlose Rose.
„Natürlich schaffe ich das. Nur, wir haben ein Problem, Nora. Hier in unserer Parallelwelt gibt es kein Krankenhaus. Das nächste ist in München, da, wo Steven und du gelegen habt. Du kannst dort nicht am helllichten Tag auf einem Besen fliegend ankommen", erklärte er mir.
Das war mir gar nicht bewusst. Briego hatte Recht, hier gab es kein Krankenhaus, aber was gab es hier was uns in unserer Not helfen konnte? Es musste uns doch jemand helfen können, schließlich besaß Rose keine eigenen Kräfte mehr.
„Dann bring uns zu Käthe. Sie wird wissen, was zu tun ist", sagte ich und hievte Rose auf den Besen.
„Los, ihr beiden!", rief ich und schon hoben sie zusammen ab.
Mit einer Hand hielt ich Violetta fest und mit der anderen Rose. Ich hatte Angst, sie würde herunter fallen, obwohl ich Briego vertraute. Ich kannte aber auch seine riskanten Flugmanöver, sicher war sicher.

Briego flog direkt zu Käthes altem Häuschen.
Wie schön es aussah, wie so ein kleines, altes Knusperhäuschen. Ich war noch nie hier gewesen, bis jetzt

hatten Käthe und ich uns immer woanders getroffen.
Komisch eigentlich, nun wohnte ich schon so lange hier und hatte es nicht geschafft, sie auch nur ein einziges Mal zu besuchen.
Das Häuschen erinnerte mich ein wenig an das aus meinem Traum. Merkwürdig, dass es gerade jetzt wieder geschah, dass es zu Parallelen zu meinem Traum kam. Ich dachte, mein Schicksalsweg hatte sich bereits erfüllt. Hatte es vielleicht etwas zu bedeuten? War er nicht abgeschlossen?
In meinem Traum kamen auch Rose und meine Oma Ann vor.
Wenn wir jetzt dort zusammen hineingehen würden, dann wären wir wieder in irgendeiner Weise wie im Traum zusammen. Echt seltsam!

Die Besen landeten vorsichtig in Käthe´s Vorgarten.
Und, als wäre es abgesprochen gewesen, kam sie genau jetzt aus ihrem Haus gelaufen.
„Oh, Nora, kommst du mich besuchen? Hast du gar nichts zu erledigen? Morgen ist doch dein großer Tag", rief sie freudestrahlend, bis sie Rose erblickte.
„Was ist passiert? Sie sieht ja schrecklich aus. Hilf mir, sie in mein Haus zu bringen!"
Ich half Käthe und dabei erzählte ich ihr, was geschehen war. „Es ist richtig von dir gewesen, dass du sie hierher gebracht hast", sagte sie noch, dann untersuchte sie Rose.

Rose lag auf Käthes Sofa und bewegte sich immer noch nicht.

Käthe machte ihr Wickel und brachte ihr Kräutertee, den sie ihr vorsichtig einflößte.

„Was ist mir ihr?", fragte ich vorsichtig nach.

„Es sieht nicht gut aus. Sie hat innere Blutungen, der ganze Bauchraum ist voll damit. Ich kann nur einen retten. Entweder ich rette Rose oder das Kind", sagte sie.

„Oh nein, Käthe, Was sollen wir tun? Wen sollen wir retten?", rief ich und hielt mir erschrocken die Hand auf den Mund.

Das durfte doch nicht wahr sein. Warum passierte das jetzt?

Das hatte Rose trotz allem nicht verdient?

„Ich kann ihr nicht einfach das Baby herausnehmen. Sie muss es selbst entscheiden. Ich gebe ihr jetzt einen Trank. Davon wird sie für etwa zwei Minuten erwachen. In dieser Zeit muss sie sich entscheiden", sagte Käthe und flösste ihr den Trank ein, den sie zuvor aus dem Nebenraum holte.

Kaum war das Zeug in Rose´s Körper, da öffnete sie schon ihre Augen.

Käthe nahm ihre Hand und legte sie auf Rose Stirn.

Ihre Augenlider fingen an zu zittern und das Gleiche sah ich auch bei Käthe.

„Ich habe ihr alles übermittelt, was sie wissen muss. Sie will dir jetzt noch etwas sagen, Nora", sagte Käthe und nahm die Hand wieder von ihrer Stirn.

Rose schaute mich an und nahm meine Hand.

„Danke, dass du mir geholfen hast und mich hierher gebracht hast. Ich habe mich für das Baby entschieden, es lebt schon in meinem Bauch, ich kann es spüren und ich habe ihm schon einen Namen gegeben. Sie soll Norali heißen. Sage bitte Steven, dass es mir sehr leid tut, was ich euch beiden angetan habe. Ich hoffe, ihr hasst mich nicht. Ich habe ihn wirklich sehr geliebt und wünsche euch alles Gute. Nur, bitte glaube Kim nicht, sie hat mich schwer hintergangen und für ihren Zweck benutzt. Sie war es, die mich so böse gemacht und auf dich gehetzt hat. Dann habe ich irgendwann die Kontrolle verloren. Es tut mir leid, Nora. Schade, dass wir keine Freundinnen mehr werden konnten", sagte Rose und verschloss ihre Augen.

„Nein, Rose, nein, geh nicht", schrie ich", wir sind doch Freundinnen. Ich bin dir nicht mehr böse, aber bitte geh nicht."

Doch mit einem Lächeln im Gesicht schlief sie ein und wachte nicht mehr auf.

Ich musste weinen. War Rose jetzt wirklich tot? Das konnte doch nicht sein oder etwa doch?

Darüber konnte ich mir jetzt aber keine Gedanken machen, denn Käthe hatte alle Hände voll zu tun.

„Wir müssen das Kind holen. Schnell!", forderte sie mich auf.

Wir? Hatte Käthe jetzt wirklich WIR gesagt? Doch da hatte ich schon ein Handtuch im Arm.

Dann ging alles ganz schnell. Ein paar Schnitte da, ein paar Tupfer hier, und ich hielt plötzlich ein kleines Bündel Leben in meinen Armen.

Ein leichtes Wimmern war zu hören, aber ich traute mich nicht nachzusehen.

Käthe wickelte währenddessen Rose´s leblosen Körper in mehrere große Laken ein und forderte Briego auf, Peggy Bescheid zu geben.

Der machte sich sofort auf den Weg.
Dann nahm sie mir das Baby ab.
„Hallo, Norali", sagte Käthe und zeigte sie mir.
Sie war winzig klein und ganz dünn, aber es war alles dran. Kleine Fingerchen, kleine Füßchen, einfach alles.
„Ich werde mich um sie kümmern. Sie ist leider etwas zu früh gekommen, aber das bekomme ich schon hin", sagte Käthe und, wie aus Zauberhand, stand plötzlich ein beheiztes Bettchen neben ihr.
„Schau nicht so, Nora. Du bist hier im Haus der Obersten des Hexenreiches. Hier passiert so etwas schon mal, aber jetzt schau nicht so traurig. Es war die Entscheidung von Rose, daran konnte selbst ich nichts ändern. Es war ihr Schicksal und es war gut, auch wenn er traurig war. Durch ihre Schwangerschaft hat sie viel gelernt. Liebe, Trauer, Freundschaft und sie ist mit einem Lächeln von uns gegangen. Das heißt, sie war sehr zufrieden damit zu wissen, dass ihr Baby lebt und dass du, obwohl sie dir so viel angetan hat, ihr doch noch geholfen hast. Sei bitte jetzt nicht traurig, ich werde gleich mit Peggy alles Weitere erledigen und ich möchte, dass du jetzt zu deinem Steven gehst und ihr euch auf den morgigen Tag freut. OK?"
Dann nahm sich mich noch einmal in den Arm und drückte mich.
„Los, Violetta, bring Nora zu ihrem Bräutigam", rief sie und schickte uns fort.
Violetta hob sofort ab und düste los.

Feierlichkeiten

Die ganze Nacht konnte ich nicht schlafen und auch Steven war sichtlich nervös.
Den anderen hatte ich das Ganze von Rose noch gar nicht erzählt, denn ich wollte ihnen nicht die Feier verderben. Das hätte Rose auch bestimmt nicht so gewollt.
Peggy bestand ebenfalls darauf, es niemandem zu sagen. Sie würden es sowieso alle noch früh genug erfahren.
Heute sollte unser Tag werden und wir sollten ihn uns nicht verderben lassen.
Konnte ich denn das Ganze einfach so ausblenden? Rose war gestorben, weil Kim sie attackiert hatte, und Kim wusste es noch nicht einmal. Ich wusste noch nicht einmal, ob sie sich wenigstens nach ihr erkundigt hatte. Sie hatte mir noch nicht einmal Hilfe geschickt, sondern sich nur in Luft aufgelöst. So ein feiges Huhn!
Und Chris war plötzlich Vater, aber wusste es noch nicht, das war doch auch irgendwie blöde.
Ich hatte aber versprochen, zu niemandem nur ein einziges Wort zu sagen. Hauptsache, Steven wusste es, irgendjemandem musste ich es doch erzählen, sonst wäre ich geplatzt.
Aber noch etwas anderes machte mir Sorgen. Rose hatte gesagt, Kim wäre es gewesen, die sie böse gemacht hatte. Wie konnte das sein? Rose war doch eigentlich viel mächtiger als Kim? Konnte man sich so täuschen?
Als wir in der Stadt waren hatte Rose auch so etwas Ähnliches erwähnt, bevor sie ihr Bewusstsein verlor. Irgendetwas mit einem Trank oder so?

Mittlerweile war ich mir auch sicher, dass es Kim´s Stimme war, die ich gehört hatte. Vielleicht konnte ich kurze Zeit hören, was sie dachte. Vielleicht war es mein Unterbewusstsein, das mich warnen wollte.
So etwas hatte ich doch schon einmal erlebt, als ich zum ersten Mal in diese Welt gekommen war.
Ich konnte Peggy ´s Gedanken hören, noch bevor sie diese ausgesprochen hatte. So, als ob mir mein Unterbewusstsein sagen wollte: „Halt, stopp, hier läuft etwas falsch."
Vielleicht war es dieses Mal auch so. Irgendwie passte es alles zusammen. In meinem Traum war Kim auch hinterhältig und hatte mich hintergangen. Damals, als Steven und ich uns kennenlernten, stachelte sie Rose auch schon an.
Steven und ich hätten etwas miteinander gehabt, obwohl wir nur zusammen im Kino waren. Ich werde es nie vergessen, wie Rose mir damals eine gescheuert hatte und Steven zur Sau machte. Rose war richtig ausgerastet.

Kim stand damals neben uns und sagte nur, dass sie es genau gesehen hätte in ihren Visionen, Steven sei mit mir fremdgegangen. Sie hatte uns damals schon verraten. Und gestern wollte sie mir auch irgend so einen Trank andrehen.
Ich hatte aber noch ihre komischen Drops, die sie mir geschenkt hatte.
Die musste ich irgendwie entsorgen. Niemals würde ich mir die in den Mund stecken. Wer weiß, was das wirklich war.

Warum machte Kim das nur? Dafür musste es doch einen Grund geben? Konnte es wirklich sein, dass sie immer schon hinter all dem steckte? Was war sie nur für ein Mensch?
Immer im Schatten ihrer Freundin zu stehen und dabei zu einer Wahnsinnigen mutieren. Das konnte es doch nicht sein oder etwa doch? Vielleicht hatte man sie zu wenig beachtet und das machte ihr zu schaffen.
Aber darüber konnte ich mir jetzt keine Gedanken mehr machen, denn Peggy kam nun mit meinem Brautkleid herein.

Ich hatte es vorher wirklich noch nie gesehen, aber als ich es jetzt sah, verliebte ich mich sofort in dieses Kleid.
Es war einfach traumhaft schön.
Ohne Träger und Ärmel, nur eine enge Korsage, die bis zur Hüfte eng anlag. Hinten war diese geschnürt. Bestickte Verzierungen und kleine Rosen gaben einen schönen Kontrast zu dem lang fallenden Rock, der eine ein Meter lange Schleppe hatte. Die Farbe war genauso, wie ich es mir gewünscht hatte, Champagner. Dazu trug ich einen langen Schleier, der bis zu der Schleppe hinunterhing.
Die Pumps hatten dieselbe Farbe wie das Kleid und eine schöne Schnalle mit einer kleinen Rose darauf.

Peggy half mir beim Anziehen und als ich mich so im Spiegel betrachtete, musste ich anfangen zu heulen.
Die Tränen liefen mir unaufhörlich über meine Wangen.
Ich sah aus wie eine Prinzessin. Das war echt der Wahnsinn. So würde mich Steven gleich heiraten.

Mich! Die kleine graue Maus aus Hamburg, die immer nur Bücher las und von ihrem Traummann träumte.
Jetzt würde sich mein Traum erfüllen!
„Nora, das sind ja wohl Freudentränen oder bekommst du jetzt kalte Füße?", neckte mich Peggy.
„Nein, nein, ich freue mich, ich freue mich!", rief ich und wischte mir dir Tränen mit einem Taschentuch ab, das mir Peggy reichte.
„Gleich aber nicht mehr weinen. Ich möchte dich gleich schminken. Doch zuerst mache ich dir die Haare, du kleine Heulsuse", sagte sie noch und zeigte zu dem Stuhl, auf den ich mich setzten sollte.
Als Peggy gerade anfangen wollte kamen Jade und Megan herein und sahen mich.
Mit offenem Mund starrten die beiden mich an.
„Steven wird der Blitz treffen. Bist du das wirklich, Nora", schrie Jade und stürmte auf mich zu, „wow, siehst du klasse aus!"
Auch Megan war begeistert, sie kam zu mir und streichelte mein Gesicht.
„Ich wollte dir nur sagen, dass alles vorbereitet ist. Steven ist auf dem Weg zur Kirche und wird vor dem Altar auf dich warten. Ich freue mich darauf, dich als Schwiegertochter zu bekommen, Nora. Jade und ich werden nun ebenfalls losfliegen. Was meinst du Peggy, wie lange brauchst du noch?", fragte sie sie.
„Nicht mehr lange. Wir werden pünktlich da sein. In einer halben Stunde haben wir sie endlich unter der Haube", antwortete sie ihr und machte dann mit meinen Haaren weiter.

Jade und ihre Mutter winkten mir noch einmal zu und hielten ihre Daumen hoch, dann verließen sie das Zimmer.
Es war nett von Jade, dass sie uns ihr Zimmer überlassen hatte. Steven wurde extra für diese Nacht ausquartiert, damit er mich vorher nicht sehen konnte.
Peggy steckte mir die Haare nach oben, nur vorne ließ sie eine lockige Haarsträhne aus, die aber nach unten hing und steckte mir dann den Schleier an.
„Du siehst einfach toll aus, Nora. Du bist genauso wunderschön wie deine Mutter. Jetzt werde ich dich schminken, also bitte weine nicht mehr, sonst verschmiert noch alles", bat sie mich und holte ihren Schminkkoffer.
„Bitte nicht so viel, ich mag es lieber dezent", sagte ich noch, bevor sie anfing.
Peggy sagte dazu nichts und in null Komma nichts war sie auch schon fertig.
Dann stellte ich mich vor den großen Spiegel, der an der Wand hing, damit ich mich ansehen konnte.

War das wirklich ich? Nora Marquardt?
Ich war wirklich wunderschön. Peggy hatte mich ganz dezent geschminkt, aber trotzdem sah ich aus wie ein Brautmoden-Model.
Der Lippenstift passte zu meinen Haaren, genauso wie zum Kleid, einfach perfekt.
„Bin das wirklich ich?", fragte ich sie und da nahm sie mich schon in ihre Arme.
„Steven wird Augen machen, ich bin sehr gespannt auf sein Gesicht. Sollen wir?", fragte Peggy und hielt mir ihren Arm hin.
„Ja, ich bin bereit!", erwiderte ich.

„Dann los. Briego, Violetta kommt!", rief sie und die Besen standen bereit.
Ich durfte auf Briego fliegen, weil ich im Damensitz noch nie auf Violetta geflogen war. Deswegen meinte Peggy, es wäre besser, wenn ich ihren erfahrenen Besen nehme. Sie würde derweil auf Violetta fliegen.
Die Besen und auch ich waren damit einverstanden.
Peggy öffnete die große Balkontür und dann hoben die Besen mit uns auch schon ab.
Wir flogen direkt zur alten Kathedrale in der Nähe unserer Schule.

Es war keine Menschenseele zu sehen, alle warteten schon auf mich in der Kirche.
Briego landete vorsichtig, damit ich nicht mein tolles Kleid beschmutzte. Es hatte alles wirklich gut geklappt.
Peggy schickte die beiden Besen dann wieder zurück, da wir sie nun nicht mehr brauchten. Peggy hatte nämlich eine Überraschung für uns und mit der sollten wir zurückfahren.
Ich war schon wirklich gespannt, was es war!
Vor der Kirche führte eine kleine Treppe nach oben und auf der Treppe stand auf einmal Chris vor uns.
„Was machst du denn hier? Man soll mich doch nicht schon vorher sehen, das bringt Unglück", rief ich.
„Darf ich kurz mit dir sprechen, Nora", bat mich Chris und schaute zu Peggy hinüber, „ist das möglich, nur einen kurzen Moment?"
Peggy nickte ihm zu und ging ein paar Schritte zur Seite, damit wir ungestört miteinander reden konnten.

„Was gibt es denn so Dringendes? Steven und die anderen warten alle auf mich", fragte ich.
„Bitte, Nora, heirate ihn nicht. Bitte!", flehte er mich an.
„Was soll das jetzt? Bist du verrückt, Chris? Ich liebe Steven, das weißt du doch", motze ich. Was sollte das?
„Aber ich liebe dich doch, Nora, ich liebe dich so sehr. Ich kann nicht ohne dich sein. Und wenn ich dich so sehe. Mann, du bist einfach meine Traumfrau. Du bist so wunderschön. Ich beneide Steven wirklich ich bin so was von eifersüchtig auf ihn. Ich kann nicht anders. Darf ich dich küssen? Ein allerletztes Mal, zum Abschied. Dann gehe ich, für immer", bat er mich und nahm mich schon in seinen Arm.
Man, was sollte das jetzt? Warum fing Chris ausgerechnet jetzt damit an? Er machte alles kaputt.
Ich drückte ihn weg, aber er war zu stark. Chris drückte mich fester an sich und wollte mich gerade küssen. Doch Peggy half mir. Sie riss ihn von mir weg und sagte: *„Normalis!"*
Dann ließ er mich los und schaute mich verwundert an.
„Nora? Du bist schon da? Warum stehe ich hier? Ich bin etwas durcheinander, aber du siehst echt toll aus", sagte er.
„Chris, hast du gerade irgendetwas gegessen oder getrunken? Du hast da so etwas Rotes an deinen Lippen", fragte ihn Peggy.
Chris schaute sie etwas verwundert an, antwortete ihr aber sofort: „Ja! Wieso? Kim hat mir gerade Weingummis angeboten. Warum fragst du?"
„Ist schon gut, war nur so eine Frage. Jetzt geh bitte hinein und sage Bescheid, dass wir gleich soweit sind", bat sie ihn und schickte ihn weg.

Peggy schaute Chris hinterher und wartete bis er weg war.
„Ich glaube, dass Kim etwas in seine Weingummis getan hat. Chris hatte ganz glasige Augen, als er dich sah. Das ist ein Zeichen dafür, dass er etwas Verzaubertes zu sich genommen hat. Seine Lippen waren auch ganz Rot. Ihm war nicht bewusst, was er gerade machte. Wir können froh sein, das er dich nicht küssen konnte, sonst hättest du nicht mehr Steven heiraten wollen, sondern ihn. Ich werde mich gleich darum kümmern, aber erst bringe ich dich zum Altar. Mach dir keine Sorgen, Nora, ich werde das erledigen", erklärte sie mir und hielt mir ihren Arm hin, damit ich mich einhaken konnte.

„Peggy, bevor wir da jetzt hineingehen, möchte ich dir etwas erzählen. Etwas, was Rose mir gestern gesagt hat. Das beschäftigt mich jetzt schon sehr. Rose hat mir so einige Sachen über Kim erzählt, bevor sie gestorben ist. Haben wir noch kurz Zeit, damit ich es dir erklären kann", fragte ich sie und Peggy nickte nur. Dann erzählte ich ihr alles, was Rose mir gesagt hatte, und wie meine Meinung dazu war.

Dass Kim damals schon irgendwie seltsam war und mich hintergangen hatte. Ich erwähnte auch noch einmal meinen Traum und alles, was dazu gehörte, und versuchte nichts auszulassen.

Peggy hörte sich alles geduldig an und erwiderte mir: „Ich glaube langsam auch, dass wir die Ursache des ganzen Übels gefunden haben. Ich werde mit Käthe sprechen, aber lass du dir jetzt nicht deine Hochzeit versauen. Das ist es wirklich nicht wert. Lass Steven nicht noch länger warten und uns nun hineingehen. Ach, übrigens Nora, herzlichen Glückwunsch zu deinem Geburtstag. Das habe ich vor lauter Hochzeit fast vergessen."

Die Glocken der Kirche fingen an zu läuten.
„Es ist so weit!", rief ich ziemlich aufgeregt und ging mit Peggy zusammen in die alte Kathedrale.
Die Kirche war von innen riesig, überall brannten Kerzen.
Alle drehten sich nach uns um und schauten uns an, als ich mit Peggy eintrat.
Steven stand vor dem Altar zusammen mit seinen Eltern.
Megan und Philip setzten sich aber schnell, als sie mich sahen, in die ersten Reihe.
Die ersten fingen schon an zu weinen, ich konnte ihr Schniefen hören.
Ich hingegen schaute nur auf Steven, wie er mich mit seinen schönen blauen Augen anblickte. Ich hätte schwören können, auch in seinen Augen ein Träne erblickt zu haben. Ich konnte sie wirklich schimmern sehen, aber er verkniff sie sich.
Steven kam mir zwei Schritte entgegen und hielt mir seinen Arm entgegen. Meine mittlerweile heulende Patentante überreichte mich ihm.
Dann gingen wir gemeinsam die drei Stufen zu unseren Plätzen nach oben.
Vorsichtig schaute ich mich um und konnte in alle ihre Gesichter sehen. Viele hatten ein Taschentuch in ihrer Hand.
Megan, Jade, Peggy, Käthe, sogar Chris sah irgendwie anders aus, aber er hielt Jades Hand. Was war da los?
Wo war eigentlich Kim? Ich konnte sie in der Menge gar nicht sehen?

Aber das war jetzt auch egal. Jetzt gab es nur noch Steven und mich.

Steven schaute mich an und lächelte.
„Nora, du siehst einfach umwerfend aus. Ich weiß wirklich nicht, was ich sagen soll. Ich bin sprachlos", sagte er und streichelte dabei meine Hand.
„Danke! Deine Augen sagen mehr als tausend Worte. Du siehst aber auch toll aus", erwiderte ich.
Steven sah wahnsinnig gut aus. Er trug einen schwarzen Smoking, dazu ein Hemd in derselben Farbe wie mein Kleid mit einer passenden Krawatte, dazu eine Brokatweste, die ebenfalls in Champagner gehalten war.
Nur seine Haare trug er heute anders, als sonst. Sie waren nicht stachelig nach oben gestylt. Nein, heute trug er sie glatt und sah damit richtig gut aus.
Der Priester drehte sich nun zu uns um und signalisierte allen, dass es jetzt losging. Sie sollten sich setzen, nur wir beide blieben stehen.
Die ganze Zeremonie ging an mir vorbei wie im Flug.
Ich schaute die ganze Zeit Steven an und mein Grinsen im Gesicht hörte gar nicht mehr auf. Ich war der glücklichste Mensch auf der Welt.
„Wollen Sie, Steven Summers, die hier anwesende Nora Marquardt zu Ihrer rechtmäßig angetrauten Frau nehmen. Sie lieben und ehren, bis das der Tot euch scheidet? Dann antworten Sie mit JA.
Steven schaute mir tief in die Augen und hielt immer noch meine Hand dabei.
Dann sprach er: „Ja, ich will!"

Tränen liefen mir über mein Gesicht, ich konnte sie nicht mehr aufhalten.
Hoffentlich sah ich von den Tränen gleich nicht so schlimm aus, Peggy´s Arbeit wäre völlig umsonst gewesen.
Dann sprach der Priester zu mir: „Wollen Sie, Nora Marquardt, den hier anwesenden Steven Summers zu Ihren rechtmäßig angetrauten Ehemann nehmen, ihn lieben und ehren, bis das der Tot euch scheidet? Dann antworten Sie mit JA.
Ich drückte einmal fest Steven´s Hand und musste schlucken. Von diesem Moment hatte ich immer und immer wieder geträumt.
Er sollte der schönste Moment in meinem Leben werden, doch es kam anders.

Bevor ich antworten konnte, sprang mich jemand von hinten an und riss mir dabei meinen Schleier vom Kopf.
Es ging alles verdammt schnell. Ich hörte nur ein lautes Schreien und Keifen und nach einem kurzen Augenblick war alles wieder wie vorher, so, als ob nichts passiert wäre.
Was war das? Ein Tagtraum?
Mein Schleier war da, wo er sein sollte. Merkwürdig!
Ich drehte mich kurz um und sah im Augenwinkel, dass Kim plötzlich hinter mir stand.
Sie war es also? Sie wollte mich anfallen und keiner der anderen bemerkte etwas.
Jetzt, da ich es wusste, konnte ich vorbeugen.
„*Securitas*", flüsterte ich und erschuf dadurch eine Schutzwand für Steven und mich.

Ich wollte mir nicht den schönsten Tag meines Lebens verderben lassen.
Steven schaute mich an und wartete auf meine Antwort.
Doch bevor ich etwas sagen konnte, war hinter mir eine kleine Aufruhe. Wir drehten uns um und sahen Kim auf den Boden liegen. Käthe war schon bei ihr und half ihr wieder auf.
Kim´s Augen waren rot und leuchteten wie Feuer.
„Macht einfach weiter, ich werde mich um sie kümmern", sagte Käthe und führte Kim mit noch zwei weiteren Männern hinaus.
Der Priester ließ sich nicht aus der Ruhe bringen.
„Also, Fräulein Marquardt, wir machen weiter", sagte er und bat wieder um Aufmerksamkeit.
Nun war der Moment gekommen, an dem ich es endlich sagen konnte:
„Ja, ich will!"

Steven steckte mir meinen silbernen Ring an, der mit drei kleinen Diamanten verziert war. Er passte sehr gut zu meinem Verlobungsring, den mit dem schwarzen Einhorn. Dabei liefen nicht nur mir Tränen über das Gesicht, denn Steven sah genauso aus.
Wir weinten beide vor Glück.

Der Umzug

Die Hochzeit war ein rauschendes Fest und dauerte fast zwei Tage.
Alles hatte super funktioniert und wir hatten keine weiteren Vorkommnisse.
Steven's Eltern hatten uns ein eigenes Haus geschenkt, das genau neben dem ihren lag.
Sie meinten, wenn wir eines Tage wieder zurückkommen würden, dann hätten wir wenigstens schon ein eigenes zu Hause. So wussten wir immer, dass wir hier immer wieder willkommen wären. Als sie uns das sagte, heulte sie dabei wie ein Schlosshund.
Ich fand das Geschenk etwas zu groß, sie brauchten uns doch kein eigenes Haus zu schenken, vor allem, weil wir doch jetzt sowieso bald umzogen. Doch Megan ließ es sich nicht mehr ausreden.
Peggy schenkte uns ein niegelnagelneues Cabrio. Es war knallrot und hatte vier Sitze. Damit durften wir schon von der Kirche aus zurückfahren.
Das war auch ein viel zu großes Geschenk. Irgendwie waren die alle wahnsinnig, aber es freute mich sehr.
Jade und Chris schenkten uns etwas zusammen und das war ein richtig nettes Geschenk.
Sie wollten uns alle drei Monate besuchen kommen und dann irgendetwas Tolles mit uns unternehmen. Das fanden wir richtig gut und freuten uns jetzt schon darauf.
Irgendwie fanden wir auch, dass die beiden gut zusammen passen würden. In den letzten Tagen verstanden sie sich

jedenfalls ziemlich gut. Vielleicht würde sich da doch noch etwas ergeben. Für Jade würde es mich sehr freuen.

Peggy hatte Chris mittlerweile erzählt, dass er Vater geworden war und dass sie alles Weitere in die Wege geleitet hatte, damit seine Eltern informiert wurden.

Sie wunderten sich sowieso schon eine Weile, an welchem Ort Chris seid der Klassenfahrt fast jedes Wochenende verbrachte.

Er kam uns immer wieder besuchen. Steven und er verstanden sich sehr gut.

Das, was vor der Kirche passierte, erzählte ich niemandem und Chris konnte sich auch wirklich nicht daran erinnern.

Kim hatte es ausgenutzt, dass er vormals so stark in mich verknallt war und hatte die Weingummis so präpariert, dass man sie nicht von normalen unterscheiden konnte.

Käthe hatte sich um sie gekümmert und ihr ein Wahrheitsserum verpasst, daraufhin hatte sie alles bereitwillig erzählt und ihr sogar ihr Tagebuch gegeben.

Dadurch hatte Käthe erfahren, dass sie schon lange eifersüchtig auf Rose war und selbst auch heimlich in Steven verliebt war. Sie hatte es ausgenutzt, dass sie Visionen hatte, und damit Rose immer wieder manipuliert. Als ich dann aufgetaucht bin, hat sich alles etwas verschlimmert. Kim konnte nicht mehr in Steven's Nähe sein, da er sich von Rose getrennt hatte und da kam ihr, Rose's große Eifersucht ganz recht. Immer wieder hatte sie sie auf mich gehetzt, bis es fast eskalierte.

Dann war ich auch noch schuld am Tod ihrer Mutter und alles kam zusammen.

Kim hatte uns alle getäuscht und belogen. Damit es nicht auffiel, hatte sie sich sogar selbst einen Dämon eingepflanzt. Wie krank sie wirklich sein musste, das konnten wir nur erahnen.

Steven beruhigte es ein wenig, dass es nicht Rose war, die eigentlich so böse war. Er hatte ganz schön damit zu kämpfen gehabt, dass sie sich so verändert hatte. Er war mit ihr einmal sehr glücklich und verstand es nicht. Konnte er sich so in ihr täuschen? Jetzt wusste er, dass sie doch in ihrem Innern ein guter Mensch war und dass nicht Rose die wirklich Böse war. Damit konnte er leben, obwohl auch sie viele Fehler gemacht hatte.

Kim wurde festgenommen und ihr wurden, wie auch Rose zuvor, die Zauberkräfte alle samt genommen. Mit nur einem Unterschied. Kim durfte hier nicht mehr leben, sie wurde verbannt, wie auch ihre ganze Familie. Sie wurden des Hexenreiches verwiesen und durften nie mehr zurückkommen. Falls sie es jemals wagen sollten zurückzukehren, dann würden sie ins Hexengefängnis kommen und dort kam man niemals wieder heraus. Wenn, dann nur als Leiche.

Wohin sie verbannt wurden, wurde uns nicht erzählt. Jedenfalls wäre es dort nicht so schön wie hier.

Ich war froh, dass es endlich vorbei war, aber trotzdem hatte ich ein schlechtes Gewissen Rose gegenüber.

Aber damit musste ich jetzt leben.

Ich hatte dafür Chris versprochen, ihn und seine Tochter Norali ab und zu besuchen zu kommen, und daran würde ich mich auch halten.

Mir prophezeite Käthe etwas ganz anderes.

Denn in den kommenden Jahren würde ich sie zur Ur-Oma machen und darauf würde sie sich schon sehr, sehr freuen.

Dabei weinte sogar Käthe und nahm mich in ihre Arme.
„Ich bin deine Oma, Nora. Ich bin Serafina´s Mutter, es tut mir leid, dass ich es dir nicht eher sagen konnte, aber es war mir verwehrt. Ich durfte dich nicht sehen. Ann hatte es mir verboten, aber darüber sprechen wir nicht jetzt. Ich werde es dir an irgendeinem schönen Tag einmal erzählen", sagte sie zu mir und streichelte mein Gesicht.
„Irgendwie habe ich so etwas geahnt. Ich weiß nicht warum, aber irgendwie wusste ich, dass wir zwei miteinander verbunden sind. Ich habe dich lieb, Käthe", erwiderte ich.
„Ich dich auch, mein Kind. Ich dich auch!", sagte sie noch und gab mir einen Kuss.

So langsam fügte sich eins zum anderen und ich war damit glücklich. Ich hatte nun eine richtige Familie, die mich liebte, richtig liebte. Einen tollen Mann, hinter dem wohl alle Mädels her waren. Das hieß also für mich, Augen auf oder ihn an die kurze Leine nehmen.
Ich war wirklich glücklich, Steven getroffen zu haben. Er war und ist mein absoluter Traummann für immer und ewig.

Die anderen Gäste, die auf unserer Feier waren, schenkten uns meistens Geld oder etwas für unseren Hausstand, damit wir alles zusammen hatten, was man so brauchte. Nun hatten wir mehr als genug.
Edgar schenkte uns sogar eine Babywiege und einen Klapperstorch. Das war der Witz schlechthin. Er meinte aber, das wäre so Brauch. Man müsste einem jungen

Brautpaar einen Storch schenken, damit er einen biss und dann viele kleine Kinderchen hervorkamen.
Ich wurde immer gleich rot, wenn irgendjemand wieder einmal davon anfing.
Sogar Megan freute sich schon darauf, bald Oma zu werden, aber wir erklärten ihr, dass das noch lange dauern würde.
Erst einmal wollten Steven und ich zusammenleben, ganz in Ruhe, und studieren. Das war erst einmal das Wichtigste für uns. Eine gute berufliche Ausbildung sollte man schon haben, denn wir wollten schließlich selbstständig sein und auf niemanden angewiesen. Wir wollten selbst für uns sorgen und nicht unseren Eltern oder meiner Tante Peggy zur Last fallen.
Peggy meinte dazu, dass wir die richtige Einstellung dazu hätten und sie mit unserer Entscheidung voll und ganz zufrieden sei.

Ein paar Tage nach unserer Hochzeit war Rose´s Beerdigung.
Leider waren nur wenige da. Käthe, Peggy, Megan, Jade, Chris, Steven, ich und natürlich Norali.
Die Bestattung war ganz schlicht und keiner sagte ein einziges Wort.
Nur Käthe sprach die Grabrede und legte einen Kranz mit unseren Namen nieder.
Das war das Letzte, was wir für Rose tun konnten.
Steven und ich waren die letzten, die noch am Grab standen, alle anderen waren schon vor uns gegangen.
Erst jetzt konnte ich weinen. Es tat mir so leid. Sie hatte eine kleine Tochter und die musste jetzt ohne Mutter

aufwachsen. Rose hatte sich doch noch für die gute Seite entschieden und wurde doch so hart bestraft. Irgendwie war das ungerecht.
Steven nahm mich in seinen Arm und tröstete mich.
„Sie wird es gut haben, da, wo sie jetzt ist. Glaub mir, Nora und Norali wird es auch gut gehen. Chris wird ein guter Vater sein. Bestimmt", sagte er.
„Ich weiß, aber ich bin trotzdem traurig. So etwas hat Rose einfach nicht verdient", erwiderte ich und wischte mir die Tränen ab.
Doch da hörte ich eine Stimme: „Du brauchst nicht traurig zu sein, Nora. Mir geht es gut. Ich bin auf den Weg in den Himmel und von dort aus werde ich auf meine kleine Tochter achtgeben. Ich habe mich wirklich in dir getäuscht, Nora Marquardt. Du bist ein lieber Mensch. Ich wünsche dir und Steven alles Glück der Welt."
Dann war sie auch schon wieder verschwunden, so plötzlich wie sie gekommen war.

Ich lächelte Steven an: „Lass uns gehen. Ich weiß jetzt, dass es Rose gut geht."
„OK, Fräulein Summers, du hast Recht. Der Umzugswagen wartet bestimmt schon auf uns", sagte er noch und gab mir einen Kuss.
Nun machten wir uns auf den Weg in ein neues gemeinsames Leben.
Auf zu neuen Taten, und ich an Steven´s Seite, als

Nora Marquardt-Summers!

Danksagung

Zu allererst bedanke ich mich recht herzlich bei meinen Lesern. Die Fortsetzung von „Nora Marquardt und das schwarze Einhorn" hat Euch hoffentlich viel Freude bereitet.

Vielen Dank auch für die tollen Gästebuch-Einträge auf meiner Homepage www.noramarquardt.de. Ich freue mich über jedes Feedback!

Peggy, vielen Dank, dass Du dir die Zeit genommen hast, das Buch zur Probe zu lesen und Du deinen Namen wieder hergegeben hast.

Einen lieben Dank auch an meine Lektorin, die immer noch anonym bleiben möchte und das ganze Manuskript auch dieses Mal wieder komplett per Hand korrigiert hat.

Und da wäre noch meine Familie, die mich wieder so lange an meinem Laptop ertragen mussten.

Zum Schluss geht ein extra großer Dank an Francesca Fabian. Sie hat das wundervolle Gesicht für das Buchcover gezeichnet.

Vielen Dank Euch allen! Eure

Nina Nübel

Bereits erschienen:

"Nora Marquardt und das schwarze Einhorn"

ISBN 978-3-86858-535-3, Paperback 14,8x21cm
408 Seiten, 19,90 EUR

www.noramarquardt.de